U0047673

假如，愛情聽不見

清閒丫頭／著

作者序

「當你可以跟一個人不說話，分享片刻寂靜，且不會覺得尷尬，
那一刻你就會明白，你遇到了對的人。—電影《低俗小說》」

小學某年暑假的清早，我拿著一點零錢到樓下路口賣蛋餅的攤子，到那的時候正是早餐時間，攤子前已經圍滿了人，我老老實實地站在最後面。

有個年輕男人不經意間回過頭來，看到了站在一層成年人後面宛如站在城牆外的我，側身往旁邊讓了一步，對我做了個請的手勢。

他身邊站著一個和我一般高的小女孩，跟著他一起往旁邊退了一步，口條清晰地對我說，妳先來，我們不急。男人一邊對我點頭微笑，一邊伸手摸摸小女孩的頭，舉止輕緩溫柔。

我的記性總是收不到訊號，然而如今已經二十四歲，這件事我還捨不得忘。倒不是因為提前幾分鐘拿到了那份蛋餅，而是在我拎著那份熱氣騰騰的蛋餅轉身回頭的時候，正好看到那個溫柔的男人低頭對小女孩有節奏地比劃著什麼，纖長靈活的雙手像在跳舞。

那是我人生中第一次與無聲的世界產生交集。

我已經記不清那男人的相貌了，只記得他很白淨，高高瘦瘦的，穿著白襯衫，米色長褲，當年這個北方小城的天空還是湛藍色的，男人被清澈的晨光籠罩著，柔和，明朗，寧靜，安詳。

後來聽美術老師講西方藝術史，得知天使的形象大多以男性形象來表現的時候，我突然就想起了那個早晨，在蛋餅攤前遇到的那個年輕男人。

再次與無聲的世界產生交集是在二〇一一年下半年，那時我正從零開始拼死拼活

地學習那門被稱為世界上最優美的語言的外語，準備六個月之後去法國開始為期兩年半的留學生活，由於學校自習室座位有限，我把所有的課餘時間全都泡在了學校附近那家有空調有沙發有咖啡有廁所的麥當勞裡，那家麥當勞裡做事最乾脆俐落的店員就是個生活在無聲世界裡的年輕女孩。

她的主要工作是收拾用餐區，我常常抱著一大杯咖啡在那裡賴上大半天，總能見到有不知情的客人招呼她幫忙，如果她能看到，就會大方地指指自己的耳朵，擺擺手，示意自己聽不見，然後轉身找來有空的同事，代替她滿足客人的需要。

也許是我真的在那家麥當勞裡賴得太頻繁了，所有做咖啡的店員都記住了我，每次為我做咖啡的時候都會跟我閒聊幾句，她也記住了我，每次從我桌邊路過的時候都會彎起眼睛對我濃濃地笑一下。有一次她從旁路過，看到我攤在桌上的那本厚厚的文法書，笑了笑，然後對我豎起了大拇指。

去年我完成法國的學業，回母校繼續讀書，再次走進那家麥當勞的時候發現做咖啡的店員裡已經沒有一個熟面孔了，然而她還在，還是那個清秀的模樣，還是在用與眾不同的方式乾脆俐落又不慌不忙地工作著，還記得我，還會在路過我桌旁的時候熟絡地對我笑，好像我從來不曾出過這趟遠門，上次光臨就只是昨天的事情一樣。

被兩年半高強度的留學生活蹂躪之後，我已經可以用法語應付日常生活，以及自己專業領域內的問題，甚至常常不經大腦地用法語說出「謝謝」和「對不起」，然而在她一如當年那樣彎起眼睛濃濃地對我笑的瞬間，我突然覺得自己人生中的一道重要的軌跡終於首尾相接，形成了一條封閉曲線，完全圓滿了。

不知道你有沒有在靜音的狀態下看過一部電影，如果沒有，我建議你試一試。也許你會和我一樣，發現那些細微到幾不可察的表情，那些溫柔卻好似漫不經心的舉止，那些無言的付出，沉默的堅持，此時會以十倍百倍的強度打動觀眾於無聲之中，就像那個溫柔的男人，就像那個愛笑的女孩。

我曾不止一次地想過，假如被調成靜音狀態的不是電影，而是愛情，那麼會不會發現一些在愛與被愛中始終存在，卻不曾為人覺察過的溫柔？

這個故事就是我嘗試給出的關於這個問題的解答，願你喜歡。

目錄

1 沈先生，你好 010
2 二號飼養員 046
3 不能用點頭代替的言語 085
4 您所撥打的電話目前沒有回應 116
5 你現在是我的人 154
6 如果你不喜歡你自己，給我 194
7 我喜歡他很久了 235
8 沉默比出聲容易得多 266
9 我討厭所有討厭你的人 304
10 我愛你，你感覺到了嗎 336
11 塵歸塵，土歸土 377
12 沈易，我向你求婚 415

番外
（一）另外的半個你 455
（二）戴在手指上的時光 460
（三）我們生個孩子吧 465
（四）最美的封閉曲線 471

CHAPITRE 1　沈先生，你好

「沈易身上有種很淺的味道，不是香水味，
是種能讓蘇棠感覺很踏實的氣味，這種氣味很熟悉，蘇棠一時想不起來。」

在S市國際機場的停車場第一次見到沈易的時候，蘇棠完全沒意識到這是一個生活在無聲世界裡的男人。

那天是個八月初的大晴天，傍晚時分暑氣還重，沈易穿著淡藍襯衫，灰色西褲，倚站在一輛黑色SUV車頭，目不斜視地看著蘇棠走來的方向，給蘇棠一種此車待售的錯覺。

進機場大廳接蘇棠的是司機老陳，和蘇棠一塊兒走到沈易面前，「蘇設計師，這是沈易，沈先生。」

蘇棠是學土木工程的，剛在法國一所公立建築大學跌跌撞撞地畢業，工作還沒著落，老陳得知她打算在S市的幾家建築設計公司裡找工作，就一口一個「蘇設計師」地叫她，蘇棠聽著彆扭，但還不至於請他改口。

蘇棠笑得很明朗，「沈先生，你好，謝謝你替外婆來接我。」

沈易微笑著點了下頭，走過去給蘇棠拉開車門，做了個請的手勢。

「Merci.」蘇棠條件反射地蹦出一句法語，還沒起腳就反應過來，吐了下舌頭，趕緊改口，「謝謝。」

在車尾幫蘇棠放行李的老陳像是聽了什麼新鮮笑話似的，誇張地笑出聲來，「蘇設計師，妳不知道他是個聾子嗎？」

蘇棠一愣，一隻腳踩在踏板上，尷尬地回頭看向沈易，這個輪廓英俊的男人仍然笑得像車模一樣，看見蘇棠突然回頭看他，還把笑容裡的含糖量提高了幾個加號，光天化日之下生生把蘇棠看恍了神。

老陳放完行李走向駕駛座，探出禿得一毛不剩的腦袋，臉上帶著刻意放大的好奇看了蘇棠一眼，「蘇設計師，周醫師沒跟妳說啊？」

周醫師就是蘇棠的外婆，年輕的時候是一家私人療養院的高級護理師，寫過幾本關於特殊照護的書，在這個圈子裡小有名氣，退休後被回聘為那家療養院的顧問，就住在療養院的公寓裡，那裡把穿白袍的一律稱為醫師。

外婆只跟她說，有人會到機場接她，接她的人叫沈易，是個二十多歲的高個子男人，可沒跟她說是個長得這麼有存在感的男人，當然也沒跟她說，他是個聽不見聲音的男人。

「沒，沒啊……」

也不知道沈易介不介意剛才她冒昧地對他說話，蘇棠有點心虛地坐進車裡，沈易跟著進來，坐到蘇棠旁邊，隨手關上車門。

沈易身上有種很淺的味道，不是香水味，是種能讓蘇棠感覺很踏實的氣味，這種氣味很熟悉，蘇棠一時想不起來，忍不住又看了沈易一眼，卻沒想到沈易也在看她。

對上蘇棠好奇打量的目光，那張車模臉微微怔了一下，像是意識到了什麼，笑容淡了下去，倒是沒淡到消失的程度。

老陳一屁股坐進駕駛座，笑得意味深長，「周醫師還說你們是青梅竹馬呢，不像嘛……」

「青梅竹馬？」

蘇棠愣愣地看著沈易稜角分明的臉。她三歲時父母鬧離婚，各自成家，誰也不要她，她從小乖乖地跟著外婆長大，好好學習天天向上，二十四歲了還沒談過一場像樣的戀愛……哪裡冒出來個這麼大的竹馬？

「我就說嘛，像蘇設計師這樣優秀又漂亮的女孩肯定從小就有眼光，哪會看得上個聾子啊……」

蘇棠懷疑自己在法國三年中文水準嚴重退化，居然一時沒聽明白老陳這話是在誇她還是在損她，於是蘇棠沒答話，想了想，從包裡拿出手機，點開一張新備忘錄，打上一行字，遞到沈易面前。

——你認識我外婆？

沈易看了一眼手機螢幕，又看了看把手機舉到他面前的人，才點點頭，接過蘇棠的手機，輕抿著嘴唇在蘇棠那行字下面慢慢地敲了兩句。

——妳可以說話，我能讀懂妳的嘴型。不過我的中文不太好，請妳說得慢一點。如果妳願意說英文的話，我可以讀得更準確一些。

蘇棠愣了足有一分鐘，看著挨在駕駛座靠背上的那半個禿得晶亮的後腦勺細想了一下，才意識到剛才老陳說那些笑裡帶刺的話的時候，果真都是在沈易視線以外的。蘇棠發現，這比在背地裡說人壞話還要缺德。

蘇棠又低頭看了看沈易打在手機上的話，眉頭擰成一團，從他手裡接過手機。

——我已經把英語丟得差不多了，說法語行嗎？

沈易有點抱歉地搖搖頭。

蘇棠抿抿嘴唇。

——那就打字吧，我不想讓老陳聽見，你跟他好像不是一夥的。

沈易被蘇棠有些孩子氣的措辭逗得嘴角上揚。

——我的司機在休假，他是我繼母的司機。

蘇棠揚了揚眉毛。

——你是白雪公主啊？

沈易無聲地笑著，修長乾淨的手指明顯放鬆下來，敲字速度快得讓蘇棠眼花。

——不是，我是灰姑娘，繼母還生了個妹妹。

蘇棠抬頭看了眼老陳的背影。

——替灰姑娘拉車的白馬是老鼠變的吧？

沈易笑得露出一排白牙。

——幫我跟他說，十二點之前一定要到家，否則這輛車要被開罰單了。

蘇棠一愣。

——為什麼？

——高速公路上不允許老鼠拉南瓜。

蘇棠一向偏低的笑點被沈易戳了個正著，「噗」地笑出聲來，惹得老陳往後視鏡裡看了一眼，「蘇設計師，妳還真認識他啊？」

「認識啊，」蘇棠腦子裡想著拼命拉扯南瓜的光頭老鼠，嘴角想壓都壓不下來，「剛認識。」

被老陳這麼一提醒，蘇棠才又想起來那個「青梅竹馬」的問題。

——我們以前認識？

——我見過妳。

蘇棠不太懂得拐彎抹角。

——我怎麼沒印象？

——二十年前的事了。

蘇棠仔細想了想，二十年前，她四歲，只記得當時天天黏著外婆，跟在外婆屁股後面，在她工作的療養院裡晃來晃去。

——在博雅療養院裡？

沈易有些驚喜地看了蘇棠一眼，飛快地敲字。

——妳想起來了？

蘇棠盯著沈易看了足有五秒。

——你填過遺體捐贈同意書吧？

沈易一愣，點點頭，神情很認真。

——八歲那年去美國之前填的，全身捐贈。

——能先捐點記性給我嗎？

沈易仰在座椅靠背上，笑得身子微微發顫，蘇棠發現他的身材也很好，只是稍稍有點偏瘦，但絲毫不影響大局。

老陳忍不住又瞥了眼後視鏡，「蘇設計師，怪不得周醫師老是誇妳個性好呢，妳跟聾子都能聊得這麼熱烈啊！」

蘇棠有點氣不過老陳一口一個聾子的腔調，看著沈易，故意說得很慢很清楚，「我們正在聊歐洲的飯店呢，有家飯店的老闆挺有意思的，店門口立著一個牌子，上面寫著禿子與狗不得入內。」

老陳剩下的話全嚥回了肚子裡。

看著沈易一臉費解，蘇棠拿過手機敲字。

——我說得太快了？

沈易搖搖頭，輕輕皺眉。

——妳的嘴型很清楚，我都看懂了，可是為什麼禿子與狗不得入內？

沈易一臉認真的模樣把蘇棠逗得直樂，笑夠了才抓起手機。

——我騙他的，你還真相信啦！

沈易沒像蘇棠一樣笑得前仰後合，若有所思，溫和地看著蘇棠，笑得很安靜。

蘇棠被他看得有點不好意思，乾咳了幾聲收住自己臉上的傻笑，埋頭在手機上敲了一行字。

——你平時是用手語嗎？

沈易坦然地搖搖頭。

看蘇棠發愣，沈易微笑著在手機上敲字。

——識字的人比懂手語的人多。

——工作怎麼辦？

——助理會做手語翻譯。

——過日子呢？

——自己動手，豐衣足食。

蘇棠挑起眉梢，這個似乎沒有脾氣的人啟動了她細胞深處蟄伏已久的惡劣因子。

——叫床怎麼辦？

沈易手一抖，差點把手機扔出去，臉頰發紅，硬著頭皮勉強敲了一行字。

——男人也得叫？

蘇棠一臉淡然地敲字。

——早晨不叫你就能自己起床？

蘇棠滿意地看著那張紅臉瞬間轉黑，勾著嘴角補了一行。

——你還挺自律的嘛。

沈易掃了眼手機螢幕，仰靠到座椅背上閉起眼睛來，那張五官深刻的車模臉黑紅交替了好一陣子，然後隱隱發白。

蘇棠以為是玩笑開過火了，趕緊敲下一行字，扯扯沈易的手臂，把手機舉到他眼前。

——對不起，鬧著玩的。

沈易勉強笑笑，搖搖頭，又閉起了眼睛。

蘇棠愣了愣，又把他扯醒。

——暈車？

沈易看了足有兩秒，輕輕點頭。

蘇棠嘆氣，果然，在飛奔的汽車上看字這種事不是什麼人都玩得起的。

蘇棠拍了拍駕駛座的椅背，「陳先生，車上有水嗎？」

老陳掃了眼後視鏡，看見靠在座椅上臉色慘白的沈易，「喝水不管用。」

蘇棠淡淡地頂過去，「那喝什麼管用？」

老陳聽出蘇棠話裡的火藥味，挑著嘴角一笑，伸手打開駕駛座旁邊的儲物盒，拿出一瓶礦泉水。

蘇棠笑盈盈地接過來，「Merde.（法語髒話）」

老陳一愣，想起蘇棠對沈易說謝謝之前也說了句「賣」什麼的外國話，唯恐蘇棠笑他聽不懂，於是很大方地回了一句，「不客氣。」

蘇棠突然想起出國前惡補法文的時候在補習班門口看到的一句宣傳標語：「精彩人生，從第三外語開始。」

蘇棠滿足地擰開瓶蓋，拍拍沈易的手臂，把水遞了過去。

沈易猶豫了一下，還是把礦泉水瓶子接到手裡，湊到嘴邊含進一小口，皺著眉頭好一陣子才咽下去。

蘇棠以為是老陳拿了什麼不能喝的東西給他，嚇得一把搶過瓶子，湊到瓶口上聞了聞，抿了一口，確認是再普通不過的礦泉水，才疑惑地看向沈易。

沈易正靜靜看著她，笑得很淺很勉強。

蘇棠把礦泉水瓶擱下。

「你沒事吧？」

沈易搖搖頭。

「你確定？」

沈易點點頭。

蘇棠不是婆婆媽媽的人，話說到這份上已經仁至義盡了，於是收起手機安靜坐好，不打擾沈易閉目養神。

沈易一直沒睜眼，老陳也沒再自討沒趣，於是一直到車開進博雅療養院的大門，在裡面七拐八繞之後停到一棟公寓樓前，蘇棠也沒再說話。

八點半，天已經黑透了，藉著庭院裡柔和的燈光，蘇棠還是老遠就看到外婆笑盈盈地等在公寓樓下。法國建築大學的後兩年課業緊張，實習更緊張，蘇棠上次回國已經是兩年前的事了。今年外婆七十歲了，蘇棠一畢業就毫不猶豫地奔回來，打定主意陪在她唯一的親人身邊。

車一停，蘇棠剛想開門下車，突然想起那個暈車的人。

沈易像是睡著了，頭歪靠在座椅背上，蘇棠猶豫了一下，還是拍拍他的手把他叫醒，「我到了，謝謝你到機場接我。」

沈易有點蒼白地笑了笑，坐直了身子，整整微亂的頭髮，向蘇棠比了個電話的手勢，蘇棠連忙從包裡拿出自己的手機。

沈易接過手機，退出備忘錄，點開通訊錄，在新連絡人的介面裡飛快地輸入姓名，電話，E-mail，以及住家地址，最後點了下新增照片，自拍一張笑得像朵向日葵似的大頭照，才重新點開那頁備忘錄。

——有事隨時找我，發簡訊，E-mail都可以。

蘇棠發誓，她這會兒一定是用看外星人的眼神在看著他。

沈易笑容滿滿地添了一句。

——替我向周醫師問好。

然後把手機還給蘇棠。

蘇棠點點頭，收起手機下車，腳還沒落穩當，外婆已經迎了過來，笑呵呵地拉住蘇棠的手。

「棠棠回來啦……」外婆一邊說著，也朝車裡的人笑著擺擺手，話還是說給蘇棠聽的，「棠棠，有沒有謝謝人家小易啊？」

蘇棠還沒張嘴，老陳拖著蘇棠的行李滿臉堆笑地走過來，「謝過了，謝過了……光說不行啊，周醫師在培養孩子上真有一套，這年頭像蘇設計師這樣才貌雙全又知書達理的女孩可真是打著燈籠都找不著啊！」

外婆從不嬌慣蘇棠，但免不了愛聽誇外孫女的話，明明知道是奉承話，還是高興得合不攏嘴，「哪裡哪裡……還是個黃毛丫頭！」

蘇棠再怎麼多話也沒有跟老陳客套的興趣，伸手從老陳手裡接過了自己的箱子，「謝謝陳先生跑這一趟……沈先生不大舒服，麻煩您先送他回去吧。」

老陳還沒說話，外婆先變了臉色，緊張地看向蘇棠，「小易怎麼了？」

「呃……他好像有點暈車。」

外婆撇下蘇棠，皺著眉頭鑽進車裡，伸手摸了摸沈易的額頭，用手語跟沈易說了些什麼，沈易也用手語慢慢地回了外婆幾句，蘇棠看不懂，但看見沈易的手還沒放下，外婆原本慈祥的臉就一下子板了起來，柔軟的聲音也嚴厲了，「這傻孩子……小陳啊，趕緊開車，去醫院！」

「哎，是。」

老陳像是小警衛聽見將軍的鐵令一樣，手忙腳亂地奔上駕駛座，蘇棠就看見外婆乾脆俐落地把車門一關，寬大的SUV立刻像長了眼一樣地在小路上熟練調頭，霸氣地揚塵而去。

醫院這個詞在蘇棠的腦子裡盤旋了一陣，蘇棠才想起來，沈易身上那種淡淡的氣味正是醫院裡消毒水的味道。

※

SUV三拐兩拐就消失在視線裡，蘇棠無奈地看看腳邊三十吋的大行李箱，低聲嘟囔了一句，「到底誰是親生的啊……」

說完了才反應過來，她好像也不是外婆生的。

抱怨不過是嘴上說說，蘇棠是打心底在心疼外婆，好在她現在已經畢業了，只要趕緊找到一份說得過去的工作，就能讓外婆歇歇，享享清福了。

蘇棠手裡有外婆住處的鑰匙，公寓裡有電梯，把行李箱拖上四樓也不麻煩，蘇棠把箱子推到客廳一角，掃了眼擺在廚房流理臺上的碗盤，都是切好的生食材。顯然外婆是想等她來了再下鍋，讓她吃口剛出鍋的家常菜，可惜半路被那個暈車還要送醫院的灰姑娘截走了。

蘇棠暗自好笑，哪有這麼嬌貴的灰姑娘啊……。

飛機降落前才吃了一餐晚飯，蘇棠一點也不餓，到浴室裡好好洗了洗被十一個小時的航班蹂躪到極限的身子，就把箱子拖進外婆為她收拾好的房間，慢悠悠地把箱子裡的東西都拿出來收拾好，整理完之後抬頭看了眼牆上的鐘，快十一點了。

外婆還沒回來。

蘇棠撥通外婆的手機，「外婆，妳還在醫院啊？」

那邊靜了一陣，輕微的關門聲之後才聽到外婆努力壓低的聲音，「棠棠啊……妳吃過飯了嗎？」

「沒呢，還不餓……外婆，妳什麼時候回來啊，很晚了。」

電話那頭外婆輕嘆，「小易住院，我陪陪他，晚上就不回去了……」

蘇棠擰起眉頭，「暈車還得住院？」

「不是暈車……妳乖乖在家，小心水電瓦斯，早點睡覺，明天外婆回去給妳做好吃的啊……」

蘇棠聽得哭笑不得，隱約覺得自己穿越回了個位數的年紀。

「外婆……我去醫院替妳，妳回來睡覺吧。」

「不用不用，老人家睡得少，不礙事……妳在家好好睡覺，坐了十幾個小時的飛機，累壞了吧……明天不是還要去公司面試嗎？」

蘇棠回國前同時向S市的七八家公司投了履歷，條件最好的那家公司要求她明天上午就去面試。

蘇棠還是堅持，「有時差，我今天晚上肯定睡不著，在家也是看電視。」

外婆在猶豫。

「還不如讓我到醫院看著我那個青梅竹馬呢。」

外婆「噗嗤」一聲笑出來，「好，好……來吧，來吧……博雅醫院記得吧？」

「嗯。」

這家療養院就是附屬於博雅醫院的，蘇棠小時候沒少生病，每次生病外婆都帶她去這家醫院，以至於她對這家醫院消毒水的味道印象深刻。

「住院部十五樓……」

蘇棠揚揚眉梢，那層是VIP特護病房，住一天的床位費就抵S市藍領階級一個月的薪資了。

這是杜拜來的灰姑娘吧……。

「棠棠啊，很晚了，妳路上小心啊。」

「好，等我一下，馬上到。」

蘇棠乾脆地按掉電話，抓起包就走。

療養院門口多晚都不缺計程車，蘇棠上車說了句去博雅醫院，司機先生一踩油門，就由博雅這個名字談起，從詩詞歌賦談到人生哲學，談了整整一個小時，最後依依不捨地把車停到博雅醫院的住院部大樓門口。

住院病房早過了探視時間，不管蘇棠說外婆的名字還是沈易的名字，撲克臉的值班護士都是一句話：您明天再來吧。

蘇棠只得打電話給外婆，外婆讓她在樓下等一下，等了將近一刻鐘，電梯溫柔地響了一聲，沈易挽著外婆的手臂從電梯裡走了出來。

蘇棠愣了愣才迎上去，看著穿戴整齊的沈易，「外婆……不住了？」

「住，一定要住……」外婆拍拍沈易挽在她臂彎上的手，「接電話的時候小易剛好醒了，非要送我下來，接妳上去。」

蘇棠看著站在外婆身邊靜靜笑著的沈易，「謝謝。」

沈易鬆開外婆的手，從口袋裡拿出手機。

——謝謝妳來陪我，妳會開車嗎？

蘇棠點頭。世界各國的建築業都是把女人當男人用，把男人當畜牲用的，蘇棠在法國實習的時候連工程車都開過了，就算沈易給她一輛公車她也敢開。

沈易又在手機上打了一行字，遞來手機的同時遞上一串車鑰匙。

——太晚了，坐計程車不安全。我不能開車，妳開我的車吧。

蘇棠對這個比自己還心疼外婆的人有點感激，接過車鑰匙，看著沈易把手機接過去又添了一句。

——我跟妳一起去，妳一個人開回來也不安全。

外婆看見手機上的字，立刻著急起來，「不用不用……」

蘇棠這時候才發現，勸一個聽不見還不會說話的人實在是件需要技巧的事，他只要溫和而固執地搖搖頭，不回話，你就一點轍都沒有。

外婆皺著眉頭用手語說了些什麼，沈易不為所動，外婆很快敗下陣來，只得嘆了口氣，任由兩個晚輩一左一右挽著她往停車場走。

沈易的車就是那輛黑色SUV，蘇棠開車，沈易幫蘇棠調好導航系統之後就陪外婆坐在後面。

蘇棠時不時地往後視鏡裡看一眼，就看到他一直挽著外婆的手，挨在外婆身邊靜靜地微笑，乖得像隻溫順的大型犬，就差吐吐舌頭搖搖尾巴了。

這哪像個病得非住院不可的人……。

把外婆送到公寓樓下，沈易坐到副駕駛的座位上，伸手在導航系統上設了個目的地，有點眼熟，蘇棠看了幾秒才想起來，這就是沈易輸在她手機上的住家地址。

他要回家？

「外婆要你回醫院。」

沈易輕抿嘴唇，在手機上打字。

——我餓了。

蘇棠無動於衷，沈易又添了一句。

——我還沒吃晚飯。

蘇棠有點動搖，沒吃晚飯，還不是因為去機場接她嗎……。

沈易趁熱打鐵。

——醫院的飯不好吃，外面的飯不乾淨。

「你不是灰姑娘。」

沈易一愣。

蘇棠沒好氣地白他一眼。

「你是老佛爺。」

沈易笑起來，笑得人畜無害。

蘇棠把車發動，「說好了，吃完飯就回醫院。」

沈易連點三下頭。

S市東郊有條運河，沈易就住在運河邊的高級住宅區裡。社區的名字裡沒有「高級」兩個字，但蘇棠是做土木工程的，社區值不值錢，從格局上就能看出大概。沈易在社區入口處刷卡開擋車閘門的時候，蘇棠留意了一下刻在門口一塊銘牌上的設計單位名稱，華正建築設計有限公司，就是她明天下午要面試的那家。

沈易見蘇棠看著車窗外面出神，拍了拍她的手臂，待她轉過頭來，沈易用手指在空中畫了個問號。

蘇棠指了指那塊銘牌，笑著朝沈易擠了擠眼，「我明天要去這家建築公司面試，現在看見這家公司的名字就緊張了，很沒用吧？」

蘇棠說完就要把車開進去，離合器剛踩下去一半就被沈易按住了手。

「怎麼了？」

沈易皺著眉頭在手機上打了一行字。

——會耽誤妳準備面試嗎？

蘇棠聳聳肩，笑得坦然，「沒什麼好準備的，這家建築公司是附近幾個市裡最好的，能跟他們家套關係的大概比巴黎的總人口都多，這次只有四個名額，肯定輪不上我，我只是有點不死心，反正他們要我去面試了，我就去碰碰運氣嘛。」

這類的話從沒在蘇棠的嘴裡說出來過，因為這是平常人都預設的現實，不需要誰再自作聰明地用語言來強調。只是蘇棠覺得沈易不在平常人的範圍之內，她不知道他是做什麼工作的，但他坐這樣的車，住這樣的房子，連生病住的病房等級都代表著他是Very Important Person，就算他是個聽不見聲音的人，這樣的現實應該也離他有十萬八千里遠。

看著沈易像是在考慮些什麼的表情，蘇棠笑著加了一句，「能在面試前參觀一下他們公司設計的房子，比看一整天的書都有用，我還得謝謝你呢。」

沈易展眉微笑。

——歡迎參觀，不用客氣。

沈易的房子在社區的中間位置，十一樓，客廳的落地窗外就是一幅完整的河景，基本戶型結構從通風採光的角度來講無可挑剔，但蘇棠總覺得哪裡有點怪怪的，被沈易帶著看了一圈，看到偌大的主臥室裡並排而立的兩組大窗，和用透明弧形玻璃圍起來的浴室時，蘇棠才恍然大悟。

「你把幾面隔牆打掉了？」

沈易對蘇棠豎起大拇指。

蘇棠皺著眉頭又看了一圈，走在房子裡把被去掉的幾面隔牆的大概位置比劃了出來，沈易笑著給她鼓掌。

蘇棠哭笑不得，看著被他改得明顯過於開闊的房子，忍不住說，「這房子的建築面積大於七十坪，還是單層的，原本四房兩廳的格局剛剛好，你把它拆成這樣，光是客廳廚房餐廳這一片就有將近三十坪，主臥都快二十坪了，你晚上睡覺的時候就不覺得像是睡在廣場上嗎？」

沈易被蘇棠的比喻逗笑了，認真地搖了搖頭，低頭在手機上飛快地敲了一陣，遞給蘇棠。

——我一點聲音也聽不見，不需要這些牆來隔聲，但是視野對我來說很重要，要保證視線盡可能的不受阻礙，住起來才會踏實。

蘇棠愣了愣，不好意思地吐吐舌頭，臉上有點泛紅，「對不起……我從來沒想過這個問題。」

沈易笑了笑，不置可否。

——妳吃過晚飯了嗎？

蘇棠搖搖頭，已經晚上十二點多了，差不多到了巴黎吃晚餐的時間，她餓得很準時。

——妳先看電視，我去做飯，一下就好。

「需要幫忙嗎？」

沈易搖搖頭，收起手機，彎腰抱起在他腳邊磨蹭了好半天的貓，溫和地微笑，在這個薑黃色毛球的腦袋上寵溺地吻了一下，以示安撫，那隻貓格外享受的神態看得蘇棠心裡一癢。

被他親一下……很舒服嗎？

※

沈易把客廳的電視打開，蘇棠發現電視是在靜音模式上的，沈易拿遙控器把模式切換過來，電視裡的人還是光張嘴不出聲。

沈易有點抱歉地把遙控器遞給蘇棠，指了指遙控器上調節音量的按鍵，又指了指自己的耳朵，擺了擺手。

蘇棠反應過來，「我自己調音量，是嗎？」

沈易微笑點頭。

蘇棠剛想按擴音鍵就愣了一下，他聽不見，還靜音幹嘛？

蘇棠不由自主地轉頭看向還站在原地的沈易，還沒出聲，沈易已經把手機遞到了她面前。

——我不確定音量應該調到多大，吵到別人不好。

蘇棠看著笑得有些無奈的沈易，「你是做什麼工作的？」

沈易微怔了一下，才在手機上敲下一個字。

——猜。

蘇棠挑起眉毛，答得很乾脆，「商人，還是全心全意為人民服務，顧客就是上帝的那種優質商人。」

沈易帶著一抹讓人捉摸不透的笑意玩味了一下蘇棠的答案，然後點頭。

「那……」蘇棠很想問他為什麼會聽不見，話到嘴邊，還是沒好意思問出口，乾脆轉了個彎，「你是因為什麼病住院的呀？」

沈易抬手摸了摸自己的肚子。

蘇棠一愣，吐吐舌頭，她差點忘了他是回來吃飯的了，「你快去做飯吧，吃完飯趕快回醫院，要是被我外婆發現的話，咱們兩個肯定要被通緝回去就地正法。」

沈易露出不解的神色，蘇棠猜他是不懂「就地正法」的意思，索性抬起右手做了個抹脖子的動作，還不忘伸出舌頭翻起白眼以示氣絕身亡。

沈易笑彎了眼睛，伸手在蘇棠肩膀上輕拍了兩下，轉身離開。

蘇棠猜，他是想說，放心，我們會活著回去的。

半個鐘頭後，沈易端出的是一碗熱騰騰的雞湯麵，麵上躺著一支雞腿，三朵香菇，幾點蔥花，蘇棠剛嚐了一口湯，就把能想起來誇人做飯厲害的話一股腦全說了，沈易的表情告訴蘇棠，他最多只聽懂了三分之一。

即便如此，沈易還是被她誇得不好意思了，從口袋裡拿出手機來。

——雞湯是家事阿姨做好放在冰箱裡的。

說出去的話潑出去的水，蘇棠挑起一筷子麵條，無賴地笑，「不管，反正這碗麵是你煮的。」

沈易笑笑，表示接受。

蘇棠本以為沈易是先給她盛了一碗，再去盛自己的那一碗，結果沈易轉身去了臥室，蘇棠把一碗吃光，他也沒出來。蘇棠正想收拾餐桌，包裡的手機響了一下，蘇棠拿出來看，是沈易發的簡訊。

——吃完之後不用收拾。客房裡的寢具用品是新的，還需要什麼可以發簡訊告訴我，晚安。

晚安……他要在家裡過夜？！

不是說好了吃完飯就回醫院嗎！

蘇棠的第一反應就是衝到他臥室門口，轉了下門把，門被反鎖了，蘇棠使勁敲了三下門，喊了兩聲沈易，剛想罵人，才猛地想起來他自己敲在手機上的那句話——他一點聲音也聽不見。

蘇棠突然感覺小腿被什麼毛茸茸的東西蹭了一下，一低頭，沈易的貓正揚著尾巴站在她腳邊，用一種瞻仰神經病的眼神看著她。

蘇棠抓狂，連發五封簡訊催他馬上出來，句末的驚嘆號一封比一封多，沈易一封也沒回，臥室裡反而清晰地傳來了淋浴噴頭灑水的聲響。

他這是要洗洗睡了嗎……。

蘇棠無力地砸了下門，還真是無商不奸。

沈易是蘇棠這輩子第一個與之相處超過半分鐘的聾啞人，他突然搞這麼一齣，蘇棠一時半會什麼辦法都沒有，正準備在這三更半夜的時候一通電話打給外婆，蘇棠突然聽出來，從臥室裡傳出的水聲好像不大對勁。水聲很大，好像把淋浴的水量開到了最大，但即便如此，還是沒能完全掩蓋住屋裡的人一陣接一陣的嘔吐聲。

蘇棠一愣，別無選擇地看向這屋裡最了解沈易的活口，四目相對，薑黃色的大毛球無辜地「喵」了一聲，撲到臥室門上開始「卡啦卡啦」地撓門。

屋裡的嘔吐聲沒有停下來的跡象，蘇棠聽得心裡一陣陣發慌。他畢竟是被她帶著從醫院裡逃出來的，萬一出點什麼事，蘇棠這輩子都不會心安。

蘇棠無奈嘆氣，彎腰揪著一撮皮毛把貓拎到一邊，「閃開，還是我撓吧……」

蘇棠很清楚房門這種東西是怎麼裝上的，至於房門是怎麼拆下來的……。

她想，沈易既然買得起這樣的房子，應該不會在乎換一扇新門吧。

和這棟房子裡其他房間的門一樣，沈易臥室的門是由一個白色窄框和鑲在裡面的一整塊磨砂玻璃組成的。蘇棠在書房電腦桌的抽屜裡翻出一卷寬膠帶，用最快的速度把整塊玻璃貼滿，抄起掛在廚房牆面上的一口平底鍋，卯足了勁朝著玻璃中央膠帶貼得最密實的地方一鍋掄下去。

「啪」一聲響，膠帶黏著碎成小塊的玻璃整張掉進屋裡，只飛濺出了零星的幾塊碎渣。

蘇棠從磨砂玻璃獻身讓出的大門洞裡跨進屋去，果然圍在透明玻璃裡的浴室中只是開著淋浴噴頭，不見人影。蘇棠推開旁邊洗手間半掩的門，沈易正衣衫整齊地跪在馬桶邊，一手撐著馬桶邊緣，一手緊按著上腹，吐得臉都白了。

蘇棠伸手拍了下沈易的肩膀，沈易顯然沒發覺有人進來，錯愕地轉過頭來，目光正對上蘇棠另一隻手裡拎著的平底鍋，一愣。

蘇棠默默把鍋藏到背後，跪下身來，滿臉關切，「你沒事吧？」

沈易有點尷尬地搖搖頭，想要抬手抹掉嘴唇上的殘漬，按在馬桶邊緣上的手剛一鬆，身子就晃了一下，差點趴到地上。蘇棠趕緊扔下平底鍋，伸手扶他，沈易沒來得及轉頭，穢物吐在地上，把蘇棠和他自己的褲子都黏髒了一片，蘇棠下意識地皺了皺眉。

沈易慌亂中用手語說了句話，這是蘇棠唯一認得的一句手語：對不起。

「沒事，沒事……」

蘇棠解開他襯衫領口的扣子，輕輕幫他拍背，感覺到他的身子在發熱，也在發抖，沈易又趴在馬桶邊吐了一陣，一直吐到乾嘔，才漸漸緩了下來。

蘇棠給他倒了杯水漱口，沈易又滿臉歉意地用手語說了句對不起，指指蘇棠的褲子，又指了指洗手台旁邊的洗衣機。

「別管了，我自己收拾……」蘇棠看著沈易一直緊壓在胃上的手，突然想起之前問他得的是什麼病的時候，他也是摸這個位置，那時還以為他是在說自己餓了，「你是不是因為胃病住院的？」

沈易淺淺苦笑，輕輕點頭。

蘇棠攙他站起來，「走，回醫院。」

沈易搖頭。

蘇棠一向不喜歡做強人所難的事，可他剛才快要把五臟六腑吐出來的情勢實在把蘇棠嚇得不輕。蘇棠扯起他就要走，才想起來剛才把車停好之後就把車鑰匙還給這個人了。

蘇棠板著臉伸出手來，「車鑰匙，給我。」

沈易還是搖頭，邁過扔在地上的平底鍋，走出洗手間。蘇棠見他步子發飄，一時沒敢鬆開扶在他手臂上的手，一直扶他合衣躺到了床上。

沈易在枕頭上磨蹭了幾下，找到個舒服的位置，閉起了眼睛。蘇棠不死心，想起他當時接過鑰匙就順手放在口袋裡了，於是伸手摸進他的口袋。

沈易配合地以大字型展開四肢，蘇棠搜遍了他褲子和襯衫上所有能放鑰匙的地方，一無所獲，一抬頭，正看見這個臉色蒼白一片的人眨著眼睛看她，笑得有點意味深長。蘇棠這才發現自己幾乎合身撲在他身上，而他儼然是一副任君採擷的模樣。

蘇棠臉上一燙，慌地站起身來，「你……你快把鑰匙拿出來！」

沈易保持著讓蘇棠臉紅心跳的笑容，抬手指了指右手邊的床頭櫃。

蘇棠打開最上面的一格抽屜，抽屜裡沒有鑰匙，只有整整齊齊地擺滿抽屜的藥盒藥瓶，蘇棠愣了愣，再打開第二格抽屜，第三格抽屜，全都是整齊擺好的藥。

沈易撐起身子靠坐在床頭，抱過放在床上的筆記型電腦，飛快地敲了兩行字，轉過螢幕給蘇棠看。

——謝謝妳照顧我。該吃的藥家裡都有，不用擔心。我有很重要的工作要做，四點之後我會休息，明天早上一定回醫院。

沈易誠懇又果斷的措辭讓蘇棠一時半會想不出話來反駁他，看著三個抽屜裡五花八門的藥，沒好氣地嘟囔了一句，「存這麼多藥，你家開醫院啊？」

沈易笑著點頭。

蘇棠翻了個白眼，無可奈何，「說好了，明天早上你要是再耍賴，我就打一一〇。」

沈易微怔，低頭在電腦上敲字。

——急救不是一一九嗎？

「誰說我要救你了，」蘇棠瞪著他，「你敢耍賴，我就報警，告你非法拘禁良家婦女。」

沈易眉心輕皺。

——什麼婦女？

蘇棠無語，「良家婦女……就是好人家的姑娘。」

沈易看了看冷著臉的蘇棠，又向房門處望了一眼。

——好人家的姑娘也會用平底鍋砸碎我的房門？

蘇棠氣絕，懶得跟一個不會說話的病人理論，轉身想去客房洗手間把衣服處理一下，剛走一步手腕就被他抓住了，只抓了一下，立刻鬆開，接著傳來敲鍵盤的聲音，蘇棠轉回身去的時候沈易已經把電腦螢幕轉過來了，有點緊張地看著蘇棠。

——對不起，我是開玩笑的。謝謝妳關心我。

蘇棠無動於衷，沈易趕忙又添了一句。

——妳砸得很科學。

蘇棠沒繃住臉，「噗」地笑出聲來，轉身走進洗手間，出來的時候手裡拎著那支平底鍋，勾著嘴角笑看沈易。

「你忙吧，我再去研究一下怎麼才能科學地把它們收拾起來。」

※

蘇棠用平底鍋把碎玻璃鏟進廚房的垃圾桶，這麼折騰一番，蘇棠身上的T恤已經汗透了。反正一時半刻走不了，蘇棠索性到客房的浴室裡沖了個澡，把T恤和弄髒的褲子塞進客房的洗衣機裡，裹上了放在客房衣櫃裡的那件咖啡色的男用浴袍。

沈易的家裡沒有第二個人居住的痕跡，這浴袍雖然已經剪了價格標籤，明顯還是嶄新的，貼身穿著還有些新衣服特有的不適感。

蘇棠猜，他大概是個天性喜歡清靜的人。

如果不是天性喜歡清靜，這種無聲的日子也不會被他過得這麼從容。

沈易吃過藥之後就沒再離開臥室，蘇棠在他門口探了探頭，看見他戴著一副眼鏡倚坐在床頭，專注地擺弄著筆記型電腦，好像工作得很投入，也就沒去打擾他，一個人窩在客廳的沙發上看電視。

沈易的電視機裡有不少付費頻道，財經類的居多，影視劇動漫一類的也有，即便如此，蘇棠把上百個頻道從頭轉到尾，還是沒找到什麼能看得下去的節目。

編號排在最後的是一個財經頻道，正在播出一檔分析股票形勢的節目，看著電視裡那個西裝筆挺的評論員對著鏡頭慷慨激昂地胡說八道，蘇棠突然想起沈易寫在手機上的那句可以讀懂嘴型，一時好奇，對著電視機按下了靜音鍵。

這檔節目沒有字幕，蘇棠盯著螢幕看了一分多鐘，評論員的嘴一秒鐘都沒停，蘇棠一個字都沒認出來，憋得整個人都煩躁了，只能把聲音調了回來，正式宣告放棄。

蘇棠挫敗地嘆了口氣，真是人比人氣死人……。

蘇棠最終選定了一個影視劇頻道，托著腮幫子看小燕子智鬥容嬤嬤，正看得恨不得想替容嬤嬤掐死小燕子的時候，沈易從臥室裡出來，走進了客廳。

蘇棠下意識地抬頭看了一眼牆上的掛鐘，四點零三分，她記得他打在電腦螢幕上的那行字，他要工作到四點，然後就去休息。

「你的工作做完了？」

沈易點點頭，走過來在她旁邊的沙發上坐下，笑容裡帶著一點淺淺的疲倦。

「那你快去睡一下吧，都這麼晚了。」

沈易沒有立刻道晚安的意思，饒有興致地看了看電視裡那群雞飛狗跳的人，拿出手機打了一個問句。

——這些角色裡誰的聲音最好聽？

蘇棠愣了一下，指指電視螢幕，「你說這些？」

沈易點點頭，有些期待地看著她。

別人看電視都是評論哪個角色最好看，蘇棠從沒想過好聽這個問題，猶豫了一下子，才說，「太后。」

見沈易的表情像是有些意外，蘇棠笑著補道，「她的聲音像我外婆。」

沈易微怔了一下，抬頭看向螢幕上那個正拉著晴兒的手慈祥微笑的老佛爺，若有所思地看了一會兒，直到鏡頭切到別的角色身上，才收回目光，有些遺憾地點點頭。

——一定是很親切的聲音，可惜我認識她的時候就已經聽不見了。

蘇棠剛替他生出一些難過，突然意識到這句話意味著什麼，驚訝之間擰著舌頭就問出一句句型結構足以氣死一車國文老師的話來，「你……你聽見過聲音？」

蘇棠問出口才覺得自己有點唐突，還沒來得及尷尬，沈易已經微笑著點了點頭，低頭敲下一行字。

──三歲之前可以聽見一些。

蘇棠坐在沈易的側面，清楚地看到了沈易在手機上敲下這句話的全過程，自然流暢，從容平靜，隱約的有點留戀，好像一位百歲老人在回憶年輕時候的一點風土人情。

蘇棠安心了些許，大著膽子又輕輕地追問了一句，「是因為生病嗎？」

沈易有些無奈地笑著，輕輕點頭。

蘇棠不好意思繼續再問他是生了什麼病，抬頭看見滿螢幕古裝扮相的人，突然想起一本古書裡的話來，不禁看向沈易，「我覺得咱們老祖宗有段話用在你的身上很合適。」

沈易側了側身子，認真地看著她。

「天將降大任於斯人也，必先……」蘇棠聲情並茂地念完開頭，一下子忘了第一個「必先」後面跟的是什麼，想到沈易中文欠佳，一般的成語都搞不清楚，肯定沒讀過《孟子》，索性自己做了個總結，一本正經地說了出來，「必先折磨折磨他。」

沈易突然仰在沙發靠背上笑起來，笑得肩膀直顫，看得蘇棠一陣心虛，伸手拽拽他的手，「我是認真的，你笑什麼啊？」

沈易好容易忍住笑，卻藏不住眼睛裡深深的笑意，把手機往蘇棠那邊湊了湊，一字一字地打給她看。

──必先苦其心志，勞其筋骨，餓其體膚，空乏其身，行拂亂其所為也，所以動心忍性，增益其所不能。老祖宗好像是這麼說的。

蘇棠黑著臉哀嚎，掄起拳頭在這個又一次笑翻在沙發上的人的肩頭上擂了兩下，「你不是說你的中文不好嗎！」

沈易笑過了頭，低低地嗆咳起來，咳聲有些單薄，蘇棠不敢再鬧他，只能滿心抓狂地瞪著這個深藏不露的人。

沈易在蘇棠的眼刀下止住咳嗽，收斂了一點笑意，認真地敲字。

——我一直在美國讀書，中文真的不好，還在學習。只是在電視裡看過這段話，覺得說得很好，就記住了。

蘇棠斜眼瞪他，滿臉都是不信，「從什麼電視裡看到的？」

沈易毫不猶豫就打出回答。

——《少年包青天》

蘇棠翻了個白眼，卻無力反駁，因為《孟子》這本書她也沒讀過，她記得清清楚楚的，她最早知道這段話也是因為這部電視劇。

怎麼他能記得這麼清楚，她就記成了這樣……。

幸好他只是在療養院裡見過她，要是真是像老陳說的那樣跟他青梅竹馬一起長大，那她的學生時代一定會被他的學霸陰影籠罩得嚴嚴實實的。

蘇棠還在感慨著，沈易已在她手臂上輕輕拍了拍，把手機遞了過來。

——這個評價太高了，我沒有那麼大的志向，也沒受過那麼多的苦。不過還是謝謝妳心疼我。

沈易臉上還帶著笑，只是不像剛才笑得那麼明快，溫和一片，看得蘇棠心裡軟軟的，一點脾氣也沒有了。

「誰心疼你了，我是就事論事……」蘇棠心虛地想要快點結束這個丟臉的話題，抬頭看見掛鐘，忙道，「都四點多了，你不是說四點工作完就休息嗎，趕緊休息去吧。」

沈易猶豫了一下。

——妳不去睡一下嗎？

蘇棠搖頭，「我很難調時差，明天面試完回家補覺就行了。」

——面試幾點開始？

「九點報到，然後按姓氏拼音排序一個個來，一個人五分鐘的話，起碼也得到十一點才能輪到我。」

沈易玩味著她抱怨味十足的措辭，感同身受地笑了笑，蘇棠突然發現他的姓氏拼音也是S開頭的。

——我的主治醫師八點上班，我們六點半出發應該來得及。

「好。」蘇棠乾脆地答應完，接著朝他伸出手來，「不過你得先把車鑰匙交出來，否則我不安心。」

S市的東郊生態環境最好，沒有什麼亂七八糟的工廠，也沒有集中的商業區，與之相應的就是也沒有便捷的公共交通系統。她一路開車過來的時候就留意過了，離沈易家最近的公車站開車也要至少十分鐘才能到，計程車也沒看見幾輛，他要是一覺起來臨時變卦，那場面試她就只能不戰而退了。

蘇棠說得很誠懇，沈易也沒再隱瞞鑰匙的藏身之地。

——在冰箱冷藏室的蔬果盒裡。

冰箱裡……。

蘇棠被這個答案氣樂了，「你做飯的時候就已經預謀好了啊？」

沈易人畜無害地笑著，不置可否，收起手機站起身來，在蘇棠肩頭上輕輕拍了兩下，算是一句晚安。

沈易似乎沒去睡覺，書房裡的印表機一直沙沙作響，蘇棠也沒去打擾他，從冰箱蔬果盒裡那顆花椰菜下面翻出車鑰匙之後就踏踏實實地回到客廳看電視，一直看到六點鐘，回客房盥洗一番並換了衣服，出來的時候正好六點半，沈易也穿戴整齊出現在客廳裡了。

她一夜沒睡，起碼有強大的時差作用支撐著，沈易一夜沒睡，精神就明顯差了許多，上車不久就昏昏睡了過去，直到蘇棠把車停進博雅醫院的停車場，沈易才在座椅驀然消失的震顫中悠悠轉醒。

蘇棠解開安全帶，轉頭讓坐在副駕上的人看到自己的嘴型，「到了，回病房睡吧。」

沈易撐著座椅坐墊把身子坐直了些，抱歉地笑笑，抬手理了理在座椅靠背上蹭亂的頭髮，蘇棠把車鑰匙拔下來遞給他，沈易卻沒伸手去接，而是從身上拿出手機來。

——華正離這裡有點遠，開車去吧。

蘇棠對車沒有研究，但是五花八門的車開得多了，基本的好壞還是能感覺出來的，保守估計，她入職第一個月連薪資帶獎金的總和都不夠這輛車換個原廠輪胎的。

「不用不用……這附近交通挺方便的，我坐地鐵就行了。」

——地鐵不能直達，還要轉公車，很浪費時間。

蘇棠堅持，「那我就坐計程車去。」

沈易也在堅持。

——妳把車開走，會增加我再次逃離醫院的難度。

這個理由值得考慮，卻也禁不起考慮，蘇棠剛有點動搖，就抓出了其中的邏輯漏洞，「我把你的車開走了，你還可以坐計程車啊，醫院門口坐計程車多方便啊，怎麼就有難度了？」

沈易無奈地輕笑。

——主治醫師沒收了我的皮夾。

蘇棠「噗」地笑出聲來，能把主治醫師逼到這個地步，他的黑歷史一定非常壯觀，「那你主治醫師為什麼沒把你的車鑰匙一起沒收啊？」

沈易更加無奈地笑笑，低頭敲字。

——我不能開車，主治醫師逼我讓司機放有薪假，我和老陳不是一夥的。

蘇棠被最後那個似曾相識的句型逗樂了，簡短地猶豫了一下，「那我就借用一下，回來幫你把油加滿。」

沈易眉眼一彎，毫不吝嗇地展開一個飽滿的笑容，好像雨霽天青，雲開日現，看到蘇棠心裡一顫。

他的車是很久沒有加過油了嗎……。

還好無論多麼貴的車，一箱油的價錢都是差不多的，這點錢蘇棠還能出得起。蘇棠重新把車鑰匙插回方向盤下的鑰匙孔裡，沈易還是沒有要下車的意思，從擋風玻璃下方拿過一個牛皮檔案袋，轉手遞到她面前。

這個檔案袋是他從家裡帶出來的，蘇棠還以為是他工作上的東西，昨晚沒有做完，要拿到醫院裡來繼續，看著他遞給自己，不禁愣了一下，「這是給我的？」

沈易微笑著點頭。

蘇棠愣愣地接過去，還沒等把袋上的白線全部繞開，沈易已經下車走了。

「欸——」

蘇棠匆匆落下車窗，一聲喊出去，才想起來她就是喊破喉嚨他也不會回頭的。

看著沈易朝住院部大樓走去的背影，蘇棠突然有種奇怪的感覺。

她好像真的在哪見過他。

※

為了避免被上班高峰的車流堵在半路上，蘇棠趁著時間還早，先開車來到華正公司附近，找了個停車場把車停妥，打電話給外婆報平安，才在公司對面的早餐店裡坐了下來，打開沈易像黑社會暗地交易一樣塞給她的文件袋。

文件袋裡面裝著一疊A4列印紙，袋口一開，立馬溢出一股淡淡的新鮮油墨味道，蘇棠整疊抽出來，一眼看到最上面那一頁的頁眉，頓時一愣。

頁眉上印著一個方形標誌，跟對面那棟大樓上的標誌一模一樣。

這是華正集團的標誌，華正建築就是華正集團旗下的公司之一。

蘇棠趕忙翻了一下這疊新鮮出爐的列印資料，裡面包括幾頁有關華正集團的描述文章，還有一份沈易家所在的那個住宅區專案的標書、圖紙、驗收報告之類的工程資料。無論是文章還是資料，頁眉的位置上清一色都印著華正集團的標誌，排版高度統一，好像是從什麼正式檔案裡抽出來的一部分。

工程資料屬於公司的內部檔案，絕不是在網上搜幾個關鍵字就能找出來的，沈易怎麼會有這些東西？回想起沈易交給她這個紙袋時臉上那道略帶鼓勵之意的微笑，蘇棠心裡一陣打鼓，他該不會是華正集團的什麼人吧……。

他只承認過自己是商人，也沒說是做哪方面生意的商人，在華正集團做建築生意的當然算是商人。

蘇棠一想通這個道理，第一反應就是抓起手機，點開與沈易的簡訊對話介面，飛快地輸入了幾個字。

——你在華正集團工作？

按下發送鍵之前，蘇棠及時把它刪乾淨了。

現在問他這個問題算怎麼一回事，臨時託他走後門嗎？

倒不是蘇棠對靠關係找工作這件事有什麼不屑，人各有命，生存本來就是一件各憑本事的事，只是她覺得以自己和沈易這不足二十四小時的交情，根本不足以把這歸成自己的一項本事。

何況，他要是真有幫她走後門的打算，又何必連夜列印這麼多資料給她呢？

蘇棠收起手機，逆著還不刺眼的陽光望著落地玻璃對面華正公司的大樓，喝了一口微燙的豆漿，放下杯子，低頭整理了一下翻得有些凌亂的紙頁，從第一頁開始一字一句地認真看起來。

這畢竟是他帶病熬夜幫她列印出來的，無論如何，她捨不得浪費這番心意。

蘇棠一邊吃著豆漿油條一直看到八點四十，把最後幾頁驗收報告簡單地掃過一遍，就收拾起來朝對面大樓走去了。

面試地點在五樓會議室，蘇棠在總機櫃台簽了到，搭電梯上去的時候走道裡已經站滿了等候面試的人，男的都是西裝革履，女的不是襯衫西褲就是及膝短裙。

她這一身白色T恤加卡其色棉布褲子的休閒打扮，手裡還夾著一個牛皮紙袋，儼然像是樓下收發室來送報紙的收發小妹。

輸人加輸陣，蘇棠對自己呵呵了一聲，找了個不起眼的角落站定，開始沉靜地思考未來。

外婆說中午要給她做紅燒魚來著……。

面試進度跟蘇棠預計的差不多，蘇棠出來的時候將近十一點半，趁著等電梯的時間發了封簡訊給沈易。

——面試結束了，謝謝你的資料。現在去醫院把車還給你，方便嗎？

蘇棠承認，被三個面試官冷著臉轟炸一通之後，她有點想念沈易那張始終溫和帶笑的臉。

蘇棠等了足有兩分鐘，等來一封長長的回覆。

——這個時間路上很塞，妳也累了，開車不安全，不要過來了。我的助理就在妳面試的地方，她姓秦，馬上會聯繫妳，直接把鑰匙給她就好。回療養院可以坐地鐵2號線，直達門口，回去好好休息。

蘇棠被他細緻入微的體貼感動得有點恍惚，連他的助理為什麼會在華正這件事也懶得去想了，抱著手機猶豫了一下，選了句最務實的回他。

——說好了要幫你把油加滿的，就這麼便宜我了啊？

這一封沈易是秒回的。

——那就在精神上給我加加油吧。

他這樣說了，蘇棠也不強求，勾著嘴角喪心病狂地回給了他一串足夠占滿他手機螢幕數量的「加油」。

蘇棠剛把這條發出去，電梯門就「叮」的一聲打開了。

午休高峰期連電梯都是堵的，錯過這一趟，下一趟還不知道要等到什麼時候，蘇棠趕忙收起手機擠進沙丁魚罐頭一樣的電梯廂，一路擠到一樓，剛隨著人流擠出電梯，手機訊號一滿，立刻收到了沈易的回覆。

——謝謝**謝謝

蘇棠哭笑不得地回覆。

——你怎麼發個簡訊還要打馬賽克呀？

沈易還沒回覆，一個陌生的手機號碼突然打了進來。

蘇棠猜是沈易的助理，趕忙按了接聽鍵，手機剛貼到耳邊，電話那頭的人已經搶先開口了。

「喂，您好，請問是蘇棠小姐嗎？」聲音清晰俐落，帶著沒有感情的客氣。

蘇棠一時懷疑是推銷電話，猶豫了一下才回應，「是，請問您是……」

電話那頭的人似乎是在趕時間，蘇棠話沒說完就被她俐落地打斷了，「您好，我是沈先生的助理，他的車鑰匙在您那裡，現在方便找您去拿嗎？」

「喔……好，」蘇棠下意識地從口袋裡摸出了車鑰匙，「您在哪裡，我送過去給您吧。」

「不用，我看到妳了。」

不等蘇棠再說話，電話已被俐落地掛斷了。

這句話意味著人就在她附近，蘇棠忙抬頭張望，就見一個全身黑色套裝的高個子女人在十公尺之外朝她快步走了過來。

她是站在電梯口附近的，同時朝她這個方向走來的女人有好幾個，蘇棠還是一眼就鎖定了這一個，因為她看起來和她的聲音一模一樣，俐落幹練，從骨子裡透出一股強而有力的職業感，跟她一比，樓上那些精心打扮過的面試者都像是來玩cosplay的了。

畫虎畫皮難畫骨，大概就是這個感覺。

蘇棠發現，凡是能被「沈易的」這個代名詞所擁有的，絕對都是高級配備。

蘇棠暗自感慨著迎上去，客氣地把鑰匙交給她，告訴她停車的位置，她也沒與蘇棠過分寒暄，簡單地道謝之後轉身就往幾乎擠滿的電梯裡走。

「還有件事要麻煩您。」蘇棠緊走兩步，在電梯門口追上她，把抱在手裡的檔案袋遞了過去，「麻煩您把這個也帶給沈先生吧，這也是他的東西。」

「好的。」

看著電梯門緩緩關上，蘇棠才拿出手機，查看沈易在她剛才接電話的過程中就震了過來的簡訊。

——謝謝>謝謝。

蘇棠愣了一下，突然反應過來，那兩個星號不是什麼馬賽克，而是電腦程式設計語言裡的乘方符號。

想像著沈易笑得直不起腰的樣子，蘇棠哀嘆著把手機塞回了包裡。

大腦配置不同，還怎麼做朋友……。

蘇棠到家的時候已經十二點多了，外婆還在廚房裡忙碌，蘇棠洗洗手湊過去幫忙，有一搭沒一搭地回應著外婆對於這場面試的關心，等了好半天才等到一個合適插話的機會，一邊搗著蒜泥，一邊裝作漫不經心地問，「對了……外婆，沈易是做什麼工作的啊？」

外婆完全沒有起疑，嘗了一口鍋裡湯汁的鹹淡，也漫不經心地回答，「妳這麼一問我還真想不起來了，就記得他是管錢的，工作也不是很忙，老是在白天上班時間就來看我，我才麻煩他去接妳的……要是早知道他在住院，司機還放假了，我就直接找小陳了嘛，還麻煩他跑這一趟……」

蘇棠沒留意外婆後面的嘮叨，在心裡盤點了一遍所有能想起來的跟「管錢」有關係的職位，沈易不像是一般的職員，蘇棠索性猜了個階位最高的，「ＣＦＯ嗎？」

外婆一邊小心地翻動著鍋裡的魚塊，一邊十分肯定地搖頭，「不是不是，跟太空沒關係……」

「外婆，不是ＵＦＯ……ＣＦＯ，首席財務官。」

外婆滿意地看著色香味俱全的成果，在鍋緣上輕輕地碰碰勺子，滿不在乎地笑著，「差不多啦……我一個老太太又不懂你們年輕人這些東西……好啦，把蒜泥拌到那盤木耳裡面，然後收拾收拾桌子，可以吃飯啦！」

外婆把一切搞不懂記不住的東西都統稱為「年輕人的東西」，蘇棠怕再追問下去會不小心把昨晚帶沈易逃院的事說漏嘴，也就沒再提任何與沈易有關的話題，只是悄悄摸出手機搜了一下華正的ＣＦＯ。

華正的ＣＦＯ不是沈易，是一個叫陳國輝的中年男人，所有能在網上搜到的華正高階主管裡也沒有一個是姓沈的。

蘇棠對沈易的好奇心遠遠不足以戰勝時差效應帶來的睏勁，吃過飯洗了碗就一頭鑽進臥室補眠去了，一覺睡到太陽西斜，還是被放在床頭櫃上的手機震醒的。

蘇棠迷迷糊糊地伸手抓過手機，發現引發這次震動的是一封郵件，寄件者是華正的人事部門，內容簡單粗暴至極，一看就是群組發信，蘇棠點開來一眼掃過去，目光定格在一句話上，半天沒挪開。

——請於八月九日（下週一）中午十二時前至二樓人事部報到。

這是……華正的辦公自動化系統bug了？

週五下午，剛過四點，應該還沒到下班的時間，蘇棠打通了郵件裡說的那個如有疑問請撥的電話。

「喂，您好，我今天上午參加了華正公司的面試，剛剛收到郵件，郵件上說……」蘇棠頓了頓，「我面試通過了。」

接電話的是個中年婦女，聲音軟綿綿的，態度很是溫和，「恭喜妳呀，打電話有什麼事嗎？」

蘇棠突然覺得自己的問題有點傻，猶豫了一下，還是硬著頭皮問了出來，「我想問問……我是不是真的通過了啊？會不會是有同名的，或者你們發錯人了……」

電話那頭的人「噗嗤」笑了出來，「妳這小女生真有意思……妳叫什麼名字啊，我幫妳查查。」

「蘇棠。」

電話那頭傳來一陣滑鼠點擊的輕響，「哪兩個字呀？」

蘇棠一緊張，舌頭打了個滑，「東坡肉的蘇……不是，蘇東坡的蘇！」

電話那頭頓時笑成了一片，蘇棠恍然意識到接電話的人為了方便打字按了擴音，突然一點也不想去這家公司上班了……。

「看到啦，看到啦……」電話那頭的聲音帶著滿滿的笑意，「蘇棠，聯繫地址是博雅療養院，手機號是九九〇六結尾的，對吧？」

「對……」

「那就沒錯，是通過啦。」

「謝謝您，麻煩您了……」

「不客氣不客氣……」

蘇棠在此起彼落的笑聲中掛掉電話，一腦袋鑽進了枕頭裡。

這樣的機率都能通過，外婆中午燉的那條該不會是錦鯉吧……。

錦鯉這個詞飄過腦海，蘇棠驀然想起那個在最後關頭助了她一疊資料之力的人，趕忙發去一封簡訊。

——我居然通過華正的面試了！

直到第二天下午，蘇棠被自己以及外婆的各路朋友的祝賀淹沒過一遍之後，才收到沈易的一句回覆。

——祝賀華正成功淘到一塊金子。

CHAPITRE 2　二號飼養員

「蘇棠就是覺得，沈易離現今社會上那些亂七八糟的事很遠很遠，遠到她甚至懷疑他未必知道有那些骯髒的存在。」

蘇棠週一去人事部報到的時候，那個辦公室裡的人還沒忘了東坡肉的事，一聽她說自己叫蘇棠，又笑成了一片，直到蘇棠辦完人事部所有的手續走出門去，一張臉還是紅撲撲的。

她這輩子大概再也不想見到東坡肉了……。

還有些手續要到財務部門去辦，財務部的辦公室在走廊的另一頭，中間路過洗手間，蘇棠拐進去冷靜了一下，出來洗手的時候，旁邊一個正在補妝的女孩子突然轉過頭來笑嘻嘻地看她。

「妳叫蘇棠對吧？」

這女孩子大眼睛娃娃臉，跟她差不多年紀，一身西瓜紅的連衣裙在裝修風格偏冷調的洗手間裡格外醒目，蘇棠想起來，剛才她就坐在人事部辦公室裡一張靠窗的辦公桌後面，笑得都快抽筋了。

「妳好，我叫陸小滿，陸小鳳的陸，花滿樓的滿，是人事部裡負責打雜的。」

蘇棠被她言簡意賅的自我介紹逗得緊張全無，索性笑著回她，「我叫蘇棠，香酥排骨的酥，糖醋里肌的糖，目前還不知道有沒有雜事讓我打。」

陸小滿又是一陣哈哈大笑，塗了暖色眼影的大眼睛笑成了彎彎的兩條弧線，「妳真有趣！華正好長時間沒來過這麼有意思的人了，難怪陳總非要妳不可啊！」

「陳總？」蘇棠愣了一下，直覺覺得她的錄取奇蹟跟這個陳總有直接關係，不禁追問，「哪個陳總？」

「華正的ＣＦＯ，陳國輝啊……」陸小滿說著，神秘兮兮地張望了一下空蕩蕩的洗手間，捧著眼影盒對著蘇棠擠了擠眼睛，把聲音壓得小小的，卻還是壓不住聲音本身的雀躍，「我聽內部消息說，妳可是陳總欽點的，硬是在最後一刻把華正集團另外一個公司副總的兒子擠掉了，跟商業大片一樣，太厲害了！」

蘇棠愣得更狠了。

「我擠掉了華正副總的兒子？」

「對啊……」陸小滿放下眼影盒，在化妝包裡摸出一盒腮紅，對著鏡子邊刷邊說，「我聽我婆婆說的，她昨天晚上還在那碎念呢，說不知道陳總是吃錯了什麼藥……我倒是覺得陳總難得可靠了一次，我看過妳的人事資料，一看就是有技術有學識的資優生，比那個副總的兒子強太多了。」

蘇棠在這番誠心度很高的誇獎中捕捉到了一點額外的資訊，不禁問，「妳婆婆是……」

「咳，我婆婆就是那個副總兒子的親媽。」

蘇棠狠噎了一下，愣愣地看著這個還在坦然補妝的人，「也就是說……我頂掉了妳老公的錄取名額？」

「是呢。」陸小滿爽快地應著，收起腮紅，又摸出一支唇彩，皺著眉頭抱怨，「我老公看起來人模人樣的，其實只會耍個嘴皮子，我們是大學同班同學，他就是那種考試全靠拼人品的貨色，理論力學重修了三遍才過，根本不合適這種需要專業技術的職位，他自己也不想來，是我婆婆死要面子……」

蘇棠實在想不出該接什麼話才好，有點無力地轉開了水龍頭，在嘩嘩的流水聲裡默然苦笑。

這回恐怕真的是在什麼環節上出了烏龍吧，那個陳總這會兒也許正在樓頂上風中凌亂呢……。

陸小滿的好奇心明顯沒有得到滿足，又追問了起來，「欸，陳總是不是妳的什麼親戚呀？」

對著這樣一個爽快得幾乎沒心沒肺的人，蘇棠也不好意思繞彎子，搖搖頭，關掉水龍頭，抽出一張紙巾擦了擦手，實話實說，「我只見過他一次。」

「在哪啊？」

「在維基百科裡。」

陸小滿愣了一下，「噗」地笑噴出來，笑得就差躺地上打幾個滾了。

「妳真是太有趣了！我們中午一塊吃飯吧，到時候我去找妳，公司那個員工餐廳東坡肉是別想了，糖醋里肌還是天天都有的。」

「好，我等妳。」

蘇棠幾乎整個上午都在各個部門之間折騰著辦手續，快到正中午才在七樓的辦公室裡安頓下來。

不知道是「東坡肉」的事已經在公司裡傳遍了，還是陸小滿的話對她產生了心理作用，蘇棠總覺得辦公室裡每一個人看向她的眼神裡都帶著詭異的笑意。好在這層樓的辦公室是大平面隔斷式的，蘇棠打了個招呼就往自己的隔間裡一坐，覺得像是找著一個地洞鑽進去了一樣，頓時安心了下來。

屁股還沒坐熱，手機就震了一下，是沈易發來的簡訊。

——在忙嗎？

自從上週那封祝賀簡訊之後，沈易就沒再與她聯繫過，她一直在準備上班的事，偶爾想起這個人來，也只是在心底裡笑一笑，沒想過再去打擾他，突然收到這麼一封簡訊，蘇棠多少有點意外，微怔了一下才回覆。

——剛剛安頓下來，正準備整理桌子呢，有事嗎？

沈易回覆得很快，蘇棠幾乎可以想像到他在這個城市裡某個寬敞明亮的地方用好看的手指輕快流暢地點擊手機螢幕的樣子。

——早上送了件快遞給妳，大概午休的時候會到，送去華正的快遞都是收發室負責接收的，記得去拿。

蘇棠愣了愣，沈易寄快遞給她？

難不成是那晚在他家忘了什麼東西嗎？

——寄什麼東西？

沈易簡簡單單地回了一個字。

——花。

蘇棠眼前頓時出現了偶像劇裡女主角被一大車玫瑰淹沒到傻眼的場面，慌得差點把手機摔到地上。

沈易很有這種不聲不響就搞出一片人仰馬翻的實力。

看沈易的措辭，現在讓他把快遞取消已經是不實際的事了，蘇棠一直是S size的身材、XXXL size的心，她確實不大喜歡這種沒來由的張揚，倒也無所謂被人圍觀說閒話，只是一想到現在國內越來越離譜的物價，多少有點替沈易心疼。

這年頭沒有誰的錢是大風刮來的，他要是賺錢輕鬆，也不會在生病住院的時候還惦記著工作了。

——爆發戶，這也太破費了！

沈易又簡單地回了兩個字。

——不貴。

直到蘇棠被收發室打來的電話叫下去簽收的時候，才明白沈易這句「不貴」是什麼意思，他送的確實是花，不過不是一車，也不是一束，而是一盆。

一盆含苞待放的玻璃海棠，花農擺著小攤在街上賣幾十塊錢一盆的那種。

蘇棠嘲笑了一下自己過於活躍的想像力，啼笑皆非地抱著花盆回到辦公室，剛一進門就怔了一怔。

之前匆忙進來沒有留意，其實辦公室裡每個人的辦公桌上都擺著一兩盆植物，只有她的桌子上是光禿禿的，相比之下了無生氣。

蘇棠低頭看看抱在手裡的花，笑得心服口服。

他怎麼連這個都想到了……。

蘇棠小心地把花放到自己的辦公桌上，把臉湊到花盆旁邊傻笑著自拍了一張，發給沈易。

──收到，非常喜歡！謝謝你，晚上請你吃飯吧。

陸小滿上來找她吃午飯的時候，蘇棠才收到沈易的回覆。

──先留著，等我比較不忌口的時候再說，我要吃好的。

蘇棠笑著回覆。

──沒問題！

陸小滿好奇地拽她的手臂，「發個簡訊還樂成這樣，男朋友啊？」

蘇棠收起手機，板著臉糾正，「男的，朋友。」

「真無趣……」陸小滿扁著嘴嘟囔，「不是男朋友就不值得為他浪費吃飯時間了，走走走，動作要快，要不然待會只剩下白飯了，那些技術宅男們搶起飯來一點風度都沒有！」

蘇棠以為下次見到沈易應該就是自己請他吃飯的時候，沒想到這週五的晚上就見到了，雖然不是她請客，卻也是因為吃飯。

那天一早她就在辦公自動化系統裡收到一封內部訊息，寄件者是華正的ＣＦＯ陳國輝，蘇棠還以為這位陳總終究嚥不下這口氣，要她下週一開始不要再來上班了，點開之後卻發現是一條工作通知，通知她晚上跟他去參加一個酒局。

蘇棠有點疑惑，倒還沒疑惑到回覆訊息問為什麼的程度，打了通電話給外婆說了一聲，下午下班的時候就跟著陳國輝的車一塊走了，到了飯店才知道，這場出動了華正集團諸多重量級高層的酒局的主角居然就是那個在她到職第一天送來一盆海棠花給她的人。

一個多星期沒見沈易，沈易的臉色比之前住院的時候好了很多，身上穿著一件咖啡色長袖襯衫，袖子捲到手臂中間，露出一截肌骨均勻的手臂，站在一群穿著高層主管味十足的短袖襯衫的中年男人中間，格外引人注目。

也許是為了方便交談，沈易的助理也在，陳國輝似乎跟她很有交情，見面直呼她「小秦」，聽她對其他幾個人自我介紹的時候，蘇棠才聽全了她的名字：秦靜瑤。

蘇棠徹底推翻了之前的判斷，沈易一定不是華正集團的人。

但是滿場的人明顯都對沈易的身分一清二楚，誰也不提他的職務，清一色都稱他為「沈先生」，秦靜瑤也只說自己是他的助理，要不是蘇棠在車裡一路看著陳國輝憂心忡忡的臉，真會以為這只是一場單純的朋友聚會。

陳國輝沒說為什麼要帶她來，蘇棠猜大概是因為沈易帶了一個女助理來，華正這邊也要有個女的陪著才合適吧。

沈易出席的場合，應該不會有什麼壞事。

蘇棠就是覺得，沈易離現今社會上那些亂七八糟的事很遠很遠，遠到她甚至懷疑他未必知道有那些骯髒的存在。

秦靜瑤帶著不深不淺的笑容俐落地說著各種恰到好處的場面話，沈易只是謙和地微笑著，依次跟所有人握手，握到蘇棠面前的時候，嘴角的弧度加深了些許，像是一句好久不見。

蘇棠趁沒人注意，光張嘴不出聲地對沈易說了一句，「今天太帥了。」

沈易眼中的笑意陡然一濃，受用地點頭。

※

沈易入座之後，陳國輝示意蘇棠坐到離門口最近的那個位置，與沈易的距離幾乎是整張圓桌的直徑。沈易看著她在那個位置上坐下來，淺淺地皺了下眉頭，似乎是有些不悅，卻也沒表達什麼。

蘇棠猜他是不太滿意自己坐得離他這麼遠，但這個位置是正面觀賞沈易的黃金地段，蘇棠倒是樂在其中。

反正都是這一桌子菜，坐哪不是一樣吃嗎？

沈易沒帶司機，車是秦靜瑤開來的，服務生倒酒的時候陳國輝就讓他幫秦靜瑤倒了一杯柳橙汁，陳國輝本來示意服務生給蘇棠倒白酒，服務生剛把酒瓶拿起來，沈易就擺了擺手，對秦靜瑤用手語很快地說了幾句什麼。

秦靜瑤輕輕點頭，抬眼對陳國輝苦笑，「沈先生覺得我一個人喝柳橙汁太失敬了，他有點過意不去，但我今天是開車來的，等等還要陪沈先生回公司，實在沒辦法，您看能不能請蘇小姐陪我一塊兒喝柳橙汁，不然這頓飯我就吃不踏實了。」

陳國輝明顯愣了一下，但見沈易略帶歉意地看著他，趕忙陪笑，「哎呀，沈先生真是太客氣了，這點小事有什麼……來來來，給兩位女士都倒柳橙汁吧。」

蘇棠這才反應過來沈易是在替她擋酒。她的酒量其實還算可以，但喝酒畢竟不是什麼舒服的事，蘇棠還是有些感激地看向直徑那端的人，發現沈易也在看她，眼睛裡藏著淺淺的笑意。

蘇棠突然有種感覺，她雖然是代表華正一方參加這場酒局的，但在這張飯桌上，沈易才是跟她一夥的。

秦靜瑤說吃不踏實，事實上她根本就沒有動筷子的時間。在席的幾位華正高層各有各的口音，說的還都是極具特色的場面話，沈易無法單靠讀唇弄明白他們說的什麼，秦靜瑤全程都在為沈易做手語翻譯，同時也把沈易的手語翻譯並加工成毫不遜色的場面話回敬過去，來來往往有條不紊，順暢得好像沈易親口在和眾人聊天一樣，把蘇棠佩服得五體投地。

托秦靜瑤的福，蘇棠在這些源源不斷的場面話裡總結出了四條有用的資訊。

第一，沈易是七月份生日，上個月剛滿二十八歲。

第二，沈易畢業於美國一所名校，是金融與法律雙學位碩士。

第三，這一群華正集團的高層請他吃飯是因為有求於他，至於為什麼求他，他們似乎早就和沈易談過，也就沒再詳說，每次提到都模糊帶過，蘇棠只隱約聽出大概是跟錢有關的。

第四，她之所以被陳國輝帶來參加這場酒局，是因為她被華正錄取是與沈易有關的，怎麼個有關法，這些人也都心照不宣。

這場酒從六點一直喝到八點多，沈易來者不拒，喝到最後散場的時候已醉得有些恍惚了，靠秦靜瑤的攙扶才從椅子裡站起來，臉色難看得厲害，卻依然對與他不停說著越來越不堪入耳的醉話的華正高層們微笑。

秦靜瑤一直扶著他，沒空翻譯這些醉話，蘇棠一時間竟有些慶幸沈易是聽不見的，好的聽不見，壞的也一樣聽不見，焉知非福。

秦靜瑤把沈易進扶車裡，剛要替他關門，被沈易攔了一下，蘇棠看著沈易仰靠在座椅裡用手語對秦靜瑤緩緩地說了些什麼，然後秦靜瑤點點頭，轉過身來看向她，「蘇小姐，我們順路，如果沒什麼事的話不如跟我們一起走吧。」

蘇棠還沒反應過來，就被醉得舌頭已經不大靈活的陳國輝推上前去，「對對對，一起走……小蘇啊，妳去送送沈先生，要照顧周到啊……」

「好。」

照顧醉酒的人是件費力不討好的事，但這個人要是沈易的話，那就未必了。

蘇棠一上車，秦靜瑤就俐落地拉開駕駛座的車門坐了進去，朝車窗外的華正高層們微笑著揮了揮手，一腳油門踩下去，才淡淡地開口，「沈先生說妳一個女孩子大晚上跟一群醉鬼在一塊不安全，我先送沈先生去醫院，然後送妳回家，不會太晚的。他待會可能會吐，儲物盒裡有塑膠袋，麻煩妳照顧一下。」

聽到「醫院」兩個字，蘇棠連忙轉頭看向身邊的人。

沈易閉著眼睛靜靜地倚在座椅上，眉頭淺淺地皺著，一隻手捂在上腹，好像是胃裡有些不舒服。

他上週還因為胃病在住院，突然喝這麼多酒，能好受到哪去？

蘇棠不禁有些擔心，在他手臂上拍了拍，「難受的話就躺下來吧。」

夜間行車，車裡光線太暗，沈易沒能看清蘇棠的嘴型，露出些許疑惑的表情。

對醉酒的人來說在疾馳的車裡看字多少有些煎熬，蘇棠沒去摸手機，只抬手指指沈易的頭，又拍拍自己的腿，示意他把腦袋枕過來，沈易明白後，猶豫了一下，微笑著搖頭。

蘇棠猜他是怕自己的力氣不足以承擔他腦袋的重量，一本正經地握拳屈肘做了個健美運動員秀肌肉的動作，沈易被逗得笑了起來，皺起的眉頭也一下子舒展得平平的，終於輕輕點頭。

秦靜瑤在後視鏡裡看到沈易枕著蘇棠的腿躺下來，出聲提醒，「後擋風玻璃下面有條毯子，可以給他蓋一下。」

「好。」

蘇棠伸手摸出那條毯子，展開蓋到沈易酒氣濃重的身上，沈易在毯子下微微蜷了蜷身，向她懷裡挨近了些，沒有睜眼，但蘇棠感覺得到，這條毯子讓他又多舒服了一點。

蘇棠安心下來，不禁看向秦靜瑤的側影，她對沈易似乎有種超越人類感官的了解。

秦靜瑤像是覺察到了自己的後腦勺正被一束好奇的目光盯著，淡淡開口，「我今年三十二歲，兒子上幼稚園大班，姓趙。」

蘇棠愣了一下才反應過來她是在與沈易撇清私人關係，一時間哭笑不得，「我跟沈先生只是朋友，他常去看我外婆……」

秦靜瑤沒再說話，專心以最高限速把車開向博雅醫院。

秦靜瑤開車很穩，起步刹車都很柔和，即便如此，車行到一半的時候沈易還是突然拽了拽她的衣角，眉頭皺得緊緊的。

蘇棠把自己的臉盡量往他面前湊近了些，「想吐是嗎？」

沈易微微點頭，按著座椅坐墊往上撐了撐身子，卻沒能坐起來，蘇棠看他難受得厲害，把一隻手臂墊到他肩頸下，幫他把上半身稍稍抬高了些，卻沒扶他坐起來，反而擁著他的肩膀讓他朝著她的懷裡半側過身來。

這樣一點小小的位置改變就讓沈易難過得差點吐出來，蘇棠不敢再動，另一隻手輕輕拍撫他發抖的背脊，「想吐就吐出來，我幫你清理，沒關係。」

沈易沒有看清她說的什麼，秦靜瑤倒是聽得清楚，從後視鏡裡看到兩人的姿勢，不禁皺了皺眉頭，「蘇小姐，妳還是讓他起來吐吧，塑膠袋在儲物盒裡。」

蘇棠沒抬頭，「不要緊，他胃裡難受的話躺著能舒服一點，我看著他，不會讓他嗆著。」

秦靜瑤沉默了片刻，還是沒忍住，「讓他坐起來妳能方便一點。」

蘇棠愣了一下才反應過來，無奈地笑笑。

「沒關係，他也不是第一次吐在我身上了。」

秦靜瑤沒再出聲。

沈易似乎明白了蘇棠的意思，強忍著不肯張口，還掙扎著想要坐起來，蘇棠差點按不住他，一急之下躥上來一股火氣，抓起手機點開手電筒，把光束往自己下巴上一放，從下到上照亮自己整張臉，狠瞪著這個死要面子的人，「你要命還是要臉，再動我把你扔出去！」

不知道是被她的話震懾了，還是被她這張臉震懾了，沈易呆愣了一下，沒再亂動，順著蘇棠的摟抱安靜了下來。

蘇棠剛鬆了口氣，就聽秦靜瑤問了她一句，「妳今年多大？」

「二十四。」

「口氣有點像我奶奶。」

「……」

沈易終究熬不住胃裡一陣強過一陣痛楚吐了起來，吐得整個人蜷成了一團，封閉的車裡頓時彌漫開一股刺鼻的酸臭味，沈易緊張得全身發僵，卻止不住已經開始的劇烈嘔吐。

「沒事，沒事……吐出來就好了……沒事……」

蘇棠徹底忘了這是個聽不見的人，一邊拍撫著他的身子一邊在他耳邊細細地安慰，秦靜瑤沒有管她，只皺著眉頭搖下了駕駛座的車窗。

「別開窗！」蘇棠忙揚聲制止，「他吐出來的東西顏色很重，我沒見他剛才吃什麼深顏色的東西，可能是胃出血了，千萬不能著涼。」

秦靜瑤沒出聲，把車窗升了回去，踩下油門把車飆到了限速的上限。

博雅醫院好像早就接到了通知，車開到門口的時候，必要的醫療設備已經在等著了，秦靜瑤剛一停車就按開了所有門鎖，還沒熄火，就有醫護人員衝過來拉開了車門，小心俐落地把幾乎昏迷的沈易抬上救護床。

空氣中頓時充滿了醫護人員念報各種醫學術語的聲音，蘇棠心揪的厲害，滿腦子空白，一路跟著救護床就往手術室裡跑，在護士攔她之前，秦靜瑤先一步把她拽住了。

「這裡有S市最好的消化科醫師，交給他們就行了。」

蘇棠盯著手術室關緊的大門足足呆了幾分鐘，才勉強回過神來，深深喘了口氣，看向面不改色的秦靜瑤，「他以前也……也這樣過嗎？」

秦靜瑤微怔，「你說喝醉酒？」

一個二十好幾的男人怎麼可能沒喝醉過，蘇棠一愣之下倒是定住點神，待喘息平穩些了，才換了個更貼切的說法問她，「急性胃出血，以前也有過嗎？」

秦靜瑤蹙眉，「我見過三次，最近一次是兩個月前。」

這種病症在大學裡男性學生幹部中的好發程度僅次於感冒，在她的印象中這種情況只要及時送醫就沒什麼生命危險，如果對沈易是家常便飯的話，秦靜瑤的習以為常也是可以理解的。

蘇棠剛放心了些，不經意瞥見懸掛在走廊拐角處那塊醒目的牌子，狠愣了一下。

她剛才心慌意亂沒注意，這是消化科的手術室，不是急救室。

蘇棠剛安穩下來的心又一下子懸到了喉嚨口，「胃出血不是電鏡灼燒就行了嗎，怎麼直接就送手術室了？」

秦靜瑤愣了一下，有些意外地看著她，「妳不是學土木工程的嗎？」

「我外婆是做醫護工作的。」

秦靜瑤淡淡地「喔」了一聲，「他兩個月前做了胃部三分之一切除手術，上週剛出院，醫師應該要開腔檢查一下是不是手術創口的問題。」

「切除？」蘇棠瞪大了眼睛，被這個名詞的意味驚得倒吸了一口冷氣，聲音有點發虛，「他得了胃癌嗎？」

「妳外婆沒有跟妳講過不是所有的切除手術都和癌症有關嗎？」秦靜瑤靜靜地打完臉，低頭看了一眼手錶，又看了一眼蘇棠身上被沈易吐得一場糊塗的衣服，淡淡地皺了下眉頭，「我該回公司上班了，有事打電話給我。」

蘇棠一愣，快晚上九點了，她現在上班？

「你們到底是做什麼的？」

秦靜瑤微怔，「沈先生沒有告訴妳？」

蘇棠搖頭，「沒有……」

「那我就不告訴妳了。」

※

送沈易來醫院的就只有她和秦靜瑤兩個人，秦靜瑤走得很乾脆，也沒提沈易還有什麼家人，蘇棠不敢在情況未定的時候跟外婆說這件事，只能去洗手間簡單地整理一下，然後就一步不離地守在手術室門口。

手術進行了近三個小時，蘇棠長這麼大，等人等過無數次，這一次是最漫長也是最煎熬的。期間醫生護士幾次出出進進，沒人問病人家屬是誰，也沒人說要在什麼手術同意書上簽字，蘇棠也不敢攔下他們問情況，深怕給這些忙著救命的人添亂，直到「手術中」的提示燈暗下來，蘇棠才趕忙站起來迎上去。

「他怎麼樣了？」

回答她的是個五十多歲的中年醫師，似乎是這些人裡職位最高的，從頭到腳都透著濃濃的威嚴，回答的方式是提問，「妳是他的什麼人？」

「我是他的朋友。」

醫師看了一眼她的衣服，「是妳送他來的？」

蘇棠點頭，「是。」

「妳一直在這？」

蘇棠又點頭，「是。」

醫師終於問夠了，「病人送來得很及時，送醫過程中的護理工作也做得很好，病人的情緒一直很穩定，為我們的搶救工作降低了很多難度，謝謝妳。」

蘇棠在這一連串的「很」中徹底放心下來，卻又被這聲謝謝聽得一愣，哪有醫生向病人親屬道謝的？

「不不不……應該是我謝謝您！辛苦您了！」

「這是我應該做的，我是他爸爸。」

說完，朝蘇棠禮貌地點了下頭，大步走遠了。

蘇棠正目瞪口呆地凌亂著，剛才一直站在沈易父親身後的一個濃眉大眼的年輕醫師就走了過來，笑著朝她伸出手，「妳好，我是沈院長的學生，沈易的主治醫師，趙陽，剛才是我把他剖開又縫上的。」

蘇棠被這個過於簡單粗暴的手術過程描述弄得哭笑不得，心情不由自主地平復了許多，伸出手來跟他握手，「你好，辛苦你了。」

趙陽笑眯眯地看著她，「我猜妳是蘇棠。」

蘇棠微怔，「你是怎麼猜的？」

趙陽笑著指指她一團糟的衣服，「能讓他在把人家的衣服吐成這樣的情況下還保持情緒穩定的，應該就只有妳了。」

蘇棠覺得他話裡有話，卻沒心思追究，精神緊繃了三個小時，忽然放鬆下來，整個人都像是被抽空了。

她很想去看看沈易，在門外看一眼也好，但現在似乎並不合適。

「沈易沒事就好，既然他爸爸在這，那我就先回去了。」

「別呀，沈院長今天晚上在這是值夜班呢，剛才進去就是簽簽字什麼的，現在不又去值班了嗎……」趙陽苦笑，「難得這次送他來醫院的人沒扔下他就走，妳要是沒什麼事的話就陪陪他吧。」

想起秦靜瑤俐落卻也淡漠的反應，蘇棠心裡突然有點不是滋味。

見蘇棠一時沒吭聲，趙陽從醫師袍口袋裡摸出手錶看了看，「妳看現在都十二點了，公車地鐵都沒了，要是讓沈易知道妳現在一個人回家，我肯定還得再搶救他一次。」

蘇棠沒再猶豫，「那他醒了之後需要我做什麼嗎？」

一聽她答應留下，趙陽痛快地擺手，「不用不用，他的體徵資料有即時監控，我在辦公室能看見，有什麼異常的話我會立刻過去……他病房在住院部十五樓，出電梯門右轉，最裡面那間就是。」

「謝謝。」

「不客氣！」

蘇棠進病房的時候沈易還沒醒過來，臉色蒼白得幾乎與枕頭融在了一起，身上插滿了亂七八糟的管子，各種運轉中的醫療儀器發出規律的細響，平靜得讓蘇棠止不住心疼。

這間病房似乎是沈易長期使用的，各類生活用品一應俱全，甚至還有衣櫃書架書桌這樣的基本傢俱，以及一些零零碎碎的擺設，可能是因為面積相對較小，生活的痕跡明顯比他那間七十多坪的大房子豐富了很多。

蘇棠剛想在他床邊的椅子上坐下來，目光就被擺在床頭櫃上的一隻絨毛小熊抓了過去，小熊很舊，有點醜，醜得讓蘇棠整個人都傻在那了。

這小熊是她的。

準確地說，這小熊在很久很久以前是她的，怎麼來的已經記不得了，只記得因為它在某種程度上挑戰了她的審美觀，她就把它送給別人了……。

沈易說二十年前在博雅療養院見過她，難不成她是把這小熊送給他了？

蘇棠愣愣地看著靜靜躺在病床上的人，突然有種去腦科掛個號的衝動。

她怎麼一丁點印象都沒有了……。

沈易半夜醒來一次，不知道是不是太虛弱了，睜眼看到蘇棠在床邊，只定定地看了她片刻就又昏昏睡著了，直到日近中午才徹底清醒過來，醒來看到蘇棠坐在床邊椅子上看書，愣得像見了鬼。

蘇棠餘光掃見床上的人動了動，從書中抬起頭來，見他這樣盯著自己，不禁一愣，「怎麼了，傷口痛？」

沈易又愣了幾秒才偏頭看向床頭櫃，好像要找些什麼。

蘇棠看他似乎是想要說些什麼，從身上拿出手機來，「要找手機嗎？」

沈易微微點頭。

蘇棠點開一頁新備忘錄，才把手機送到沈易手裡。沈易身上無力，手有些抖，打字也慢了許多，短短幾個字就按了足足半分鐘。

——妳昨晚一直在這裡？

蘇棠點頭，「你放心，我跟我外婆說過了，我跟她說飯桌上有盤沒炒熟的四季豆，你食物中毒了。」

沈易虛弱地笑了一下，笑裡帶著深深的歉疚。

——對不起，昨晚醒來看到妳，以為是自己喝多了。

蘇棠看著他敲完最後幾個字，「噗」地笑出來，好氣又好笑地在他微亂的頭髮上揉了兩把，「你也知道你喝得多啊！」

沈易淡淡地苦笑，歇了片刻，才重新敲字。

——妳沒有喝多就好。

蘇棠笑著看他，「你酒還沒醒啊？我昨天不是喝柳橙汁嗎，還是你讓秦靜瑤使出美人計加苦肉計，陳總才答應的。」

沈易大概不知道什麼是美人計，但美人還是知道，明白蘇棠是看出了他那一點小技倆，臉上露出一點讚許的意思。

——妳很聰明，只是缺少些社會經驗，以後參加這樣的酒局要小心一些。

蘇棠愣了愣，隱約覺得昨晚的事似乎還有些自己沒看得出來的複雜，「我要小心什麼？」

——妳知道妳昨晚坐的是什麼位置嗎？

蘇棠愣了一下，突然想起她昨晚落座那一瞬沈易那個不悅的表情，「不就是個靠門的位置嗎？」

沈易帶著耐心的淺笑在手機上打了很長一段字，中間停下來稍稍歇了一下，才把話徹底打完。

——我坐的位置是主賓位，陳國輝坐的是主陪位，妳坐在我的斜對面，和陳國輝正對，那是副主陪的位置，照常理是應該由職位僅次於陳國輝的人坐的，坐在那個位子上的人要負責勸酒喝酒。

蘇棠怔怔地看完，不好意思地搖搖頭，「這個我還真不知道……那陳總為什麼讓我坐那啊？」

不等沈易打字，蘇棠突然想起來，「是不是因為我進華正工作的事是你找陳總辦的，他請你吃飯就讓我陪著勸酒？」

沈易在點頭和搖頭之間猶豫了一下，最後還是選擇了打字。

——怪我考慮的不夠周到。陳國輝前段時間找我幫華正集團辦件事，所以我才有那份華正的資料。不過我沒有同意，他也沒有再聯繫我，我以為他已經去找別人做了，妳說要到華正面試，我看了一下華正徵才的資訊，覺得那個職位很合適妳，就發了一封推薦信給陳國輝，沒想到被他誤會成我答應幫他辦事了。他讓妳坐在那個位置，大概是擔心我不肯喝他的酒。

蘇棠看完沈易打在手機上的字，突然有種一塊大石落地的感覺，不是因為知道自己的錄取不是一個離譜的烏龍事件，而是因為沈易幫她的方式，簡單，乾淨，尊重，和她對這個人的第一印象完全一致，蘇棠甚至有點自責，自己居然會把他和陳國輝之流混為一談。

蘇棠把手肘撐在他病床護欄上，托著腮幫子有氣無力地看著他，「我看我得請你吃一輩子的飯才能把謝意表達完了。」

沈易被她的道謝方式逗得笑起來，明快的笑容在他蒼白的臉上暈開，好像是冰河初融，把蘇棠整個人都要看化了。

沈易帶著這個很有溫度的笑容緩緩在手機上打字。

——別擔心，我只有三分之二個胃，吃得很少。

沈易的精神一點也不像是一個在生物學角度上來說不完整的人，趙陽也沒有來，證明他一切安好，蘇棠放心了些，就忍不住問出了那個久久不得解答的問題，「你方不方便告訴我，你到底是做什麼工作的啊？如果是什麼國家安全局之類的保密職業那就別說了。」

沈易笑著搖搖頭。

——我是做證券交易的，在公司裡主要負責美股，國內喜歡把我的職業稱為操盤手。陳國輝找我辦的也是這方面的事，只是他的要求屬於業內違規操作，被查到是要坐牢的。

蘇棠被「坐牢」這個字眼看得心驚肉跳，「我週一就去華正辭職。」

沈易急忙搖頭，急著想表達些什麼，卻又不能立刻表達出來，慌亂之間喘息都短促了起來。

蘇棠趕忙伸手撫他的胸口，「你別急，別急……你說這事怎麼辦吧，我聽你的就是了。」

沈易閉上眼睛稍稍歇了一陣，才睜開眼睛，帶著一點苦笑看她。

——妳放心，他們現在肯定已經知道把我喝進醫院的事了，短時間內不敢來煩我的。人生的第一份工作很重要，華正是個很好的起點，以後如果要跳槽，華正的名字寫在履歷上也會很漂亮，這個機會很難得，不要放棄。

蘇棠看著他雖然脆弱得好像一碰就要壞掉了卻還事事成竹在胸的樣子，微微抿嘴，「你的第一份工作是在哪裡做的？」

沈易輕笑。

——妳知道華爾街嗎？

蘇棠無力地長嘆了一聲，「那算了，這個槽我如果跳進去非卡在裡面不可。」

沈易身上無力，連笑也笑得沒什麼力氣，看起來別有幾分溫柔，按在手機螢幕上的手指也溫柔得像是在愛撫些什麼。

——謝謝妳昨晚在車裡照顧我，還一直在安慰我。

蘇棠被他後半句看得一愣，「你怎麼知道？」

沈易柔和地笑著，慢慢地敲字。

——耳朵一直癢癢的，應該是妳在我耳邊說話，而且是很溫柔的聲音。從來沒有人在知道我聽不見也看不清的時候還會對我說話。

一想起昨晚那個場面蘇棠還心有餘悸，沒好氣地瞪了他一眼，「我那是被你嚇傻了，你那時是在吐血啊，你知道什麼是血嗎，就是那種流多了會死人的液體。」

沈易被她對血下的定義又逗得笑彎了眼睛，蘇棠白他一眼，「還笑，你一看就是那種好了傷疤就忘了痛的人，我非讓你記住一回不可，你等著。」

蘇棠說著就走出門去，十分鐘後回來，手裡捧著一碗剛沖熱水的康師傅紅燒牛肉麵，泡麵獨有的侵略性香味頓時充滿了整間病房，蘇棠笑盈盈地把這碗泡麵放到沈易床頭，「趙醫師說你這兩天還不能吃東西，你就用嗅覺感受一下可以吃東西的好處吧。」

蘇棠把他手裡的手機奪了過來，沈易只能對著她乾瞪眼。

這碗泡麵在他床頭放了不到三分鐘，趙陽帶著一臉困惑開門進來了，一進門聞到這股濃重的香味，又看到床上那個閉著眼睛臉色隱隱發綠的人，和坐在床邊一臉壞笑的蘇棠，頓時明白了怎麼回事，「噗」地笑出聲來。

「我說他好端端的怎麼心率就不對勁了……就該治治他，看他下次還敢不愛惜自己的身體！這位小姐，妳真是條漢子！」

「……」

整個週末蘇棠都待在醫院，趙陽找他同在醫院工作的老婆借了身衣服給她，療養院有個活動，外婆得到趙陽關於食物中毒的確認也就沒再多問，叮嚀蘇棠好好照顧沈易也好好照顧自己。

於是蘇棠在沈易的病房裡吃了很多喪心病狂的東西，比如烤地瓜，比如洋芋片，根據趙陽看到的資料顯示，沈易的內心幾乎是崩潰的。

直到週末下午，趙陽查房之後表示沈易可以吃點清淡的流質食物了，蘇棠弄來一碗清甜的南瓜小米粥，湊到沈易床邊哄了好一陣子，沈易才肯搭理她。

沈易不肯讓她餵，蘇棠把床頭搖高了些，看著他慢慢地吃完，接過他手裡的碗放到床頭。

「欸，我有個問題想問你。」

沈易還沒徹底順過氣來，沒太有好氣地看著她，儼然像是一句「不要。」

蘇棠不管他的臉色，伸手指指擺在床頭櫃上的那隻醜兮兮的小熊，「這個，是不是我送給你的？」

※

沈易順著蘇棠的指點看過去，目光落在那隻小熊上，臉色不由自主地柔和了下來，微微點頭。

蘇棠憋著一肚子問號耐心地等他把目光轉回到自己臉上，「就是你說二十年前在博雅療養院見過我的那次？」

沈易輕輕點頭，臉上那層本來就很柔和的火氣已經散了個一乾二淨，隱約露出一點期待的表情，好像很希望她能把這件事想起來。

蘇棠還是苦著臉搖頭，「我已經想了兩天了，真的一點印象都沒有……」

沈易朝她伸出手來，掌心朝上，蘇棠馬上會意地把手機遞了過去，沈易接到手裡，緩緩地打了三個字。

——想知道？

蘇棠連連點頭，她相信這裡面肯定是有些什麼的，不然他也不會把一個女孩家的玩具留這麼多年，到現在還擺在床頭這麼顯眼的地方。

沈易深深地看了她一眼，臉色有些難言的凝重，手指在螢幕上點動的過程中好像在想著些什麼不堪回首的事情。

——妳保證不會再在我病房裡吃那些東西了。

蘇棠憋著差點噴出來的笑認真搖頭，還鄭重地朝天花板立起了三根手指頭，「不吃了，保證不吃了！」

沈易好氣又好笑地搖搖頭，既往不咎，低頭打字。

——那天在療養院看到妳一個人在走道上邊走邊哭，記得妳總是跟在周醫師身邊的，就猜妳是找不到周醫師了，然後把妳帶到她的辦公室，陪妳等到她回來，妳就把這個送給我了。

蘇棠皺了皺眉頭。這件事她確實記不得了，但她記得很清楚，自己從小就是黏著外婆的，尤其是父母剛把她丟給外婆的那幾年，一下子看不到外婆就會怕得要命，她能想像得到自己那時哭得有多慘。

「然後，你是不是就轉身走了？」

沈易原本看著她還是很茫然的反應多少有點失落，突然看她問了這麼一句，不禁愣了一下，點點頭。

「我是不是還在背後叫你了？」

蘇棠鬼使神差地問出這麼一句，見沈易愣住才突然反應過來，頓時急紅了臉，在午後偏暖的光線下像隻剛出鍋的小龍蝦，「對不起，對不起……我只是、只是突然想起來，我好像對這個場面有點印象，那天看你下車往醫院大樓走就覺得有點眼熟……」

沈易伸手拍拍她緊張之下緊抓在病床護欄上的手，笑著搖頭，目光裡流露出純粹的欣喜之色，開心得像個孩子。

蘇棠還是懊惱得很，這已經不是她第一次忘記這件事了，沈易脾氣再好大概也快翻臉了，蘇棠小心地望著鬆散地靠在床上的人，「對不起啊，我腦袋裡有洞，你別跟我一般見識……」

沈易沒有否定她這個說法，若有所思地點點頭，笑著在手機上打字。

——所有人的腦袋裡都有洞，研究證明，這些洞越深長，人的腦容量就越大，人就越聰明。不過妳是研究自然科學的人，我更希望妳把它們稱為大腦溝回。

蘇棠被他哄寬了心，彎腰把下巴挨到搭在護欄上的手背上，仰頭看他，「你是不是從來就沒生過氣啊？」

沈易有些無力地瞪了她一眼。

——我不是剛被妳氣了兩天嗎？

「你也只是把微笑的頻率和幅度降低了一點，那也叫生氣啊？」

——我想過報警。

蘇棠沒憋住，趴在護欄上笑得身子直顫，笑夠了才想起來好像哪裡還是有點不對，「欸，等一下……」

蘇棠直起身來又看了一眼床頭櫃上的那隻小熊，「都二十年了，你怎麼還留著它啊？」

沈易淺淺地抿了下血色淡薄的嘴唇，表情裡多了一點鄭重。

——紀念妳對我的信任。我一直很想當面謝謝妳。

蘇棠被他客氣得哭笑不得，「這有什麼可謝的啊，那是因為你長得就不像壞人，現在不像，小時候肯定也不像。」

沈易認真地搖搖頭，緩緩地敲下一大段字。

——我是突然失去聽力的，當時年紀太小，很長一段時間都不能接受，甚至不敢閉上眼睛，一定要吃藥才能睡著，折騰了好幾年，心理和身體都出現了一些問題，所以被送到療養院調養。那次把妳送回周醫師身邊之後我才發現自己還是可以有用的，情況好轉以後就參加了博雅醫院和美國合作的一個醫療專案，在美國學會讀唇，然後開始讀書。如果沒在那個時候遇到妳，我也不知道自己現在會是什麼樣子。

蘇棠看著他把這些話一字一字地打在那頁備忘錄上，每多一個字蘇棠心裡都會不由自主地輕顫一下。

沈易如今的性情裡看不到一丁點被苦難折磨過的痕跡，她能猜到他從小到大會付出比別人更多的努力，卻猜不到他還經歷過這些，看著他平靜的把這些話敲在手機上，蘇棠一時不知道該怎麼反應才好。

沈易又靜靜地補了一句。

——也許根本活不到現在。

蘇棠覺得心頭上被什麼刺了一下，「你別胡說八道啊！」

沈易笑著搖搖頭，笑得滿不在乎，監測心率的儀器也用平穩的波形證明了他確實並不在乎。

——這是一個有科學依據的合理推斷，如果妳不相信，我可以寫一篇ＳＣＩ標準的論文證明。

蘇棠看得哭笑不得，她的心要是XXXL，這個人的心大概就是IMAX的了。

蘇棠不願在醫院裡跟他討論這麼沉重的話題，伸手拿起那隻小熊，「你要是喜歡絨毛玩具的話我再送你一個吧，這個太醜了，跟你放在一起不搭。」

沈易搖頭。

——我不覺得它醜。

「那你覺得我醜嗎？」

沈易使勁搖頭。

蘇棠把熊舉起來，把熊臉和自己的臉並排湊到一起，「這意思就是在你的眼裡，我跟它的顏值是同樣水準的？」

沈易被她這個簡單粗暴的推理弄得啼笑皆非。

——每個人對醜的判斷標準是不一樣的。就好像一般女孩子看到正在嘔吐的人會盡量離得遠遠的，妳卻願意抱住我。

「那是因為我沒有其他的選項啊，」蘇棠伸長脖子一本正經地辯論，「那天晚上要是我開車，秦靜瑤陪你坐在後面，她肯定也會這麼做。」

沈易認真地搖頭。

——兩個月前她和司機一起送我來醫院，全程只是幫我拿了塑膠袋，防止我吐在車裡，一般女孩子都愛乾淨，這很正常。

「算了，」蘇棠辯不過這個學過法律的人，卻也擔心他一直在心裡糾結著這件事影響病情，乾脆裝模做樣地嘆了一聲，「我跟你說實話吧，我不是什麼女孩子。」

蘇棠一句話說完，眼看著沈易深深地愣了一下，看她的眼神都變了，愕然之間還下意識地往她胸前看了一眼。

趙陽的老婆也是個S size的女性，她的T恤穿著蘇棠身上是正好貼身的，貼得蘇棠胸前的弧度一覽無遺。比上不足比下有餘，好歹還是有的。

蘇棠頓時明白沈易想到哪去了，欲哭無淚地補了一句，「我也不是男孩子……我是女漢子。」

沈易的表情充分證明了他從來沒有聽過這個名詞。

「就是……」蘇棠努力嘗試著讓他理解這個名詞的精髓所在，「在女人的軀殼裡住著一個男人的靈魂。也不是你這種男人，怎麼說呢……男子漢，你懂吧，就像李逵，張飛，武大郎……」看著沈易還是一片茫然的臉，蘇棠索性一拍大腿，挑了個他一定認識的，「趙醫師。」

沈易好像是明白了點什麼，若有所思地點點頭，示意蘇棠繼續說下去。

「所以你說的這些對我來說都不是什麼事，我沒放心上，你也別總是惦記著了，弄得我怪彆扭的，你說下次再碰到這種事我要不要管你啊？」

沈易消化了一下蘇棠這番話，才輕輕點頭，以示同意。

——妳是女漢子，那我是什麼？

蘇棠看他不再糾結那些事，安心地鬆了口氣，「你的靈魂比軀殼結實太多了，假設你是男人的軀殼的話……」眼看著沈易挑起眉來，蘇棠笑著改口，「好好好，你就是男人的軀殼，那你的靈魂裡應該住著一個美國隊長，拿著一塊盾牌立在那，堅不可摧。」

蘇棠說著從椅子上站起來，拿那隻小熊當盾牌比劃了一個美國隊長的招牌姿勢，把沈易逗得直笑。

「你笑什麼啊，我是在誇你呢。」蘇棠板起臉來，用一種朗誦心靈雞湯的口氣認真地說，「內部的東西總得比外部的東西堅固一點，結構才會比較穩定，就說鋼筋混凝土，混凝土已經夠結實了，裡面還是得放鋼筋，就是這個道理。」

沈易輕按著被自己生生笑疼的手術刀口緩了一會兒，才慢慢敲字。

——混凝土的抗壓強度很強，抗拉強度卻只有抗壓強度的10％，加入鋼筋可以有效提高整體結構的抗拉能力，這和堅固的概念好像不太一樣。

蘇棠有點崩潰。

這是鋼筋混凝土的基本常識，她當然清楚，但是這個搞證券的人怎麼會連這個都知道，她還以為這番聽起來好像很有科學依據的胡說八道能讓他好好感動一下呢……。

沈易大概看出了蘇棠內心深處的萬馬奔騰，不由自主地彎起了嘴角。

——想要全面了解一支股票的價值，最好研究一下這支股票所在領域的基本情況，感謝華正集團給我這個機會。

蘇棠無力地搖頭，幽幽地瞪他，「你靈魂裡住的不是美國隊長，是多啦A夢。」

沈易笑得無比受用，看得蘇棠一點脾氣也沒有了。

蘇棠轉頭看了眼床頭櫃上的手錶，四點多了，「我明天該上班了，今天晚上得回家整理一下，你一個人在這可以吧？」

沈易臉上的笑意淡了些許，露出一點歉意。

——我很好，這兩天麻煩妳了，謝謝。

說到明天上班，蘇棠就想起這份工作是怎麼來的，「你要是真想謝我，出院之後就給我個機會謝謝你，請你吃飯也行，替你做點什麼事也行，不然我心裡不踏實。」

蘇棠說得很誠懇，沈易笑著點頭。

蘇棠走前幫他把床頭放低下來，沈易又在手機上認真地敲了很多叮囑路上注意安全之類的話，蘇棠相信，要不是他還下不了床，他非親自把她送到家門口才安心。

蘇棠一到家就發了簡訊給他報平安，沈易幾乎是秒回的，蘇棠懷疑，從她離開那間病房開始，他就一直捏著手機在等她這則訊息了。

蘇棠總覺得沈易對出門這件事有種特殊的緊張。

缺少一種感官，總會缺少點安全感吧。

蘇棠臨睡前又發了簡訊給他。

——早點睡覺，晚安。

依然是秒回，卻不是沈易的口吻。

——查房發現小白鼠已睡熟，放心。神醫趙陽

※

沈易在醫院住了大半個月，蘇棠工作忙得一塌糊塗，中間只抽空去看了他一次，沈易看她累得要命就早早把她趕走了，他出院的消息還是那天一大早趙陽發訊息告訴她的。

——二號飼養員，小白鼠今天出籠，請溫柔待之。

蘇棠哭笑不得，自從她把沈易送到醫院，又陪了兩天，趙陽就沒再把她當外人，並堅定地認為他和她是建築領域的同行，因為救人一命勝造七級浮屠。

蘇棠一邊刷牙一邊漫不經心地回覆。

——誰是一號飼養員？

——我啊！

——之前不還是神醫趙陽嗎，怎麼又成飼養員了？

——那是治的階段，現在是養的階段，職稱固定，職務機動，請各部門靈活配合，爭取早日達到可食用標準！

蘇棠一口牙膏泡沫噴了整個螢幕都是。

一想到沈易是被這樣一個醫師剖開又縫上的，蘇棠有點替沈易肉疼，抹乾淨螢幕就發了封慰問訊息給沈易。

沈易的手機上沒有任何社交軟體，他解釋說是因為他的手機裡有很多工作上的東西，安裝社交軟體會增加洩密的危險，趙陽說他是被間諜片嚇的，蘇棠倒是不介意跟他簡訊聯繫。

用慣了各種即時社交軟體之後，一個月二百封的簡訊包月方案簡直像是一個華而不實的付費APP，沈易這個與時代脫節的習慣卻歪打正著的讓它在蘇棠這裡有了些存在的意義。

蘇棠覺得沈易和簡訊的感覺很像，不夠方便快捷，但簡單明瞭，穩定牢靠。

沈易很快回覆。

——謝謝，我會好好休養的。趙醫師只是告訴你我出院了嗎？

蘇棠愣了一下。

——是，怎麼了？

——可以讓我看看他的話嗎？

沈易認真的口吻看得蘇棠有點心慌，唯恐是出了什麼事，趕忙截圖發了過去，過了一陣子收到沈易的回覆。

——謝謝，發給我爸爸了。

蘇棠和陸小滿在員工餐廳吃午飯的時候收到了趙陽的發來的怨念。

——妳這人怎麼一點革命情感都沒有啊！

蘇棠一邊往嘴裡送飯，一邊幸災樂禍地回他。

——這不能怪我，要怪就怪敵人太強大。怎麼了，沈院長找你談人生了？

——何止談人生！連來生都談了！

蘇棠一口飯沒吞下去，嗆了個亂七八糟，陸小滿趕忙抽紙巾遞給她，「誰啊，把你樂成這樣，男朋友啊？」

蘇棠好不容易止住咳嗽，抹了抹活生生嗆出來的眼淚，好氣又好笑地瞪著對面滿臉好奇的人，「妳怎麼看誰都是我男朋友啊？」

陸小滿深深地翻了個白眼，「我替妳著急嘛，妳這週末就過生日了吧？過了生日就又長一歲了，又長一歲就離高齡產婦又近了一步，妳要是能跟聖母瑪利亞一樣不破童身就生出個孩子來，我還關心妳這個幹嘛啊！」

蘇棠忍不住在桌子底下踹了她一腳，陸小滿瞪著眼連聲罵她見色忘義，蘇棠只好把和趙陽的聊天介面亮給她看，一手指著那張被他拿來當頭像的夫妻甜蜜合影，「看看看……這是博雅醫院的醫師，人家都結婚好幾年了，孩子比妳的還大呢。」

陸小滿看著這個頭像，眼睛又瞪大了一圈，「啊！這是不是博雅消化科的那個趙醫師啊，他老婆在婦產科，姓宋？」

蘇棠一愣，「你認識他？」

「噗——」

陸小滿頓時激動起來，「他燒成灰我都認識他！我去年懷孕的時候過了預產期好久還沒動靜，就到他老婆那檢查，他正好在那，妳猜他跟我說什麼？」不等蘇棠猜，陸小滿就粗起嗓子學著男人的聲音說，「唉呀，怕什麼呀，又不是什麼大事，不就是個哪吒嘛！」說完一拍桌子，「氣得我當天就生了！」

蘇棠笑得停不下來，乾脆放下了筷子。

陸小滿突然想起了什麼，拿筷子的另一頭在桌子上戳了戳，「欸，說正經的……妳生日準備怎麼過啊，難得在週末呢，要不要找幾個不錯的同事出去通宵啊？」

「別別別……」蘇棠苦著臉搖頭，「最近忙瘋了，妳就讓我在家好好睡兩天吧。」

陸小滿看看她確實不淺的黑眼圈，「那好，等過段日子不忙了我們來個大型聚會，妳來這麼久了還沒參加過聚會活動呢，多認識點其他辦公室的人，做起事來比較方便。」

「好。」

陸小滿沒再提替她過生日的事，卻還是在週五那天下班之前塞給她一張取蛋糕的訂單。外婆一直沒提起她生日的事，蘇棠只當是外婆忘了，也不願為這種孩子氣的事給外婆添麻煩，週六一早起來外婆出去買菜，她就在書房裡加班忙公司的事，準備下午出門去把陸小滿送她的蛋糕取回來，晚上跟外婆一起吃吃就行了。

十點多的時候趙陽突然發來一則訊息。

──前方發布警報！

蘇棠愣了一下，還沒來得及問他是什麼意思，家裡門鈴突然響起來，外婆在廚房裡喊她去開門，蘇棠忙應了一聲，放下手機出去開門。

這公寓就在療養院裡面，出入管理很嚴格，連快遞都只能送到療養院大門口，樓上樓下住的都是療養院的職員，常有人來找外婆閒聊，蘇棠開門之前也就沒往貓眼裡看，開門看到按門鈴的人，整個人都傻在門口了。

按門鈴的不是一個人，是三個人，三個大男人。

沈易，趙陽，以及沈易的司機徐超。

一眼看見蘇棠，趙陽和徐超齊聲大喊了一聲「生日快樂」，沈易只是靜靜地看著她微笑，手裡捧著一塊大紅紙板，紙板上用毛筆寫著四個龍飛鳳舞的大字——我是主謀。

這樣的資訊已經足夠讓蘇棠立刻明白這是怎麼回事，蘇棠一時間想哭又想笑，朝著廚房門口怨氣十足地喊了聲，「外婆！」

廚房裡傳來外婆帶笑的聲音，「你們年輕人的事，我可什麼都不知道喲……」

徐超退伍沒多久，今年剛滿二十，既老實又大方，大概是之前已經跟沈易來過很多次了，和外婆很熟絡，一口一個周奶奶地叫，進門把滿手的東西拎到廚房，就在那幫外婆打下手了。

蘇棠趁沈易去廚房跟外婆打招呼，瞪著眼罵趙陽賣隊友，趙陽卻拿她的話來堵了她的嘴——敵人太強大。

沈易從外婆那裡得知蘇棠不愛吃甜食，也就沒訂蛋糕，陸小滿的蛋糕正好沒有浪費。離吃飯的時候還早，徐超和趙陽去取蛋糕，沈易和外婆閒聊，蘇棠就回書房繼續忙工作去了，正焦頭爛額的時候沈易敲敲門走了進來。

蘇棠就著轉椅轉過身來，板起臉看他，「老實交代，還有什麼別的埋伏嗎？」

沈易笑著搖搖頭。

蘇棠滿臉都寫著「懷疑」兩個字，微微眯眼打量著沈易這身一絲不苟的白襯衫黑西裝加領帶的正裝打扮，「真沒別的埋伏了？那你來我家吃頓飯，怎麼還穿得跟要去打官司一樣啊？」

沈易走到電腦桌旁邊，指指放在電腦旁的紙筆，得到蘇棠點頭允許，才拿起筆來，彎腰寫字。

——下班之後就去醫院接趙陽了，沒來得及換衣服。

蘇棠這才發現，寫在紅紙板上的那四個大字應該是沈易親筆寫的，雖然毛筆和圓珠筆寫出來的字形不太一樣，但筆劃間那種溫和的鋒芒是一模一樣的。

「你幾點下班啊？」

——4:00 am，美股停盤時間。

蘇棠嚇了一跳，他之前說主要負責美股交易，她還真沒有意識到這意味著他的作息時間也要跟著美國時間來。

蘇棠擔心地看著他被這場病折磨得稜角愈發清晰的臉，好看是好看，但蘇棠寧願看不到這種好看，「你剛出院就這麼熬，可以嗎？」

沈易無所謂地笑著搖搖頭，放下手裡的筆，饒有興致地看向蘇棠的電腦螢幕。

「哎哎哎……」蘇棠趕忙撲過去遮住，「這可是商業機密，洩露出去我就慘了……吃飯還早著呢，你要是不嫌我房間亂就到我房間睡一下吧。」

沈易搖頭笑笑，重新拿起筆來。

——放心，守口如瓶是操盤手的基本職業道德。

「守口如瓶」這四個字讓蘇棠怔了一下，心裡泛起一點莫名的酸酸涼涼的滋味，還沒反應過來是為什麼，就見沈易又在紙上寫下一句話。

——第一段第二行的 projet，是想寫 project 嗎？

「啊？」蘇棠拿開捂在螢幕上的手，看了眼檔案裡沈易說的那個地方，欲哭無淚地嘆了一聲，敲著鍵盤改了過來，「我的法語和英語已經完美地融合在一起了。」

沈易粗略地掃了一下這頁純英文的文字檔，又在紙上寫了幾個字，遞給蘇棠。

——這是海外專案嗎？

蘇棠苦著臉點頭，抓狂地揉了揉頭髮，「嗯，在非洲那邊的一個專案，他們組內缺人手，臨時請我幫忙翻譯點資料，翻成英法兩個版本，急著用。法語那份沒什麼問題，英語的要煩死我了，丟到網頁裡翻出來的根本不是人話。」

沈易淺淺笑著寫字。

——要幫忙嗎？

蘇棠看著紙上的字愣了一下，才想起來他是在美國長大的，「要不然……你要是不累的話，就幫我順順有什麼文法錯誤吧，我昨天熬到大半夜，也翻得差不多了。」

沈易點點頭，垂手解開西裝的扣子，在蘇棠讓出的位子上坐了下來。

蘇棠站在旁邊看著他改了一小段，改到第二段的時候好像遇到了什麼困難，沈易淺淺皺起眉頭，對著那段話看了好一陣子，抬手鬆了鬆領帶結，才俐落地按了一下Shift鍵，切換到中文輸入法，有些不安地在新起的一行裡打下一句話。

——我可以刪了重寫嗎？

「……」

※

蘇棠對自己的英文寫作水準很有自知之明，工程上的事不能湊合著用，沈易願意花這個力氣，她自然是求之不得。

蘇棠在心裡默默地替自己所有的英語老師上了柱香，「好，隨你處置吧……你要吃點什麼或者喝點什麼嗎？」

沈易的臉上頓時露出點如釋重負的表情，舒開蹙了半天的眉頭，輕快地按了一下Shift鍵，另起一行打出一個請求。

——可以給我一塊糖嗎？

蘇棠看著這個一百八十幾公分高、輪廓英挺的大男人，憋不住笑出聲來，「你要吃糖？」

沈易被她笑得有點不好意思，嘴唇輕輕地抿了起來，線條如刻的顴骨上隱隱泛起一層紅暈。

——有點餓。

看到他含羞帶臊地打下這三個字，蘇棠突然想起了他的下班時間，立刻笑不出來了，「你是不是還沒吃早飯啊？別吃糖了，我拿點餅乾什麼的給你吧。」

蘇棠說著就要轉身出去，被沈易伸手攔住了。

沈易的肢體碰觸總是禮貌得恰到好處，自然得體，哪怕是這樣倉促間的阻攔也不會讓人覺得有所冒犯。

——我的食量很小，這個時候吃餅乾就吃不下午飯了，周醫師會不高興。吃糖緩一下就好，什麼糖都可以。

同樣的一段話，看文字的過程會比聽聲音多出許多思考的時間，在這些時間裡蘇棠突然意識到一件事，

「你是不是故意沒吃早飯？」

沈易只是微笑，微笑得恰到好處。

要不是他這身西裝一看就價值不菲，蘇棠一定要抓著他的肩膀好好晃一晃。難怪他會把趙陽逼到一住院

就要沒收他錢包的地步，他對自己苛刻起來，好像這副身子骨根本就是從火車站撿來的。

蘇棠幾乎可以想像到他的胃病是怎麼被他自己一點一點折磨出來的，「你別管我外婆高不高興，你先管管你自己高不高興行不行，餓著舒服嗎？」

——我很喜歡周醫師做的飯，想多吃一點，還想吃妳的生日蛋糕。

沈易打完這句話之後就用一種求她成全的眼神看著她，看得蘇棠不忍拒絕，只能好氣又好笑地瞪了他一眼，「怪不得你能把我外婆哄成你的共犯呢。」

蘇棠出去轉了一圈，回來的時候哭笑不得地把一支棒棒糖遞到沈易面前，「這個可以嗎？家裡沒人吃糖，這還是上個禮拜有小孩來家裡玩的時候硬塞給我的。」

沈易點點頭，伸手接過來，饒有興致地看了看印在包裝紙上的字，才剝開包裝紙，把糖送到嘴邊，很認真地嚐了一下，看到蘇棠有點忐忑地看著他，深深地一笑，把糖含進嘴裡騰出手來，轉頭在電腦上打字。

——很好吃，難怪他們的財務報表一直很漂亮。

第一次看到有人用這樣的話來稱讚一種食物，蘇棠想笑，卻突然反應過來這樣的話往往還意味著什麼，「你以前沒吃過棒棒糖嗎？」

沈易認真地搖頭，眼睛裡流露出的開心像極了那個把糖塞給她的四歲小孩。

蘇棠突然想起來，別人的童年是吃糖度過的，他的童年卻是吃藥度過的。看著這個西裝革履之下氣質端莊穩重的人一本正經地叼著一根棒棒糖，蘇棠猶豫了一下，「你先忙，我出去一趟，馬上回來。」

蘇棠跟趙陽和徐超一起回來的時候還不到十一點半，沈易已經大致把那份英文翻譯搞定了，向蘇棠請教了幾個工程上的專業術語和幾句過於書面化的中文表達之後又略作修改，就交給蘇棠驗收了，全程耗時不足六十分鐘。

蘇棠把翻譯好的東西發送出去，長長舒了一口氣，兩手合十對著沈易拜了三拜，「上次的事還沒來得及謝你呢，現在又欠了你一個人情，再這麼欠下去我下輩子得給你做牛做馬了。」

沈易似乎被「做牛做馬」這個說法嚇到了，趕忙擺擺手，拿過紙筆「刷刷」寫起來。

——別這樣說。周醫師只允許我來幫妳慶祝生日，不允許我帶禮物，這份翻譯就當做是送給妳的生日禮物了，希望妳能喜歡。

蘇棠誇張地哀嚎，「這生日禮物太貴重了，成功解放了我整個星期天啊！我明天終於能睡個懶覺了。」

沈易溫和的微笑裡帶著一點淺淺的擔心。

——工作很辛苦嗎？

蘇棠點點頭，放輕了聲音實話實說，「剛到職嘛，誰逮著都會使喚兩下，忙是忙了點，不過也正好當作熟悉環境了。」

這些話她從沒對外婆提過，如今的工作環境已經不是當年外婆剛工作時那麼簡單了，有些過於微妙的約定俗成跟外婆說不清楚，反而會放大她的擔心，但蘇棠覺得沈易應該是可以明白的。

沈易無疑是處於食物鏈頂端的那種人，但她越來越清楚地發現，他之所以能在食物鏈的頂端占有一席之地，完全是靠他自己從地基深處一步步走上去，甚至是爬上去的。

「你不是前兩年剛回國發展的嗎，剛進公司的時候也不容易吧？」

沈易微笑著斟酌了一下，才簡簡單單地落筆。

——還好，同事們都很照顧我。

寫罷，又猶豫了一下，在後面補上了一句。

——尤其是行政部門的中老年女同事。

蘇棠愣了一下，突然在他略帶無奈的苦笑中反應過來，「她們是不是都爭著介紹對象給你啊？」

看著沈易那一臉苦哈哈的理解萬歲，蘇棠強憋著笑擺出一個語重心長的表情，學著那些熱心大姐的語氣拍著腿說，「唉呀，小沈啊，你看你也老大不小的了，眼見就要三十了吧，也該談婚論嫁啦，你看那個誰誰誰啊，年紀比你小，條件比你差，人家兒子都上幼稚園啦……」

沈易一邊笑一邊連連點頭，對蘇棠做了個武俠片裡拱手以示佩服的動作。

蘇棠笑夠了才搖搖頭，細細地觀賞著站在桌邊的人，「她們這不是瞎操心嗎，你哪用得著別人介紹對象，追你的女人們肯定每天都把你們公司門口堵得水洩不通，警衛都快被你煩死了吧？」

沈易笑著搖頭，提筆寫了兩個時間段。

——Apr.-Nov. 21:30-4:00, Nov.-Apr. 22:30-5:00

蘇棠看得出來，這是冬令時和夏令時的美股交易時間。

沈易寫完這兩個時間段，又在後面注釋了一句話。

——我上下班的時間不太適合良家婦女做這種事情。

蘇棠被那個「良家婦女」逗樂了，但也不得不承認沈易說的是實情，他這樣晝伏夜出的作息習慣，想單憑自己的運氣遇到點「良家婦女」確實不大容易。

八卦這種事只要一開頭就別想停下來，蘇棠完全忘了自己原本是在跟他說什麼，只管托著腮幫子瞇眼看他，「那你們公司裡應該有女人喜歡你吧，或者你們的合作夥伴裡，還有送報紙送快遞送外送的，都算。」

沈易笑著連連搖頭，看蘇棠滿臉都是不信，不得不再次拿起筆來。

——和我交流很麻煩。

「我不覺得啊。」

沈易淺淺地苦笑。

——不是所有人都會有耐心等我打字或寫字，我總不能連約會都要帶助理吧。

蘇棠猶豫了一下，「也許就有像你的助理那樣會手語的女孩呢，或者有女孩喜歡你，為了和你交流就去學手語了呢。」

沈易輕輕搖頭，動作幅度一如既往的小，蘇棠卻感覺到一種被事實反覆論證過之後的不容置疑。

——你學過三種不同語系的語言，應該明白學習一門新的語言是件很不容易的事情。

「你的助理就學得很好啊，簡直出神入化。」

沈易還是搖頭，俐落地寫字。

——她的母親也是聾啞人士，她會說話的時候就會手語了。人類學語言是有最佳時間的，錯過那段時間就會學得很辛苦。

蘇棠比他更篤定地搖頭，「這倒未必，我從小學開始學英語，在法國讀書的時候也有英語課，學了這麼多年還寫不出幾句像樣的人話來，是因為我過日子根本用不著它。」

蘇棠說著指指堆在電腦桌上的幾本法語教材，「我去法國之前只學過幾個月的法語，法國人的英語簡直災難，我剛到那的時候基本上就是比手劃腳然後猜，但是天天聽天天說，幾個月下來就能把那些生活用語說清楚了，一個學期之後聽課也沒什麼問題了。」

沈易不由自主地微微點頭，好像是有些感同身受。

蘇棠笑著聳聳肩，「所以我覺得手語應該也是一樣的，單純當做一門學問去學的話肯定不容易，但要是當做生存技能去學，應該還是不難的，起碼手語不會像法語那樣有幾十種時態變化吧？」

沈易被她最後這句話逗笑了，搖搖頭，又若有所思地輕輕點頭。

蘇棠還沒來得及繼續八卦下去，就聽見趙陽在客廳裡招呼了一聲開飯，蘇棠想起他還沒吃早飯，趕忙收起好奇心，站起身來，「關於語言學的學術討論到此結束，趕緊去洗洗手，該進行飲食文化的學術討論了。」

這頓飯沈易確實吃得不少，成功地把外婆哄得很高興，外婆知道沈易晝夜顛倒的工作時間，趙陽也要回醫院值班，吃過飯之後外婆就催著他們回去了，蘇棠還沒把碗洗完，就收到了沈易的簡訊。

——謝謝妳。

蘇棠抿著嘴笑，她知道沈易謝的是什麼，她趁沈易在家幫她翻譯資料的空檔去療養院門口那個古董級的小雜貨店裡買了好多已經在大超市銷聲匿跡的糖，全是小孩子才會吃的糖，然後寫了一張「幫你把這些補上」的便條紙一起放進袋子裡，在樓下等到徐超把車開回來之後放到了車上，叮囑趙陽在他們回去的時候拿給他。

他給她一個生日驚喜，她回他一份童年禮物，也算是禮尚往來了吧。

蘇棠剛給沈易回完「不客氣」，就收到趙陽的訊息。

——前方記者趙陽為您回報，小白鼠眼眶紅了。

蘇棠哭笑不得，一袋糖果而已，有必要嗎……

蘇棠摘下另一隻橡皮手套，回了一句話給趙陽。

——請前方記者提供順毛服務。

蘇棠剛把碗筷洗完，又收到趙陽的一條訊息。

——前方記者趙陽為您發回後續報導，小白鼠含淚嘗試了跳跳糖，順毛無效，已瘋。

CHAPITRE 3 不能用點頭代替的言語

「我也想對妳說，我喜歡妳，
即使我不能說話，這句話也不能用點頭代替。」

S市乾旱了整整一個夏天，到了秋天終於憋不住了，週日那天就有點陰沉，週一週二接連來了兩場矜持的毛毛雨之後，週三突然就來了場洶湧的，大雨從下午三四點鐘開始下，一直下到華正的下班時間還像是消防車澆下來的一樣。

陸小滿的老公開車來接她，陸小滿要叫蘇棠一起走，想到回陸小滿家和去療養院是完全相反的兩個方向，蘇棠就用手裡的事還沒做完為理由推辭掉了。

地鐵站離公司門口不遠，走過去最多三分鐘，蘇棠有隨身帶傘的習慣，也不急著回家，打電話給外婆報了平安之後就一邊加班一邊等雨勢變小。

掛掉外婆的電話不到二十分鐘，蘇棠就收到了沈易的簡訊。

——還在公司嗎？

蘇棠大概能猜到他為什麼在這個時候問這樣一句話，不禁抬頭看了看桌上那盆已經徹底開放的玻璃海棠。

六點半，離沈易上班的時間還早，他應該還在家裡，從他家到華正來的距離和陸小滿把她送到療養院再回家的距離沒什麼兩樣。

說到底，沈易只是外婆曾經照顧過的一位病人而已，像他一樣離開療養院之後還與外婆保持聯繫的病人還有很多，他這樣頻繁細緻的關心照顧已經遠遠超過了一般標準。就算是他有心感謝她童年時對他的那個歪打正著的鼓勵，但那畢竟是個無心之舉，她實在不好意思總厚著臉皮接受他的關照。

蘇棠心裡感動得很，手上還是拒絕了。

——沒有啊，已經在家了。

五分鐘之後，沈易發來了回覆。

──周醫師說妳還沒回去，妳在哪？

蘇棠欲哭無淚地看著手機上的字，她怎麼忘了外婆跟他是一夥的了……。

蘇棠本想回他說正在路上，就快到家了，結果字還沒沒打完，沈易又發來一封。

──告訴我，否則我馬上報警。

沈易從沒用過這樣冷硬的口吻，蘇棠看得心裡直發毛，生怕他真去報警，趕忙如實回覆。

──你別擔心，我在公司加班呢，等雨小了就回家。

沈易很快回覆，語氣恢復到了以往的柔和。

──慢慢做，別著急，我在門口等妳。

蘇棠對著手機螢幕差點把眼珠子瞪出來。

他已經到了？！

蘇棠抬頭看了一眼窗外絲毫不見小的雨勢，趕忙關上電腦，手忙腳亂地收拾了一通，跟還在加班的同事打了個招呼，就匆匆下樓去了。

因為雨勢太大，不少人滯留在一樓大廳，三五成群地聊著天等雨停，蘇棠還是一出電梯就看到了穿著一身筆挺的黑西裝握著一把雨傘站在門口附近的沈易。

蘇棠發現，無論在什麼地方，沈易都有一種溫和的存在感，唯獨今天，也許是被這場大雨澆的，蘇棠一眼看過去就覺得氣氛好像有點不對。

她一出電梯沈易也看到了她，臉色有點莫名的難看，和她的目光簡短交會之後就把目光稍稍下移了一些，看見她手裡也拿著雨傘，就兀自轉身，撐開自己手裡的傘走進雨裡了，好像根本就不認識她似的。

「欸──」

這個轉身轉得乾脆果斷，蘇棠直覺覺得，就算他能聽見聲音，她也不可能在這個時候把他叫住。

蘇棠有點疑惑，他在這等著她，就為了提前讓她看個臉色？

這是怎麼回事……。

沈易畢竟是大老遠的跑來接她了，蘇棠不會在這種時候跟他使性子，趕忙加快步子跟了過去。

沈易的車沒有直接停在公司樓下，只是停在路邊的臨時停車位上，蘇棠過去的時候沈易已經坐進了車裡，車門半開著，明顯是為她留的。

蘇棠收傘坐進來，向徐超道了聲謝，把濕答答的傘放進塑膠袋裡，拿紙巾擦乾了身上的雨水，沈易一直閉眼靠在旁邊座椅裡，看也沒看她一眼。

蘇棠猜想著他是因為她對他撒謊才跟她嘔氣，覺得好氣又好笑，整理好了也懶得理他，只管轉頭看著被雨水沖得一片模糊的車窗，車裡一時間沒有一點人聲，徐超終究是憋不住了，小心地瞄了一眼後視鏡裡的兩個人，惴惴地開口。

「蘇姐，妳在生沈哥的氣嗎？」

蘇棠被冤枉得欲哭無淚，轉頭看了一眼那個臉色依然有點難看的側影，沈易閉著眼睛沉浸在只屬於他的寂靜裡，沒有因為徐超的話而做出絲毫反應，可能是因為怕弄皺了西裝，雖然倚靠在座椅裡，背脊還是繃得直直的，看起來有種說不清的嚴肅，好像正在醞釀著要怎麼跟她談談人生。

「我哪裡生氣了，你自己瞧瞧，這不是他在生我的氣嗎？」

蘇棠話音剛落，前面就傳來徐超與年齡極不相符的苦口婆心的動靜，「哎呀，沈哥不是生氣，他是著急，這麼大的雨，妳一個人回去路上不安全啊。」

沈易的好意她能明白，但她一個二十好幾的成年人被一個大不了她幾歲的人這樣小心翼翼地擔心著，蘇棠多少有點不被信任的委屈，淡淡地嘟囔了一聲，「我坐地鐵回去跟下雨有什麼關係啊。」

徐超專心地觀察著被大雨攪亂得有點複雜的路況，一本正經地分析，「你看看這路多難開……妳去地鐵站不是還得過馬路嗎，萬一有車撞到妳了怎麼辦啊。」

蘇棠朝他圓潤的後腦勺翻了個白眼，「你們就不能想點好的嗎？」

徐超眼見自己越解釋越亂，急得都要冒汗了，還是目不斜視地注意著前方，「不是，蘇姐，你可別怨沈哥啊……他對出門的事都特別小心，不光是你，秦姐趙哥他們出門他都會叮嚀的。」

聽到秦靜瑤和趙陽這兩個比他大幾歲的人也被他這樣擔心著，蘇棠心裡頓時平衡多了，徐超沒看見蘇棠勾起的嘴角，還在苦口婆心地說著。

「就說我吧，我為沈哥開車一年多，他只對我發過一次脾氣，因為我在路口超車被交警攔了，一下車交警還沒說話呢，他就甩我一巴掌，把交警都嚇傻了。」

蘇棠想像不出沈易打人是什麼樣子，不由自主地看向那個還在那繃著的人，嚴肅是嚴肅了點，可終歸是安安靜靜的，毫無攻擊性可言，蘇棠苦笑，「有必要嗎……」

徐超小心地轉著方向盤拐過一個路口，猶豫了一下，最後還是怕蘇棠誤會沈易的脾氣，忍不住小聲說，「我那時也覺得不至於，後來他才跟我說，他小時候出過一次車禍，他媽媽因此成為植物人，現在還在醫院裡躺著呢，都二十多年了……你可千萬別跟他提這件事啊，他不願跟人說。」

蘇棠一時間有點不知所措地看著身邊這個依然未被打擾的人，他和她是並排而坐的，但ＳＵＶ過於寬敞的後座在他們兩人之間拉開了不小的一段距離，這樣看著似乎他是一個人待在另外一個空間裡的。

沈易從沒提過他的生母，她還以為要嘛是和她媽媽一樣離婚離得就像離世一樣乾脆果斷，要嘛就是真的已經離世了……。

這麼細心的人心裡偏偏有這麼一片深重的陰影，難怪他總會擔心出門在外的人。

蘇棠突然心疼得厲害。他不是說他自己沒受過那麼多苦嗎……。

比起自己的遲鈍，蘇棠有點佩服徐超，「你脾氣倒也夠好的，當街甩你一巴掌你還給他解釋的機會。」

聽到蘇棠的聲音軟下來，徐超心裡一鬆，「嘿嘿」笑起來，「沈哥對我好著呢，給他打一巴掌算什麼啊，我要是個女人的話，非纏著他嫁給他不可。」

蘇棠笑出聲來，「你要真有這個決心，性別根本不是問題。」

老實的徐超差點從駕駛座上跳起來，「哎呀！蘇姐！妳這是在說什麼呀！」

蘇棠本是打算先讓他把怨氣發洩出來再說別的，可乾巴巴地等了足有十分鐘，沈易還是沒動靜，蘇棠實在憋不住了，壯著膽子湊過去搖了搖他的手臂，一見他睜開眼睛，趕忙道歉。

「對不起，以後再也不騙你了。」

沈易愣了愣，盯著她的臉看了好一陣，好像一點也不明白她說的什麼，滿臉的怔愣把蘇棠也看愣了。

「你……你不是因為我騙你才生氣的？」

沈易好像這才明白過來她在說些什麼，忙搖了搖頭。

蘇棠被他這副冤枉的表情弄得哭笑不得，「那你說吧，我是怎麼招你惹你了，把你氣得臉都白了。」

沈易皺著眉頭深深地搖了搖頭，搖過之後似乎覺得這是個光憑搖頭無法解決的問題，又趕忙拿出手機來，迅速地打下一行字遞給蘇棠。

——我沒有生氣。

蘇棠好氣又好笑，瞪著這個一睜眼就不認帳的人，「你沒生氣，剛才在公司門口幹嘛擺臉色給我看啊？」

沈易連連搖頭，看得蘇棠眼暈，趕忙在他肩膀上拍了拍。

「你別著急，別著急……我先相信你沒生氣，好嗎，你告訴我你剛才在公司門口為什麼一看見我扭頭就走，你慢慢打字，我看著。」

沈易稍稍平靜了些，點點頭，把手機往蘇棠那邊湊過去了些，飛快地打字，好像唯恐慢一點的話蘇棠就會臨時改變主意不信他了。

——對不起，我沒想過給妳臉色看。我以前去過你們公司，你們公司裡有些人認識我，我不想讓他們誤會我們的關係，否則華正集團的老闆們說服不了我的時候，很可能會要求妳來說服我，對妳不好。

蘇棠愣愣地看著他把這段話敲完，抬頭看向這個被她誤會得手足無措的人，一時間不知道說什麼才好，既氣自己腦子太簡單，又氣這個一上車就裝泥菩薩的人，「那我都上車了你怎麼還不搭理我啊？」

被蘇棠這麼一問，沈易已經從座椅間立直起來的背脊頓時又繃緊了些，剛才因為著急而在臉頰上泛起紅暈莫名的淡了下去，定定地看了蘇棠好一陣子，才垂下目光看著手機螢幕，緩緩敲下幾個字。

——是不是因為我上次把車弄髒了，妳才不想坐我的車回家？

蘇棠看傻了眼，他剛才繃了半天是在一個人糾結這個？

蘇棠的心裡頓時泛上來一股難言的衝動，深深地看著這個因為她一時沒有反應而臉色更加淡白的人，嘴唇微抿，抬起手來，手指輕彎，在他光潔的額頭上結結實實地彈了一下。

「呃……」沈易完全沒有防備，被這當頭一道過於集中的疼痛激出一聲低啞的沉吟，疼得眼淚都要出來了，捂著額頭直瞪她。

「瞪什麼瞪，讓你在這悶頭瞎猜，害得我也跟著你緊張半天……還瞪我？再瞪我再給你一下！」

徐超在後視鏡裡看見沈易捂著額頭幽怨地縮回座椅裡，忍不住笑出聲來，「蘇姐，我說什麼來著，沈哥人好吧？」

蘇棠沒避開沈易始終凝在她唇間的目光，斜眼瞪向徐超的後腦勺，「你就護犢子吧！」

徐超的笑聲還沒落定，蘇棠就覺得手臂被輕碰了一下，沈易一手捂著額頭，一手遞來了手機，滿目困惑。

——護肚子是什麼意思？

蘇棠憋不住笑了出來，瞪向他的目光頓時綿柔了許多，他居然這會兒還惦記著學中文……。

「不是護肚子……是護犢子。」

蘇棠在手機上把「犢子」打給他看，沈易還是一臉認真的困惑。

——什麼是犢子？

蘇棠一聲嘆息，「你就是犢子。」

※

沈易把她送到療養院公寓樓下的時候，雨勢還沒見緩，蘇棠請他和徐超上去坐坐再走，沈易大概是擔心路況，也就沒有推辭。

沈易進門的時候額頭上還頂著個方塊Ａ，外婆一迎過來就嚇了一跳，「喲，小易這頭上是怎麼了，怎麼紅了一片啊？」

徐超埋頭收雨傘，憋著嘴使勁憋笑，沈易只微笑著搖了搖頭，兩手被脫西裝外套的動作占著，一時沒有回答，一雙帶笑的眼睛意味深長地看向蘇棠。

「啊，那個……什麼，」蘇棠被他看得一陣心虛，趕忙搶著回答，「徐超剎車踩急了，他沒繫安全帶，額頭撞到擋風玻璃上了。」

蘇棠一句話冤枉了兩個人，這兩個人卻都眼睜睜看著她一本正經地胡說八道，好像串通好了一樣，誰也不戳破，外婆也沒覺得有什麼不對，只顧著心疼，「唉呀，怎麼這麼不小心啊，瞧瞧撞成這樣……這種天開車太不安全了，你就讓她等雨小一點再回來嘛，還多跑這麼一趟，吃飯了嗎？」

沈易把脫下的外套掛在門口的衣帽架上，笑著搖搖頭。

「正好，鍋裡熬著八寶粥呢，在這吃點飯休息一下，等雨小了再走……」外婆說著就進廚房忙碌了，徐超跟去幫忙，留下蘇棠對著沈易拱手抱拳，以謝不告狀之恩。

沈易溫和大度地笑笑，朝蘇棠伸出手來，掌心朝上，似乎是要些什麼。

蘇棠愣了一下，「是要我的手機嗎？」

沈易搖搖頭。

「筆？」

沈易還是搖頭。

蘇棠一頭霧水之間無意掃見了他被雨水打濕的褲腳，西裝料子被水打濕了容易起褶子，他等等還要去上班，蘇棠頓時一臉大徹大悟，「是不是要毛巾啊？用吹風機能乾得快一些……算了，家裡有熨斗，要不你把褲子脫下來我幫你整理一下吧。」

沈易停在半空中的手微微顫了一下，臉上的笑意突然有點亂，蘇棠這才意識到自己在分析問題解決問題的慣性驅使下順口說了句什麼。

她居然要他在這裡脫褲子……。

蘇棠臉上一熱，「不是……你到底要什麼啊？」

沈易看著這個自己把自己弄紅了臉的人，整理好笑容，收回伸出的手，拿出手機，輕快地打了些字，含笑遞給蘇棠。

——我同意庭外和解，但是妳的行為已經構成了蓄意傷害，意圖很惡劣，我要求賠償。

蘇棠突然想起前些日子流傳甚廣的一句至理名言。

流氓不可怕，就怕流氓有文化。

剛才還不如就讓他一個人在那糾結呢……。

蘇棠對著手機螢幕翻了個大大的白眼，一把把手機塞回沈易手裡，無賴地叉起腰來，「要錢沒有，要命不給你。」

沈易既沒想要她的錢，也沒想要她的命，笑著在手機上敲下了一個疑問句式的賠償要求。

——可以陪我去聽一場音樂會嗎？

蘇棠愣了一下，自己也說不清是愣在了那個「聽」上，還是愣在了那個「音樂會」上，「啊？」

沈易似乎預料到了光憑這麼一句話不足以讓人點頭，待蘇棠看清螢幕上的字之後就拿回了手機，添上幾句解釋，蘇棠索性湊到他身邊看著他打字。

——這週六晚上，一個法國交響樂團的巡迴演出，樂團指揮是我在美國讀書的時候認識的朋友，可以為我預留座位。

蘇棠猶豫了一下，實話實說，她實在不是欣賞高雅藝術的那塊料，但是這句實話還沒來得及說出來，就看到沈易又打了一句。

——我一個人去有些浪費。

蘇棠明白這個「浪費」的意思，心裡微微沉了一下，沈易的神情倒是坦然得很，側過頭來看著她，似乎是在等她答覆。

「秦靜瑤不陪你去嗎？」

沈易搖搖頭。

——工作外的事不方便麻煩她。

想到樂團指揮是他的朋友，去了的話難免要跟人家客套客套，萬一接不上這些音樂家的話還不夠給沈易丟臉的，蘇棠還是苦著臉說了實話，「我不大會欣賞這個，以前也沒去過，讓我去也挺浪費的。」

沈易淺淺地彎著嘴角，輕輕搖頭。

——一場音樂會要坐很久，提琴手的位置在舞臺的最前排，我聽不見他們演奏的內容，只看他們的動作會很有催眠效果，我擔心自己會忍不住睡著，希望妳可以幫忙叫醒我，以免影響國人在國際上的整體形象。

蘇棠被他最後這句上綱上限的話看樂了，「要是只為了這個的話，那讓徐超去不就行了嘛，反正他要開車送你啊。」

沈易的笑容裡浮出一點柔和的無奈。

——帶他去過一次，他比我睡得早。

「噗——」

蘇棠突然覺得既然他有膽子讓她去，她也沒什麼好顧慮的了，「那好，我明天上班的時候問問這週末公司有沒有什麼安排，然後再答覆你。」

沈易點頭。

外婆本來只做了兩個人的飯，沈易和徐超一來，又臨時加了兩個菜，雖然有徐超幫廚，端上桌的時候時間也有點晚了，沈易惦記著上班時間，吃得有些漫不經心，一不留神被熱粥燙了一下，輕輕地「嘶」了一聲。

外婆忙問，「怎麼了？」

沈易掩口搖頭，眼睛笑著，眉頭卻皺著。

蘇棠坐在他旁邊看得清清楚楚，一想到剛才他理直氣壯地朝她索賠的樣子，蘇棠忍不住想讓他見識見識什麼才叫惡劣。

蘇棠放下筷子，在他肩膀上輕拍了兩下，滿臉關切，「是燙著了吧，來，給我看看。」

沈易搖搖頭表示自己沒事，蘇棠皺起眉頭，「燙傷可大可小，你要是因為這個進醫院，趙陽非笑死你不可……快點，張嘴。」

沈易帶著求救的目光看向外婆，外婆也有點擔心，「你就讓她看看嘛，可別燙出泡來。」

沈易這才側過身來，正面朝向蘇棠，唇齒輕啟，不好意思地探出一點舌尖來。

蘇棠像模像樣地伸手捏住他的下巴，一邊仔細端詳，一邊認真地念叨，「看不清楚呢……頭偏過來一點，對，舌頭再伸出來一點，再伸，好……呼吸一下，深呼吸，再來幾次，稍微快一點……」

徐超抱著碗笑嗆了，外婆瞪著蘇棠，卻也憋不住直笑，兩人都在沈易的視線之外，沈易渾然不覺。

直到蘇棠自己也憋不住笑趴在桌上，沈易才突然反應過來，臉還沒來得及黑，一下子想起桌上還有兩個人，一張臉頓時紅了個通透。

外婆趕忙繃住臉，開口打圓場，「棠棠，不許欺負小易啊……來來來，小易，吃飯，吃飯，別搭理這瘋丫頭……」

直到吃完飯出門，沈易臉上的紅暈還沒退乾淨。

蘇棠剛收拾好碗筷，正要去換衣服洗澡，就收到沈易發來的簡訊。

——我要求精神損失賠償。

蘇棠邊笑邊回他。

——證據不足，駁回原告請求。

蘇棠換好衣服之後發現沈易回給她一張圖片，點開來看，是搜尋引擎裡關於「犢子」這個詞的解釋。

蘇棠笑得臉都疼了，回他簡訊的時候手都是抖的。

——被告認罪伏法，你說怎麼判吧。

這封發過去，沈易沒有再回，蘇棠只當他是隨便說說聲討她一下而已，也沒再追問。

第二天一上班，蘇棠就去問了一下這週剩下幾天的工作安排，工作上沒什麼問題，只是辦公室裡幾個女同事計畫著週六晚上搞個小聚會，要找蘇棠一起，蘇棠就以家裡有事為由推辭掉了，然後發了封簡訊給沈易。

——週六晚上可以。

蘇棠剛發出去就後悔了。

早上九點，他四點才下班，這個時候還在睡覺吧……

蘇棠還沒後悔完，又發現自己擔心得有點多餘，不管他的手機簡訊提醒設定的是震動還是響鈴，他都聽不見，怎麼可能吵醒他？

蘇棠安心了還沒有五秒，就收到了沈易的回覆。

——好，到時候我去接你。

蘇棠嚇得差點把手機扔出去，愣了半天才想起來問一句。

——你怎麼這麼早就起床了？

沈易沒再回覆，直到星期五下午快下班的時候，蘇棠才又收到一條他的簡訊。

——昨天下午寄了件快遞給你，送到療養院，大概今天傍晚會到，記得收件。

蘇棠愣了一下，不由自主地看向桌上那盆玻璃海棠。不年不節的，也不是什麼特殊的日子，她實在想不出沈易會寄給她什麼，不過從上次他寄來的快遞上看，應該不是什麼讓她難以接受的東西。

事實上，沈易似乎從來沒做過什麼讓人難以接受的事情，就算是他先斬後奏的事，也做得足夠體貼入微，不會讓人覺得有什麼不舒服。

蘇棠還是問了一句。

——什麼東西？

沈易秒回。

——判決書。

「……」

※

蘇棠回到療養院的時候快遞已經到了。

沈易說寄來的是判決書，蘇棠拆開包裝之後並沒有看到什麼判決，只看到了書，一本環保紙印刷的原版英文書，正反兩面都找不到一個中國字，後面的定價也是以美元為單位的。

蘇棠哭笑不得地嘆了一聲，硬著頭皮像洗撲克牌一樣飛快地翻了一下，看裡面偶爾出現的圖表，大概是本經濟或金融類的書，蘇棠這雙手還是第一次摸到這類的書。

他所謂的精神損失賠償就是讓她也受到點精神上的傷害嗎……。

蘇棠正要問問沈易準備怎麼用這本書在精神上傷害她，是要她寫讀書筆記還是寫讀後感，一邊伸手到口袋裡拿手機，一邊掃視著排版極簡的封面，還沒等把手機拿出來，目光就被封面上的幾個字母定住了。

封面上所有字母的字體和顏色都是一樣，只是字型大小有些差別，剛才一眼掃下去只看到一片大大小小的大寫英文字母，完全沒有留意到這些英文單詞裡還混著兩組拼音。

SHEN YI。

「……」

蘇棠清晰地感覺到自己受到了精神上碾壓性的傷害，把書往胳膊下一夾，有氣無力地把手機拿出來，發簡訊給那個姓名拼音為SHEN YI的人。

——感謝大神贈書，我一定好好拜讀。

十秒之內，蘇棠就收到了沈易的回覆。

——這本書的專業性太強，而且已經過時了，不推薦妳讀。

蘇棠愣了愣。

——只把它收藏起來就可以賠償你的精神損失了？

——還要誇我幾句。

「噗——」

蘇棠很樂意以這樣的方式彌補他的精神損失，畢竟她想誇他也不是一天兩天了。蘇棠分三次發給沈易足有一千字的簡訊，基本上把她能想起來的古今中外誇人的話都寫進去了。

第二天傍晚沈易來接她去聽音樂會，蘇棠一上車就聽徐超樂呵呵地跟她說，他今早接沈易下班的時候，無意間瞥見沈易抱著手機在查「收下我的膝蓋」是什麼意思。

音樂會是在S市市中心的劇院裡舉辦的，一到週末晚上那片地方就是交通壅塞路段，車塞在離劇院還有兩個路口的地方，徐超煩躁得都暴粗口了。

沈易不會暴粗口，但眼看著時間差不多了，也免不了著急，眉頭輕輕地皺著，時不時地往車窗外看看。

蘇棠平時上下班都是坐地鐵的，這樣水泄不通的路況也難得遇上一回，直覺覺得這不是一時半會就能紓解的，於是伸手在沈易手臂上拍了拍，把沈易的視線從車窗外移了過來。

「離劇院也不遠了，我們下車走過去吧。」

沈易果斷地搖頭否決了蘇棠的提議，微笑著拍拍她的肩膀，示意她稍安勿躁。

蘇棠以為他是擔心安全問題，伸手給他指了指前方不遠處護欄上開的一個小口，「前面不就有個行人通行口嗎，從那穿過去走幾步路就到人行道上了，都塞成這樣了，一時半會動不了，不要緊。」

沈易還是搖頭，垂手往蘇棠腳下指了指。

蘇棠愣了一下，低頭看過去，發現沈易指的是她的鞋子。為了配這條一本正經的裙子，她今天穿了一雙八分跟的高跟鞋。

他是擔心她走過去太累？

蘇棠把腳往他那邊伸了伸，讓他看清鞋子的結構，「沒關係，這鞋子很舒服，走一天也不要緊，我能穿著它跑步呢。」

沈易還是有些猶豫。

蘇棠彎下腰來，伸手摸上鞋後跟，做出個準備脫鞋的姿勢，「你不信的話我就脫下來給你試試看。」

沈易趕忙擺手，他今天穿了一身顏色很柔和的西裝，柔和得讓他整個人看起來都很無辜。徐超忍不住笑出聲來，「蘇姐，妳真是女中豪傑！」

「你也想試試高跟鞋是吧？」

「別別別……」

蘇棠唯恐沈易改主意，不再跟徐超耍嘴皮子，拎了包就開門下車，沈易在手機上寫了些話遞給徐超，徐超看過之後點點頭，他才收起手機從車裡下來。

車道上堵得滿滿的，車與護欄之間的距離很小，容不下兩人並行，蘇棠走在前面，怕擋著沈易的路，腳步走得很快，一直走到通行口，準備穿馬路之前轉頭看了一眼跟著後面的人，才發現沈易並沒有緊跟在她後面。

沈易走得很小心，不時看著身邊的車，神情裡有些說不清的緊張。

蘇棠看得發愣，這都塞得像車展一樣了，他還緊張什麼？

總共就二十多公尺的距離，沈易沒有落後多遠，蘇棠發愣的時候沈易已經趕了上來，看到蘇棠在等他，有些不好意思地笑了一下。

蘇棠剛要搖頭，遠處路口稍有鬆動，隱約傳來一陣引擎發動的聲音，蘇棠恍然反應過來。

他是害怕這些車在毫無徵兆的情況下突然開動起來吧……。

蘇棠心裡一顫，眼看著沈易起腳要走，趕忙伸手挽住了他的手臂。

剛才是從車側面走過，現在是要從車前穿過，蘇棠不想看到那種緊張在他臉上成倍增加的樣子。

沈易被她挽得一愣，側過頭來看她。

蘇棠瞪了過去，「你紳士一點行嗎，真不怕我扭到腳啊？」

沈易輕笑，很紳士地點了下頭，像是一句抱歉。

被蘇棠挽著手臂，沈易明顯放鬆了不少，穿過馬路走上人行道，來往行人很多，方向不定，蘇棠也不敢鬆手，一直挽著他走到劇院門口。

天色已經暗了下來，卻還沒到燈火通明的時候，即便是擦肩而過的人也只能看清一個大致的輪廓，就算是這樣，沈易挺拔流暢的身形依然源源不斷地為她吸引來各種羨慕嫉妒恨的目光，於是一站到排隊等入場的隊伍裡，蘇棠立刻把手從他的臂彎上挪了下來。

她的臉遠沒有心那麼大，她知道自己不醜，這樣花心思妝扮一下能稱得上漂亮，但和沈易的漂亮相比還是有著麻辣燙和海底撈之間的差距的。

蘇棠正心有餘悸地感嘆著漂亮的事物果然都是危險的，沈易就牽起一個漂亮的微笑，拿出手機，打了幾個字，遞給她看。

——謝謝妳帶我走過來。

蘇棠一愣，愣有點心慌，比剛才被女人們的眼刀狠戳的時候還要心慌。

她不太想冒犯他的自尊心，但沈易坦誠得讓她覺得自己的遮掩反而成了冒犯，一時不知道該怎麼說才好。

「我就是，就是……」

沈易笑著點點頭，以示理解。

——妳走得很穩，跟妳一起走路感覺很安全。

沈易打完這幾個字，蹙起眉頭猶豫了一下，好像努力地回想了些什麼，然後把四個字追加在後面。

——如履盆地。

蘇棠沒有絲毫心理準備，「噗」地笑噴出來，惹得隊伍前後的人都往這邊看，蘇棠趕忙收住和她這身衣服很不相配的傻笑，好氣又好笑地瞪向那個還一頭霧水的人。

「平……平地，如履平地，盆地你就掉進洞裡了。」蘇棠奪過他的手機把錯字改了過來，看著這個發窘的人，哭笑不得地嘆氣，「你是不是還學過心理學啊，怎麼我想什麼你都能知道啊？」

沈易帶著被自己窘出來的紅暈笑了笑，搖搖頭，在那個被蘇棠改正過來的「如履平地」下面打了一句絲毫不帶修飾的話。

——這是操盤手的基本功。

蘇棠瞇著眼把臉往他面前湊了湊，「那你猜我現在在想什麼啊？」

沈易笑意一深，毫不猶豫地低頭打字。

——妳想逗我。

蘇棠耳邊隱約重複起一個不帶感情的聲音。

蘇棠，our……

沈易滿足又謙虛地笑笑，伸手從上衣口袋裡拿出兩張票，看了一下，把其中一張遞給蘇棠，伸手指了指不遠處的VIP通道。

蘇棠低頭看了一眼，票面上確實印著VIP區的標誌，剛要去挽沈易的手，沈易笑著搖搖頭，站在原地把他手裡的那張票遞給她看。

蘇棠一愣，沈易手裡的那張是普通票，座位在第一排，緊靠舞臺。

蘇棠沒進過劇院，但劇院裡面的聲學原理還是學過的，這絕對不是個離得越近就越好的事。

「是不是座位訂晚了，只剩一張VIP票了？」

沈易搖搖頭。

——票是朋友送的，他要求我必須坐在第一排，不過VIP區的音效比較好，我還是希望妳能感受一下，這個樂團在國際上很有名。

蘇棠挑起眉毛，「他是想一直近距離地看著你嗎？」

沈易無奈地笑著搖頭。

——我在他的音樂會上睡過一次，他再也不想在演出過程中看到我了。

蘇棠入場之後才明白這個被沈易烙下心理陰影的樂團指揮是怎麼想的。

劇院的舞臺很高，舞臺邊緣上還有一圈鬱鬱蔥蔥的綠葉植物作為裝飾，第一排座位離舞臺的距離只剛好夠一個人走過，根據粗略目測計算，指揮也就只有在深鞠躬的過程中才能掃到他一眼。

這麼大的仇，他恐怕不只是睡著，還打呼了吧……。

沈易說樂團指揮是他讀書時候認識的朋友，蘇棠理所當然地以為是和他差不多年紀的校友，指揮從登臺口出來的時候，蘇棠才知道是個落腮鬍的老大叔，大概和沈易的爸爸差不多年紀。

中場休息的時候沈易帶她去後臺，指揮大叔一見沈易就張開手來給他一個大大的擁抱，直呼他「sleeping beauty（睡美人）」。

沈易笑著用手語對他說了些什麼，他就朝蘇棠伸出手來，用法語向她問了聲晚上好，然後又用流利的法語對自己和沈易的關係做了個簡單的自我介紹。

簡單到只有一句，但資訊量大得讓蘇棠愣了幾秒都沒緩過神來。

這句話翻譯成中文是這樣說的。

——我的第三任妻子是易的小提琴老師。

※

直到從後臺走出來，蘇棠還在被這句話震驚著，看沈易的眼神儼然像是在看轉世投胎的貝多芬，肅然起敬。

沈易出了後臺的門，對門口的保全點頭示謝之後就把皮夾掏了出來，手指在一排花花綠綠的卡間簡短地猶豫了一下，選中一張抽了出來，笑著遞到蘇棠面前。

蘇棠接到手裡才發現那是他的身分證。

姓名，性別，出生年月日，戶籍地址，身分證號碼，還有一張大概幾年前拍的證件照，一目了然。

蘇棠還沒明白他讓她看身分證幹什麼，沈易又遞來一張卡。

他的信用卡。

然後是公司門禁卡，商場會員卡，超市積分卡……。

然後終於輪到了沈易的手機。

——妳好，我是沈易，證據如上。

「……」蘇棠黑著臉把滿手的卡塞還給他，騰出手來，掌心朝上伸到他面前，「小提琴等級證書也拿出來給我看看啊。」

沈易笑著搖頭，把那堆亂七八糟的卡和皮夾一起收好，一邊慢慢往前走著，一邊低頭打字，沈易落在走廊地面上的腳步很輕，落在手機上的話也是輕描淡寫的。

——我只是對小提琴很感興趣，碰巧在學校的音樂節遇到一位懂手語的小提琴演奏家，我就向她請教了一點。

蘇棠斜眼瞪他，「你的一點和我的一點採用的根本不是一樣的基本單位。」蘇棠說著把拇指和食指捏到一起，只留下一道卡片厚度的小縫，「這是我的一點。」然後又把兩臂大大張開，張得都要抽筋了，才恨恨地說，「這是你的一點。」

沈易被她孩子氣的比喻方式逗笑了，垂目低頭打字，留給蘇棠一個有稜角又有溫度的側臉。

蘇棠突然很想伸手在他臉上戳一戳。

她抱過他，扶過他的肩膀，挽過他的手臂，捏過他的下巴，看過他喝水，看過他吃東西，看過他吐得一塌糊塗，看過他有氣無力地躺在病床上，他光彩、狼狽、開心、低落、從容、緊張、害羞、使壞時候的樣子她都見過，此時此刻卻還是覺得他不像個活生生的人。

突然戳他一下，也許能把他頭頂上隱藏起來的光圈嚇出來呢……。

蘇棠還沒來得及把這個想法付諸行動，沈易已經把手機遞了過來。

——我媽媽很喜歡小提琴，她收藏了很多樂譜，我曾經也希望自己可以學得很好，可惜真的很難，我就放棄了。

蘇棠愣了一下。她也說不清自己到底是愣在「我媽媽」這三個字給她帶來的揪心上，還是愣在「放棄」這兩個字給她帶來的意外上。

看蘇棠一時沒有反應，沈易把手機拿回去，又在後面添了幾個字。

——如果妳不相信，有機會我可以演奏給妳聽，但是妳要保證不會報警。

「我不是不信……」

蘇棠哭笑不得地看著身邊這個側過頭來認真看她說話的人，這張四分之三側臉被劇院走廊裡的暖色光線映照著，線條深刻而柔和，「我是覺得你更像那種會迎難而上的人，就像什麼十大傑出青年之類的那種，我剛才還在想，搞不好等一下你就要上臺搞個驚豔全場的友情獻奏什麼的呢……」

沈易搖頭直笑，把手機拿低了些，讓她看著他把字打在手機上。

——我很尊敬迎難而上的人，這是一種很正面的精神，和固執是有區別的。如果是在我能力範圍內的事，我一定會盡力做好。如果我不具備這種能力，那就沒有必要在上面浪費太多的時間和精力，我可以用這些時間和精力把我可以做到的事情做得更好。

沈易打字的速度很快，藉著智慧輸入法，幾乎可以達到常人以正常語速說話時的吐字速度，但是蘇棠的閱讀速度遠沒有這麼快，沈易打完這段話之後停了兩秒沒見到她有反應，禁不住追加了一句。

——讓妳失望了嗎？

「不是……」蘇棠用力搖頭，抬起頭來咧著嘴對他傻笑，「就是突然發現你還挺像人的，感覺真好。」

沈易被這一個「像」字弄得好氣又好笑，剛想在手機上打些什麼話，蘇棠就輕扯了一下他的袖子，沈易一怔抬頭，蘇棠卻沒在看著他，而是目視前方，帶著一道不太自然的微笑。

沈易順著蘇棠的目光看過去，正看到陳國輝堆著滿臉客氣的笑容迎面走過來。

「沈先生，小蘇……還真是你們，這麼巧啊！」

S市的這個月份已經有些涼了，陳國輝也是一身西裝革履的打扮，既沒有在領口露出內衣領子，也沒有在黑色褲腳下露出白襪子，可蘇棠還是覺得他整個人看起來都很彆扭。

「沈先生，」陳國輝快步走過來，一邊跟沈易握手，一邊嫻熟地說著客氣話，「你上次住院的時候我正好去外地出差，剛回來沒幾天，也沒能去看看，實在不好意思……我剛才在裡面好像看見小蘇了，沒看到沈先生，沈先生是和小蘇一起來的？」

陳國輝話說得很快，嘴型也很模糊，沈易大概沒有看懂多少，只是靜靜地微笑，冷場了兩三秒，蘇棠反應過來，趕忙回答，「陳總，我們不是一起來的，只是出來碰見了，打個招呼。」

蘇棠突然很感謝那個指揮大叔歪打正著的安排，讓她現在可以放心大膽地對陳國輝胡說八道。

誰約人出來聽音樂會會挑兩個隔著三排的座位坐，現在就算承認他們是一起來的，待會陳國輝看清楚他們坐的位置，肯定也不會相信。

「喔喔……」蘇棠答得坦然，陳國輝也沒再深究這個問題，「那我就不多打擾了，沈先生，回頭有空約你打球。」

沈易微笑點點頭。

陳國輝又對兩人招招手，就轉身沿著迎過來的路走回去了。

沈易剛才沒看到，蘇棠卻看得一清二楚，陳國輝原本是站在前面洗手間門口跟人說話的，看到他們之後特地迎了過來。

蘇棠低頭看了眼手錶，離下半場開場還有一點時間，於是輕輕拍了拍沈易的手臂，把他那道若有所思的目光從陳國輝的背影上收了過來，「我能不能問你件事，能告訴我的話就告訴我，如果不方便告訴我的話就當我沒問。」

沈易被她這副突然嚴肅起來的樣子看得微微一怔，輕輕點頭。

蘇棠把聲音壓得低低的，旁人聽不到，連她自己都聽不清自己的聲音，只有沈易能從她清晰的嘴型中看得一字不差。

「上次你病成那樣，我也沒想到要問……華正集團是不是有什麼特別大的麻煩啊？就是那種隨時都可能破產倒閉的麻煩。」

沈易微微搖頭，落在手機螢幕上的字句一如既往的胸有成竹。

——只要他們不去用那些違法違規的方法，就不會有太大的危險，只是會稍微艱難一段時間。

「那他們為什麼非纏著你不放？」

沈易輕笑。

——因為在現實生活裡殺人不像電影裡演的那麼容易。

蘇棠被「殺人」這兩個字看得一陣心驚膽戰，「不就是不同意跟他們合作嗎，又不是全世界就你一個做這一行的，他們再找別人去不就行了嗎，有這麼嚴重嗎？」

沈易笑著在她肩上拍了拍，以示安撫，然後才重新低頭打字。

——金融並不只是與資金有關的事，實際操作起來常常是在打心理戰，如果他們找人做這種事的消息被外界知道，華正的股票很有可能會在一夜之間徹底崩潰，其他方面也會因為信任危機受到很大影響，所以只要還有說服我的希望，他們絕對不會再去冒險動用第二個人。

蘇棠對金融上的事一竅不通，連股票為什麼會賺會賠都搞不太明白，但這件事裡的利害關係因為沈易隱晦的描述顯得格外清楚，基本邏輯她還是能弄懂的。

蘇棠皺著眉頭抬起頭來，走過人潮比較密集的洗手間門口，才又小聲地說，「要是這麼說的話，那應該是他們怕你啊，你又沒答應他們什麼，沒什麼把柄在他們手裡，幹嘛讓他們這樣纏著你啊？」

沈易眼裡的笑意濃了幾分，看起來有些意味深長。

——以前確實沒有，所以在我表示拒絕之後他們就沒再聯繫過我，可是現在有了。

蘇棠一愣。

「有什麼？」

——有妳在華正旗下的公司工作。

沈易雖然還在笑著，這話卻一點也不像玩笑，蘇棠愣了一下，白他一眼，「這算什麼把柄啊，大不了我不伺候他們就是了，別的公司不見得沒有華正好。」

沈易搖搖頭，眼睛裡的笑意淡了許多。

——起碼要把這一年伺候完。

「為什麼？」

沈易在眉心蹙起幾道淺淺的痕跡，被光影勾勒得有些嚴肅。

——上班一兩個月就辭職會讓新的徵才公司留下很不好的印象，而且華正給的待遇很好，目前為止妳也沒有遇到什麼特殊的事情，很難找到一個合適的辭職理由。

蘇棠無所謂地挑起眉毛，「這有什麼難的，我就說我辭職回家生孩子去了。」

沈易失笑，也不追究這個理由裡的其他矛盾，只順著她的話問了一句。

——那孩子呢？

蘇棠答得毫不猶豫，「夫妻倆吵架動手，孩子沒了。」

沈易笑得更厲害了。

蘇棠瞪他，「你笑什麼啊，這是根據真實案例改編的，我外婆跟我說過，我爸媽的第一個孩子就是這麼沒的。」

沈易臉上的笑容頓時凝住了，急忙在手機上打出一句「對不起」，眼看著他還要再繼續打別的道歉的話，蘇棠忙按住他的手背，笑著搖頭，「又不是你弄沒的，你道什麼歉啊！再說了，要是那個孩子還在，哪還能有我呀，我小時候每次惹我外婆生氣她就跟我說，我要是不聽話，那個孩子就會來把我換走，一直把我嚇唬到小學畢業呢。」

沈易安心了些，淡淡的笑意再次浮上嘴角，輕輕點頭。

——放心，和華正類似的事情以前也出現過，我會處理好，希望妳能相信我。

蘇棠點頭，「我信。」

音樂會下半場開場之後，蘇棠坐在音效最好的位子上聽著莊重的樂聲，眼睛卻在禮貌允許的最大範圍內一直搜尋著陳國輝的所在，可惜劇場裡人太多，男人幾乎都是深色西裝的打扮，直到曲終散場蘇棠也沒找到陳國輝的影子。

蘇棠以為沈易會像中間休息時那樣，在第一排座位旁邊的走道上等她過去然後一起出門，結果還沒等她從第五排的中間走到走道上，就看到那個很有存在感的身影隨著人流走出去了。

蘇棠還沒來得及發愣，包裡的手機就震了一下，拿出來看，是沈易發來的簡訊。

——我去拿些東西，然後和朋友道別，我在後臺等你。

※

蘇棠回了沈易「好的」，然後就安心地隨著慢慢流向出口的人群往外走，剛從座位間走到走道上，一個側身站在VIP區過道一旁的年輕女孩就朝她遞來一張名片。

「您好，」女孩穿著一條式樣很簡單的深藍色連衣裙，笑得有些靦腆，「我是S市音樂學院的學生，如果您需要鋼琴或者小提琴家教……」

女孩話沒說完，蘇棠就被人群擁著從她面前走過去了，剛走出幾步，就聽到女孩在後面用同樣靦腆的聲音重複起了同樣的話。

蘇棠身後的女人嘀咕了一聲，「在這地方發廣告，求家教還是求包養啊……」

女人的女伴嗤笑，「有供有求，妳管得著嗎……」

蘇棠皺了皺眉頭，低頭看了一眼手裡的名片。

她倒是看不出這張乾乾淨淨的名片裡有什麼其他名堂，也看不出這女孩是不是有別的什麼想法，別人怎麼求生跟她沒關係，她只是想起了華正集團找沈易合作的事，心裡像吞了隻蒼蠅一樣噁心。

不知道從什麼時候開始，她的是非觀有了點向幼年退化的趨勢，時隔十幾年之後，她又開始把世界上的人清晰地分成好壞兩種，而唯一的判斷標準就是沈易。

欺負沈易的都不是好人。

蘇棠哭笑不得地把手裡的名片放進包裡，她還說徐超護犢子，她這不也是護犢子嗎？

她怎麼也開始拿沈易當犢子了……。

蘇棠想著沈易和朋友道別不會那麼快，索性先去趟洗手間，免得等一下和沈易過來再被陳國輝撞見。

音樂會剛剛散場，排隊上廁所的人很多，隊伍已經排到了洗手間門口，蘇棠正猶豫著還要不要等，就見一個熟悉的身影從裡面走了出來。

雖然和之前的打扮判若兩人，蘇棠還是一眼就認出了秦靜瑤，一愣之間秦靜瑤也看見了她，「蘇小姐？」

蘇棠向前迎了兩步，跟她客氣地打了個招呼。

秦靜瑤穿著一條女人味十足的梅紅色包身長裙，長髮在肩頭柔和地卷著，把與之前一模一樣的清淡幹練的聲音襯出了一點親切，「妳一個人來的嗎？」

「沒有，」蘇棠笑笑，「我跟朋友一起來的。」

秦靜瑤淡淡地點頭，「我先生在外面等我，我先走了。裡面有點髒，妳……」秦靜瑤話說到一半，像是突然想起些什麼，頓了一頓，「妳的裙子很漂亮。」

「謝謝……。」

直到蘇棠排進洗手間裡，才明白秦靜瑤這句有點前言不搭後語的話是什麼意思。

不知道是誰吐在了洗手間入口附近的地面上，清潔人員還沒來得及清理，隊伍在那裡出現了一段一公尺左右的空缺，排在附近的人要麼皺眉要麼掩口，排在蘇棠前面的人探頭看到，索性轉身就走了。

蘇棠看著地上那灘穢物呆愣了一下，也轉身出去了。

有件事需要讓沈易知道。

洗手間到後臺的距離不算遠，蘇棠走得有點急，到後臺門口的時候有點喘，守在後臺門口的還是之前那個保全，看蘇棠過來也沒攔她，只朝她點頭笑了笑。

蘇棠開門進去，裡面有幾個小提琴手還在拉琴，沈易站在門口附近，面對門口，像是正準備出門，蘇棠二話不說就把他拉了出來。

沈易一頭霧水地跟著她一直快步走到走廊盡頭，蘇棠左右張望了一下，確定周圍沒人，定了定喘息，「我跟你說件事。」

沈易點點頭，在她肩膀輕輕拍了拍，示意她慢慢說，不要著急。

「我剛才去了趟洗手間，然後我發現……」蘇棠喘了口氣，定定地看著這個把目光認真凝在她嘴唇上的人，「有大於70%的機率，我喜歡你。」

沈易愣愣地看著她，一時間沒有絲毫反應，蘇棠忙補了一句，「工程分部驗收抽檢合格率大於70%就可以認定該項工程合格通過……」

沈易還在愣著，整個人好像是尊模擬度極高的蠟像一樣，連那淡白裡隱約有點發黃的臉色都像得很。

蘇棠猶豫了一下，「你明白我說什麼嗎？」

沈易似乎是下意識地搖了搖頭，剛搖了兩下就回過了神來，趕忙點頭，垂手就要把手機拿出來，手還沒伸進口袋裡，被蘇棠一把按住了手臂。

蘇棠一急之下使了很大的力氣，幾乎把沈易整個人都按到了牆上。

沈易嚇了一跳，剛回過來的神又愣住了。

「你……你不用說別的，喜歡我的話就點頭，不喜歡我的話就搖頭。」

蘇棠被他愣得又急又亂，語速不由自主地快了不少，沈易只勉強看懂了些大概的意思，好像很急著要表達些什麼，奈何兩隻手都被蘇棠死死按著，急得開口想要說出來些什麼，卻只掙扎著發出幾個渾濁的音節。

蘇棠第一次見他急成這個樣子，渾濁不清的聲音裡帶著一種難以言喻的無助，蘇棠心疼得厲害，一時間顧不上別的，趕忙鬆了手，「對不起，你別著急，別著急……這是、這是人體內分泌系統決定的問題，你別多想，你不喜歡我也不會怪你，反正長這麼大也沒人跟我說過喜歡我……」

蘇棠話說得太快，慌亂間也沒把字咬清，沈易只明白她在道歉，急忙連連搖頭，蘇棠後退了兩步，勉強笑笑，「那……那不然、不然你先忙，天也不算晚，我自己回家就行……」

蘇棠說完轉身就走，沒走幾步就被沈易拉住了手，沈易沒再出聲，也沒再去拿手機，不等她反應過來就一低身子打橫把她抱了起來。

身子突然騰空，蘇棠下意識地摟住了他的脖子，驚叫出聲，「欸你幹什麼你——」

沈易也不低頭看她，抱著她徑直走到後臺門口，保全二話不說就笑著開了門。

樂團成員好像全都聚到了後臺，比她剛才進來找沈易的時候人多了許多，演出服還沒換下來，有些樂器也沒來得及收，只是圍著指揮嘰嘰喳喳地說著些什麼，一見他們兩個人以這樣的姿勢進來，整個後臺頓時鴉雀無聲。

沈易就在一片寂靜裡把她放了下來，蘇棠還沒回過神來，那些樂團成員倒像是反應過來了什麼，一個個全都手忙腳亂地站了起來，扭頭就從後臺另一個門裡爭先恐後地往外跑，只剩下幾個小提琴手抄起琴就拉了起來，蘇棠隱約記得，就是剛才她進門來找沈易時聽到的那個調子。

蘇棠還沒在沈易那一抱裡定下神來，又被這副地下組織開會被人撞見一樣的場面嚇了一跳，不禁轉頭看向沈易。

沈易的眉眼間沒有絲毫意外的神色，只靜靜地等著那些逃荒一樣往外跑的人都跑乾淨，才終於向前兩步轉過身來，正面對著蘇棠。

蘇棠以為他要拿手機出來打字，也不敢再催問他，結果還沒見沈易往口袋裡伸手，忽然間不知從哪響起一個聲音。

準確地說，不是一個聲音，而是一群人齊聲喊出的同一句話。

這句話是用中文喊的，喊話的人卻是一群老外，可能是臨時學的，喊得很慢，卻還是不那麼整齊，不標準，也不太清楚，但這句話實在太簡單，也沒有其他可能的歧義，蘇棠還是聽得很明白。

「蘇棠，我——喜——歡——妳——」

蘇棠狠狠一愣。

沈易聽不到這句話，卻足以在蘇棠的反應裡看出些什麼。

蘇棠眼見著沈易抬起手來，認真地看著她，緩慢流暢地用手語說了幾句話，指揮大叔在一旁用法語幫他翻譯了出來。

——我也想對妳說，我喜歡妳，即使我不能說話，這句話也不能用點頭代替。

從手語到法語，從法語到中文，蘇棠反應了幾秒，這幾秒間沈易轉身把不知道什麼時候藏到化妝台下的一束玫瑰花拿了出來，雙手捧到蘇棠面前。

蘇棠怔怔地看著花，又怔怔地抬頭看向捧花的人，終於在沈易的微笑中猛然反應過來，張口結舌了半天才說出一句完整的話來，憋得滿臉通紅。

「你……你剛才先走，就是來準備這個？」

沈易微笑著點頭。

蘇棠覺得胸口被一團溫軟的東西塞滿了，鼻尖一陣發酸，努力板著一張紅得冒煙的臉，睜圓眼睛瞪著他，「你……你、你哪來這麼多事啊！不就是一句話嗎，就、就告訴我不就行了，這麼多人看著……這是人多力量大的意思嗎！」

沈易笑著搖搖頭，又把花往她面前遞了遞，蘇棠意識到他手裡拿著東西不能回答她，幾乎是以搶的速度把花接到了自己手裡。

沈易騰出手來，才又用手語慢慢說話，指揮大叔瞇眼笑著翻譯。

——我沒想過要威脅妳，只是不確定妳是不是願意接受我，這是我第一次向女孩子表白，如果妳拒絕我，轉身走了，我需要有人安慰我，或者送我去醫院。

蘇棠一時沒忍住，笑出聲來的同時眼淚也一下子湧了出來，揚手把花一扔，一股腦鑽進他懷裡，對著他胸口就拍了一巴掌。

「誰讓你說實話了！」

指揮大叔不知道蘇棠說的什麼，但看到沈易笑著把人抱緊，激動地對那些一邊不停地演奏一邊緊張地觀察情況的小提琴手們直揮手。

小提琴手們樂瘋了，也不管與沈易約定好的曲目，亂拉一通，蘇棠腦袋埋在沈易胸前，清楚地聽到了《歡樂頌》，也聽到了《小蘋果》。

CHAPITRE 4 您所撥打的電話目前沒有回應

「謝謝妳在第一時間告訴我妳的感受。能不能告訴我，
妳是怎麼在上廁所的過程中發現自己喜歡我的？」

從後臺出來的時候，蘇棠的臉漲紅得像是把腮紅當粉底用了，昂首闊步走在前面，一點也不想去看那個剛剛當眾吻了她額頭的人，但又擔心他一個人走路會緊張，走幾步就忍不住放慢腳步回頭看看，結果每次回頭都正撞見沈易那張甜度極高的笑臉，這麼一路走出劇院，蘇棠直覺得自己整個人都暈乎乎的。

最後還是沈易先趕上來牽了她的手，同時把手機遞了過來，一張新備忘錄上打著一句很誠懇的話。

——一個人走在後面的感覺很不好。

晚上九點多，劇院外廣場上冷色的戶外照明設備把沈易的臉色映得有些淡白，感覺著他手心微微的濕涼，蘇棠什麼脾氣都沒了，回握住他的手，瞪他的一眼都是軟綿綿的，「不舒服還在那傻笑……」

沈易帶著滿眼的笑意垂下目光，單手打字。

——沒有不舒服，只是感覺自己像在遛狗。

蘇棠氣樂了，一邊罵他一邊把另一隻手捏成拳頭，雨點似的往他身上砸，沈易也不躲，由著她在他胸前亂打一氣，徐超把車開過來的時候，蘇棠的臉色已經正常多了。

蘇棠剛上車，徐超就愣了一下，「疑？蘇姐，花呢？」

「什麼花……」蘇棠心不在焉地應了一聲，話音沒落，突然想起自己剛才把花一扔就沒再撿起來，剛想說那種花開不了幾天拿回來也沒什麼用，話沒出口就愣了一下，「你怎麼知道有花？」

徐超見沈易跟進車裡關上了車門，轉回頭去把車發動起來，順便樂呵呵地回答蘇

棠，「我剛從花店取來的啊……今天週末，花店忙不過來，晚上不送花，沈哥怕花太早取了會枯萎，讓我專程跑一趟。」

蘇棠轉頭看向坐在一旁靜靜微笑的人。

在她看來一句話的事，也不知道他是花了多少心思，做了多少準備……。

蘇棠突然發現還欠了他一句話，連忙從包裡拿出手機，在備忘錄裡認真地敲下來，遞給他看。

——謝謝你為我準備的一切。

沈易抬頭看了眼徐超的後腦勺，會意地笑笑，接過她的手機，微垂眼睫，在她的話下面打字。

——也謝謝妳在第一時間告訴我妳的感受。能不能告訴我，妳是怎麼在上廁所的過程中發現自己喜歡我的？

蘇棠愣了愣，想起自己對他說的那句話，深深地窘了一下，「不是在上廁所的過程中……你想什麼呢！」

這些話她更不好意思當著徐超的面說了，蘇棠哭笑不得地拿回手機，倚到一旁把話敲在手機裡，敲完又看了一遍，做了一點修改，才遞給沈易。

她不覺得當面對他說「我喜歡你」有什麼好害羞的，但自從大學考試考完中文之後，她就再沒寫過這樣自己看著都全身起雞皮疙瘩的話了，無論她用多麼理性的表達方法來組合這些話，還是怎麼看怎麼彆扭……。

沈易剛把手機接過去，蘇棠就立刻趴在駕駛座的靠背裝作看路，故作漫不經心地把目光投給了前擋風玻璃，留沈易一個人看這段話。

——我突然發現有件事還是你說得對，愛乾淨是人之常情，我不介意你弄髒我的衣服，不是因為我心寬，是因為我真的不覺得髒。剛才在洗手間看到別人吐在地上的東西，我差點也吐出來，但是想起你兩次弄髒我的衣服的場面，我還是沒有這種感覺。一次的話還可能是偶然事件，兩次都這樣就沒有那麼巧了，這麼沒邏輯的事應該就只有這種解釋了。

等待沈易回覆的過程，蘇棠覺得像當年坐在教室第一排看著老師在講臺上改考卷一樣，既想探頭看看是怎麼批的，又擔心看到什麼意料之外的結果，心裡抓抓撓撓的，還得故作淡定。

等了足有一分鐘，沈易才輕輕碰了碰她的手，把手機遞了回來。

——謝謝妳的直率，我為我的猶豫向妳道歉。

蘇棠愣了一下，看著他眉眼間的歉意一點也不像鬧著玩的，趕忙搖頭，「不是不是……哎呀，這哪有什麼對錯的事啊！」

蘇棠想打字，但打了幾個字就覺得速度慢得著急，索性把手機扔到一邊，手忙腳亂地解釋，「我就是不習慣在心裡藏事，可以就可以，不可以就不可以，藏在心裡也沒用，還指望它能發出豆芽來嗎……」

車裡光線很暗，沈易本來就看得不是很清楚，又被蘇棠最後這個比喻弄得更糊塗了，不禁皺眉在蘇棠手背上拍了拍，截住她越說越快的話，牽起一點苦笑指指被她扔在座椅上的手機。

沈易是想請她把話寫在手機上，蘇棠卻在沈易這一指裡找到了別的靈感，趕忙抓過手機，解鎖之後把備忘錄退了出去，只把手機桌面湊到沈易面前，指著上面那個淘寶ＡＰＰ的圖示問他，「你知道這個是什麼吧？」

沈易愣了一下，點點頭。

蘇棠點進去，隨便找了一個正在進行秒殺活動的商品頁面，「這種促銷活動也知道嗎？」

沈易怔怔地點頭。

蘇棠舒了口氣，挪挪屁股向他湊近了些，把語速盡量放慢，只張嘴，沒出聲，看在沈易眼裡別有幾分語重心長。

「我這麼說吧，我當時去找你的時候，心情就跟在淘寶搶秒殺商品是一樣的，搶不搶得到那是後話，先下手搶了再說，就怕稍微一猶豫的話一轉眼就是別人的了……你呢，就是那種人傻錢多的，有的是挑選的餘地，猶豫猶豫也是正常的啊。」

沈易隱約覺得她的話像是在誇他，又好像不全是在誇他，但「挑選」是什麼意思他還是明白的。

沈易一下子皺起眉頭，使勁搖搖頭，剛要去拿蘇棠握在手裡的手機，蘇棠就把手機藏到了背後，嘴唇輕抿了一下，抬起另一隻手指了指沈易的耳朵。

「我知道你猶豫什麼，但是在我心目中你就是應該猶豫很多別的東西，我不想知道你猶豫的過程，你也別管我是怎麼想的，行嗎？」

沈易微怔了一下，柔和的笑意在他因為緊張而微微繃緊的臉上一點一點鋪展開來，最終蔓延成一個很好看的微笑，緩緩點頭。

蘇棠這才笑著把手機從背後拿出來，點出備忘錄送到他手裡，「說吧，現在是去哪啊？」

沈易輕輕彎著嘴角，蘇棠靠在他身邊看著他在上面打字，下巴自然而然地抵在他的肩膀上，蘇棠發現，自己似乎很久以前就想做這個動作了。

——在一家西餐廳訂了位子，吃牛排，可以嗎？

沈易這樣被她靠著，打字的速度依然很快，蘇棠坐直身子像上了發條一樣連連搖頭的時候，他已經把話打完了。

「我不去！」

沈易被她激烈而且堅決的反應看得一愣，趕忙在後面追補。

——如果不喜歡的話可以去別的地方，妳喜歡哪家飯店，告訴徐超就好。

「不是不是，你別急，不是吃什麼的問題……」

蘇棠在他手臂上拍撫了幾下，讓他安心下來，才哭笑不得地把自己的臉往他眼前湊了湊。她平時不常化妝，剛才一掉眼淚順手就抹了兩下，不照鏡子也能猜到現在臉上有多熱鬧了，「你看看，仔細看看……看見花貓了沒，我這樣怎麼在外面吃飯啊？」

沈易笑著點頭，笑容裡帶著一點柔和的歉意，稍稍考慮了一下。

——去我家，我做給你吃，可以嗎？

蘇棠猶豫了一下，沈易又添了一句。

——或者妳做給我吃。

蘇棠笑出聲來，她倒是不介意去他家，也不介意給他做飯，但還是搖了搖頭，「改天吧，太晚回家我外婆要擔心了。」

沈易眼睛裡的笑意突然濃了一下，放下蘇棠的手機，拿出自己的手機來，笑著點了幾下，遞到蘇棠面前。

手機螢幕上顯示的是簡訊對話介面，連絡人姓名是「周醫師」。

最近的兩則對話是這樣的。

——謝謝您的支持，一切順利。

——你們好好玩，棠棠跟你在一起我一百個放心！

日期是今天，看時間應該是他像遛狗一樣走在她後面的時候發的。

再往上的兩則是這樣的。

——我想追求蘇棠，希望得到您的允許。

——支持！給你加油！

日期是她生日那天下午，大概是他收到那袋糖之後。

蘇棠知道他細心，卻沒想到他細心到連她外婆的心情都顧及到了。

蘇棠幾乎可以想像到現在外婆在家裡盼著她千萬別回去的心情，有氣無力地把沈易的手機塞回他手裡，拿過自己的手機打了個電話給外婆，外婆果然一口答應，似乎還想裝一裝擔心，但聲音裡的笑意遮都遮不住。

蘇棠剛掛掉電話，手機就震了一下，是趙陽發來的訊息。

——食用小白鼠注意事項：溫柔，溫柔，再溫柔！

蘇棠在心裡哀嚎了一聲，黑著臉把手機伸到沈易面前。

「這是怎麼回事？」

沈易帶著濃濃的笑意在自己手機上打字。

——需要給他報個平安，否則他會一直等著搶救我。

蘇棠翻了個白眼，「你還告訴誰了？」

沈易伸手扶上她的肩，用一個溫和的力量擁著她倚進自己懷裡，單手握著手機，一個字一個字地打給她看。

——我正在想辦法，怎麼才能讓全世界的人都知道。

蘇棠心裡剛一動，看著「全世界的人」這幾個字，突然想起件事來，忙坐直身子，起得太急，差點撞了沈易的下巴。

「對了，咱們剛才在劇院門口……會不會被陳國輝看見啊？」

沈易輕笑搖頭。

——他一定在下半場開始之前就走了。

蘇棠一愣。

蘇棠笑著丟給他一個白眼，沈易又補了一句。

「為什麼？」

——直覺。

——我的直覺很值錢，曾有媒體出價千萬求購。

蘇棠對著「千萬」兩個字睜圓了眼睛，朝沈易攤開兩手，眨眨眼睛，「你還有多餘的直覺嗎？」

沈易笑著抬起手來，沿著嘴唇的弧線做了個拉拉鍊的動作，蘇棠想起了他寫在紙上的那個「守口如瓶」。

「對了，還有件事，我剛才在洗手間碰見秦靜瑤了，她和她老公一起來的。」

沈易微怔了一下，淺淺地蹙起眉頭，搖了搖頭。

——她老公也是我的同事，最近在美國出差，下個月才會回來，今天下班之前我還收過他從美國發來的郵件。

蘇棠一愣，「那可能是我聽錯了。」

沈易淺笑。

——我的直覺覺得妳沒有聽錯。

蘇棠笑著指指他打在手機上的這句話，「你知道這叫什麼嗎？」

沈易搖頭。

「這就叫護犢子。」

※

徐超把他們送到沈易家樓下，留下車鑰匙就走了，走前還對著蘇棠傻笑了三聲，看得蘇棠直想用高跟鞋踹他。

沈易比她更惦記這雙高跟鞋的存在，一進家門就拿了拖鞋給她，看著她把高跟鞋換下來，才轉身去脫自己的西裝外套。

沈易是一邊往臥室的方向走一邊把衣服脫下來的，蘇棠站在他身後，清晰地看到了他背後襯衫上那一大片汗漬。看顏色深淺已經有些乾了，但明顯是曾經濕透過，又因為貼身而被體溫生生蒸乾的那種乾。

這種天氣再怎麼覺得熱也不會熱出這麼多汗來，蘇棠嚇了一跳，趕忙快走幾步，追過去拉住他的手，「你是不是又胃痛了，怎麼出了這麼多汗啊？」

沈易站住腳，微怔了一下，扭頭越過自己的肩膀向自己身後看了看，回過頭來的時候有點不好意思地笑笑，把脫下的西裝外套搭在臂彎上，拿出手機打字。

——放心，我很好。只是今晚太緊張，從出門去接妳開始就一直在出汗，現在好多了。

「噗——」

蘇棠突然有點相信他說趙陽時刻在等著搶救他的事是真的了，「你趕快去換衣服吧，別感冒了。晚飯想吃什麼，給我一個對你下毒的機會吧。」

沈易笑著點點頭。

——看看冰箱裡有什麼，吃什麼都可以。

「你有什麼忌口的東西嗎？」

蘇棠只是下意識地問了一句，卻眼看著沈易的笑容濃郁了起來，沈易笑著在手機上打下幾個字，把手機遞到她手裡，在她肩上安撫似地拍了拍，就回臥室去了。

手機上的話言簡意賅，蘇棠還是愣了一下才反應過來。

——有很多，不過這台冰箱裡沒有。

這裡是他家，他怎麼會買他不能吃的東西……

談戀愛會變傻這種事，難不成是真的？

蘇棠到客房浴室把臉洗乾淨，就去廚房翻冰箱。上次翻他的冰箱只是為了找車鑰匙，這次抱著湊出幾盤菜的目的來翻，才發現沈易冰箱裡的食材確實很局限。

蘇棠剛從裡面挑出幾樣來，就聽見沈易急匆匆的腳步聲傳來，抬頭看了一眼，不禁一怔。

沈易沒把襯衫換下來，反倒是把西裝外套又穿上了。

手機上的話大概是在他走過來的過程中就打好了，沈易一走到她面前就直接把手機遞了過來。

——對不起，能不能先送我去趟醫院？

沈易的臉色很難看，蘇棠連忙放下手裡的番茄，「哪裡不舒服嗎？」

「怎麼了？」

沈易不知為什麼怔了片刻，突然像是明白了些什麼，急忙低頭打字，打字的手指有些發顫。

——我媽媽在搶救。

蘇棠這才發現，沈易的臉色雖然白得厲害，卻不像是忍痛，更像是著急。

蘇棠心裡一沉，也不再多問，趕忙應了一聲，立刻衝到門口去換鞋，剛把一隻腳伸進鞋子裡，蘇棠的動作突然一滯。

她忘了自己是穿著高跟鞋來的了……

蘇棠轉頭看了一眼站在門口附近的沈易，沈易也在看著她，目光落在她的腳上，似乎是在注意她穿鞋的進度，卻對她穿高跟鞋不能開車這件事沒有絲毫反應。

這麼在意交通安全的人居然也把這件事忘得一乾二淨，沈易心裡恐怕比他看起來還要急得多。

蘇棠定了定神，迅速穿好鞋子，同時伸手攔住要去開門的沈易，盡量清楚地對他說，「你別急，我穿這樣的鞋子不能開車，你把徐超的電話號碼給我，我打電話叫他回來。」

蘇棠說完，沈易的臉上沒有出現加倍的焦灼，反而有些茫然的望著她，似乎壓根就沒看懂她在說些什麼。

蘇棠一愣，索性也不再重複，只垂手指指自己腳上的鞋，又比劃了一個打電話的手勢，沈易這才像是意識到了些什麼，趕忙翻出徐超的號碼，把手機遞給蘇棠。

蘇棠直接拿沈易的手機打了過去，徐超接電話的時候聲音都變了，一聽她說沈易的媽媽在搶救，立刻急了起來。

「哎呀……妳讓沈哥千萬別著急啊，我馬上過去，最多二十分鐘！」

蘇棠剛把這通電話打完，還沒來得及對沈易說話，她自己的手機又在包裡震了起來，電話是趙陽打來的，沈易看到了閃爍在螢幕上的名字，臉上又淡白了一層。

電話一接通，趙陽劈頭就問，「他晚上吃飯了嗎？」

蘇棠狠愣了一下，一時間以為是自己著急聽錯了，反問了一聲，「啊？」

趙陽急了，「啊是吃了還是沒吃啊！」

「沒……沒有，怎麼了？」

趙陽在電話那頭爆了句粗口，聽人稱代詞大概是罵沈易的，再說話的時候聲音倒沒有剛才那麼暴躁了，只是多了幾分無可奈何，「那妳好好哄哄，千萬別讓他太著急，否則等下有他疼的。」

蘇棠猜他說的是沈易的胃病，乾脆地應了聲「好」。

「還有……」趙陽又補了一樣叮囑，「他太著急的時候可能沒法集中精力讀唇，你耐心點，別跟著他一塊兒急，你越急他就越急。」

想到他剛才的茫然，蘇棠心裡緊得發疼，「好，我知道……他媽媽現在情況怎麼樣？」

「我也不清楚，不是我這科的，我先過去看看，晚點說。」

蘇棠話音沒落定，趙陽就急匆匆掛了電話，蘇棠一抬頭就看到沈易正在望著她，像是急切地在等著她告訴他些什麼。

蘇棠不敢再說話，在手機上打字給他看。

——你別著急，徐超說最多二十分鐘就到，趙陽打來是擔心你的身體，沒有別的事。

沈易深皺著眉頭，輕輕點了下頭。

蘇棠又在後面添了一句。

——徐超快到之前會打電話來，你先坐下等等。

沈易似乎是下意識地搖了搖頭，馬上像是意識到了些什麼，對著蘇棠勉強地笑了笑，從她手裡接過手機，緩緩打字。

——對不起，我有點著急了，我去洗洗臉冷靜一下，不要擔心。

蘇棠怔怔地看著他一個字一個字地把這些話打出來，眼前驀然模糊起來，伸手拉住了這個轉身要走的人。

「你現在可以看清我說什麼嗎？」

蘇棠說得很慢，幾乎是一個字一個字說的，沈易微怔了一下，輕輕點頭。

蘇棠微仰頭看著他，又一字一句地對他說，「我不勸你了，你想怎麼著急就怎麼著急吧。」

這句話看起來像足了生氣，沈易愣了一下，愣得有些無措，剛要伸手去拿手機，就被蘇棠一把抓住了手，貼在她左邊胸口上。

「你能感覺到我心跳得有多快嗎？」

沈易不知道她這是在幹什麼，但他確實清晰地感覺到掌心下那個急促的頻率，點了點頭。

「我這是在著急。」

沈易有些不解地看著她，看得蘇棠鼻子直發酸，眼淚在眼眶裡滾了幾下，終究沒能忍住，順著眼角就掉了下來。

「那是你媽媽，我們一個個的都在著急，憑什麼你就不能著急啊？你別怕，胃病發作了我照顧你，趙陽罵你我幫你回嘴，你想怎麼急就怎麼急，別憋著了，我看著就難過……」

蘇棠努力把每一個字都說得很清楚，沈易看在眼裡，眼眶也微微發紅，臉上卻展開一個柔和的笑容。

蘇棠心疼得喘不過氣來，「不許再笑了！」

沈易微笑著把她擁進懷裡，抬手撫上她被眼淚沾濕的臉頰，在那張剛剛用毫不溫柔的形狀吼過他的嘴唇上落下一個吻，很輕很溫柔，卻讓蘇棠覺得無比安心，剛才難以自控的情緒也在他的輕撫中安穩了下來。

「對不起……」

沈易只微笑著搖頭，蘇棠能感覺到，他確實已經不急了。

徐超果真不到二十分鐘就趕到了，急得滿頭大汗，看到和平時沒什麼兩樣的沈易，不禁狠愣了一下，等發動了車，忍不住小聲問蘇棠。

「蘇姐，醫院那邊是不是已經沒事了啊？」

「不知道，還沒消息。」

「那沈哥怎麼這麼……」

徐超話說到一半，突然感覺這話好像問得有點不對，連忙打住。

蘇棠沒答他的話，徐超也沒再問，沈易一路上一直牽著她的手，掌心溫熱，力道柔和，是一種裝不出來的平靜。

剛到醫院門口，趙陽就打來了報平安的電話，蘇棠長長地鬆了口氣，沈易的反應還是微笑，微笑著輕輕點頭。

沈易去聽主治醫師說明情況，趙陽悄悄把她拉到一邊。

「妳是怎麼順的毛啊，效果不錯，溜光水滑的啊！」

蘇棠好氣又好笑，朝他翻了個白眼以示抗議，然後壓低聲音問他，「他媽媽是怎麼了？」

趙陽一愣，「你不知道他媽媽的事嗎？」

「我知道一點……」蘇棠有點擔心地看著不遠處的那個背影，「我是說今天晚上，沒事了嗎？」

「沒事，」趙陽也把聲音放得小小的，「他媽媽最近情況一直不大穩定，他不是剛大病過一場嗎，沈院長不讓他們告訴他，今天晚上是病危通知，必須通知親屬，這才告訴他的……」

蘇棠在趙陽的話裡聽出了點別的意思，不禁怔了一下，「他爸爸不算親屬嗎？」

趙陽苦笑著搖頭，「他爸爸跟他算親屬，跟他媽媽不算，他還沒出生兩人就離婚了……哎哎哎，」一看蘇棠皺眉頭，趙陽趕緊解釋，「沒妳想的那麼複雜啊，就是個性不合，離婚的時候誰也不知道已經有他了，他媽媽以前是當記者的，性格特別倔強，發現以後也沒跟他爸爸說，一直自己養他，出事以後沈院長才知道還有他這麼個兒子。」

蘇棠點頭，「那沈院長人還挺好的，離婚這麼多年了還把他媽媽放在自己眼前照顧。」

趙陽立刻緊張起來，把一根手指頭豎到嘴邊，「可別在這醫院裡說這話啊，沈院長他老婆也在這工作，看起來和和氣氣的，聽說為這事疙瘩了好多好多好多……好多年了。」

趙陽連說了好幾個「好多」，聽得蘇棠忍不住笑。

「妳別笑，妳要是見過她看他媽媽那眼神妳就笑不出來了……」趙陽說著擺擺手，「我還在值班呢，先走了，飼養小白鼠的任務就交給你了，一定要記得給他吃飯啊。」

「知道了。」

※

沒等沈易和主治醫師聊完情況，醫院餐廳的工作人員就拎著兩份打包好的便當找到了蘇棠，說是消化科的趙醫師吩咐送來的，蘇棠接過來謝了好幾句，那人都沒有要走的意思，憋了半天才撓著頭開了口。

「您還沒給錢呢……」

「對不起，對不起……」

送走送飯的工作人員，蘇棠哭笑不得地給趙陽發訊息。

——訂都訂了，你怎麼不把錢給了啊，不知道送佛送到西嗎？

趙陽一句話把她噎得死死的。

——神醫的人生裡從來沒有「送到西」。

沈易媽媽的病房也在十五樓，就在沈易之前住的那間病房的斜對面，基本規格和沈易住的那間差不多，只是因為病情不同而多了許多醫療儀器，把床頭附近寬闊的空間擠得滿滿的。

主治醫師暫時不建議親屬進去探望，蘇棠只是跟著沈易在病房門口看了看。病房裡的光線很暗，蘇棠只看到病床上的那個人靜靜地躺著，身子單薄得幾乎沒能把被子頂起什麼弧度，各種亂七八糟的線和管子從被子下面延伸出去，和冰冷的儀器相連。

這似乎是她的常態，沈易看過之後就明顯放心了下來，和主治醫師握手致謝之後就帶蘇棠去了他的那間病房，拿鑰匙開門的動作自然得就像開自己的家門一樣。

蘇棠愣愣地跟著他進門，「到這來幹什麼？」

沈易轉手關上門，笑著揚了揚早已接到自己手裡的晚飯。

蘇棠呆了一下，「在這吃飯？」

沈易把便當放到沙發前的茶几上，拿出手機打了些話遞給蘇棠。

——放心，這間病房一直是我在用，每次來陪媽媽的時候就會在這裡休息。

蘇棠上次來的時候就覺得這地方的生活痕跡很多，當時以為是他經常住院的結果，沒想到這裡還有這樣的用途。

「你經常來看她嗎？」

沈易點點頭。

「那你下次來看她的時候，我能不能跟你一起來？」看沈易眼底閃過一點猶豫，蘇棠忙接著說，「我外婆見過你了，你爸爸也見過我了，就差你媽媽還沒見過我了，我就這麼把她兒子拐跑了，怎麼也得跟她打個招呼啊。」

沈易笑意一濃，輕輕點頭。

蘇棠感覺到他依然不太想提他媽媽的事，索性抬頭掃了一圈，揚起手肘戳了戳他的肚子，「欸，你的直覺那麼厲害，有沒有預料到第一次跟女朋友約會吃飯是在病房裡啊？」

沈易眼睛微微瞇著，笑得有點意味深長。

——我的直覺上一次就告訴我，妳很喜歡在這裡吃東西。

蘇棠愣了一下才反應過來，好氣又好笑地瞪他，「都多久以前的事了，你怎麼還記仇啊！」

沈易笑得深了一些，微微露齒。

——一輩子也忘不了。

趙陽訂的兩份便當是不一樣的，沈易看了一下就把那份有葷有素有米飯的給了蘇棠，自己留了一份只有兩片饅頭和幾樣煮得軟爛的蔬菜的。

蘇棠看傻了眼，慶幸自己沒真做飯給他吃，「你要忌口到這個程度嗎？」

沈易帶著安撫的微笑搖了搖頭，遞給她一雙筷子，在沙發上坐下來，才拿過手機回答她。

——正常吃飯的時間不需要，只是現在太晚了，吃這個會舒服一點。

蘇棠皺起眉頭，「一點？」

沈易抿嘴笑笑。

——不是你的一點，是我的一點。

蘇棠翻了個白眼，心裡卻踏實了不少，他有心情跟她開玩笑，說明今晚真的只是虛驚一場了。

「食不言寢不語」這句老話在沈易身上不是一種規矩，而是一種別無選擇的日常，蘇棠怕菜放涼了他吃了會更難受，也就不再跟他說話，埋頭認真吃飯，順便偷眼看他。

那些顯然沒加什麼調味料的水煮蔬菜看起來就不怎麼可口，沈易吃得很慢，微微皺著眉頭，好像每一次吞咽都是一種折磨，蘇棠看著看著，忍不住伸過筷子在他的飯盒裡夾了兩片軟塌塌的高麗菜。

沈易愣了一下，抬手想要攔她，沒攔得住，眼看著她往嘴裡送，趕忙抽了一張紙巾遞了過去。

蘇棠堅持了兩秒，然後老老實實地接過紙巾，把嘴裡的東西吐了出來，苦著臉直搖頭，「不加鹽就算了，還是酸的……你這根本就不是病人的待遇，這是戰敗俘虜的待遇！」

沈易放下筷子，起身倒了杯水給她，坐回來之後就拿起了手機。

——只是加了點白醋，幫助消化的。

蘇棠一臉同情地看著他，「真的不能吃點別的嗎？」

沈易有點無奈地笑了一下。

——已經比插胃管的感覺好很多了。

在病房裡看到這麼一句話，蘇棠只覺得肚子裡面毛毛的，剛要說他知足得有點過分，病房的門突然被人推開了。

開門的是個四五十歲的中年女人，一身醫師白袍，手裡拿著病歷夾，看到他們正在吃飯，站在門口愣了一下，蘇棠莫名的覺得她愣得很標準。

「呦，你們在吃飯呢？」

沈易本是在側頭看著身邊的蘇棠的，餘光掃見門口的光影變化，轉頭看過去，微怔了一下，連忙站了起來，客氣地點頭微笑。

蘇棠只當這是沈易的熟人，也趕忙放下筷子站起來。

「別忙別忙……你們吃，沒什麼事。」

女人客氣地笑著，走進門來，隨手把門帶上，自然而熟絡，「我來這層查房，看見你這亮著燈，還以為你又住院了，就過來看看，沒事就好。」

女人似乎也是不懂手語的，沈易只是對她笑著搖了搖頭，把手伸向沙發，做了個請的動作。

「不坐了，不坐了。」女人擺擺手，把笑容稍稍收起了些，在眉眼間蹙起一點關心，「我剛才上來的時候聽護士說你媽媽今晚送搶救了，怎麼樣，沒什麼事吧？」

沈易依然微笑著搖頭。

女人點點頭，輕嘆了一聲，「沒事就好……都這麼多年了，你也想開一點，你自己的身體也不好，平時要多注意，不然真要把醫院當自己家了。」

女人的身材保養得很好，眉眼媚而不俗，氣質裡有種這個年紀高級知識分子特有的清貴，這番話她是用半開玩笑的口吻說的，蘇棠卻聽出一股不一樣的味道，突然想起趙陽說的話，不禁轉頭看向沈易。

沈易正在點頭，笑得有點勉強。

「您好，」不等女人再說什麼，蘇棠笑著向她伸出手來，「您是沈院長的夫人吧？」

女人微怔了一下，和氣地跟她握手，「對，我是。妳是——」

「我是沈易的女朋友，蘇棠，博雅療養院的周萍醫師是我外婆。」蘇棠乖巧地笑著，「我聽說過您，您一進門我就覺得您特別有院長夫人的氣質。」

女人一點也不覺得蘇棠這話裡有些別的什麼意思，蘇棠話音沒落就笑了起來，「哎呦，老聽他們說周醫師的外孫女從小就嘴甜，可讓我見著了！」

女人說著，轉眼看了看沈易，蘇棠也掃了沈易一眼，沈易正看著她，微笑還在，目光裡卻多了些緊張。

「欸？我記得妳是上個月才從國外回來的吧？」

「是，八月初，一個多月了。」

女人眼睛笑得彎彎的，「才回來多久呀，這麼快就交男朋友了，妳長得這麼漂亮，學歷又高，急什麼呀，也不好好挑挑，讓沈易白撿了便宜！」

這話從別人嘴裡說出來是玩笑，從她嘴裡說出來，一樣是玩笑的語氣，蘇棠卻覺得刺耳。

蘇棠依然乖巧地笑著，「上次要不是您的司機帶沈易去機場接我，我們肯定不會這麼快就在一起，我還得謝謝您牽線呢。」

「好好好……」女人笑著拍拍蘇棠的手，「回頭有空了，跟沈易一塊兒來家裡吃飯啊。」

「好，一定。」

「我還有事，先走了，你們慢慢吃啊。」

「好，您慢走。」

蘇棠一直到把女人送出門，關上房門，坐回到沙發裡，才對著沈易做了個鬼臉，「怕我跟她吵架頂嘴，她回過頭來難為你媽媽，是吧？我有那麼傻啊？」

沈易笑著搖搖頭，笑容已經輕鬆了許多，拿起剛才匆忙放下的手機。

——謝謝妳幫我說話。

這句話落在眼裡，蘇棠知道剛才她回敬的那些話沈易不但看清楚了，而且看明白了，心裡卻有點不是滋味。

「沈易，你教我學手語吧。」

沈易微怔了一下，抬手在空中畫了個柔和的問號。

蘇棠指指他打在手機上的這句話。

「我很願意幫你說話，但是下次再有這種情況，我更想讓你自己說出來，她羞辱的人是你，你應該有權利羞辱回去。」蘇棠咬了咬嘴唇，「如果今天秦靜瑤在這，你一定不會站在那乾看著。」

沈易淺淺地笑著，把她擁過來，在她額頭上輕輕地吻了一下，才從她手裡接過手機，輕快地打字。

——如果妳對手語有興趣，我很願意教妳。但是妳要向我保證，如果覺得很難或者很麻煩，一定不要勉強自己，我可以不介意別人說我些什麼，但我很介意妳對我產生厭煩情緒。

蘇棠瞪他，「那你也得保證，只要我還想學，你就不能開除我。」

沈易輕笑，深深點頭。

※

兩人吃完飯已經十一點了，沈易稍微收拾了一下茶几，卻沒有穿衣服走人的意思，在手機上敲了幾個字，有些抱歉地遞給蘇棠。

——讓徐超送妳回家，可以嗎？

蘇棠一愣，「你呢？」

沈易伸出一根手指往下指了指，蘇棠明白他是要留在這，他媽媽剛搶救過來，他不放心是正常的，「我陪你吧。」

沈易搖搖頭。

「反正已經跟外婆說過不回去了，明天週末，我也沒什麼事。」

沈易還是搖頭，淺淺笑著低頭打字。

——下次吧，等我再瘦一些，能和妳擠下一張單人床的時候。

蘇棠抬頭向那張病床看了一眼，床不窄，但只是對於一個人而言的那種不窄。

這畢竟是單人病房，床就只有一張，蘇棠上次在這裡陪他的時候就是在沙發上湊合的，那時候他不能下床，現在他好端端的，肯定不會同意她睡沙發，他這個個子睡在沙發裡，蘇棠想想就覺得全身難受。

蘇棠扁了扁嘴，「那我還是回去吧，你要是再瘦，恐怕趙陽下次就要訂豬飼料餵你了。」

沈易被這句「豬飼料」逗得直笑，點點頭，在她肩膀上輕輕拍了拍，像是一句安撫，又像是一句叮嚀。

「路上注意安全，我知道。」

徐超一直把她送進家門才回去，蘇棠還是發了封報平安的簡訊給沈易。蘇棠到家的時候外婆還在客廳裡看電視，聽說沈易的媽媽今晚病危的事，皺著眉頭嘆了一聲，「小易他媽媽住在博雅醫院，遲早要鬧出事來……」

外婆常跟她嘮叨左鄰右舍的事，但向來不會搬弄是非，聽外婆這麼一說，蘇棠進家門前還有點發沉的眼皮頓時抬得高高的，湊到外婆身邊坐下來，挽住外婆的手臂，「我今天見到沈院長他老婆了，那張嘴是挺損的，不過她好像也是個醫師，不至於在自己家醫院裡幹這種缺德事吧？」

「啊呀，我不是這個意思，妳這孩子，瞎說什麼呀……」外婆抬手在蘇棠的手背上輕打了一下，「我是說沈院長家裡的事，他女兒跟妳差不多大，也有二十來歲了，都懂事了，他這樣照顧小易的媽媽，家裡能沒有意見嘛。」

「嚇我一跳……」蘇棠哭笑不得地看著滿臉擔憂的外婆，「有意見也是他們家的意見，妳擔心什麼啊？」

外婆臉上的擔憂沒消，又添了點嚴肅，在沙發裡直了直身子，把蘇棠挽在她臂彎間的手握到手心裡，不輕不重地握著。

「棠棠啊，小易是個很好的孩子，性子安穩，也知道照顧人，你們在一起，我一點也不反對。但是有件事我得告訴妳，他們沈家怎麼處理關係，那是人家自己家裡的事，妳可不能因為跟小易在一起了就跑去瞎攪和啊……」

「知道了……」蘇棠把臉挨到她肩頭磨蹭，「一定不讓妳丟臉，今天沈院長他老婆還誇我嘴甜呢！」

「什麼沈院長他老婆，」外婆在她腦門上點了一下，「沒大沒小的，她叫蔣慧，下回見了記得叫蔣姨，別讓人家說咱們沒家教。」

蘇棠的成長裡幾乎沒有爸媽的參與，外婆向來不怕她學不好，就怕她不學好，蘇棠明白外婆隔代教養的不容易，就算這聲「蔣姨」她一點也不情願叫，還是順口應著外婆，一邊伸手抓過外婆放在另一旁的遙控器，「我們家家教森嚴，都這麼晚了，不許再看卡通了，趕快去睡覺。」

外婆急忙護著遙控器，「就快演完了，就十分鐘……哎呦，這個黃色的小兔子好厲害的，也是打妖怪的片子，跟《西遊記》很像……」

蘇棠被外婆這老小孩的模樣逗得直笑，用小時候外婆教她認東西的口氣糾正她，「那不是小兔子，那是小老鼠。」

外婆不服氣地瞪她，「瞎說，哪有耳朵這麼長的老鼠，藝術也得尊重客觀事實啊。」

蘇棠好氣又好笑地掃了一眼螢幕上那隻正在揉臉的皮卡丘，硬把外婆從沙發上拉了起來，「好好好，妳說是兔子就是兔子……下次我買全套ＤＶＤ給妳，妳想什麼時候看就什麼時候看，趕快去睡覺了！」

一直到第二天中午，蘇棠才收到沈易發來的簡訊。

——想去看看周醫師，今天方便嗎？

蘇棠抿著嘴發笑，擱下手裡的青江菜，回覆訊息。

——你不是有我外婆的手機號碼嗎，想來看她，問我幹嘛？

沈易的回覆措辭既誠懇又嚴肅。

——趙陽告訴我，有女朋友之後，一切和其他女性接觸的活動都要提前申報，否則隨時會有生命危險。

「噗——」

蘇棠轉頭跟正在淘米的外婆說了一聲，然後憋著笑回覆他。

——來吧，那位女性說要做好吃的給你吃。

剛發完訊息給沈易，還沒把手機塞回口袋裡，趙陽就打電話過來了，聽背景的聲音像是在開動的車裡，聽趙陽的聲音像是在冷寂的深宮裡。

「妳說妳怎麼這麼狠心啊，就這樣把他一個人丟在醫院裡了呀……」

蘇棠聽他的腔調不像是有什麼大事的，還是忍不住問他，「怎麼了，是他媽媽的情況有什麼變化嗎？」

「不是他媽媽，是他，昨天晚上胃痙攣，大半夜疼得在床上打滾，我過去的時候床單都被他抓破了，讓我心疼的喲……」

蘇棠心裡一揪，剛揪起來，電話那頭又傳來趙陽痛心疾首的聲音。

「妳不知道，他那床單可貴了，蠶絲的啊！」

不等蘇棠罵人，趙陽就笑開了，一邊笑一邊說，「我正好下班，借他的車去我岳父家呢，看見他發簡訊給妳，我就跟妳說一聲，叫周醫師別給他吃什麼好的，給他碗白粥就行了。」

趙陽這話是笑著說的，聽起來卻比剛才的更像實話，蘇棠急了，「他現在到底有事沒事啊？」

「就是一般的胃痙攣，沒事，有事我能讓他從醫院裡跑出來嗎……欸，他往我這邊看了，我先掛了啊。」

蘇棠問外婆，外婆也說胃痙攣不是什麼大事，沈易進門的時候也看不出和平時有什麼兩樣，蘇棠才安心下來。

沈易說是來看外婆的，還真拎了些探望老人家的代表性禮品，外婆責怪他太見外，沈易笑著用手語說了些什麼，外婆就樂得合不攏嘴，痛痛快快地全收下了。

蘇棠好奇，趁外婆轉身去廚房看火，拉拉沈易的袖子，小聲問他，「你剛才跟我外婆說什麼呀？」

沈易拿出手機來，剛打下一個「請」字，不知想到了什麼，手指滯了一下，側頭看向偎在他身邊看著他打字的蘇棠，輕輕一笑，刪了開頭的那個「請」字，重新打下一串話。

——既然想學手語，剛才的話就當做入學考試吧，妳什麼時候把我剛才的話翻譯出來，什麼時候就正式開課。

蘇棠哀嚎，扯著他的臂彎直晃，「哪有人這樣的！」

沈易絲毫不為所動，溫和地把蘇棠的手掙開，臉上那道溫柔裡透著狡猾的笑容讓蘇棠追憶起了多位中學時代的老師。

——網路上有很多資料，妳能完成畢業論文，說明妳具備一定的資訊檢索能力，而且妳學過兩門外語，懂得學習一門語言的基本規則，這件事難不倒妳。

蘇棠挑著眉毛看他，「你就不怕我直接去問我外婆嗎？」

這個問題似乎早就被他考慮過了，蘇棠一提出來，沈易就笑著搖頭，搖得毫不猶豫。

——妳可以去問，但是如果被我發現的話，我會立刻取消妳的入學資格。

蘇棠沒好氣地瞪他，「你就這麼確定我外婆一定會向著你啊？」

沈易依然笑著搖頭。

——分析資訊來源管道是操盤手日常工作中很重要的一部分，而且我讀過法律專業，具備一定的調查取證的能力，用來檢查妳的作業完成情況應該足夠了。

蘇棠咬著牙狠狠點了三下頭，然後展開一個很燦爛的笑容，「你聞到雞湯的香味了嗎？」

沈易輕輕吸氣，很享受地點點頭。

蘇棠美滋滋地笑著，「今天的雞湯是我親手燉的，一早從菜場買來的新鮮老母雞，放了點具有溫補功效的中藥材，放在砂鍋裡用小火慢慢燉，已經燉了三個多鐘頭了，想喝嗎？」

沈易很用力地點了點頭。

「你想喝我就開心了。」蘇棠愉快地拍了下手，笑得更燦爛了，「我告訴你，你今天的午飯只有一碗白粥。」

「……」

蘇棠嘴上埋怨沈易要求太高，心裡大概還是能猜到沈易的用意，他想再給她一個充分考慮的機會，畢竟很多時候心理建設做得再足，也抵擋不住實際情況帶來的震撼。

沈易回家之前，蘇棠要他用手語又比了一遍那句話，她用手機錄了下來，對照網上搜到的手語教學資料一點點地查，經過週日半個下午，一個晚上，再加上週一晚上兩個小時，蘇棠終於湊出了大概的意思，再加上自己的潤飾，寫在紙上，連同之前所有的塗塗改改一起拍進照片裡，發給沈易。

那句話她是這樣寫的。

──請允許我最後一次跟您見外，從今以後您就是我的親人了。

週二下午，沈易發來了一句回覆。

──歡迎隨時入學。

※

第二天下午下班之前，蘇棠第三次收到了沈易的快遞預告，沈易說是入學通知書，蘇棠還以為是手語學習資料一類的東西，拿到之後才知道，他寄來的是他家樓下大門的門禁卡，以及他家家門的鑰匙。

蘇棠這才意識到，沈易的那句「親人」不是隨便說來哄外婆高興的。

正常的工作日裡，她和沈易的作息時間是完全顛倒的，雖然生活在同一個城市裡，兩人卻有著十幾個小時的生活時差，每天兩人都醒著的時間也就只有下午到晚上的十個小時左右，除去兩人都在忙工作的時間，也就只有三四個小時可以毫無顧忌地用簡訊聊幾句。

這樣的接觸頻率，就連八卦嗅覺極其靈敏的陸小滿也沒發現什麼，週五中午吃飯的時候還在跟她嘮叨。

「欸，說好了，今天晚上聚會，妳下午工作動作可得快一點啊，別到時候又嚷嚷加班什麼的……我好不容易把我們公司那幾個三好單身漢全叫齊了，妳好好把握機會，主動一些呀。」

陸小滿說得一本正經，蘇棠聽得直笑，「怎麼個三好法啊？」

「長得好，人品好，經濟條件好啊。」陸小滿一邊吃飯，一邊語重心長地嘮叨，「這是基本條件，到時候妳相中了哪個就跟我說，我再幫妳全方位多角度地分析一下。」

蘇棠低著頭邊吃邊笑，不管陸小滿這個說法是否有道理，沈易都是嚴格符合這三好的，還好，這個人已經不再是什麼單身漢了。

「哎哎哎……」陸小滿把筷子伸過來敲了敲她的盤子邊，「妳現在笑得這麼美幹嘛，給我收好了，晚上再放大招！」

蘇棠暫時還不準備對她提沈易的事，陸小滿比她還藏不住事，萬一被她那個在華正集團旗下公司當副總的公公知道，難保不會傳到陳國輝那裡。

蘇棠相信沈易處理這件事的能力，但多一事畢竟不如少一事。

蘇棠隨口應了一聲，陸小滿又熱血沸騰地替她展望了一下美好的未來，直到吃完飯回辦公室之前，陸小滿連她孫子以後上什麼學校都替她想過了。

出了七樓電梯口，蘇棠忍不住發簡訊給沈易倒苦水。

——魔鏡啊魔鏡，告訴我，誰是世界上最可惡的女人？

沈易很快回覆。

——溫柔美麗的蘇棠小姐。

蘇棠好氣又好笑，剛要問他為什麼，沈易又發來一則。

——對不起，魔鏡剛睡醒，把「可惡」看成「可愛」了。

後面緊跟著發來一張自拍照。

照片裡的人陷在鬆軟的枕頭裡，頭髮在枕頭上蹭得亂蓬蓬的，臉上的睡意還濃，眼睛半睜半閉，嘴唇自然的微微翹著，因為抬手拍照，睡衣領口向一側微斜，露出一小截線條清晰的鎖骨。

蘇棠看得心裡一陣癢癢的，抬頭見走廊裡沒人，做賊似的對著手機螢幕飛快地親了一下，然後若無其事地退回到簡訊介面，一本正經地譴責他。

——你的直覺是不是告訴你今晚有一群三好單身漢在等著我，故意發這麼大尺度的照片來誘惑我啊？

半分鐘之後，蘇棠已經走進辦公室了，才收到沈易的回覆。

——對不起，我剛才不是故意的。

蘇棠被這言辭懇切的道歉看得一愣，幾乎可以想像到他在手機那頭抿著嘴皺著眉頭暗暗自責的樣子，不禁有點哭笑不得，他怎麼脾氣好得連醋都不會吃……。

蘇棠剛在心裡感慨完，還沒來得及想該發什麼話安慰他才好，手機就震了一下。

沈易又發來一張照片，依然是一張自拍照。

只是原本仰躺在枕頭上的人閉著眼睛把那張稜角清晰的臉向一旁側過了三分之一，微微仰頭，唇齒輕啟，恰到好處地展露出頸部的線條和喉結的弧度，對襟的睡衣領子大大張開，因為他抬手擺出個揉弄頭髮的姿勢，一對鎖骨顯得極具動感，儼然像是一張還沒來得及加上文案的男性沐浴乳平面廣告。

真正讓蘇棠血脈賁張的還是和照片一起發來的那句話。

——現在才是。

「……」

一直到下午下班，蘇棠整個人還很迷離，用陸小滿的話說，她的一顰一笑裡都透著一種春天在哪裡的感覺，陸小滿不明就裡，以為是自己午休時的那番話對蘇棠產生了作用，非常滿意。

一起聚會的有二三十個人，男男女女，年紀都差不多，蘇棠很想藉陸小滿口中的三好單身漢們凝聚一下她渙散得一塌糊塗的注意力，結果一頓飯吃到一半了，還是看不出哪些才是。

陸小滿趁著他們舉杯敬酒的時候悄悄指給蘇棠看，蘇棠才發現，沈易的出現不但對她的是非觀產生了影響，而且還在不聲不響之間侵略性地霸占了她的審美觀。

如今在她的眼裡，沈易是獨一無二的，連他的獨一無二也是獨一無二的。

他是他，除了他之外，別的男人清一色的全都叫做別的男人，就好像《名偵探柯南》裡有幾百個各具特色的兇手，卻都能用同一個黑影代替一樣。

蘇棠搖頭說沒感覺，陸小滿依然信心十足，擠著眼睛對她小聲說，「沒感覺是因為沒交流，談戀愛談戀愛，不談怎麼戀愛嘛，妳以為妳是動物星球裡的雌性主角啊，光看一眼就能衝動得不行！」

陸小滿最後這一句讓她突然想起自己在走廊裡偷親沈易照片的舉動，蘇棠正嚼著一口肉，狠狠窘了一下，差點咬到舌頭。

這頓飯蘇棠吃得心猿意馬，因為她是新來的，在飯桌上認人總要喝點酒意思意思，二三十個人，一圈下來光是意思意思就喝了不少，吃完飯轉戰到ＫＴＶ的時候，蘇棠整個人都有點暈乎乎的，醉還不至於，只是在光線昏暗的ＫＴＶ包廂裡，她滿腦子全是沈易，眼前也總覺得有沈易的影子在晃，更加心不在焉了。

其中一位三好單身漢拿著麥克風來邀她對唱的時候，叫了她兩三遍，她才回過神來。

蘇棠不好意思地笑著擺手，「我不會唱歌……」

陸小滿在旁邊用力拉她的手，「唱歌有什麼會不會的，就是變著調的說話嘛，妳不是挺能說的嗎，快點快點，別龜毛，唱唱唱……」

三好單身漢笑著把麥克風塞給蘇棠，看向蘇棠的目光裡有幾分炙熱，說話倒還不失風度，「妳會唱什麼就點什麼吧，我全力配合。」

蘇棠猶豫了一下，拿著麥克風站起來，「那好，那我就點個大家從小就聽的吧，抒情小清新的那種，就這首歌最熟了，別的我真的不會唱。」

一群人全跟著鼓掌起哄，「好，好……」

一群人分成兩派嘰嘰喳喳地賭她是要點〈童年〉還是〈同桌的你〉，當李穀一的那首〈難忘今宵〉的前奏響起的時候，整個包廂裡都靜了一靜，那位邀她對唱的三好單身漢被KTV豪華包廂吊頂上那盞酷炫舞檯燈照得整個人都綠了。

蘇棠也不管陸小滿那群人在片刻的寂靜之後笑得多麼喪心病狂，幾句唱下來，所有人都被這個熟得不能再熟的旋律勾得嘴癢，全跟著哼唱起來，最後從兩人對唱活生生唱成了大合唱。

蘇棠唱完坐回去之後，便沒人再來邀她點歌了。

還有幾個不愛唱歌的拉著蘇棠一起玩遊戲，玩的是最簡單的挑籤子，一把塑膠籤子撒下去，一人拿走一根，輪流拿，誰拿籤子的時候碰動了其他的籤子，誰就要罰口啤酒。

玩遊戲的人裡多是在公司裡的建築師，照理說都是分析結構穩定性的行家，但大家都是剛喝過酒的，誰的腦子也不比誰的清楚，每挑三五根籤子准有一個人要受罰，蘇棠是這裡面比較清醒的，視力也好，玩了好長時間才玩砸了一回。

「不行不行……」一個同事攔住她要去拿啤酒瓶的手，「好不容易才抓到妳一次，只喝一口酒哪行啊！」

蘇棠笑，「那我就喝兩口？」

「喝酒也行，」一個和蘇棠同辦公室的女同事朝她擠擠眼睛，「妳叫喬恒過來，跟他喝個交杯酒就行。」

喬恒就是剛才陪她唱〈難忘今宵〉的那個三好單身漢，現在正搭著陸小滿的肩膀嚎著〈青藏高原〉。

幾個人跟著起哄，被蘇棠按下來了。

「別別別……別激動，還有別的選項嗎，我挑挑。」

「有啊！」

幾個人藉酒壯膽越說越離譜，蘇棠也不翻臉，就笑呵呵地聽著，終於聽到一個稍微可行的。

「欸，妳不是跟集團的陳總很熟嗎，前段日子還看見妳在公司樓下上他的車呢，妳打個電話給他，就說聲晚安，這可不難吧？」

剛才一進KTV，所有人就都把手機交出來放在桌邊，蘇棠伸手把自己的手機拉了出來，點開通訊錄，笑著遞給提出這個選項的人，「說晚安不難，不過我還真沒有陳總的電話，你們就從通訊錄裡隨便點個人吧。」

接手機的人愣了一下，忙替自己打圓場，「也可以。」

現在公事多用電子郵件，私事多用社交軟體，蘇棠手機通訊錄總共也不超過一百個人，除了二三十個法國同學之外就只有幾個有直接工作關係的同事，還有一些生活在S市的朋友，沒有哪個是不能說句「晚安」的。

幾個人湊在一塊，很快挑出一個來。

「就這個！這麼帥的快遞，肯定有意思！」

「對對對……」

蘇棠手機裡確實存著幾個快遞公司的電話，他們突然這麼一說，蘇棠一時沒反應過來，愣了愣，接過來看了一眼，才發現他們選中的不是什麼快遞公司的電話，而是沈易的那頁通訊錄。

蘇棠有整理資料的習慣，很早就把沈易輸入在她手機裡的e-mail、地址加進了自己的私人mail的連絡人裡，然後連同他的住宅地址一起刪除了，只保留了電話號碼和他自拍的那張大頭照。

跟沈易在一起之後，未免在公司發簡訊給他的時候被人看見，蘇棠又把姓名那一欄改成了「SY快遞」，正好排在「順豐快遞」的後面，隱蔽指數極高。

蘇棠猶豫了一下，她不介意對沈易說句晚安，但她從沒見過有人打電話給沈易，有人打電話給他的時候他會怎麼辦，她還真不知道。

蘇棠捏著手機一本正經地胡說八道，「這麼晚了，快遞早就都下班了，誰接電話啊，還是換一個吧。」

幾個女同事在酒精的作用下徹底淪陷在沈易這張照片裡了，完全忘了要蘇棠打電話的初衷，「先打打試試嘛，人長得這麼帥，聲音肯定也特好聽……哎哎哎！你們唱歌的小聲點叫，打電話呢！」

蘇棠看了一眼時間，快十一點了，沈易的上班時間，如果打電話過去，應該有秦靜瑤幫他接吧。

「那先說好，不管接電話的聲音是什麼樣的，我這一罰都算過去了，你們不能再出別的主意了啊。」

「好好好……」

蘇棠按下了撥號鍵。

※

手機開了擴音，音量調到最大，在嘈雜的包廂裡依然可以聽清那個標準，客氣，乾淨俐落，卻不帶多少感情的女人聲音。

「您好，您所撥打的號碼現在收不到訊號……」

蘇棠一愣，笑了出來，鼻尖卻覺得酸酸的。

這句話出現在沈易的手機裡，有種讓人心酸的幽默感。

沈易上班的公司坐落在市中心最繁華的地段，整個S市沒有比那裡訊號更好的地方了，他是把手機裡所有的連絡人一律放進了封鎖黑名單嗎？

幾個滿懷期待的女同事嘆成一片，「這是什麼快遞啊，怎麼會收不到訊號呢……」

蘇棠安心地掛掉電話，「剛才說好的啊，不管接電話的聲音什麼樣，這處罰都結束了，都不許耍賴。」

有人抗議，「但這沒人接呀！」

蘇棠還沒來得及開口，拿在手裡的手機就震了起來。

沈易那張笑得像太陽花一樣的大頭照占領了整個手機螢幕，螢幕中央顯示著來電人的姓名，SY快遞。

蘇棠呆愣了一下。

剛泄下氣來的女同事們兩眼放光，「哎哎哎……打過來了，快接快接！」

他能打過來，肯定是做好了接電話的準備，不管是怎麼個接法。

蘇棠按下接聽鍵，順便按了擴音。

「喂？」

片刻寂靜之後，電話那頭響起了秦靜瑤公事公辦的聲音。

「蘇小姐，剛才打電話來，有事嗎？」

蘇棠還沒想好該怎麼說，剛才促使她撥出這個號碼的男男女女們已經在旁邊嘰嘰喳喳地議論開了，好像根本不記得這通電話正處於擴音狀態一樣。

「欸，怎麼聽著像個女的呀……」

「誰叫你們亂發花癡，我告訴你們，臉白的男人聲音都娘，你看我們企畫部的小吳……」

「嘿嘿，你剛才看照片的時候有看見他有沒有畫眼線嗎？」

「就看了一眼，沒看清楚……」

秦靜瑤的聲音裡多了一點冷冽，「蘇小姐，我們正在工作，請問妳有事嗎？」

「沒、沒事，你們忙吧……那個，晚安。」蘇棠結結巴巴地說完，匆匆掛掉電話。

「現在可以了吧？」KTV包廂裡的燈光強度低弱，顏色浮誇，沒人注意到她的臉漲得發紅，倒是都聽出她的聲音裡有點不快。

畢竟是出來玩的，誰也不想玩出不痛快來，立刻就有人笑呵呵地打圓場，「好了好了……來來來，通訊設備離手，繼續回歸桃花源……剛才輪到誰挑籤子了？」

蘇棠把手機放回到桌上，放在那一堆手機的旁邊，眼睛一直偷瞄手機螢幕，瞄了一刻鐘左右，趙陽打來了電話，震了一陣子沒接就掛掉了，之後手機就再沒有動靜了。

包廂是訂到十二點的，散場之後，蘇棠一出包廂打給趙陽，連打了兩通都沒人接，蘇棠剛要發簡訊給沈易，就被一個熟悉的聲音叫住了。

「蘇姐！」

徐超從大廳的沙發上站起來，笑著朝她招手。

蘇棠狠狠一愣，陸小滿壞笑著用手肘戳她，「這小帥哥是誰啊？」

「我……我家鄰居，我去打個招呼，你們先走吧。」

打發了陸小滿，蘇棠才像見鬼了一樣瞪起眼睛，匆匆走過去，「你怎麼在這啊？」

徐超笑笑，「太晚了，怕周奶奶擔心，來接你一下。」

徐超的話裡沒有主詞，但蘇棠能猜到那個怕她外婆擔心的人是誰。

還有幾個聚會的同事在大廳裡閒聊，蘇棠把聲音放輕了些，「沈易也來了？」

不知道是不是她的聲音輕過了頭，徐超答非所問。

「車就停在門口呢，沒別的事的話就走吧？」

蘇棠還以為沈易是怕碰見華正的熟人，在車上等她，上了車才發現沈易根本就不在車裡。

「沈易呢？」

蘇棠這回問得一清二楚，徐超也沒再答非所問，一邊把車開出停車位，一邊順口回答，「才十二點，沈哥還沒下班呢。」

蘇棠心裡莫名的有點發毛，趴在駕駛座的靠背上，把身子探到駕駛座旁邊，盯著徐超的大半個後腦勺，以及小半張側臉，「你怎麼知道我在這？」

徐超把車開上車道，才漫不經心地回她一句，「周奶奶說的啊……」

蘇棠沉下眉頭，「我只告訴我外婆今天晚上聚會，沒告訴她在哪聚會，你是聽哪個周奶奶說的？」

徐超抿了抿嘴，臉上有點漲紅，好一陣子沒吭聲。

「徐超，你說實話，是不是沈易讓你來的？」

徐超憋了半天，嘆了一聲，「不是沈哥讓我來的……」徐超說著，頓了一頓，「是沈哥帶我來的。」

沈易真的來了……。

蘇棠心裡一揪，「那他人呢？」

「沈哥已經回去上班了……」

徐超說完，不等蘇棠再問，又苦著臉說，「蘇姐，我求求妳了，我也不明白你們這是鬧的哪一出，晚點見著沈哥妳自己問他吧……沈哥要我打電話給周奶奶了，說妳晚上要玩到很晚，玩完了我來接妳去他家。沈哥說妳有他家鑰匙。」

「有……」

蘇棠沒再問徐超什麼。

沈易來了，卻沒見她，而是讓徐超接她去他家，大概是在來的路上想了很多事，準備等下班之後再好好跟她談一場吧。

她明知道他聽不見，還打電話給他，還是在他的工作時間，而且只是因為那麼愚蠢的一個玩笑……。

蘇棠無法體會沈易看到她打來電話時的心情，但她已經真真切切地感受到，這一次她真的太過分了。

徐超把她送到樓下就走了，蘇棠一個人拿著門禁卡刷開大門，一個人坐電梯到十一樓，一個人拿鑰匙打開了沈易家的門。

開門的一瞬，看著深夜裡漆黑一片的屋子，蘇棠心裡空一下、

她前兩次來這裡都是在晚上，只是那兩次都是沈易開的門，她進門的時候已經是一派燈火通明了，她第一次知道，七十多坪的單層戶型在沒有任何採光與照明的情況下會有這樣一種令人心涼的恐懼感。

他最怕視野不清，那他每天凌晨下班回來，開門的一瞬不會覺得害怕嗎？

傷害他簡直比呼吸還要容易。

蘇棠剛進門把燈打開，包裡的手機就震了起來，是趙陽打來電話。

趙陽的聲音有些疲憊，卻依然雀躍，「哎呀我的大小姐，我剛從手術室出來……妳那終於散場了？」

蘇棠有種錯覺，好像全世界的人都知道她今晚聚會的事了。

「你怎麼知道？」

「妳說呢……」

趙陽在電話那頭打了個哈欠，聲音裡帶著無奈的笑意。

「妳三更半夜的打電話給沈易，他還以為妳出什麼事了呢，結果妳就來了句晚安。他問周醫師，周醫師說妳跟公司同事聚會去了，他怕大晚上的問多了周醫師擔心，就要我打給妳問問，結果妳還不接，我打給陸小滿，她也不接，我就打給她老公了，你們唱歌那地方是她老公訂的……」

趙陽一口氣說完，一時沒聽見蘇棠回話，忍不住添了一句，「我就是這麼知道的，聽懂沒？」

「懂了……」

「懂了就好。」趙陽似乎是伸了個懶腰，電話那頭傳來一個舒展筋骨之後的呼氣聲，「你們玩就玩，折磨他幹嘛，嚇得小白鼠差點就去找黑貓警長了。」

「我等等當面向他道歉。」

沈易進家門的時候快五點了，開門的動作很輕，進來看到蘇棠坐在沙發上，愣了一下，好像根本就沒料到會在這裡看到她。

蘇棠像是看到家長開完家長會回來的小學生一樣，惴惴地站了起來，「你……你回來了。」

沈易輕皺著眉頭走過去，拿出手機打了一行字。

——為什麼還沒睡？

蘇棠呆愣了一下。

沈易像是突然想到了點什麼，抬手拍拍她的肩膀，指指沙發，示意她坐下來，然後脫下西裝外套，轉身去了廚房，回來的時候手裡多了一個杯子。

沈易在她身邊坐下，把杯子遞給她的同時，也把手機遞了過來。

——我這裡有解酒的藥，不過妳醉得不嚴重，不建議妳吃。喝杯蜂蜜水，早點休息，睡醒就不難受了。

蘇棠還在愣著，愣得連杯子都沒接。

片刻的不解之後，沈易又想到了些什麼，眉頭微微地緊了一下，把杯子輕輕放到茶几上，又在手機上打了一段話，遞到蘇棠面前，神色鄭重。

——我只是擔心外婆會等妳到很晚，才接妳來這裡，讓她可以早點休息。妳放心，沒有妳的同意，我絕不會隨意冒犯妳。如果妳願意，妳還可以睡在客房。

蘇棠這才反應過來，詫異地看著近在身旁的人。

沈易已經鬆了領帶結，解開了襯衫領口的扣子，略顯隨意的裝束讓那張氣色不太好的臉看起來格外疲憊，卻真的看不出一丁點生氣的樣子。

「你……你沒生氣嗎？」

沈易的臉上露出些不解的表情。

「我、我打電話給你……」

蘇棠也不知道該怎麼跟他解釋那個愚蠢的行為，猶豫之間說得有些模糊，沈易看清了「電話」這個詞就會意地笑了起來，輕輕搖頭。

——妳決定打電話給我，一定是相信我有辦法應對這種情況，謝謝妳的信任。

蘇棠被他謝得臉上直發燙，使勁搖頭，「不是，不是你想的那樣，就只是個無聊的遊戲……」

不等蘇棠說完，沈易就笑著在她的手臂上拍了拍，溫和地打斷她的解釋，然後在手機上慢慢打字。

——我知道。秦靜瑤和趙陽都是這樣告訴我的，只是我從來沒有玩過這樣的遊戲，所以還是有點擔心。

「你是不是去ＫＴＶ找我了？」

沈易微抿著嘴唇，有些抱歉地輕輕點頭。

——我請服務生去你們的房間看了看，希望沒有打擾你們。

蘇棠不知道說什麼才好，出口的聲音帶著輕微的哽咽，「對不起，我不該跟他們這樣玩……」

沈易連忙搖頭，打字的速度快了一倍。

——妳的工作一直很辛苦，難得出去玩一次，我從沒想過霸占妳所有的空閒時間，很希望妳能和妳的朋友們玩得開心。

打完這些，沈易的手指停了一停，輕輕牽起嘴角，又在後面添了一句。

——很羨慕他們，可以聽妳唱歌。

沈易敲下這句話的時候，微垂的眉眼間不經意地流露出一些渴望，像一個食不果腹的小女孩渴望櫥窗裡的一條漂亮裙子一樣，單純，真摯，強烈，卻又因為深知遙不可及，為自己產生這樣不切實際的渴望而深深自責。

蘇棠心裡揪成一團，痛並炙熱著，從他手裡奪過手機丟到一邊，摟住他的脖頸，深深吻上那兩瓣世上最安靜的嘴唇，感覺著沈易從驚訝緊張中一點點放鬆下來，熱烈而溫柔地回應。

蘇棠在他的視線中低語，「我想睡在你身邊……」

CHAPITRE 5　你現在是我的人

「沈易溫柔細膩的保護快要把她慣壞了，
慣得她差點忘了他為什麼會把她保護得這樣周到了……。」

沈易微怔了一下，被她吻得血色豐盈的唇上暈開一道柔和的笑，輕輕點頭，垂手穿過她的膝窩，穩穩地把她抱了起來，向他的臥室走去。

貓跟在他旁邊一個勁兒抓撓他的褲腳，沈易沒理它。

沈易有點瘦，身形很好，但遠遠算不上健壯，被他抱著卻有一種說不出道理的踏實，好像無論發生什麼，她都在他穩妥的保護之中。

蘇棠被這種綿柔而充足的安全感籠罩著，心裡一熱，放肆地在那顆近在唇邊的喉結上輕啄了一下。

沈易沒有一丁點心理準備，蘇棠清晰地感覺到自己的嘴唇碰觸到他前頸的肌膚時，沈易驀地倒吸了一口氣，身子一顫，腳步也滯了一下。

那雙抱著她的手臂在極快的輕顫之後瞬間收緊了許多，蘇棠緊挨在他胸前，幾乎可以聽到他突然急促起來的心跳聲。

不知道是嚇的還是羞的，沈易一向血色淺淡的肌膚從額頭一路紅到了鎖骨窩，低頭瞪了她一眼，蘇棠把臉埋進他的胸口，咯咯地傻笑。

沈易似乎是怕她再出什麼花樣，腳步加快了些許，一進臥室就把她放到了床上，淺淺地鬆了口氣，懲戒似地吻上她的側頸。

沈易的吻依然很溫柔，甚至在俯身的同時還小心地支撐著自己的身體，不給她的身軀增加絲毫壓力，蘇棠卻好像還是有點不自在，掙扎了一下，抬手往外推了推他的肩膀，沈易微驚，連忙抬頭看她。

蘇棠深皺著眉頭，繃起嘴唇，儼然是在忍痛，把沈易看得一陣慌亂，不知所措地僵在那，臉上的血色一下子淡了下來。

蘇棠直直地瞪著眼前這張既無辜又無措的臉。臥室裡沒有開燈，但窗簾大開著，早晨將近五點的天空已經有些發亮了，這樣的距離，沈易勉強看清了她嘴唇形狀的變化。

「你的手，壓著我頭髮了……」

「……」

這個時間對於沈易一貫的作息時間而言只算是熬夜，對蘇棠來說卻已經是通宵了，繃了整整一晚的精神放鬆下來之後，酒後的疲憊也跟著泛了上來。

沈易剛把那隻壓著她頭髮的手拿開，蘇棠就翻了翻身，半張臉陷在那顆從照片裡看著就很舒服的枕頭裡，迷迷糊糊地睡了過去。

再醒過來的時候，臥室裡就只有她一個人，以一種侵略性極強的姿勢四仰八叉地橫躺在這張 King-size 大床的正中央。

蘇棠暈暈乎乎地推開被子爬起來，才發現自己身上還穿著昨晚睡前穿的衣服，床尾鬆散地堆放著另一床花色不同的被子，大概是沈易蓋過的。

蘇棠看了一眼牆上的掛鐘，下午一點多了。

昨晚過得像做夢一樣。

臥室的門關著，之前被她一鍋砸碎的玻璃已經補好了，蘇棠還是隱約聽到了一點抽油煙機運作的聲音，出去看了一下，沈易果然正在廚房裡忙碌，爐灶上放著一隻砂鍋，熱氣蒸蒸而上，帶出絲絲縷縷魚湯的香味。

沈易正在流理臺旁挑揀一把新鮮的青江菜，餘光看到蘇棠進來，抬頭對她濃濃地笑了一下。

蘇棠打了個哈欠，揉揉惺忪的睡眼，看著這個精神十足的人，「你才睡了幾個小時啊，不睏嗎？」

魚湯都燉出這種香味了，他起碼十一點鐘就起床了，就算他是和她一起睡的，那也只是睡了六個小時而已。

他哪裡來的精神……。

沈易把手裡的菜放進洗碗槽，轉開水龍頭沖了沖手上的泥漬，在圍裙上把手擦乾，從居家服的口袋裡拿出手機來，笑著打下一行讓蘇棠窘得直想把自己也燜進砂鍋裡的話。

——十點零七分被妳踹下床之後就不睏了。

蘇棠本來想很認真地說句對不起，但一想到他這麼大個人被她從床上踹下去，直覺得那場面別有幾分喜感，忍不住笑出了聲，笑得一時間什麼都沒說出來。

沈易誇張地把眉頭皺出一個傷心的形狀，在後面補了一句。

——妳是真的想睡在我身邊嗎？

「真的，真的……」

蘇棠一邊笑，一邊湊過去，踮起腳來，在他臉頰上輕吻了一下以示誠意，沈易這才心滿意足地鬆開眉頭，重新展開一道比窗外陽光還明媚的笑容。

蘇棠指指水槽裡的青江菜，「我幫你做飯贖罪吧。」

沈易搖頭。

——已經快做好了，妳先去盥洗。

看到這個「洗」字，蘇棠突然想起點什麼，撩起自己披散在肩頭的頭髮，送到鼻子底下聞了聞，又抬起手臂聞了聞衣袖，低頭聞了聞衣領。

沈易看著看著，也湊到她肩頭聞了幾下。

蘇棠被他這湊熱鬧的模樣逗得好氣又好笑，一指頭點在他腦門上，把他毛茸茸的腦袋從她肩膀上推開，

「聞見什麼了？」

沈易一本正經地打字。

——一場很熱鬧的聚會。

看著滿身難聞的菸酒味被他這樣概括出來，蘇棠心裡那點尷尬一下子散得一乾二淨，不禁笑著瞪他，

「你昨天晚上怎麼沒聞出來啊？」

沈易抿著嘴唇輕笑，好像回想起了什麼很值得開心的事情，笑容雖淺，眼睛裡的笑意卻像砂鍋裡魚湯的鮮香一樣，關不住也散不盡。

——昨天晚上聞起來比現在還要熱鬧。

「那你怎麼不提醒我一聲啊，好歹讓我沖個澡再上床，這一身味道蹭到你床上多難洗啊。」

沈易笑著搖搖頭。

——沒關係，家事阿姨可以處理得很好。

蘇棠扁了扁嘴，幽幽地嘆了一聲，「我昨天晚上好像不光蹭了你的床，還蹭了你的人……」

第一次和他這樣親密地接觸，居然帶著這麼一身難聞的味道，蘇棠不得不承認自己很有挫敗感，隱約有些理解沈易為什麼會對弄髒她衣服的事那麼耿耿於懷了。

沈易比她更挫敗地點了點頭。

——蹭過我之後妳還很不負責任地睡著了。

蘇棠猝不及防，「噗」地笑出聲來，連挫敗都挫敗不起來了。

「你先估算一下你昨晚所有的損失吧，我去洗個澡，回來照價賠償，絕不賴帳。」

蘇棠說完就要走，被沈易攔了一下。

沈易低頭打字的時候淺淺地皺著眉頭，神情裡有些很認真的擔心。

——妳有十幾個小時沒吃東西了，血糖值很低，現在洗澡很可能會頭暈，吃過飯休息一下再洗吧。

蘇棠笑得很無所謂，也許沈易從沒有過通宵之後大睡一天然後爬起來空著肚子洗個熱水澡再出去覓食的經歷，但是她有，而且不止一次。

蘇棠還是選了對沈易而言更容易接受的說法，「沒關係，法國人都是早上起來洗澡的，美國人不也是嗎？」

沈易猶豫了一下，眉心蹙出了幾道明顯的豎痕，深深地看了她一眼，微微繃起嘴唇，在手機上慢慢地打下一句話。

——如果妳真的在浴室裡有什麼不舒服，是沒有辦法向我求救的。

蘇棠心裡沉了一下。

沈易溫柔細膩的保護快要把她慣壞了，慣得她差點忘了他為什麼會把她保護得這樣周到了……。

沈易見她臉上的笑容淡了下去，趕忙低頭補了一段話。

——如果妳很想洗澡，冰箱上面的盒子裡有餅乾，我熱杯牛奶讓妳喝，妳稍微吃一點再去洗，最多再忍二十分鐘，可以嗎？

「不要。」蘇棠使勁搖了搖頭，指指瓦斯爐上的砂鍋，「我要留著肚子吃你做的飯，吃飽了再去洗。你先準備，我去刷牙洗臉，回來幫你。」

沈易微微一怔，舒開眉心，輕笑著點頭。

沈易還沒來得及把手機收起來，手機就在他掌心裡震了起來。

有人打電話給他。

螢幕上顯示的是一串號碼，沒有名字。

看沈易沒有按掛機鍵的意思，蘇棠忙問，「需要我接一下嗎？」

沈易笑著搖搖頭，依然沒有按掛斷鍵。

蘇棠愣了一下，「你認識這個號碼？」

沈易搖頭的同時，對方已經把電話掛掉了，速度之快，好像在電話那頭就看到了他在這邊搖頭一樣。

想起昨晚的那場胡鬧，蘇棠多少還是有點歉疚，歉疚得心疼，「我找時間幫你去通訊行問問吧，看能不能停掉通話業務，只保留簡訊和網路流量，省得再有亂七八糟的人打電話來煩你。」

沈易搖搖頭，重新點開剛退出的備忘錄，微笑著打字。

——真正有事找我的人不會打電話給我，這些陌生的號碼幾乎都是推銷的。偶爾能看一看手機來電的樣子，很有趣。

沈易的神情似乎是真的覺得這件事很有趣，蘇棠卻看得心裡酸酸的，「那你把我從封鎖名單裡拉出來，我三不五時就打給你。」

沈易愣了一下，蘇棠剛想跟他解釋什麼叫做「三不五時」，就看他有點冤枉地在手機上打了一句話。

——我沒有把妳放進封鎖名單。

蘇棠比他還冤枉，哭笑不得地瞪他，「那你對我的號碼做了什麼啊，我昨天一打過去就說收不到訊號。」

沈易怔愣的臉上一下子暈開一道孩子氣十足的笑容。

——那是我的來電答鈴。

「……」

蘇棠去客房浴室簡單地盥洗了一下，把頭髮攏起來挽了個髻，回到廚房的時候沈易已經把所有的食材都處理好了，蘇棠捲起袖子當他的小助手，沈易做飯的速度很快，手藝嫻熟地道，一點也不像一個會把自己折騰出那麼嚴重的胃病的人。

炒完所有的菜，沈易關掉抽油煙機，解下圍裙，拿出手機打了句話遞給她。

——妳先吃，我去換件衣服。

※

蘇棠還以為他是不好意思穿著家居服和她吃飯，結果沈易換好衣服回來，身上穿的還是一身家居服，只是換了個顏色，從深棕換成了深灰。

蘇棠低頭看了一眼，她身上穿的針織衫是淺灰色的。

一吃完飯，蘇棠就把他拉到客廳，拉著他在沙發上坐下來，往他身邊一靠，舉起自己的手機就開始花樣百出的自拍一通。

沈易被她拍得一頭霧水，落在照片裡的樣子愣得可愛。

蘇棠貼著他的臉頰拍完一張之後，又轉過頭來把他的頭髮揉成一種很居家的形狀，對著他示範性地舉起一隻傻乎乎的剪刀手，「來，這樣。」

沈易下意識地跟著她舉起手來，舉到一半突然反應過來，及時屈起了那根中指，只留一根食指，當空比劃了一個飽滿的問號。

蘇棠伸手扯了扯他的大V領，笑得不懷好意，「你特地跟我配出這麼一套情侶裝來，我如果不留個紀念多浪費你的一番心意啊。」

清秋午後，客廳的窗簾大開著，清透的天光穿過大面積的落地窗，把昨晚看起來冷寂可怕的空間照得一片溫柔。

沈易微微一怔，目光在她和自己的衣服上來回轉移，好氣又好笑地拍開她拽在他領口上的手，伸手去拿她的手機。

蘇棠以為他要刪照片，連忙把手機護到背後。

沈易沒跟她搶，只在溫柔的光線中笑著彎下腰，從茶几下面拿出平板電腦，靠在沙發上敲了一行字，把螢幕翻轉過來，舉訴狀一樣舉到蘇棠面前。

——很榮幸和妳穿了一次情侶裝，但是我必須承認這不是我的心意。我去換衣服只是因為之前那身衣服上有些油煙味，聞起來不太舒服。

蘇棠愣了一下，眉頭一皺，伸手捏住了他的鼻子，左右晃了兩下，「你這鼻子怎麼還會欺負人啊，不嫌我身上的菸酒味難聞，倒是受不了你自己身上的油煙味了？」

蘇棠捏得不緊，沈易笑著偏了偏頭，蘇棠就順勢鬆了手，也順勢往一旁挪挪身子，離他稍遠了一些。

沈易有所察覺，伸手把她攬了回來，讓她挨在他肩頭看著他打字。

——那是妳身上的氣味，不一樣。

沈易剛把這句打完，蘇棠就一巴掌拍開了他的手，把平板電腦往自己面前攏，點著刪除鍵把他的話刪了個乾淨，然後毫不客氣地打上一句。

——所有的氣味都是分子運動的結果。

沈易看得好氣又好笑，溫和地推開那雙霸占著他交流工具的手。

——我要指控妳以暴力剝奪我的話語權。

蘇棠瞪他，「誰叫你在光天化日之下調戲良家婦女，我是正當防衛。」

沈易不再跟她爭辯，把平板電腦往旁邊一放，皺著眉頭扁起嘴唇，揚起自己被她一巴掌拍紅的手背，滿臉委屈地看著她。

對峙沒過三秒，蘇棠就棄械投降了。

「好好好……我錯了，你寫，我跪著看，行嗎？」

蘇棠說著就甩掉拖鞋，兩腿往上一縮，跪坐到他身邊，沈易還不肯把手放下，蘇棠不情不願地抓過那隻手，送到嘴邊，像嚐鹹淡一樣馬馬虎虎地啄了一下，沈易終於繃不住臉笑了出來，笑得肩膀直顫。

蘇棠探身把他放到一旁的「話語權」拿了過來，塞進他手裡，板起臉來瞪著這個玩心重起來活像個學齡前兒童的人，「寫，你要是寫不出什麼科學根據，我就剝奪你的終身話語權利。」

沈易收住了笑容，卻收不住笑意，把平板電腦放在腿上，換成兩手打字，好看的手指在寬大平坦的觸控式螢幕上輕快流暢地敲敲打打，看在蘇棠眼裡，那些在他指尖下接二連三跳出來的方塊字好像都是帶笑的。

——自從我的耳朵辭職之後，屬於耳朵的任務就要分攤給其他的感覺器官來完成。我的鼻子承擔了一部分來自耳朵的工作量，它在加倍努力地幫我感覺身邊事物的存在，如果我自己身上的氣味很強烈，就會為它增加額外的工作負擔。

沈易打完這些，抬頭看了一眼已經徹底沒了脾氣的蘇棠，笑著補了一句。

——我還可以繼續擁有話語權嗎？

沈易的衣領有點低，這樣微微向前傾著身子，胸口露出了一大片，轉頭看她的時候因為部分肌膚繃緊而在肩頸一帶顯現出一種近乎嶙峋的骨感。

可能是因為胃病久了影響氣血，沈易的皮膚很白，白得隱約可以看到部分血管的痕跡，好像這層皮膚極薄，不用吹彈，陽光強烈一點就能把它刺破了。

這樣莫名的脆弱把蘇棠看得心裡一顫，禁不住抿抿嘴，自語似地嘟囔了一句，「話語權能做什麼……」

沈易沒看清她的話，一愣之間，蘇棠突然輕皺著眉頭伸手在他的肚子上戳了兩下，「你對你的鼻子這麼好，你的胃就不嫉妒嗎？」

這個溫柔的人連對待他的鼻子都是溫柔的，唯獨捨得折磨他的胃，好像這東西是從什麼地方順手拿來的一樣。

沈易被她戳得癢癢的，身子下意識地往後靠去，倚在沙發靠背上無奈地笑笑。

——我已經盡力了。

蘇棠的手心輕輕覆上他飯後依然扁平的上腹，皺著眉頭替他的胃抱不平，「那它怎麼還會被切掉三分之一啊？」

他做得一手好菜，卻有很多東西是他能做但不能吃的，剩下那些能吃的也得細嚼慢嚥著吃，吃到最後也吃不下多少，蘇棠看他吃飯總覺得心疼又著急。

沈易靜靜地笑著，一邊享受著蘇棠掌心傳來的溫熱，一邊不急不慢地為自己辯護。

——我的胃病和遺傳有關，我的耳朵也是一樣，我沒有辦法徹底征服它們，只能盡力爭取和它們和平共處。

蘇棠呆愣了一下，愣得覆在他肚子上的手輕輕一顫也渾然不覺。

有些人因為基因甚至血型的問題天生就比其他人容易患胃病，這個她是知道的，讓她發愣的是前兩句話聯繫起來所傳達出的另一層含義。

如果他耳朵的問題也是遺傳，那他媽媽……

這個念頭剛冒出來，蘇棠突然想起來，趙陽說過他媽媽以前是記者。

能當記者，應該不會是聾啞人吧？

蘇棠還在怔怔地想著，沈易已像是明白了些什麼，笑容微深，抬手在她微僵的手背上拍了拍，然後在平板電腦上點開搜尋引擎，輸入了四個大寫英文字母：LVAS。

這四個陌生的字母組合檢索出了數萬個結果，沈易在一堆連結裡點開一頁，簡單地掃了一眼，遞給蘇棠。

沈易點開的是一篇學術論文，題目為《前庭導水管擴大症候群（LVAS）的研究發展》，論文摘要裡的第一句就清楚地寫著，這是一種先天性的內耳畸形，常見於常染色體隱性遺傳。

蘇棠從沒讀過醫學類論文，但這句話只需要具備國中水準的生物常識就可以理解。常染色體隱性遺傳，往往意味著父母雙方在天時地利人品等條件的綜合作用下，不約而同地把各自祖先流傳下來的具有同樣意義的那一半同時送給了他們的下一代，有的表現出了單眼皮，有的則表現出了遺傳疾病。

蘇棠抬起頭來，「你是得了這種病嗎？」

沈易微笑著點點頭，好像剛做完一場很愉快的自我介紹。

沈易的神色很坦然，似乎一點也不介意讓她了解這件事。蘇棠安心下來，低頭再看那段摘要，突然被位於後半截的一句話定住了視線：外傷和劇烈運動可能導致聽力突降。

蘇棠狠愣了一下，抬頭看向那個鬆散地倚在沙發裡，正在等待她發問的人。

他突然徹底失去聲音是在三歲那年。

他和他媽媽一起遭遇車禍也是在三歲那年……。

「你是不是因為那場車禍，」蘇棠輕輕地頓了一頓，「才一點也聽不見的？」

沈易點點頭，露出一個似是讚許的笑容。

一個三歲的孩子在失去聲音的同時也失去了媽媽的陪伴，難怪他會有那麼深重的恐懼感，以至於一連數年都不得解脫……。

蘇棠難以想像，如果那個時候沈院長沒有及時發現這個兒子的存在，或者不願接受這個兒子的存在，沈易如今的日子會是什麼樣的。

也許真像他說的那樣，根本活不到現在……。

蘇棠被這個合情合理的推斷嚇得有些心慌，連忙低下頭去看這篇論文，沈易不打擾她，也不催她，只靜靜地坐在那看著她。

一直看到論文最後有關治療方法的部分，蘇棠才又抬起頭來，「你試過耳蝸植入嗎？」

沈易點點頭，把平板電腦從蘇棠手中接過來，退出當前介面，在剛才那頁文字檔裡接著打字。

——試過三次，對我沒有效果，副作用反而出現得非常標準。為我做手術的醫師因為研究我的案例前後發表了十幾篇論文，我向趙陽提過之後他就開始把我稱為小白鼠。

蘇棠被最後一句逗笑了，喉嚨卻覺得被一團綿軟的東西堵著，一時不知道該說什麼。

沈易一如既往地柔和微笑著，又在後面添了一段話。

——大自然在進化過程中總會選擇性地淘汰物種中的劣勢個體，我和自然規律鬥爭到今天，應該有資格獲得聖鬥士的榮譽稱號了。

蘇棠笑出聲來，把屁股從腳後跟上抬起來，跪直身子，兩手叉腰，很威武地杵在他身邊，「你現在是我的人，我看哪個大自然敢淘汰你！」

沈易笑彎了眼睛，在沙發裡立直腰背，右手搭上左肩，向蘇棠深深鞠了一躬，以示心甘情願俯首稱臣。

「對了、對了。」

不等沈易直起腰來，蘇棠突然拍拍他的肩膀，一臉正色，「你一說鬥爭，我突然想起一件事來。」

沈易微微一怔，認真地點點頭，示意她說下去。

蘇棠在沙發上坐好，皺了皺眉頭，開口有點猶豫，「我也不知道是不是我想多了……週四的時候陳國輝到我們那開會，找我聊了幾句。」

看到蘇棠說出「陳國輝」這三個字，沈易的眉頭也沉了一沉，輕輕點頭，示意她繼續。

「我覺得他好像是想問我點什麼，但是又沒說什麼實際的內容，所以我前兩天就沒跟你說。」

沈易還是認真地聽著，輕輕點頭。

「他那天找我聊天的時候旁邊還有幾個集團的人，他主要是問些我工作上的事，沒提到你，但是提到那天在劇院的事了。」

蘇棠把語速盡量放慢，一個字一個字地說給他看，「他跟我說那天在劇院裡看見秦靜瑤了，然後看到跟秦靜瑤在一起的男人不是你，我說可能是她老公，他說以前沒見過，然後就沒再說別的了。」

沈易認真地看完，還是輕輕點頭。

蘇棠有點緊張地看著他，「我沒說錯什麼吧？」

沈易笑著搖搖頭。

「那他跟我說這個是有什麼目的嗎？」

沈易伸手扶住她的肩膀，低頭在她皺起的眉心上輕吻了一下，然後拿起平板電腦，打了幾句溫和又果決的話。

——放心，我會盡快把這件事處理好。妳去洗澡，我去洗碗，回來開始上課。

沈易把平板電腦遞到蘇棠手中，就站起來走去了廚房。

沈易的舉止依然柔和從容，但蘇棠清晰地感覺到，剛才有那麼一刻，他一向溫和的眉眼間閃過一絲涼涼的厭惡，好像是生氣了。

不知道他氣什麼，但陳國輝話裡的意思他一定是明白了。

※

蘇棠到客房的浴室裡洗了個澡，裹著浴袍出來的時候，發現客房的床上多了一套疊得整整齊齊的女性家居服，衣服上放著一張紙條，紙條上是沈易的字跡。

——我一直在等妳。

蘇棠以為是自己洗澡太慢，沈易等急了，趕忙抓起衣服就要換。

一把拎起那件上衣，看到別在衣領上晃晃悠悠的吊牌，蘇棠愣了一下，啞然失笑。

這話是衣服對她說的吧……。

沈易選的尺碼比她平時穿的略大了一號，長短合適，只是寬大了一些，不顯腰身，卻足夠舒服。

蘇棠換好衣服找到他的時候，沈易果然沒有等著急，只是站在書房裡的書櫥前靜靜地翻書，眉頭輕輕皺著，蘇棠湊過去看了一眼，哭笑不得地拽拽他的手臂。

「你打算從《三字經》開始教我嗎？」

沈易捧著手裡的書，認真地點點頭。

蘇棠翻了個白眼，一把把他手裡的這本仿古裝幀的《三字經注解備要》奪了過來，隨便翻開比較靠後的一頁，掃了一眼，抬頭問他，「你告訴我，什麼叫『稻粱菽，麥黍稷』？」

沈易眼底含笑，坦誠地搖頭。

蘇棠好氣又好笑，把書一合，拍到他胸口上，「你自己都不明白，準備怎麼教我啊？」

沈易似乎是認定了這本教材，抱著書走到書桌前坐下，伸手在印表機紙槽裡抽出一張白紙，從筆筒裡拿過一支鉛筆，伏案寫字。

——妳先教我，我再教妳。

蘇棠愣了愣，嘗試著理解了一下這短短八個字的含義，「你是說……我教你《三字經》，你再把我講的東西翻譯成手語教給我？」

沈易深深地點了下頭。

蘇棠有點想掀桌子，「那誰教我《三字經》啊！」

高中畢業之後她就再也沒上過中文課，高中畢業之前也沒有哪個老師教過她《三字經》，就算這只是古代的順口溜，那也是文言文的順口溜啊……。

沈易信心十足地笑著，很輕巧地指了指封面上的「注解」二字。

蘇棠黑著臉把書從他手底下抽出來，一手舉書，一手指著書名旁邊作者名字上方那個打著中括弧的「清」字，睜圓了眼睛瞪著他，「沈大少爺，你這是清朝注釋本，你知道什麼叫清朝嗎，就是皇阿瑪萬歲萬歲萬萬歲的那個時候，那個時候的注釋也是需要注釋才能看懂的！」

蘇棠不知道自己說得這麼明白的話還有哪裡值得他費解，只見沈易有些困惑地皺了皺眉頭，低頭認真地寫下一個問題。

——《三字經》不是中國傳統教育的啟蒙教材嗎？

這一句蘇棠沒法反駁，「是……」

不等蘇棠說「但是」，沈易又低下頭寫了一句。

——外婆說她對妳的教育很傳統。

蘇棠張了三次嘴都沒想出該怎麼跟他解釋這兩個「傳統」有什麼區別，憋得臉都綠了。

被沈易困惑又認真地看著，蘇棠發現，在把他的中文徹底教好之前，有些事是沒法跟他講理的。

「好……」蘇棠咬了咬牙，「我試試。」

實際做起來，蘇棠才明白沈易為什麼選了這樣一個九彎十八拐的教學方法。

她上學上了近二十年，聽過國內外很多形式的課，不得不承認，最容易使人產生疲勞感甚至厭煩情緒的，就是單一且持續的知識輸入。

比如一下午的手語課。

哪怕這個老師是沈易，蘇棠也不能保證一小時以上的全神貫注，個人意願是一回事，身體本能是另外一回事。

而沈易選的這個方法讓她有限的精力在輸入與輸出的轉換之間得到了必要的休息，兩人不像是誰在教誰什麼，更像是在分工合作一件事情，沈易提出要課間休息的時候，蘇棠才發現已經過了將近兩個小時了。

沈易端來一杯用熱牛奶沖泡的鮮奶茶給她，蘇棠抱著杯子喝的時候，沈易看著她若有所思地淺笑了一下，拿過紙筆，慢慢地寫了幾句話，等蘇棠把杯子放下，才推到她的面前。

——妳很聰明，學習能力比我想像中的還要強很多，我相信妳一定很快就能使用手語進行基本的交流，但是能不能請妳答應我，學會手語之後也盡量不要使用手語對我說話。

蘇棠看得一愣，抬頭問他，「為什麼？」

沈易低頭寫字之前在唇邊抿起了一點綿柔的笑意，連筆尖劃過紙頁的聲音也跟著輕柔了些許。

——我很遺憾不能聽到妳的聲音，但是我希望可以和妳身邊的其他人一樣，和妳在一起的時候能被妳的聲音包圍著，妳相信我，我能感覺到它的存在。

蘇棠輕抿了一下嘴唇，她的唇齒間還有殘存著鮮奶茶的滋味，清淡柔和裡帶著不容忽視的香醇，像極了那個為她沖泡鮮奶茶的人。

「可以，不過你也要答應我一件事。」

沈易似乎沒料到她會提條件，微怔了一下，輕輕點頭。

「你告訴我，陳國輝為什麼會對我說那些話。」蘇棠看著有些驚訝的沈易，篤定地補了一句，「你肯定已經知道了。」

沈易輕輕蹙起眉頭，好像有些猶豫，一時沒有提筆。

蘇棠在他旁邊的椅子裡坐得筆直，「我是個工程師，我的工作就是分析問題解決問題，我不怕出現問題，但是現在明明知道有個問題在那，我還不知道這個問題是什麼，這種感覺最可怕了，你明白嗎？」

沈易放下手裡的筆，用手語對她說了句「對不起」，然後重新拿起筆來，慎重地寫了一行字。

——我不在場，不能隨意下定論，只是有一點猜測。

「我在場，你還需要什麼證據證明你的猜測，我都可以告訴你。」

蘇棠說得平靜又堅決，沈易終於點了點頭，伸手拿過一張新的白紙，寫下一個問題。

——陳國輝和妳聊天的時候，在他身邊的人裡有沒有誰是妳曾經見過的？

蘇棠毫不猶豫地搖搖頭，「沒有，全都是從集團過來開會的人，不過他們的職務都不高，不是那天請你吃飯的那些人。」

沈易輕輕點頭，又在紙上寫下一個問題。

——這些人裡有沒有哪一個是一直在看著你的？

「有，但不是一個。」蘇棠有點無奈地鼓了鼓腮幫子，「他們看到陳國輝跟我這麼一個小職員聊天，都蠻好奇的。」

沈易點點頭表示理解，又寫下一問。

——誰在看妳的時候最緊張？

蘇棠猶豫了一下，「我說了你可別生氣啊。」

沈易微怔，依然點頭。

「集團那邊財務部門的一個小帥哥。他看我的時候眼神怪怪的，好像很想看我，又不好意思看我，我不看他的時候他就盯著我看，我一看他他就把眼神挪開了，感覺好像是……」

蘇棠斟酌了一下詞句，還是選了個最好懂的說了出來，「看上我了。」

沈易一愣，突然仰靠到椅背上笑了起來。

這事是蘇棠自己猜的，無憑無據，她本來就不大好意思說，被沈易這麼一笑，臉上頓時有點發燒，惱羞成怒，伸手撓他咯吱窩。

「你笑什麼笑！只許你看上我就不許別人看上我了啊！」

沈易癢得在椅子裡縮成一團，笑得眼淚都要流出來了，不能開口求饒，只能可憐巴巴地望著她，舉起雙手以示投降。

椅子是紅木的，沈易偏瘦，穿得也單薄，蘇棠怕硬邦邦的椅背弄疼他，也就順著台階下，收了手。

沈易在椅子裡坐好，順了順微亂的呼吸，才帶著依然很濃郁的笑意重新提筆寫字。

——我猜他沒有看上妳。

蘇棠沒好氣地瞪他，「你哪來的自信啊？」

沈易輕快地寫下回答。

——他應該是在觀察妳。

蘇棠不服，「那不還是對我有意思嗎？」

沈易把話寫得更明白了一些。

——他想知道妳是不是認識他。

蘇棠這才覺得自己的理解好像確實哪裡有點不對，「為什麼？」

沈易淺淺地笑著，在紙上寫下一段差點讓蘇棠把眼珠子瞪出來的話。

——我猜，那天和秦靜瑤一起去聽音樂會的就是他，陳國輝問妳那些話，應該是想知道妳那晚有沒有看到他和秦靜瑤在一起。

不等蘇棠問什麼，沈易就在後面補了一行字，笑容裡帶著一點微苦。

──陳國輝勸不動我，開始從我身邊的人身上找突破點了。

蘇棠突然意識到，他之前那一閃而過的憤怒，應該就是因為這個吧。

他不介意和陳國輝打太極，但很不願意看到身邊的人因為自己的緣故而受到為難，對她是這樣，對秦靜瑤也是這樣。

蘇棠皺起眉頭，「秦靜瑤既然已經跟他的人去聽音樂會了，是不是就意味著她已經被他說動了啊？」

沈易搖搖頭，可能是字寫得多了，手腕有些疲憊，落筆稍見鬆散，但絲毫不影響字裡行間的從容。

──應該還只是試探。我猜秦靜瑤根本不知道那天陳國輝也在劇院。

蘇棠努力往深處琢磨了一下這句話，「你是說，他讓手底下的人約秦靜瑤出來，然後自己悄悄跟著，遠端指揮？」

沈易笑意微濃，贊許地點點頭。

──陳國輝是很謹慎的人，我和他握手的時候感覺到他手心在出汗，他那天很緊張，和我一樣。

沈易看蘇棠一時沒反應過來，又笑著補了一句。

──不過我沒有選擇逃跑。

蘇棠愣了愣，恍然明白他說的是那晚對她表白的事，不禁想起那晚所有的鬼使神差和陰差陽錯，臉上剛有點泛紅，驀然想起秦靜瑤在洗手間門口跟她說的另外一句話。

「不對……」蘇棠挺直了腰板，「秦靜瑤不想幫陳國輝的話，那為什麼騙我說是和她老公一塊兒來的啊？」

沈易輕笑。

——她在告訴你之前，有沒有問妳是跟誰一起來的？

蘇棠點頭，「我說跟朋友一起來的。」

沈易的笑容裡驀然多了一絲甜味。

——她認識我，妳為什麼不對她提我的名字？

蘇棠噎了一下。

沈易帶著這道甜絲絲的笑容替她寫下了回答。

——妳擔心她不能理解我是聾啞人還去聽音樂會的行為，會說出傷害我的話。

蘇棠抿著嘴輕輕點頭。

沈易微微探身，在她抿起的唇上輕吻了一下，才轉回身去伏案寫字。

——她也擔心妳不能理解她是我的助理還和陳國輝身邊的人去聽音樂會的行為，會說出傷害她的話。

蘇棠看得一愣，「你這麼相信她？」

沈易沒點頭也沒搖頭。

——就算陳國輝可以打動她，她也不能打動我，我和她談過這件事，她很清楚我的態度，也一直在幫我想辦法拒絕。

蘇棠還是不放心，「那她為什麼會赴這個約？」

——在處理人際關係的事情上，她比我更有辦法。

沈易寫完這句，抬頭看了看若有所思的蘇棠，有些歉疚地笑了一下，又一筆一劃地在後面添上了一句。

——對不起，讓妳擔心了。

※

沈易再抬起頭來的時候，微笑中含著一點淺淺的自責，被夕陽豔而不暖的餘暉點染了一下，又憑添了幾分失落。

「你是不是覺得讓我擔心是你的不對？」

沈易輕輕點頭，剛要動筆寫些什麼，蘇棠伸手把他手裡的筆拿了過來，用一道堅決的斜線把他剛才寫的那句「對不起」劃掉，在正下方添了一句「很高興」。

沈易看得愣了一下。

蘇棠端起一副上級主管的架勢，一臉嚴肅地戳著紙上自己修改後的句子，「沈易先生，在這個問題上，你的態度是不正確的。」

沈易被她假正經的樣子逗出了笑意，卻又不明白她是什麼意思，不禁歪了歪頭，有些不解地看著她。

教了他兩個小時的《三字經》之後，蘇棠發現沈易從小習慣了西方的啟發式教育，對於他不能產生共鳴的事情，硬生生的說教是起不了任何作用的，於是蘇棠對他拋出了一個啟發式的問題。

「我問你，我現在要是對你說，我今天晚上不想吃飯了，你擔心嗎？」

沈易認真地點點頭。

蘇棠進一步提問，「那要是陳國輝對你這麼說，你擔心嗎？」

沈易想了一下，緩緩搖頭。

蘇棠暗暗鬆了口氣，循循善誘地追問了一句，「為什麼呢？」

沈易拿起筆，一本正經地寫下回答。

——陳國輝的血脂和血糖偏高，應該適當控制飲食。

蘇棠呆愣了片刻，幽幽地抬起眼皮看他，「你是認真的嗎？」

沈易被她問得猶豫了一下，提筆做了點補充。

——只是推測，那天一起吃飯的時候發現他對有些食物是忌口的。

蘇棠無力地嘆了一聲，靠在椅背上抓了抓有點發脹的頭皮，「你等一下，我再想想……」

蘇棠兩眼望著天花板還沒想出個所以然來，沈易就伸手拍了拍她的肩膀，抿著一點柔軟的笑意把剛寫好的話推到她面前。

——是不是想告訴我，妳擔心我是因為愛我？

道理就是這麼個道理，但蘇棠被那個突如其來的「愛」字看得一陣臉紅心跳，不禁硬著脖子瞪他，「我、我就只是想讓你知道，我們現在是在同一條船上的……」

凝視著她嘴唇的那雙眼睛亮亮的，蘇棠心裡一亂，舌頭抖了一下，「螞、螞蚱！」

眼睛的主人愣了一下。

——我們是船上的什麼？

蘇棠這才意識到自己說滑了嘴，趕忙板著臉改口，「人……同一條船上的人。」

沈易輕輕蹙起眉頭，滿面正色地搖搖頭。

——妳剛才說的是兩個字。

蘇棠哭笑不得，只能實話實說，「我是想說一條繩上的螞蚱……」

沈易還是皺著眉頭搖頭。

——妳剛才說的不是繩，是船。

沈易的執著讓她不忍心在他聽不見聲音這件事上欺負他，只好找了個折中的辦法，「對，是船……我說的是一條船上的馬紮。」

蘇棠說著，一本正經地把「馬紮」兩個字寫到紙上，「馬紮知道嗎，就是一種攜帶很方便的小凳子。」

看沈易還皺著眉頭，蘇棠又像模像樣地畫了個馬紮的立體草圖。

「一條船上的馬紮……就是說，我們坐在同一條船上，這條船要是出了什麼問題，對誰都沒有好處，所以我——」

蘇棠還沒說完，沈易已經趴在桌子上笑得喘不過氣來了。

蘇棠被他笑得一頭霧水，沈易笑了足有半分鐘，才抬起手指抹掉眼角笑出的淚花，坐直身子拿起筆來，寫了一個文字公式。

——一條船上的人＋一根繩上的螞蚱＝一條船上的螞蚱or馬紮？

蘇棠一下子反應過來，他從一開始就看明白了她說的什麼，只是一直在這憋著笑看她瞎編亂造……。

蘇棠窘紅了臉，攥起拳頭直往他肩膀上砸，「你有沒有良心啊！我好心安慰你，你就看我鬧笑話！」

沈易笑著展臂把這惱羞成怒的人圈在懷裡，騰出一隻手來寫字，因為沒有多餘的手扶著紙頁，落在紙上的字有些潦草，顯得別有幾分俏皮。

——是妳先企圖欺騙我的。

蘇棠被迫貼在他溫熱的胸前，揚著一張大紅臉跟他理論，「我都主動糾正過了，你還裝傻，我才嘗試採取間接方式讓你理解中心思想的。」

沈易低頭看著她說完，帶著一道意味深長的笑指了指他之前寫下的一句話。

正是帶有「愛」字的那句。

蘇棠自知理虧，順著他的摟抱把腦袋往他頸窩間一鑽，悶頭耍賴皮。

一陣鉛筆劃過紙頁的沙沙聲之後，沈易才在她後腦勺上拍了拍，等蘇棠鼓著腮幫子不情不願地抬起頭，笑著把紙遞了過來。

——我不希望妳為我擔心和妳擔心我的原因是一樣的，所以我們沒有必要浪費時間和精力爭論這件事，既然這個矛盾是不可調和的，不如我們達成共識，以後再因為這件事產生分歧的時候，直接說「我愛你」，可以嗎？

蘇棠挨在他懷裡把這段話看完，突然像是明白了什麼，輕輕地笑了一下，抬頭看他，「我外婆是不是跟你說過，我很害怕吵架？」

沈易眼底閃過一絲驚訝，最後還是點了點頭，摟在她肩膀上的手微微收緊了些，帶來一絲自然而然的安全感。

她人生的前三年是在父母無休無止的爭吵中度過的，她一點也不記得那些爭吵的內容是什麼了，但那種猙獰的氣氛已經在她的精神上留下了一道烙印，導致她習慣要嘛有話好好說，要嘛索性只做不說。

絕大多數人都把她這個行為歸結於脾氣好，只有看著她長大的外婆明白，她是打從心裡害怕吵架這件事。

外婆放心她和沈易在一起，也許就是在私心裡考慮過這一點。

沈易是不能，也不會和她吵架的。

蘇棠心裡一熱，伸手摟住他的脖子，挺了挺身，在他腦門上狠狠親了一口。

「蓋章批准了。」

快到晚飯的時候，沈易讓徐超把外婆接了過來，順便帶了些新鮮的食材，自己下廚張羅了一桌菜，四個人一起吃完晚飯，不到九點，沈易就要徐超把她和外婆都送回家去了。

讓她回家的理由沈易是用手語對外婆說的，動作比他教她的時候快了很多，蘇棠只看出來大概是和睡覺有關係，到車上問了外婆，才知道他是擔心她昨晚沒睡好，讓她回去好好休息一天，否則週一上班會沒有精神。

沈易想到了這一點，卻沒有想到另外一個問題。

他的工作時間是按照美國的作息時間來的，他的節慶假日也是一樣，接下來的中秋節日放假和他沒有關係，他這樣把蘇棠送走，蘇棠再有空來見他已經是一週多之後的事了。

這年的中秋節不在週末，中秋節前一天，蘇棠發簡訊給沈易，問他要不要來她家裡一起吃飯，沈易說有事走不開，外婆猜他是要去醫院陪媽媽，或者要去他爸爸那裡團聚，蘇棠也沒再追問。

第二天早上，蘇棠起床整理一下就去了他家。

之前幾次去他家，無論是誰開車，蘇棠都是坐在他的車裡進社區大門的，這次怕他再麻煩徐超來接她，就沒提前跟他打招呼，搭計程車到社區門口下車之後，門口的警衛覺得蘇棠陌生，蘇棠把沈易家的鑰匙拿出來，警衛還是讓她填了一張訪客登記表才肯放她進去。

蘇棠拿鑰匙打開沈易家門的時候，一個陌生的中年婦女正在客廳裡忙著拖地，看到蘇棠開門進來，嚇得把拖把緊抓在手裡。

「妳、妳是誰啊？」

蘇棠站在門口估計了一下這把拖把的攻擊性，客氣地回答，「我是沈易的女朋友，您是——」

「唉，沈先生也不跟我說一聲，嚇我這一大跳……我是他家家事阿姨，妳先坐，沈先生剛睡著，妳要喝點什麼嗎，我替妳倒？」

蘇棠轉手把門關上，「您貴姓？」

「哎呀，妳不用這麼客氣，我姓張……妳快坐，我幫妳拿雙拖鞋吧？」

「不用不用……您忙，我自己來。」蘇棠熟門熟路地找到拖鞋，邊換邊問，「張阿姨，他是剛下班回來嗎，都快九點了，怎麼現在才睡啊？」

「他有好幾天沒上班了吧，妳不知道啊？」

蘇棠一愣，精神一下子繃了起來，沈易不像是會無故請假偷閒的人，「他沒跟我說，您知道為什麼嗎？」

張阿姨也愣了一下，「我就只是替他打掃打掃房子，他為什麼不告訴妳，我哪知道啊……」

「不是……」蘇棠被她弄得哭笑不得，精神不由自主地放鬆了些許，「您知道他為什麼沒去上班嗎？」

張阿姨也被自己逗樂了，「唉，妳倒是說清楚啊……這個我知道，他生病了，感冒發燒的，這幾天過來的時候一直聽見他咳嗽。」

難怪他不肯到她家過中秋。

幸好來之前沒跟他打招呼。

「您先忙，我去看看他。」

「好。」

大概是為了方便張阿姨打掃，沈易沒有反鎖臥室的門，蘇棠開門進去的時候，沈易正微蜷著身子側臥在床上，也許是發燒怕冷，被子一直裹到了頸下，只把頭露在外面，半陷在鬆軟的枕頭裡。

蘇棠走過去，發現他睡得並不安穩，眉頭微微皺著，眼底隱隱發青，臉頰上泛著病態的紅暈，輕輕抿起的嘴唇卻是淡白的。

也許是幾天沒有出門見人，懶得整理，一向乾淨的下巴上已冒出了一層青青的鬍渣，看起來格外憔悴。

蘇棠心疼得厲害，伸手去摸他的額頭，剛感覺到他肌膚傳來的熱度，沈易就在半睡半醒中驚了一下，慌地睜開了眼睛。

睜眼看清半跪在床邊的人，沈易呆愣了一下，頓時慌得更厲害了，身子一動，探出手來抓住了被角。

蘇棠以為他要掀被子起來，剛想勸他躺好別動，還沒來得及張嘴，只見沈易抓著被角迅速往上一拉，連腦袋一塊兒整個縮進了被子裡。

沈易蜷在被子裡面，兩手在頭頂把被邊捂得緊緊的，蘇棠跟他拉鋸式地拉扯了好幾回，終究也拽不過他，一時好氣又好笑，隔著被子在那團喘得起起伏伏的凸起上不輕不重地打了一巴掌。

「你給我出來！」

這句純屬自我宣洩，但蘇棠有種強烈的感覺，就算沈易能聽見這句話，這會兒也一定不會從被子裡鑽出來。

她是怎麼招他惹他了……。

蘇棠正莫名其妙著，突然聽到被子裡傳來一陣悶悶的咳嗽。

感冒發燒的人本來就容易呼吸不順，再被一床被子嚴絲合縫地捂著，肯定舒服不到哪去，捂出點別的毛病來就麻煩了。

蘇棠從床邊站起來，簡單地分析了一下沈易這個足夠憋屈的造型，目光落到床尾，眉毛一挑，氣定神閒地走了過去。

沈易臥室裡的被子是不折的，平時就展開了鋪在床上，蓋的時候也不掖被角，沈易倉促間只拽緊了一頭，一點也沒在其他三邊上下力氣。

蘇棠笑瞇瞇地揪住被子垂在床尾的那一頭，揚手一掀。

沈易沒料到她會掀另一頭，慌亂之間連手裡這頭也鬆開了，於是蘇棠不費吹灰之力就把被子底下的人從腳到頭掀了出來。

掀完就後悔了。

被子下面的人全身只穿了一條底褲，全身覆蓋面積不足5%。

被她直愣愣地看著，沈易整個人都紅了。

直到沈易手忙腳亂地奪過被子把自己重新蓋嚴實，通紅著臉瞪著她，一隻手臂屈在胸前緊捂被子，一隻手臂直直地伸出去，一根手指直指臥室門的方向，蘇棠才意識到自己好像欺負了他，趕忙道歉。

「對不起，對不起……」

一下子把他看得這麼透徹，蘇棠臉上也有點發燙，但看著沈易這副羞憤欲死的模樣實在忍不住笑，笑得連氣都喘不勻了，以至於道歉的話裡聽不出一丁點歉意，「對不起，我只是怕你在被子裡悶壞了……我不知道你睡覺不穿衣服啊……」

沈易病得一片憔悴的臉上一陣黑一陣紅，指向臥室門的手往回縮了縮，改指向了洗手間的門，嘴唇緊繃著，卻好像是要申訴些什麼。

蘇棠一時不明白他是什麼意思，強忍著笑走過去，開門往裡掃了一眼。

裡面一乾二淨，沒什麼特別之處，唯一可值得注意的就是洗衣機上閃爍的指示燈。

一桶衣服洗好了，還沒來得及取出來。

蘇棠隔著透明的洗衣機門往裡看了一眼，裡面至少有三套不同顏色的睡衣。

蘇棠愣了一下，回到床邊問他，「你昨天一晚上把所有的睡衣全汗濕了？」

沈易瞪著她點了點頭，似乎在理直氣壯地等她一句誠懇的道歉。

沈易的臉還紅得厲害，連從被子裡探出的手臂都隱隱泛著粉色，蘇棠使勁忍了忍，還是沒忍住，「然後就決定裸睡了？」

「……」

眼看著沈易又要把自己往被子裡捂，蘇棠趕忙搶先一步壓住被角，好聲好氣地勸哄，「別別別……別鬧了啊，乖，躺好，你看你這一頭汗，燒還沒退呢，別又著涼了。」

沈易板著臉瞪她，目光裡沒有一丁點貨真價實的憤怒，只有些拼命想要遮掩卻沒能徹底遮掩住的開心。

一想到他一個人躺在這病著，昨晚汗濕了幾件睡衣也沒人照顧，蘇棠就心疼得難受，笑意不由自主地淡了許多，湊上去輕輕吻了他一下，以示道歉，然後皺起眉頭低聲問他，「病了幾天了？」

蘇棠不笑了，沈易臉上的紅暈也退了下去，神色微緩，猶豫了一下，抬起一隻手來，伸出了三根手指頭。

看他臉上的鬍渣也不像是三天。

蘇棠瞇眼看著他，又問了一遍，「幾天？」

沈易扁了扁發白的嘴唇，慢慢地把捏在一起的那兩根手指頭也伸直了。

蘇棠翻了個白眼，半跪在床邊，一手做出個抓握麥克風的姿勢，伸到沈易面前，「我採訪你一下，我今天要是提前告訴你我要來，你準備編什麼理由阻止我？」

沈易只定定地看著她，一時沒有回應。

蘇棠以為他病得難受，讀唇有些困難，見他的手機放在枕邊，就伸手去拿，沈易突然慌了起來，比之前往被子裡藏的時候還要慌，伸手想要攔她，奈何躺在床上蓋著被子動作不靈活，還沒來得及攔，手機已被蘇棠拿了起來。

蘇棠剛滑開解鎖鍵就愣住了。

螢幕上顯示出來的不是主頁面，而是相簿裡的一頁。

她的照片。

那張和他送給她的那盆玻璃海棠的自拍合影。

拍下這張照片的時候那盆玻璃海棠還是含苞待放的，現在花瓣全掉光了，她對他的戒心也全掉光了。

蘇棠輕笑抬頭，又是一愣。

沈易在她抬頭的一刻用手語對她說了句「對不起」，又說了句「對不起」。

蘇棠皺起眉頭靜靜地看了他幾秒，又低頭看了一眼手機螢幕。

沈易的目光裡有些不安，像犯了錯的小學生看著老師一樣，這樣的表情出現在他掛著鬍渣顯得成熟的臉上，看得蘇棠忍不住又想逗他。

「你是不是，看著我的照片……」蘇棠抿抿嘴唇，往他下身的方向瞄了一眼，又往他面前湊了湊，幾乎整個人趴在了他胸口上，挑著一點壞笑，光張嘴不出聲地把話補完，「做什麼呢？」

沈易在片刻的茫然之後突然意識到蘇棠說的什麼，一瞬間像被按了什麼開關似的，整個人一下子又紅回去了，睜圓了眼睛連連搖頭，頭髮磨蹭在枕頭上，發出曖昧的沙沙聲。

「別搖了別搖了……」蘇棠連忙伸手撫上他通紅發燙的臉頰，止住他上了發條一樣的搖頭，「開玩笑的，別搖了，再搖脖子就斷了……」

沈易不搖頭了，也把臉別到一邊不看她了。

蘇棠在他耳廓上輕啄了幾下，才把他的視線重新哄回來。

沈易有些埋怨地看著她，眉眼間卻透出一層薄薄的眷戀。

「對不起……」蘇棠疼惜地輕撫他的頭髮，低低地問他，「昨晚難受睡不著，想我了，是嗎？」

沈易緩緩地點了下頭。

「為什麼要跟我說對不起？」

沈易抿起嘴唇猶豫了一下，向她伸出手來，蘇棠把手機還給他。

沈易只敲了幾個字，敲得很慢，敲完之後又猶豫了一下，最後還是遞給了蘇棠。

——對不起，我昨晚想像過妳在床上抱著我。

蘇棠愣了一下，有點想笑，又被心臟處傳來的一陣陣揪痛刺激得想哭。

他在一個萬家團圓的節日裡難受得無法入睡，寧可一個人在這裡想像她抱著他安慰他，也不肯發簡訊把她叫來，還覺得自己這樣的想像對她是種冒犯……。

他一看到她就把自己往被子裡捂，多半是因為這個覺得不好意思見她吧？

蘇棠把手機遞回到他手裡，剛從床邊站起身來，沈易突然伸手抓住了她的手腕，慌得把手機都扔了。

蘇棠險險地接住他差點墜地的手機，轉手放到他枕邊，在他發僵的手臂上輕輕拍撫，努力地笑笑，「我沒生氣……我去換身比較適合直接接觸人體肌膚的衣服，回來抱你。」

蘇棠去客房換上那套質地輕軟的家居服，回來的時候沈易像是已經睡著了，蘇棠沒叫他，輕手輕腳爬上床，掀開被子在他身邊躺下來，剛側過身去，還沒來得及伸手抱他，沈易突然翻了下身，把她緊緊抱住了。

沈易圈著她的腰背，把臉低低地埋在她的胸口，像是在外受了委屈的孩子回到家來尋找一點依靠。

蘇棠驀然想起那天在醫院病房裡蔣慧對沈易說的那句話。

不然真要把醫院當自己家了。

他哪有家啊……。

蘇棠輕輕拍撫著他的肩背，不知道他是什麼時候睡著的，只知道他睡得很安穩，鼻息淺淺的，偶爾在她懷裡輕輕磨蹭一下，摟在她腰間的手一直沒有鬆開。

張阿姨做完事就走了，沒有到臥室裡來，直到下午將近三點鐘，蘇棠放在床頭的手機響了起來，蘇棠扭著身子去摸手機接電話，才把懷裡熟睡的人驚醒。

來電的是個陌生號碼，用室內電話打來的。

蘇棠按下接聽鍵，把手機貼到耳邊，垂下另一隻手揉了揉那個還賴在她懷裡的腦袋，「喂，您好？」

「妳好，我是社區警衛，妳今天早上有登記，寫的是去沈易先生家……」

蘇棠還記得這個中年大叔的聲音，「是。」

「妳現在還在他家嗎？」

蘇棠低頭看了一眼那個好像又要準備入睡的人，「在，您有什麼事嗎？」

「有個人來找沈先生，說得出來他的名字，他的公司，但是不知道他家的門牌地址……沈先生的手機打不通，我想問問沈先生這人他認不認識。」

「您稍等。」蘇棠伸手在他後腦勺上拍了拍，沈易迷迷糊糊地抬起頭來看她，蘇棠用嘴型問他，「有人來找你，要問問是誰嗎？」

沈易怔了一下，輕輕點頭。

「是什麼人找沈先生啊？」

「一位年輕的小姐，叫沈妍，說是沈先生的妹妹，過節來拜訪的。」

蘇棠愣了愣，突然想起外婆說過沈易的爸爸還有個女兒，趕忙低頭告訴沈易，「沈妍，說是你妹妹，來看你的。」

沈易像是有些意外，卻沒多猶豫就點了頭。

蘇棠又用嘴型向他確認了一遍，「讓她進來嗎？」

沈易依然點頭。

「您讓她進來吧。」

「好的。」

蘇棠掛掉電話，皺起眉頭問他，「她是你繼母的孩子？」

沈易鬆開摟在蘇棠腰間的手，慢慢地翻過身，枕回枕頭上，輕輕點頭。

蘇棠輕笑，「過節還知道來看看你，你們關係很好嗎？」

這個問題似乎不是用點頭搖頭就能答完的，沈易一時沒有回答，掩口打了個淺淺的哈欠，剛想從床上爬起來，突然想起些什麼，又往被子裡縮了縮，用求助的目光看著蘇棠，伸手指指衣櫥。

蘇棠笑起來，「我抱都抱了半天了，你還怕我看什麼啊？」

沈易很堅決地搖頭。

蘇棠不知道他在彆扭什麼，但也擔心他這樣起床會著涼，就下床去順著他的指點拿給他一條西裝褲，一件襯衫，看他要穿這麼一本正經的衣服，她也不好意思穿一身家居服見人，去客房把衣服換好，剛整理好出來，對講機就響了起來。

沈易好像早已等在對講機前了，看到指示燈亮起來，就拿起聽筒，按下了開門鍵，順手把家門也打開了。

這個社區的對講機是有影像顯示的，蘇棠在螢幕上看到了一個女人黑白的身影，沒來得及看清長相，只看高挑挺拔的身形就像極了他們沈家的人。

沈易家在十一樓，沈妍坐電梯上來花了一點時間，沈易聽不到電梯到達的提示音，目光一直定在門口，蘇棠陪在沈易身邊，清晰地感覺到他對這個妹妹的到來是滿懷期待的。

蘇棠突然想起外婆對她說的話。

他們終究是一家人……。

蘇棠心裡剛生出一點溫熱，電梯輕柔地「叮」了一聲，電梯門開啟的摩擦聲響之後，沈妍伴著一陣高跟鞋的脆響走到已經敞開的門前，看著溫和微笑的沈易問了一句差點把蘇棠當場噎死的話。

「你就是沈易？」

沈妍穿著一件修身的風衣，長髮束成俐落的馬尾，問這句話的時候，細細修剪過的眉毛輕輕皺著，像她媽媽一樣，全身上下都是精心修飾過的端莊大方。

沈易微笑著點頭，側身讓出門口，向屋裡伸手做了個請的動作。

沈妍看了一眼站在沈易旁邊的蘇棠，站著沒動，「我們有十幾年沒見過面了吧，我都認不出你了。」

蘇棠看向沈易的側臉。

她去客房換衣服的時候，沈易不但換好了衣服，還把臉上的鬍渣刮乾淨了，頭髮也仔細整理過，經過剛才幾個小時的安睡，沈易臉上的病色略見消緩，再經過這番整理，已經有精神得不像個病人了。

也許是這幾天生病吃得不好，沈易似乎又瘦了，臉上的稜角如刀刻般清晰，被溫和的微笑渲染之後，有種男人味十足的溫柔。

蘇棠鬼使神差地想著，時間是資質最高的工程師，十幾年前，沈易十幾歲，應該還沒有現在這麼誘迷人吧。

沈妍說著，把拎在手裡的紙箱子遞了過來，客氣地笑笑，「陽澄湖的大閘蟹，我剛才在來的路上提的，還都活著呢，不值錢的東西，嘗個新鮮吧。」

沈易微怔，還是微笑著點了下頭，伸手接了過來，轉頭看向蘇棠，蘇棠猜他大概是要她幫忙說幾句客氣話，剛說了句謝謝，突然就在那句餘音在耳的「嘗個新鮮」裡琢磨出了點奇怪的味道，頓了一頓。

沈易的胃病這麼嚴重，螃蟹應該是長期忌口的東西吧？

她是真客氣還是假客氣……

※

不等蘇棠想好還要不要再繼續跟她客氣，沈妍就主動換了個話題，也許是知道沈易讀唇不大容易，沈妍把話說得既慢又清楚。

「我今天來還想找你問件事。」

沈易輕輕點頭，彎腰把那箱螃蟹放到門口附近不礙事的地方，又微笑著對她做了個請進的手勢。

沈妍笑笑，站著原地搖搖頭，「也不是什麼見不得人的事，就幾句話，我還有點別的事，問完就走，我就不進去了。」

沈妍半開玩笑的話聽起來有些似曾相識的刺耳，蘇棠忙看向沈易，沈易明顯也有所察覺，眉眼間的笑意黯淡了幾分，倒還沒有徹底消失。

沈易點點頭表示同意，目光認真地落在沈妍塗得嬌紅的唇上。

沈妍睫毛低垂，隱去了那道像腮紅一樣敷抹在部分臉部皮膚表層的笑容，語速依然平緩，字字清晰。

「你是在美國長大的，可能沒有過中秋節的習慣，我可以理解，但是你不過，還搞得我們不能好好過，這就是你不講道理了吧？」

蘇棠聽得一愣，他這幾天不是一直生病在家嗎？

就算他不是生病在家，以他的脾氣，也絕對不會做出這樣的事。

沈易也有點發愣，眉頭輕輕皺了起來，不解地看著沈妍。

沈妍被他不經意表現出的無辜惹出了一點火氣，紅唇繃了一下，聲音頓時冷硬了許多，「前天你們公司老闆派人去醫院看你媽，從進門打聽病房在哪開始就一口一聲沈夫人，看完你媽還去院長辦公室找我爸，又是送酒又是送蟹券，當著那麼多醫生護士的面，你媽躺在那是挺自在的，我媽呢？」

蘇棠低頭看了一眼牆邊的那箱螃蟹。

她還以為沈妍那句話的用心在「嘗個新鮮」上，現在看來，她真正用心的話恐怕是那句「不值錢的東西」。

沈妍的話說得不大好聽，但平心而論，這探病的人確實是沒把好心用對地方。

沈易把眉頭皺出了一個淺淺的川字，深深搖頭。

蘇棠猜，這事他應該是不知道的，如果他知道，應該也不會發生了。

沈妍顯然不信，被沈易無聲的否認激得聲音又拔高了一重，「大過節的，我爸媽因為你媽的事在家裡吵得天翻地覆，我爸昨天中午飯吃到一半就摔筷子出門了，我媽把自己鎖在屋裡一直哭到大半夜，你沒有一點成就感嗎？」

蘇棠總算是聽明白沈妍是來幹什麼的了。

如果沈易不是沈易，蘇棠覺得自己也許會站到沈妍的那一邊，她很清楚，有時候家庭不和睦比沒有家庭還要可怕得多。

但沈妍現在罵的是沈易，再冤枉也無法還口的沈易。

沈易事先沒有做好在門口對話的準備，手機沒帶在身上，只能搖頭，蘇棠剛想幫他說句話，突然想起外婆的囑咐，稍微猶豫了一下，沈妍又開了口，因為有意放慢語速，聽起來格外森冷。

「我知道你們這一行的人都很會賺錢，我託朋友打聽過，你在你們這一行裡是名人，很多搞證券的美國人都知道你，你們老闆也把你當老佛爺供著，以你現在的經濟能力應該已經可以把博雅醫院和博雅療養院都買下來了。」

沈妍咬著牙頓了一頓，被大地色眼影充填的眼眶微微發紅，「但是在你把它們買下來之前，你能不能讓你媽滾到別的醫院裡躺著去！」

沈易的眉頭又收緊了一下，臉色隱隱泛起青白，蘇棠在側面清楚地看到他的喉結顫了顫，依然沒有發出任何一絲聲音。

蘇棠心裡像被螃蟹鉗子擰了一下似的，火辣辣的發疼。

蘇棠不跟人吵架，不代表她沒有以暴力解決問題的衝動。

這個衝動剛湧上來，還沒來得及付諸行動，沈易像是察覺到了什麼，突然轉過頭來擔心地看著她，向屋內偏了偏頭，示意她離開這片火藥味漸濃的區域。

蘇棠愣了一下，剛泛上來一股委屈，突然意識到沈易不是擔心她對沈妍怎麼樣，而是怕沈妍越來越不加收斂的吵鬧會嚇到她。

蘇棠淡淡地看了沈妍一眼，轉身進屋去了。

也許是蘇棠的離開讓沈妍沒有了在外人面前的顧忌，沈妍尖銳刺耳的罵聲藉著走道特有的回音放大效果頓時充滿了沈易家的每一個角落。

「你又不是沒錢，博雅醫院也不是S市最好的醫院，你為什麼非要把你媽放在那讓我們一家人煩啊？」

「你們搞金融的不是最會算計了嗎，你自己掰著手指頭數數，我媽忍你們母子倆多少年了，也算仁至義盡了吧，你好意思幹這種缺德事嗎！」

「我只想問問你，我們家到底欠你什麼了，你說清楚，我就是傾家蕩產也還給你！」

「你一個大男人使這種下三濫的招，你要不要臉啊！」

沈妍歇斯底里的喊聲還沒落定，蘇棠已經不急不慢地走了回來，嘴角多了一道沒有溫度的笑，手裡多了一把晶亮的菜刀。

沈易的臉色很難看，看到蘇棠這樣回來，臉色更難看了。

蘇棠的臉上看不出什麼情緒，沈易也不知道她要幹什麼，慌忙拉住她的手臂，蘇棠也不去掙開沈易的手，順勢在他身邊站定，氣定神閒地把菜刀換到了那隻相對自由的手裡。

「妳……」沈妍愕然看著蘇棠手裡的菜刀，一直在眼眶裡打轉的淚水硬生生被嚇了回去，再開口時，聲音因為剛才過於激動的喊叫而微微有些發啞，「妳是誰啊？」

「妳剛才一句接一句地說，我也沒插上話，還沒來得及自我介紹。」

蘇棠客氣地笑著，「我是他的貼身保鏢。」

沈易一直緊張地看著她唇形的變化，突然看到這麼一句，呆愣了一下。

蘇棠又補了一句，「最近對沈先生不客氣的人有點多。」

沈妍還沒在剛才的激動情緒中徹底冷靜下來，臉頰微紅，胸口的起伏有些急促，一點也不像初來時那樣理直氣壯了，「妳想幹什麼？」

蘇棠像黑道片裡的那些善心未泯的小弟一樣無奈地笑笑，順便輕掂了一下手裡的菜刀，「拿人錢財，替人消災。」

沈易顯然不大明白這句中國傳統俗語，神情既茫然又緊張。

沈妍臉上的漲紅淡了下去，提了口氣，微微揚起下巴，垂眼看著比她矮了近半個頭的蘇棠，聲音平穩了些許，「這走廊有監視器，妳敢動手試試。」

蘇棠把嘴角往上提了提，笑得很隨意，「妳放心，我比他講道理，我會保證及時把妳送到S市最好的那家醫院，並且主動負擔妳的一切醫藥費，必要的話，喪葬費也沒有問題。」

蘇棠說得很平靜，好像這種事每天都要幹好幾回一樣。

沈妍狠瞪了她一眼，狠得有點虛飄。

無論如何，她是一個人來的，蘇棠和沈易是兩個人，加一把菜刀。

對峙只持續了兩秒，沈妍就扭頭走了。

看著那個連電梯都不敢等就匆忙下樓的身影，蘇棠緩緩鬆了口氣，悠悠地哼起了歌。

沈易沒關心她唱什麼，鬆開了抓在她手臂上的手，把門關上，轉身回臥室，眉頭深深皺著，臉色格外凝重。

蘇棠把菜刀放回廚房，倒了杯溫水，跟到沈易的臥室裡。

沈易虛靠在床頭，頭頸微仰，一隻手虎口張開放在額頭上，拇指與其他手指分揉著兩邊的太陽穴，用力很重，手背上筋骨的紋路突兀得讓人心疼。

蘇棠走過去把他的手從額頭上捉了下來，「不用頭痛報警的事了，我來自首了。」

沈易似乎沒有力氣把自己的腰背從床頭上拉起來，看著蘇棠勉強地笑了一下，用手語對她說了句「謝謝」，才把杯子接到手中，淺淺地含下一口，有些吃力地咽了下去。

蘇棠看得揪心，不禁摸了摸他的額頭，觸手滾燙，「很難受的話就去醫院——」

話沒說完，蘇棠就抿起嘴唇把話掐住了。

她跟他提什麼醫院……。

沈易淺淺笑著，轉手把杯子放到一旁的床頭櫃上，拿起隨手扔在床上的手機，緩緩打下幾句話，遞給蘇棠。

——我很好，只是有點頭暈反胃。謝謝妳保護我，但是妳剛才的行為很危險，以後不可以再把菜刀拿出廚房了。

蘇棠在床邊坐下來，對著天花板立起三根手指，「我保證，下次一定把她拽進廚房裡嚇唬。」

沈易無奈地笑笑，伸手把她豎起的手指頭輕按了下去。

——她只是害怕，來宣洩一下情緒，她不肯進門就是怕我傷害她，她既然知道走廊有監視器，一定不會跟我動手。

蘇棠沒好氣地瞪著胳膊往外彎的人，「防患未然是工程師的基本職業道德，你們如果真打起來，那就是拆除大隊的事了，我才不管呢。」

沈易不置可否，只靜靜看著她，輕輕地笑著。

蘇棠皺皺眉頭，看著被這突如其來的一場折騰鬧得身心俱疲的人，嘆了一聲，「你們老闆也真是的，哪找來個這麼不會辦事的人啊……」

沈易搖搖頭，笑裡帶著一點輕輕的苦味。

——我從沒對公司裡的人提過我家裡的事。我剛剛問過，公司沒有派人去過醫院。

蘇棠愣了一下，「那是什麼人去的？」

沈易臉上的笑意淡得幾不可察。

——應該是陳國輝的人。

蘇棠瞪圓了眼，「他吃飽了撐著啊！」

沈易輕抿著血色淡薄的嘴唇，微微搖頭。

——他在提醒我，如果我為難他，他也有辦法為難我。

CHAPITRE 6　如果你不喜歡你自己，給我

「沈易的手指停頓了一下，淺淺地抿了一下嘴唇，又一字一字地補了一句。
一我希望她能感覺到，她的決定帶給她的不只有痛苦。」

沈易敲下這句話的時候不怒也不悲，只是安靜地低垂著眼睫，好像疲倦到了極點，連那層細密的睫毛也成了莫大的負擔。

蘇棠一眼看到落在手機螢幕上的話，連同沈易的那份火氣一起躥了上來，氣得臉頰都漲紅了，「他怎麼沒完沒了了啊，這是誰先為難誰啊！」

——這件事確實是我不好。

蘇棠急了，瞪著這個胡亂自責的人，「你是不是燒糊塗了啊？是陳國輝要你做犯法的事，你不做，你有什麼不好的？」

沈易牽著一點苦笑搖搖頭，伸手在蘇棠的手臂上輕拍，隔著一層薄薄的針織衫，蘇棠清晰地感覺到他掌心傳來的異常的熱度，情緒莫名的安穩了下來。

沈易又在她手臂上輕撫了兩下以示寬慰，才重新低頭打字。

——妳放心，原則上的事我沒有動搖。只是我爸爸的家庭是因為我的事才受到陳國輝的打擾，我應該向他們道歉。

蘇棠被這字裡行間流露出的誠懇的自責看得心揪，恨不得拿開水潑他一下，把他無時不在的冷靜一股腦全化掉。

「什麼叫你爸爸的家庭，你也是他的孩子，他過節的時候把你一個人晾在這也就算了，還把沈妍教成這樣，跑到你家門口來撒野……」蘇棠板著臉，伸出一根手指在他輕輕蹙起的眉心上戳了戳，「什麼叫『養不教，父之過』，才教了你幾天啊，全忘乾淨了？」

沈易淺淺地笑著，點頭表示接受批評之後，才低頭申辯。

——我爸爸已經盡到了他的責任，他為我提供了最好的醫療條件和教育條件，還

在我讀書期間幫我把媽媽照顧得很好，我很感謝他。

蘇棠不太服氣地抿抿嘴，多少有點底氣不足，「你媽媽治病的費用一直都是他出的嗎？」

沈易沒搖頭也沒點頭，只安然地微笑著打字。

——以前一直是他承擔的，我完成學業之後就由我來承擔，另外每一季匯一筆錢給醫院，已經把他墊付的所有費用連利息一起還清了。

蘇棠被「利息」兩個字看皺了眉頭，「你爸爸要你這樣還的？」

沈易忙搖搖頭，好像生怕蘇棠誤會，幾乎在眨眼間打完了回答。

——他不肯接受，我是以捐贈的名義匯給醫院的，只有這種方式他無法拒絕。

蘇棠看著這個自己剛受過委屈就忙著替別人洗冤的人，不知道該氣他還是該心疼他，「這些錢你還了多久？」

——兩年又三季。

這句話沈易打得很輕鬆，唇邊還牽著一點孩子氣的笑意，好像在等她的一句誇獎。

蘇棠好氣又好笑地瞪他，「你們這一行真的很能賺錢嗎？」

沈易輕笑搖頭。

——一開始不能，要積累一定的經驗之後才有可能。不過還有很多別的工作可以賺到錢，還有在生活開銷裡省下的錢。

沈易輕描淡寫的句子看得蘇棠鼻尖一陣發酸，她總以為他即使沒有完整的家庭，沒有完整的身體，起碼也是衣食無憂的。

她能想像到那大概是一筆多龐大的金額，但她想像不出他是如何在不到三年的時間裡連賺帶省地把它湊出來的。

「你這不是自己折磨自己嗎？」

沈易淺淺地笑著，靠著床頭調整了一下過於鬆散的坐姿，低低地咳了兩聲，才低頭打了長長的一段話，眉宇間帶著柔和的認真。

——我媽媽是一位很堅強很獨立的女性，她一定不希望依靠前夫活著。她是在和爸爸離婚之後才發現自己懷孕的，我相信她一定下了很大的決心才把我的生命留了下來，那場車禍是在她帶我去醫院看病的路上發生的，我有責任照顧她，保護她，不只是她的身體，還有她的尊嚴。

沈易的手指停頓了一下，淺淺地抿了一下嘴唇，又一字一字地補了一句。

——我希望她能感覺到，她的決定帶給她的不只有痛苦。

沈易敲完這些字就抬起頭來看向蘇棠，好像想要得到一點肯定。

蘇棠被哽在喉嚨口的酸楚堵得說不出話來，伸手撫上他還在發熱的臉頰，湊過去輕輕吻他，半天才嘆出一聲，「你傻不傻啊……」

沈易在她眼前化開一道微笑，笑裡似是帶著一點滿足，撫了撫她的肩膀，垂下目光慢慢打字。

——我應該不是很傻，但是我必須承認我有些自私。我媽媽沒有什麼親人，我覺得讓她住在爸爸的醫院裡，能多感覺到一個熟悉的人在身邊，也許能多增加一點喚醒她的希望。

沈易沒有抬頭去看蘇棠的反應，又添了幾個字。

——對不起，這些事情不太愉快，以前沒有想清楚應不應該告訴妳。

沈易敲完這句話，就倚在床頭掩口咳了起來，咳得很急很深，肩膀隨著咳聲的起伏顫抖著，看得蘇棠的心也跟著發顫，忙把放在床頭櫃上的水杯端給他。

沈易擺了擺手，埋頭專心咳嗽。

蘇棠在他咳聲的餘音裡隱約聽出來，如果他可以說話，現在的聲音一定已經沙啞得不成樣子了。

他不喜歡給別人添麻煩，不管是嫌不嫌他麻煩的人，他都不願意去麻煩。

蘇棠突然想起沈易表揚他自己的話，他活在這世上的每一天，都是跟那個拚命想要把他帶有與生俱來的缺陷的身體淘汰出局的大自然搶來的。

大自然欺負他，陳國輝欺負他，連他自己都在欺負他……。

蘇棠挨近過去，摟住他的肩膀，讓他順著她的力氣伏到她肩頭，伸手在他後背上輕輕拍撫。沈易的身體因為發燒而格外溫熱，背脊上卻因為不知什麼時候冒出的汗水而一片濕涼。

蘇棠突然很想就這樣抱他一輩子，不讓任何人看他，碰他，接近他，也就沒有人能責怪他，欺負他，傷害他了。

沈易挨在她肩頭熬過這段來勢洶洶的咳嗽，緩緩調整好凌亂的呼吸，伸手圈住她的腰背，埋頭在她頸窩間留戀地蹭了蹭。

蘇棠沒催他，倒是他的貓不知道什麼時候躥到了床上，一個勁兒扒拉著往沈易懷裡擠，沈易被牠撓得肚皮直發癢，不得不抬起頭來，剛想伸手抱牠，貓突然把頭一扭，賭氣似地跳下床去了。

沈易一怔，有氣無力地笑了一下。

蘇棠疼惜地瞪他，「你看吧，連貓都知道你好欺負。」

沈易無奈地笑笑，拿起手機，替貓伸冤。

——是我忘記餵牠了。

敲完這句，沈易突然想起些什麼，忙又敲下一句。

——妳還沒有吃午飯吧？

蘇棠被這緊湊在一起的兩句話看得好氣又好笑，「你下一句是不是想寫，要不我和牠一起吃點東西吧？」

沈易臉頰上因為劇烈咳嗽而泛起的紅暈還沒徹底消散掉，突然被她逗得笑彎了眼睛，整個人看起來像是一隻剝好的蝦仁，柔軟可口。

——牠不喜歡和人類分享食物，我嘗過一口牠的罐頭，牠抓破了我的襯衫。

蘇棠差點笑岔氣，「你沒事嘗貓罐頭幹嘛！」

沈易無辜地扁了扁嘴。

——餵牠的時候看牠吃得很香，沒忍住。

蘇棠發現，只要不涉及原則性的問題，沈易真的就一點道理都懶得講了……。

蘇棠哭笑不得地從床邊站起來，伸手揉揉他的腦袋，「你伺候貓，我伺候你，說吧，想吃什麼，我去做。」

沈易想了一下，以商量的語氣做了個決定。

——家裡沒有什麼新鮮的材料了，吃螃蟹，可以嗎？

蘇棠以沒商量的語氣回答他，「我可以，你不可以。」

沈易無所謂地笑笑。

——吃下去不久就會吐出來的，吃什麼都一樣，沒關係。

蘇棠嚇了一跳，「你胃病又犯了？」

沈易搖搖頭，輕快地敲字。

——感冒發燒的時候就會這樣，胃裡太熱了，消化酶不肯好好工作。

這個道理蘇棠是明白的，但是這個道理發生在別人身上只是沒有胃口而已，發生在他的身上居然就成了這樣。

蘇棠心疼地埋怨，「這幾天也沒怎麼變天啊，怎麼突然就感冒了？」

沈易無奈地笑笑。

——辦公室的窗戶壞了，維修人員晚上不上班，吹了幾個小時的風。

這個季節晚風還不算太涼，蘇棠皺皺眉頭，「然後就病得這麼厲害了？」

沈易很坦誠地搖搖頭。

——回來之後一直咳嗽，沒有睡好，又繼續上了一天班，就成這個樣子了。

蘇棠氣絕，卻又止不住心疼，「去看過醫生了嗎？」

——問過趙陽。

蘇棠板著臉看他，「他怎麼說？」

沈易有點委屈地抿了抿嘴，不大情願地敲下兩個字。

——活該。

蘇棠沒繃住臉，「噗嗤」笑出聲來，懶得跟一個已經受到懲罰的病人計較，知道他胃口不好，不想給他吃重複的東西，就問了一句，「你昨天吃什麼？」

沈易想了想，敲下兩個字。

——牛奶。

「還有呢？」

沈易搖頭。

「就喝了點牛奶？」

沈易點頭。

蘇棠一時氣不過，在他額頭上不輕不重地彈了一下，「你想造反啊！」

沈易滿臉委屈地瞪她，一手捂著額頭，一手打字。

——這樣吐起來比較方便。

蘇棠頓時沒脾氣了，臉色剛一軟，就看沈易又把手機遞了過來。

——我想吃螃蟹。

蘇棠黑著臉瞪回去，「不行。」

沈易也在瞪她。

——我很久沒有吃過螃蟹了，第一次有人送來給我吃。

他肯定比她還清楚，沈妍哪裡是送來給他吃的。

蘇棠的臉還板著，語氣已經不由自主地軟了，「不行。」

沈易抿著嘴唇遞來一句賴皮到了極點的話。

——我是病人，心情不好會加重病情。

蘇棠把眼睛瞪得更大了點，「你還沒完沒了是吧？」

——妳欺負我。

「誰欺負你了！」

沈易又執著地打了一句。

——我想吃螃蟹。

蘇棠被他委屈得要哭出來的模樣看得一點轍都沒有，他難得要一次賴皮，她根本捨不得跟他計較。

胃痛起碼是有藥可治的。

「吃吃吃……回頭胃痛了我絕對不管你。」

蘇棠毫無殺傷力地瞪他一眼就去處理那箱螃蟹了，螃蟹確實都是新鮮的，蘇棠拿了幾隻活力充足的，解開捆蟹的繩子，放到廚房洗碗槽的盆子裡用清水泡著，轉頭去切生薑。

沈易餵過貓之後就不聲不響地湊到了廚房來，蘇棠不搭理他，他就一個人興致盎然地逗弄盆裡的螃蟹，蘇棠還沒把薑切好，沈易就走過來拽了拽她的袖子，哭喪著臉伸給她一根末梢懸掛著一隻螃蟹的手指頭。

蘇棠被他這熊孩子的模樣氣樂了，剛把他的手指從螃蟹鉗子裡救出來，又聽到水池那邊傳來一聲貓的淒慘叫聲。

蘇棠哭笑不得地幫那隻吃飽喝足之後格外圓潤的大毛球把爪子拽出來，揪著牠脖子後面的皮毛，把牠塞進沈易懷裡，推著沈易的後背把這對一個勁兒添亂還不能下鍋的活物全攆出了廚房。

沒等再拿起菜刀來，塞在口袋裡的手機就響了起來。

又是社區警衛打來的電話。

※

「妳好……」打電話的還是那個警衛大叔，聲音裡滿是困惑，「沈先生的手機是不是壞了啊，怎麼電話一直打不通啊？」

蘇棠轉頭看了一眼水槽裡的螃蟹，好氣又好笑地嘟囔了一聲，「他手機不壞，人挺壞的……」

電話那頭的人沒聽清楚，「啊？」

「您有什麼事嗎？」

「喔……妳還在他家裡嗎？」

「在。」

「剛才那位小姐在這放了四箱螃蟹，說沈先生等等來拿，我都快換班了，你們什麼時候來拿走啊？」

還有四箱……。

蘇棠有點想找人打一架。

「不要了，您拿去吃吧。」

蘇棠憋著火氣，口氣多少有點發硬，警衛大叔以為她是被催得不耐煩了，「這不行、不行……妳要是不方便來拿，我就找人幫妳送過去。」

沈易是不會讓她一個去搬四箱螃蟹的，她也不覺得以他現在的身體狀況適合出門去搬螃蟹，蘇棠有氣無力地嘆了一聲。

「那就麻煩您送一下吧。」

「好的，等等就過去。」

「謝謝您了。」

蘇棠掛掉電話走出廚房的時候，沈易正窩在客廳的沙發上溫柔地安撫那隻被螃蟹嚇傻了的大毛球，蘇棠伸手在他眼前晃了晃，把他的目光捉回到自己的身上。

蘇棠苦笑，「沈妍可能是把陳國輝送的蟹券全取成螃蟹送來了，還有四箱，放在警衛那呢，等等警衛就幫忙送到家裡來。」

沈易微怔了一下，笑著點點頭，揉在那隻毛球頭頂上的手停也沒停。

蘇棠被他這過於淡然的反應看得一愣，一時間懷疑是自己說得快了，沒讓他把重點看清楚，於是又一字一句地解釋了一遍。

「四箱，再加上廚房裡那一箱，一共五箱。」

蘇棠說著，伸出五根手指頭在他眼前晃了晃，「五箱螃蟹，一箱二十隻，你家裡馬上就要有一百隻活螃蟹了，你明白這是什麼情況嗎？」

沈易牽著一點饒有興致的笑意，認真地搖搖頭，等待蘇棠的解釋。

蘇棠垂手指指地板，「就是你把它們全放在地上，給牠們一定的時間擴散之後，從理論上來說，在你家裡平均不到一坪的範圍內就能找到一隻螃蟹了。」

蘇棠說完，又在空中比劃出了一個大約一坪的正方形。

「就是比這還小的面積。」

沈易帶著濃濃的笑意搖搖頭，屈起手指比了個數字「九」，又比了個數字「四」。

蘇棠噎了一下，沒好氣地瞪他。

「對，待會要吃掉六隻，還剩九十四隻活的……九十四隻活螃蟹，你打算怎麼處理啊？」

沈易依然帶笑的臉上看不出一點發愁的意思，把蜷在他腿上的貓抱起來放到一旁的沙發坐墊上，又柔柔地安撫了幾下，才從茶几下面拿出平板電腦，靠回到沙發裡有些愉快地擺弄了起來。

看他這美滋滋的神情，蘇棠猜他大概是在搜「大閘蟹的九十四種吃法」一類的東西。

反正他具有這些螃蟹的決定性支配權，蘇棠懶得管他，轉身回廚房繼續收拾那些歸她處置的螃蟹去了。

蘇棠剛把那六隻螃蟹塞進蒸鍋裡，沈易就走了過來，拍拍她的手臂，把平板電腦遞到她面前。

蘇棠按著被螃蟹們一個勁兒往上頂的鍋蓋，低頭往螢幕上掃了一眼，愣了一下。

「這是……魚缸？」

沈易點點頭，手指在螢幕上輕劃了一下，切換到另一張網頁上，還是一張魚缸的圖片，只是換了個款式。他有些期待地看著她，好像是要她在兩者中評出一個優劣來。

蘇棠一邊跟被徐徐升起的熱蒸氣嚇瘋的螃蟹們較勁，一邊漫不經心地問他，「你想在家裡添個魚缸嗎？」

沈易點點頭。

「鍛煉你那隻貓的自主捕食能力？」

沈易笑著搖頭，垂手指了指一旁箱子裡那些沒能被蘇棠翻牌子的螃蟹。

蘇棠愣了一下才反應過來，手一抖，鍋蓋差點被螃蟹頂起來。

「你要把那九十四隻螃蟹養起來？！」

沈易認真地點了點頭。

蘇棠只覺得欲哭無淚，「你今天吃藥了嗎？」

沈易只當這是一句來得莫名其妙的關心，愣愣地點了點頭，把蘇棠看得一點脾氣都沒有了。

蘇棠耐著性子嘆了一聲，「螃蟹確實是一種可以人工飼養的動物，但是打包裝進箱子裡的陽澄湖大閘蟹是一種食物。」

蘇棠伸手指了指被那幾隻依然不屈的螃蟹戳得喀拉喀拉直響的鍋蓋，苦口婆心地教育這個一百八十幾公分的熊孩子，「食物也是有尊嚴的。」

沈易笑著低下頭，在平板電腦上輕快地點擊了一陣，然後把一句不帶絲毫孩子氣的話遞到蘇棠面前。

——這是陳國輝送給我的提醒，我應該把它放在一個醒目的地方。

蘇棠怔了一下，心裡微微一沉。

蘇棠把目光從平板電腦的螢幕上抬起來，落到這個依然笑得很柔和的人的臉上，抿了抿嘴，「我說句多嘴的話，你別生氣。」

沈易被她突然嚴肅起來的樣子看得愣了一下，認真點頭，示意她但說無妨。

「我知道你脾氣好，肚量大，不想跟陳國輝一般見識，但是他現在已經欺負到你家門口了，你也不能老是這樣躲著他吧。」

沈易笑起來，乾淨的笑容裡帶著他代表性的自信，清晰而不張揚，這張病得發白的臉上頓時多了幾分光彩。

沈易笑著打下一句話。

——我已經考慮過了，會給他一點警告。

沈易被人欺負的時候蘇棠擔心，現在看著他準備去欺負別人了，蘇棠擔心得更厲害了。

明明是一句耀武揚威的話，被他寫出來還是這麼溫柔客氣，沈易實在不像是個擅長欺負人的人。

「你打算怎麼警告他？」

沈易像是看出了蘇棠的擔心，伸手在她肩膀上輕撫了一下，把托在手上的平板電腦遞到她面前，讓她看著自己打字。

——放心，只是打一次很小的心理戰。

但凡帶個「戰」字，多半都不會是什麼好事，蘇棠看得更心慌了，「你很有把握嗎？」

沈易笑得更明朗了。

——胡思亂想是最具有殺傷力的武器。

蘇棠看出來這句話裡有一半的意思是在調侃她，笑著瞪他，「你得透露一點核心劇情給我，我才能決定能不能放棄使用這種殺傷性武器。」

沈易玩味了一下蘇棠的話。

——什麼算是核心劇情？

「就是……」蘇棠稍作考慮，「對最終結局產生最大影響的那個環節。」

沈易像是慎重地思考了一下。

——我剛才聯絡了幾家媒體，準備在國慶連假之後開一場記者會。

蘇棠被「記者會」三個字看得一愣，猶豫了一下，還是忍不住問了出來，「你不是說，你們這個行業必須守口如瓶嗎？」

沈易無可奈何地笑了笑。

——有些值得守，有些不值得。

蘇棠原本覺得沈易的「守口如瓶」總是讓她有些不由自主的心酸，現在才發現，在這個習慣於守口如瓶的人被逼得非發聲不可的時候，這種心酸會驀然加重十倍百倍。

蘇棠咬了咬牙，「我真有點想辭職了。」

沈易微怔了一下，忙蹙眉搖頭，以極快的速度打下幾句話。

——妳放心，華正集團的基礎很紮實，很有發展前途，只是現在的經營方式存在一些問題，我從沒想過要摧毀它。

蘇棠搖頭笑笑，「我不是不想在華正上班了，我是不想做土木這一行了。」

沈易有點不解地看著她。

「我想去火葬場工作。」

沈易被她這個突如其來的想法嚇了一跳，抬手在空中劃了個大大的問號。

蘇棠伸手在他皮肉單薄的腮幫子上捏了捏，「在那裡工作可以合法地把欺負你的人都燒成灰。」

沈易笑著給了她一個飽滿的擁抱，然後帶著半真半假的委屈輕咬著下嘴唇，在平板電腦上敲下一句話，眨著眼睛看她。

——妳也欺負過我。

蘇棠挑眉看著這個一轉眼又要熊起來的人，「你還想不想吃螃蟹了？」

沈易若無其事地把目光往天花板上一送，抱著平板電腦乖乖走出了廚房。

警衛把那四箱螃蟹送來的時候，沈易已經上網把魚缸買好了，等到蘇棠把螃蟹端上餐桌，沈易連飼養螃蟹的注意事項都研究清楚了。

蘇棠是按一人三隻的量準備的，結果沈易連撒嬌帶耍賴地折騰了那麼半天，最後就只吃了半隻，然後就坐在一旁專心幫蘇棠剝蟹腳，手藝熟練得像五星級酒店的廚師一樣。

蘇棠挫敗感十足地掃了一眼那幾隻被自己啃了個亂七八糟的蟹腳，吐掉嘴裡的蟹殼渣滓，幽怨地看著對面這支既美觀又實用的智慧剝殼器，「你不是不常吃螃蟹嗎，怎麼剝得這麼俐落啊？」

沈易把手裡的那截蟹腳剝好，放進蘇棠面前的盤子裡，抽出一張紙巾擦了擦手，才把放在桌角的平板電腦拿過來，簡單地打了一句話。

——我可以吃一點蝦。

蘇棠搖頭表示不接受這樣的理由，「蝦和螃蟹根本就不一樣，長得一點也不一樣，沒有任何參考價值。」

沈易搖頭否定蘇棠的說法。

——它們都是甲殼類動物。

「然後呢？」

沈易嘴角微彎。

——基本的解剖原理是一樣的。

蘇棠被「解剖」這兩個字看得舌頭一僵。

「你是不是嫉妒我可以吃很多隻螃蟹還不胃疼？」

——是。

蘇棠剛笑出來，手機突然在口袋裡震了起來，不是有電話打來的那種震，而是被接二連三的訊息轟炸的那種震。

蘇棠忙把手擦乾淨，拿出手機看了一眼，是陸小滿發來的哭訴。

前面八條都是一隻流著兩行眼淚的兔斯基。

後面幾條帶字的消息綜合起來傳達出一個讓蘇棠精神一繃的消息。

蘇棠在桌子底下輕輕踢了踢那個正在專心低頭剝蟹腳的人，等他抬起頭把詢問的目光投過來，一字一句地告訴他。

「陳國輝好像知道你要開記者會的事了。」

※

沈易認真地看著她，一直看著她滿臉錯愕地把這句話說完，既沒有表現出意外，也沒有表現出不安，只是彎起眼睛溫然一笑，好像蘇棠說的是一句事不關己的閒言閒語一樣。

蘇棠眼看著他含笑低下頭，俐落地把他手裡那截剝到一半的蟹腳剝好，送到她的盤子裡，剛要去拿她掰下來放在小碗裡的蟹腳，蘇棠就把碗往旁邊一攞，沈易落了空，抬起頭來不解地看她。

「你知道陳國輝在幹什麼嗎？」

沈易笑笑，好像依然沒有當回事，安然地把沾著蟹肉香的指尖送到唇邊輕吮了一下，又拿紙巾細細擦淨，才拉過放在一旁的平板電腦。

也許是剝蟹腳剝累了，沈易打字時的姿勢有些慵懶，手指在觸控式螢幕上躍動的速度並不快，但蘇棠隱約覺得，這些句子似乎就是現成的，他只是需要花些時間和力氣表達出來而已。

蘇棠猜他大概是想告訴她，他成竹在胸，計畫周詳，一點也不在乎陳國輝有什麼動作。

沈易在蘇棠的注視下把話打完，含笑舉起螢幕給她看。

——我猜他剛剛緊急召集了華正集團的整個財務和人事部門，要求他們在過節期間加班整理相關資料。

蘇棠看傻了眼，下巴差點掉到桌面上。

「你、你怎麼知道？」

蘇棠十分確定，他從在餐桌邊落座之後就只有和她聊天的時候才碰了碰平板電腦，期間完全沒有與外界聯絡，而陸小滿身為華正集團如假包換的內部人士，也不過是剛剛才得到消息。

蘇棠強烈的反應在沈易的臉上激出一個飽滿的笑容，笑容沿著眉眼的弧線蔓延開來，在傍晚偏暗的光線中一如既往的寧靜柔和，一點也不像是一個正在一場自衛反擊戰中蓄力回擊的人。

沈易低下頭無聲地打字，夕陽將落未落之際過於傾斜的光線穿過餐桌旁的落地窗落在他的側臉上，把這張溫柔含笑的臉勾勒得格外深邃持重，以至於他依然輕描淡寫的句子落在蘇棠眼裡也是鏗鏘有力的了。

——我看過華正之前幾季的財務資料，很清楚裡面的漏洞，那些漏洞可以反應出華正集團現階段存在的很多問題。

「他現在這麼做，是不是想要在你開記者會之前把這些漏洞全填補好？」

沈易安然地笑著，贊許地點點頭。

「那你怎麼一點也不著急呀？」

沈易仍然笑著，笑裡帶著一點讓人捉摸不透的狡黠，點擊在平板電腦上的手指卻猶豫了幾次才敲出一句不算太完整的話來。

——中文裡有句俗話，說有些人、有些人不急。

蘇棠脫口而出，「皇帝不急太監急？」

蘇棠話音沒落，看著沈易眼中驀然深起來的笑意，一下子回過神來，想瞪他卻已經來不及繃臉了，只能笑著在他的小腿上輕踢了一下。

「你說誰是太監！」

沈易無聲地笑彎了眼睛，低頭輕快地打下一行字。

——我知道妳愛我，我也愛妳。

蘇棠被這突如其來又極盡直白的一句情話看得呆愣了一下，臉上剛一發熱，突然想起那天在書房裡和他定下的規矩。

當擔心和不要擔心不可調和的時候，就用一句「我愛你」來代替一切可能因此而產生的爭執。

蘇棠頓時覺得心裡溫熱一片，一點也不想再去計較那個太監的問題了。

蘇棠的嘴角剛提起一點柔和的弧度，就見沈易又低頭敲下一句話，笑著把平板電腦遞了過來。

——就算妳是太監，我也一樣愛妳。

「……」

蘇棠在心裡跟他分手了八百遍，吃完飯沒多久，沈易在洗手間裡吐得跪都跪不穩的時候，蘇棠隔著一層單薄的襯衫撫著他微微發抖的背脊，清晰地感覺到他再次飆升起來的體溫，又覺得心疼得好像是心臟被撕成八百塊了。

沈易一直吐到乾嘔才慢慢緩了過來，就著蘇棠的手含了幾口清水漱口。

蘇棠看著他連漱口都漱得有氣無力的樣子，忍不住自語似地低聲輕責，「非要吃什麼螃蟹……」

這句話蘇棠沒打算讓他看到，也沒在他的視線範圍內說，沈易卻好像覺察到了什麼，轉過頭來看她。

不知道是不是嘔吐的過程中牽痛了他本就脆弱不堪的胃，沈易的眼睛裡蒙了一層薄薄的水霧，眼眶微微發紅，看得蘇棠心裡又是狠狠一陣揪痛。

蘇棠喉嚨一哽，說不出一丁點責怪他的話。

「痛嗎……」

沈易輕眨了一下眼睛，微微搖頭，無力地笑笑，有些吃力地直了直幾乎被蘇棠半扶半抱著的身子，轉頭把蘇棠從下到上細細地看了一遍，像是在找些什麼。

蘇棠被他看得發愣，「怎麼了？」

沈易小心地調整了一下身體的重心，在地板上改跪為坐，把支撐在馬桶邊緣的雙手解放出來，淺淺地笑著，用手語對蘇棠說了句很簡單的話。

——沒有髒。

蘇棠一愣，突然明白過來。

他在慶幸自己這次沒有弄髒她的衣服……。

蘇棠眼眶一熱，忙把臉轉向一旁，深呼吸了兩下，沒等回過頭來，手臂就被沈易輕輕地拍了拍。

沈易有些不安看著她，又用手語說了一句很短的話。

——我不痛。

蘇棠抿緊了嘴唇，輕輕點頭，剛點過頭，突然反應過來他這些隱約的不安是哪裡來的。

她好像對他說過，他要是胃痛，她就不管他了……。

蘇棠努力地笑笑，湊過去想要吻他，沈易卻皺著眉頭偏頭躲開了，蘇棠愣了一下，就看他抬手要擦抹唇上的水漬，低垂的眉目裡有些淡淡的嫌惡。

蘇棠心裡掠過一陣熱辣辣的刺痛，一股熱烈的情緒沖湧上來，一把按住他的手，另一手硬扳過他的臉，執拗地吻上還沒來得及被他的手背碰觸到的嘴唇。

沈易被她過於突然也過於激烈的舉動驚了一下，回過神來的時候蘇棠的手已經以近乎於撕扯的力氣解開了他領口的第一顆扣子，第二顆扣子……

沈易急忙把蘇棠的手按停在他的胸口。

蘇棠不知道他是哪來的力氣，使勁掙了好幾下都沒能把他的手掙開，還被他一把抱進了懷裡。

蘇棠徒勞地掙了掙，就在他高得驚人的體溫中莫名地平靜了下來。

蘇棠伏在他肩上喃喃地道歉，「對不起，對不起……」

沈易像是知道她說了些什麼似的，輕柔地撫著她的背脊，撫了許久，才緩緩鬆開把她禁錮在自己懷裡的手，扶著她的肩膀，看著她慢慢抬起頭來，伸手掠了掠她微亂的頭髮，笑得有些勉強。

「對不起……」

沈易輕輕搖頭，在蘇棠的攙扶下從地上站起來，蘇棠扶他在床上躺下來，剛要幫他把被子蓋上，沈易突然伸手攔了一下。

蘇棠一怔之間，沈易抬手解開了他胸前的第三顆扣子，然後解開位於上腹的第四顆，位於下腹的第五顆……

最後一顆扣子解開之後，質感柔順的襯衫料子在重力的作用下順著沈易胸膛光滑的肌膚向兩邊滑開來。

第一眼的驚嘆還沒過去，蘇棠的目光就定在了他的上腹。

那片區域和其他部分一樣緊實而流暢，只是微顯蒼白的肌膚上爬著幾道新舊不一的手術疤，乍看之下雖不醜陋，卻也刺眼。

蘇棠怔怔地看了好一陣，才發現沈易的胸腹幾乎沒有因呼吸而產生的起伏，兩手暗暗地揪著身下的床單，好像在苦忍些什麼。

蘇棠忙抬頭看向他的臉。

沈易微微繃著血色淡薄的雙唇，眉心輕蹙，目光定定地看著她，黯淡得讓人揪心。

蘇棠在床邊半跪下來，掌心覆上他揪著床單緊握成拳的手，微微仰頭看他，「剛才不讓我解，是怕嚇著我嗎？」

床上的人有些僵直地躺著，淺淺地點了下頭。

「不肯讓我看你換衣服，也是因為這個？」

沈易把雙唇繃緊了些，幾不可察地點了點頭。

蘇棠小心地看著他，「我可以碰一下嗎？」

沈易又淺淺地點了下頭。

蘇棠又問了一句，「怎麼碰都可以嗎？」

沈易怔了一下，依然點頭。

蘇棠在床邊坐下來，藉著床頭燈柔和的光線看著那幾道深深淺淺的痕跡，指尖剛剛挨上去，就好像一下子觸動了這片肌膚有關疼痛的記憶，牽帶著整個身軀都顫了一下。

蘇棠把掌心覆了上去，藉著掌心的溫熱輕輕揉開這片肌膚的緊張。

蘇棠輕輕笑著，看著這個漸漸放鬆下來的人，「說好了，怎麼碰都行，不許反悔啊。」

沈易微怔了一下，突然意識到蘇棠要做什麼，一下子擰緊了眉頭，使勁搖了搖頭。

「反悔也晚了。」

不等沈易攔她，蘇棠身子一低，吻上了那道最新的疤痕。

沈易的身體劇烈地顫了一下。

蘇棠在一片靜寂中聽到他深重地倒吸了一口氣。

蘇棠抬頭看他，目光對上一片有些驚惶的炙熱。

「沈易，我愛你，什麼都愛……」

※

夜色已經沉了下來，兩組並立的寬大落地窗難為無米之炊，只有床頭燈過於集中的光束落在沈易身上，把他映得像博物館櫥窗裡的一件珍貴展品。

她就是那個敲碎了櫥窗玻璃的賊。

這種微妙的刺激感把蘇棠心裡撩得癢癢的，不管不顧地吻上沈易因為喘息被猝然打亂而微啟的雙唇，恣意掠奪。

沈易像有bug的網頁一樣，呆了數秒才一下子回過神來，蘇棠只覺得這副被她合身壓住的身體動了一下，還沒來得及反應，腰背就被一個溫柔的力量抱住，重心驀然騰空之後穩穩地陷進了一旁的床墊裡。

「欸——」

沈易以一個深重綿長的吻剝奪了這個賊狡辯的機會。

蘇棠的上衣只有薄薄一層，沈易寬闊的胸膛輕貼在上面，體溫幾乎不經絲毫損耗就傳到她的胸前最柔軟的肌膚上，把她熨燙得難以喘息，卻又飛蛾撲火一般地希望與這片熱源再靠近一些。

也許是察覺到她胸膛的起伏越來越深，沈易終於收住了這場懲戒，把手撐在她肩旁，抬起頭來，深深地喘息，寵溺與惱火在目光裡碰撞著，落在她的臉上，依然是一片深情的溫柔。

「沈易，我不許任何人嫌棄你，你自己也不行……」

蘇棠的眼前蒙了一層水霧，視線有些模糊，覺得這張微微泛紅的臉柔和得像夢裡出現的虛像一樣，不禁伸手撫了上去，掌心觸到一片真實的溫熱，心裡才重新安穩下來。

「如果你不喜歡你自己，給我，好不好……我喜歡，完完全全喜歡……」

沈易的目光微微一動，俯下身來在她發紅的眼眶間落下一個疼惜的輕吻，抬起頭來深深地看著她，炙熱的目光裡帶著清晰的詢問之意，好像在等待她輸入最後一遍驗證碼。

蘇棠毫不猶豫地輸了一遍。

「我愛你……」

驗證碼順利通過之後，蘇棠才後知後覺地發現自己做的這個選擇是錯誤的。

人沒錯，只是時間錯了。

入夜之後是沈易的工作時間，就算他還病著，她的精神也完全無法和這個不折不扣的夜貓子較量……。

蘇棠對於昨晚最後的記憶是沈易把她圈在懷裡輕撫，在她已經閉起的眼睛上落下一個個柔和的輕吻，像是在哄她入眠。

蘇棠醒來的時候天已經大亮了，沈易還在睡著。

不知道他是什麼時候睡的，昨晚的狼藉已經被他收拾得一乾二淨，床頭燈關了，窗簾也合了起來。她的家居服整整齊齊地疊放在她枕邊。

沈易似乎在睡前洗了澡，身上穿著質地輕軟的睡衣，蘇棠挨在他的懷裡，可以聞到他身上淡淡的沐浴液的餘香。

要不是身體上微妙的不適感，蘇棠幾乎要以為昨晚的一切只是她白天目睹了沈易覆蓋率不足5%的身體之後大腦受到了深重的刺激，在她熟睡過程中產生豐富聯想的結果……。

蘇棠在沈易的懷裡無聲地嘆了口氣，淺淺地笑了出來。

從她認識沈易的第一天起，即便是三更半夜被他騙到他家裡來，她也沒有動過一丁點對他設防的念頭。她一直以為這是因為沈易身上沒有壞人的氣質，但現在想想，壞人也不是照著一個模子長的，誰說壞人就不能長成他這個樣子呢？

她的淪陷恐怕遠比她自己想像中的還要早得多……。

真好，在她淪陷的那一刻，她眼前的人正是他。

沈易在固有生物時鐘的作用下睡得很沉，蘇棠小心翼翼地吻了他一下，伸手摸了摸他已經恢復到正常體溫的額頭，挪開他還虛抱在她腰間的手，起身下床，也沒有把他驚醒。

蘇棠不確定今天家事阿姨還會不會來，也不知道沈易訂購那個的魚缸什麼時候會送到，盥洗之後就沒有穿沈易留在枕邊給她的家居服，還是換上了自己的衣服，然後就到廚房裡翻箱倒櫃地找米熬粥。

沈易是不會被聲音吵醒的，她收拾起來也沒顧忌鍋碗瓢盆叮鈴噹啷的碎響，結果剛把砂鍋放到瓦斯爐上，就聽到一陣很急促的腳步聲。

家裡一共就他們兩個人。

蘇棠趕忙從廚房裡探出身來。

沈易剛剛在走廊、客廳與餐廳的交界處站住腳，身上還穿著睡衣，頭髮亂糟糟的，一看就是剛從被窩裡爬出來，好像是在找些什麼，見客廳裡沒有，就急忙轉頭往餐廳的方向看，正看到剛從廚房裡走出來的蘇棠，目光一下子定住了。

不只是目光，整個人都定住了。

蘇棠莫名其妙地走過去，沈易的目光就莫名其妙地跟了過來。

蘇棠揚起準備攪粥用的不銹鋼飯勺在他腦門上輕敲了一下，「怎麼了，貓踩著你尾巴了？」

蘇棠這一敲像是敲中了什麼開關一樣，原本呆愣著的人突然張手把她抱進懷裡，抱得緊緊的，蘇棠猝然緊貼到他胸前，清晰地感受到從他左胸口傳來的有力的跳動。

蘇棠這才反應過來，他剛才是在找她。

她沒有動他留在她枕邊的家居服，反倒把來時的衣服穿走了，他聽不見她在廚房裡忙碌的聲音，以為她已經走了吧……。

沈易靜靜地抱了她許久，蘇棠聽到廚房裡傳來水快燒開之前的滋滋聲，擔心水沸出來撲熄爐火，忙在他背上拍了拍。

沈易會意地鬆了手。

蘇棠本打算立刻回去看鍋，結果一抬頭就看到他一副心神還沒落定的樣子，心裡一軟，抬手揉了揉他的頭髮，抿著一點壞笑低聲問他，「怎麼，怕我把你睡了之後不負責任就跑了啊？」

沈易僅存的一點緊張被她逗了個一乾二淨，睡意未消的眼睛裡暈開一點晨光般明朗的笑意，扁起嘴來半真半假地點了點頭。

蘇棠好氣又好笑，又揚起勺子敲了一下他的腦袋，「你怎麼老是想這麼多亂七八糟的，自己折磨自己有意思嗎？」

沈易大概也意識到了自己的患得患失，揉著腦門上被敲過的地方，笑得有點不好意思。

蘇棠嘆氣，「你這樣的脾氣居然去當操盤手，是你玩股票還是股票玩你啊……快點去穿衣服，好不容易退燒了，小心等下又著涼了。」

沈易再回來的時候已經盥洗好了，用一件暖色的襯衫和一條白色的休閒褲換下了那身鬆散的睡衣，臉上掛著明朗的笑容，把打好字的手機遞到蘇棠面前。

蘇棠一邊攪著正在砂鍋裡翻滾的小米粥，一邊往手機螢幕上看了一眼。

——確實是股票在玩我。

蘇棠氣樂了，抬頭瞪他，「你現在才醒悟是不是晚了點啊？」

沈易站在她身旁打字，神情溫和得像小米粥的香氣，蘇棠只用餘光掃著就覺得心曠神怡。

——我的股票入門老師是我在美國的心理醫生。

蘇棠愣了一下，「心理醫生教股票？」

沈易點點頭。

——這是他針對我的心理問題為我訂製的治療方案。

蘇棠聽說過因為炒股鬧出各種疾病的，倒是還沒聽說過用炒股治病的，「什麼心理問題？」

——非常害怕經歷得失。

蘇棠怔了一下，對上沈易有點抱歉的目光，突然明白他為什麼要說這些，不禁輕笑點頭，以示理解。

今天的天氣很好，昨晚之後她與這個人之間感覺微妙的變化把天氣襯得更好，好得蘇棠無心感傷。

「你第一次玩股票是幾歲啊？」

——十三歲。

蘇棠皺起眉頭，「十三歲就可以開戶炒股了嗎？」

沈易笑著低頭敲字，平和流暢。

——帳戶是醫生提供給我的，方便根據我的操作記錄對我的心理狀態做出評估。

蘇棠有些挫敗地斜眼看他，「你十三歲就會分析大盤走勢了？」

沈易在小米粥清香裡笑著搖頭。

——那個時候覺得這些資料很無聊，也不懂得對股價產生影響的變數有哪些，喜歡哪一支股票的名字就買哪一支，不喜歡了就賣掉。

蘇棠被這樣任性的交易準則逗樂了，笑著替他的心理醫生抱不平，「這樣有什麼治療作用啊？」

沈易認真點頭表示贊成，好像幹這件事的那個熊孩子根本就不是他一樣。

——本金也是醫生提供的，玩起來沒有任何心理壓力，剛開始的時候把他賠得很慘。

「然後呢？」

——我爸爸如數賠給他了，又給他一筆錢，讓我繼續接受這項治療。

「然後你就知道心疼錢，不敢亂玩了？」

看著沈易一本正經地點頭，蘇棠笑出聲來，「你也真聽話，治療了這麼多年了還沒效果，居然還信他的！」

沈易抿嘴輕笑，眉眼間掠過一片輕軟的溫柔。

——我也是剛剛睜開眼睛看到妳不在身邊的時候才發現這個治療無效的。

蘇棠剛想為自己的安全感抱不平，沈易已垂下目光，含笑敲了一段一本正經的文字。

——我剛才思考過，這種治療方法對我的效果一定是很有限的。我比可以聽見聲音的人更容易根據眼前的情況做出相關的聯想和猜測，這是我的大腦對我設立的一種保護機制，我無法拒絕。

蘇棠無力反駁，盯著他的腦袋嘆了一聲，「我可以複製一下你的大腦嗎？」

沈易嘴角的弧度一深，笑得有些耐人尋味。

——其實每個人都在一定程度上受到這樣的保護，就像現在的陳國輝。

蘇棠看得一愣，「陳國輝怎麼了？」

——他只是聽說我要對媒體發布一些事情，並不知道我要發布些什麼，所以就做最壞的打算。

蘇棠皺皺眉頭，抬頭看他。

「我有件事想不通……你決定聯繫媒體開記者會是昨天下午的事吧？」

蘇棠問得認真，沈易也認真地點點頭。

「那陳國輝怎麼會那麼快就知道了啊？」

實話實說，蘇棠腦海中閃過的第一個名字就是秦靜瑤，轉念又覺得無憑無據就冤枉人不太好，還是沒有直說，「會不會是你身邊有內鬼啊？」

沈易眼中的笑意驀然一濃。

──我身邊只有一隻鬼。

沈易緊抿著嘴唇，把笑意鎖在唇角。

「誰？」

──一隻敢撕我襯衫的小色鬼。

「……」

不等蘇棠再拿勺子敲他，沈易已迅速敲下一句一本正經的話，識時務地遞了過來。

──消息應該是部分媒體賣給陳國輝的。

蘇棠被這句話驚得沒了脾氣，「賣給他？」

沈易輕輕點頭，安然地打字。

──無論是什麼戰爭，消息都是決定勝負的關鍵之一，而且媒體也是要吃飯的，付給我的錢總要從別的地方賺出來。我猜除了陳國輝之外，他們還賣給了許多別的上市公司的高層，現在應該有很多家上市公司正在緊急加班。

蘇棠大概能明白這裡面的利益流動，在心裡替孤軍奮戰的沈易暗嘆了一聲之後，頗不服氣地瞪他，「你找媒體開記者會，媒體還給你錢，憑什麼呀？」

沈易的眼睛笑得彎彎的，笑意沒有了足夠的容納空間，恣意地蔓延開來。

──這是我的第一次，很值錢。

蘇棠挑起了眉毛。

「我覺得你不應該去看心理醫生，倒是應該去整形醫院看看。」

沈易被蘇棠這句前不著村後不著店的話看得愣了一下。

蘇棠瞇起眼睛，微傾上身向他湊近了些，目光落在他的臉頰上，「你沒發現你有很嚴重的肌膚問題嗎？」

沈易愣愣地摸上自己剛刮過鬍渣光滑一片的臉，困惑地搖頭。

蘇棠深深地白他一眼。

「臉皮太厚。」

「……」

※

蘇棠多花了點時間把小米粥煮得軟爛，沈易炒了兩道菜，兩人就把午餐和早餐一起解決了，沈易洗過碗去餵貓的時候，徐超就帶人把沈易訂購的魚缸連同一些養螃蟹需要的砂石一起送來了。

魚缸是沈易在S市一家大商場的網站上買的，材質精良，價值不菲，尺寸驚人，跟徐超一起送貨來的商場客服人員一定要沈易現場試用檢查一下。

徐超顯然只知道沈易要養螃蟹，不知道沈易要養什麼螃蟹，眼看著沈易認真地把魚缸底鋪好，把水蓄到半滿，然後興沖沖地從廚房裡抱來兩箱大閘蟹，一隻一隻地仔細解開捆蟹繩子，溫柔地丟進去，徐超和商場客服人員一塊兒傻在魚缸前了。

徐超往蘇棠身邊湊了湊，「蘇姐……」

不等徐超帶著顫音把話說完，蘇棠就抱著那隻和她一樣對這群螃蟹有著深深敵意的大毛球，毫不猶豫地宣明立場，「我昨天一個人吃了五隻半。」

徐超把剩下的話吞了個乾淨。

商場客服人員被沈易微笑著送出門的時候，臉色還有點說不出的複雜。

魚缸已經很大了，但還是不足以容下九十四隻螃蟹和平共處，沈易只放了兩箱，又把昨天吃剩的多半箱放進去，剩下的兩箱就讓徐超拿走了。

一箱讓他留著自己吃，一箱請他拿去送給趙陽。

徐超走之前，沈易還從書房裡拿出一張紙給他，好像是一張什麼單子，徐超看了一眼就心領神會地點點頭，問也沒問就收了起來。

徐超走後，沈易心滿意足地在魚缸前欣賞了一會兒，就被蘇棠揪去書房裡繼續學《三字經》了。

也許是退燒之後身體舒服了很多，沈易的心情似乎特別好，精神比心情還要好，偶爾咳嗽一陣，看起來也沒有那麼難受了。

將近五點的時候沈易回臥室服藥，回來的時候順便替蘇棠的那杯茶加了些熱水，蘇棠看他一時半會沒有要出門的意思，不禁問他，「你今天還要去上班嗎？」

沈易輕輕地把續滿熱水的杯子放到蘇棠右手邊稍遠些的地方，騰出手來用手語問她。

——有事嗎？

除了沈易為她量身訂做科學有效的手語課之外，蘇棠每晚在家也向外婆討教一點，外婆對她的要求比沈易嚴格很多，時不時就向她提問一些簡單常用的句子，以至於蘇棠的進步遠遠超過了沈易的預期。

蘇棠很喜歡看到她在看懂沈易的手語並作出相關回應時，沈易目光中不由自主地流露出的那種欣喜。

「沒事，我就是問問，你要是要去上班的話我們就該準備晚飯了，然後你去上班，我開你的車回家。」

蘇棠如願以償地看到了那抹淺淺的欣喜。

沈易又用手語問了一句。

——如果不去呢？

蘇棠伸手指了指攤放在桌面上的那本《三字經注解備要》，「不去的話我就再住校一天。」

沈易被「住校」這個比喻逗笑了，毫不猶豫地用手語對她說了一句「不去了」。

沈易這個決定似乎是在她的誘導下做的，蘇棠於心不安，「你這麼多天不去上班可以嗎？」

沈易笑著在蘇棠肩頭安撫地拍了拍，坐回到蘇棠旁邊的椅子裡，伏案在紙上寫下一句她暫時還不能透過手語讀懂的回答。

——已經請過假了，國慶連假之後再去上班。

蘇棠有點意外，哭笑不得地看著這個明明很有精神的人，「你之前住院的時候逃也要逃出來工作，怎麼現在感冒發燒就要賴半個月啊？」

蘇棠說著，湊近過去瞇眼看他，「是我把你慣壞了嗎？」

沈易用一個驀然濃郁起來的笑容表達了他對蘇棠這個猜測的受用，然後搖了搖頭，在紙上寫起了實話。

——那一次住院是因為胃切除手術，傷口偶爾的疼痛具有提神醒腦的作用，但是感冒的時候整個人很昏沉，很容易出現不必要的情緒波動，做出錯誤的判斷。

沈易寫完，含笑抬頭看了看蘇棠，又在後面添了一句。

——我的客戶們從來不會像妳一樣善解人意。

蘇棠被這句話看得心裡軟軟的。

她不介意他在胡思亂想之下做出與事實差之千里的錯誤判斷，甚至心疼他因此而產生的自我折磨，但是用利益聯繫起來的關係都是簡單粗暴的，沈易要生存，他的合作夥伴也要生存，這些人裡沒有誰會像他爸爸一樣，心甘情願地用自己的血汗錢為他購買犯錯的權利。

沈易的話是有道理的，一定程度上，他爸爸確實盡到了一個父親的責任。

沈妍有句話也是有道理的。

蘇棠伸手揉揉他的頭頂，半真半假地嘆氣。

「你還真是你們公司的老佛爺。」

沈易偏了偏頭，露出不解的表情。

蘇棠托著腮幫子瞻仰他，「說請假就請假，你們公司的考勤制度肯定沒有這麼寬鬆吧？」

沈易笑起來，拍拍蘇棠的手讓她起身，伸手拉開剛剛被她擋住的抽屜，從裡面拿出一疊表單，遞給蘇棠。

沈易拿出來的是博雅醫院的醫師證明單，除了時間沒填，其餘都是填好的，連醫院的公章都蓋過了。從尺寸大小和紙質色澤上看，和他拿給徐超的那張一模一樣。

蘇棠看這些單子的時候，沈易又低頭寫了一句話，笑著遞了過來。

——我不是我們公司的老佛爺，但我是博雅醫院的老佛爺。

蘇棠裝模作樣地板起臉，朝他抖抖手裡這一疊單子，「你這是假公濟私！」

沈易勉強抿住笑意，委屈地搖搖頭。

——如果在別的醫院開醫師證明單，以我現在的身體狀況和我的工作性質，至少可以休兩年有薪假，帶病工作也算假公濟私嗎？

蘇棠瞪圓了眼睛，剛想說趙陽怎麼敢給他開這樣的「健康」證明，才發現在這疊醫師證明單上簽字的醫師不是趙陽。

簽字醫師的名字有三個字。

蘇棠努力辨認了一下那個醫生感極強的簽名。

「什麼……什麼……車？」

沈易哭笑不得地替她在紙上翻譯了出來。

——沈斯年。

蘇棠對著這個陌生的名字皺了下眉頭，目光突然集中在這個姓氏上，不禁一怔，「你爸爸嗎？」

沈易贊許地點點頭。

想也知道這些醫師證明單是沈易怎麼從他爸爸那裡磨來的，身為一名院長，能有耐心親自給沈易簽完這麼多病情花樣百出的證明單，肯定不是因為沈易每年對博雅醫院的捐助。

蘇棠看著這個溫文爾雅的名字，心裡一熱，「這個名字應該是有意義的。」

沈易在眉心蹙起一點淺淺的困惑，在紙上重複了一下蘇棠話裡的兩個字。

——意義？

蘇棠笑笑，「我覺得這個名字文縐縐的，可能跟什麼詩詞有關係。」

沈易的目光裡頓時浮現出一些孩子氣十足的期待，蘇棠不忍掃了他的興致，拿過放在一旁的平板電腦，「我查查。」

蘇棠抱著平板電腦擺弄了一陣，抬頭看向耐心等在旁邊的沈易。

「好像是《詩經》裡的……別問我什麼意思啊，我都多少年沒上過國文課了，《詩經》就只記得一個『關關雎鳩』了。」

沈易沒能完全消化蘇棠的話。

——什麼酒？

蘇棠索性把搜索結果遞了過去。

蘇棠看得出來，對於這個連四字成語都理解得有些困難的人，《詩經》實在太過高深了，但沈易還是很認真地看著，看得很慢很仔細，好像當真在認真研究每字每句的含義。

字。

蘇棠忍不住戳戳他的手臂，好奇地問他，「你讀書的時候成績是不是非常非常好啊？」

沈易被她問得怔了一下，有點不好意思地笑了笑，搖搖頭，放下手裡的平板電腦，提筆寫字。

蘇棠發現，比起用電子設備打字，只要條件允許，沈易更喜歡在紙上寫字，而且是用木質的5B鉛筆寫字。

寫些重要的句子時力道略深，深重規矩的筆觸中帶著一種沈易式的堅定果斷。一般談話時落筆很輕，柔和的色澤，不太明晰的邊界，又會讓這些字跡看起來有一種沈易式的溫柔。

——有些科目還好，有些不太好。

蘇棠一點也不跟他客氣，腆著一張滿是壞笑的臉問，「什麼科目最不好啊？」

沈易無可奈何地寫下三個字。

——勞工法。

蘇棠「噗嗤」笑出來，拍拍還放在桌上的那疊病情證明單，「所以你現在不懂得如何行使自己的休假權利嗎？」

沈易提筆為自己伸冤。

——這門課並不難學，只是教這門課的老師說話太快，而且總是在早上第一節課，我經常懶得起床，所以被扣掉了所有的出勤分數。

蘇棠被這句「懶得起床」逗得更樂了，「所以就沒及格嗎？」

沈易挑了挑眉，在筆尖多聚了些力氣，寫下一個清晰飽滿的「B」。

蘇棠洩氣，「你就沒有過不及格的時候嗎？」

沈易有點自豪地笑著搖頭。

蘇棠瞪他，「你的學生時代是不完整的。」

沈易饒有興致地看著她笑了起來，在紙上輕快地寫了一句。

——妳有過考試不及格的時候？

蘇棠很坦誠地點頭，說得理直氣壯，「有啊，讀大學的時候有一門選修課，叫中醫……養生健康什麼的。」

沈易皺眉。

——趙陽對我說過，選修課在國內的大學裡最容易通過。

蘇棠點頭，「不是因為那門課有多難，是我在課上多嘴了。」

沈易微微偏頭，專注地看著她，興致盎然。

「那位老師上課的時候說，人是不應該喝動物奶的，還說她只要提出兩個問題就能讓我們無法反駁。」

沈易眉目間的興致又濃了一重。

「一個問題是自然界中有哪種動物是需要終生喝奶的，還有一個問題是自然界中有哪種動物是需要跨物種喝奶的，她說，會這麼做的就只有人類，所以這是違背自然規律的事。」

沈易若有所思地微微點頭。

「大家都沒吭聲，我沒忍住，舉手跟老師說，」蘇棠說著，一本正經地舉起手來，「老師，您知道自然界中除了人之外還有哪種動物是會吃火鍋的嗎？」

沈易一下子笑彎了眼睛，靠在椅背上笑著連連點頭，笑了好一會兒，才提筆寫字。

——今晚請妳吃火鍋吧。

蘇棠一愣，「吃火鍋？」

——敢於挑戰權威是一件值得獎勵的事，我代替那位老師獎勵妳的勇氣。

沈易笑著把話寫完，就捧起平板電腦，開始搜索附近的火鍋店。

「等一下……」蘇棠攔住他在螢幕上輕快點動的手指，擔心地問他，「你才剛好一點，可以吃火鍋嗎？」

沈易點點頭，看著蘇棠眉眼間毫不掩飾的擔心，像是想起了些什麼，重新拿起筆來。

——如果妳真的很想換一份工作，我可以再替妳寫一封推薦信。

蘇棠笑著瞪他，「你想把我推薦到火鍋店嗎？」

沈易搖頭。

——博雅醫院。

蘇棠發愣，「為什麼？」

沈易垂目輕笑，眼底聚起一汪濃濃的溫柔。

——妳的身上有一種用現代科學無法解釋的強大治癒能力。

蘇棠呆愣了三秒，還沒來得及不好意思，又見沈易一本正經地添了一句。

——具有珍貴的醫學研究價值。

蘇棠噎黑了臉，一把奪過沈易手邊的平板電腦。

「我要去最貴的那家吃！」

※

蘇棠抱著平板電腦挑了半天，最後還是挑了一家離沈易家最近的火鍋店，沒有開車，兩人一路散著步就過去了。

這家火鍋店是個老店，S市東郊還是一片村子的時候就已經有了，到現在還是用燒炭火的老銅鍋，店面也不大，吧台就在門口附近，店員把他們請進去的時候，正在吧台結帳的男人不經意地轉頭向他們看了一眼，原本漫不經心的目光一下子定在了沈易身上。

「欸，沈易？」

男人認出沈易的同時，蘇棠也認出了男人身邊的女人。

一身職業套裝和一臉風輕雲淡的秦靜瑤。

蘇棠下意識地多打量了這男人一眼。

三十來歲，高，瘦，一身休閒西裝，臉上帶著長途奔波之後特有的疲憊，和友好熟絡卻並不怎麼情真意切的笑容，這張臉好像不曾在陳國輝身邊出現過。

沈易的臉上拂過些清晰的意外，卻似乎是和這男人相熟的，意外的同時也微笑著上前和男人握手。

秦靜瑤向沈易點頭打了個招呼，就迅速投入到沈易助理的角色中，公事公辦地為那男人介紹蘇棠。

「這位是華正的蘇棠蘇小姐。」說罷，又轉向蘇棠，把手朝那男人伸了伸，依舊是那番公事公辦的口氣，「這位是我先生。」

蘇棠愣了一下，男人已客氣地向她伸出手來。

「你好，趙昌傑，我是沈易的同事。」

蘇棠突然想起來，沈易提過，秦靜瑤的老公是他的同事，在美國出差，十月份回來。

蘇棠忙伸手和他握手，「你好。」

沈易微笑著向蘇棠看了一眼，用手語對秦靜瑤說了些什麼，秦靜瑤微怔了一下，看看蘇棠，轉頭對趙昌傑轉述沈易的話。

「蘇小姐是沈先生的女朋友。」

「妳好，妳好……」

趙昌傑愈發客氣地和蘇棠握過手，抬頭看向沈易，「欸，沈易，你們這個時候出來吃飯，晚上上班來得及嗎？」

蘇棠轉頭看了看吧台後牆上的鐘。

他們出來得本來就晚，一路溜溜達達走得也慢，已經七點半了，如果從這裡出發去沈易所在的公司上九點多的班的話，最遲八點鐘就該動身了。

也許是剛從美國回來，趙昌傑說起話來有種美式的著急，蘇棠聽起來都覺得快得心慌，沈易大概沒看出來幾個字來，把目光投向了秦靜瑤。

秦靜瑤沒替沈易翻譯，直接代沈易回答，「沈先生請假了。」

趙昌傑轉手接過收銀員遞來的找零，隨口應了一聲。

沈易輕輕皺了下眉頭，目光落在趙昌傑身上，用手語說了些什麼，秦靜瑤沒有幫他翻譯，直接用手語和他談了幾句，沈易微笑著點了點頭。

沈易與秦靜瑤的對話很快，句子也有點長，蘇棠沒看懂，趙昌傑顯然也不懂，直到秦靜瑤低低地對他說了一聲「走吧」，趙昌傑才趕忙追補了一句客氣話，「那我們先走了，你們慢慢吃。」

蘇棠代沈易應了一聲。

服務生替兩人安排了一張靠牆的桌子，留下兩份菜單就去招呼鄰桌要點菜的客人了，也許是擔心隔著一隻碩大的銅鍋沒法看清她說的話，沈易沒有坐到她的對面，而是把脫下來的外套搭在她旁邊那把椅子的椅背上，和她並肩坐了下來，伸手拿過菜單，把其中一份放到蘇棠面前，拿著另一份看了起來。

蘇棠拍拍他的手臂，把他剛垂下的目光從菜單上拽了過來。

「趙昌傑剛才問你，你這個時候出來吃飯，晚上還來不來得及上班，秦靜瑤告訴他，你請假了。」

蘇棠說完，沈易的目光還專注地凝在她的唇上，似乎還在等待下文。

蘇棠愣了一下，突然反應過來沈易是沒有明白她為什麼要說這個，趕忙笑著搖搖頭，「我沒有什麼意思，就是想告訴你剛才他們說了什麼，你好像沒看清楚。」

沈易微微一怔，唇角揚起一點柔和的弧度，轉頭掃了一眼滿堂專心吃火鍋的人，伸手扶上蘇棠的肩，蘇棠還沒反應過來，額頭上已被他輕快地啄了一下。

蘇棠靠牆坐在裡側，沈易的動作幅度很小，姿態很紳士，絕對不足以和食客們面前那些剛出鍋的美味爭奪存在感，蘇棠還是被這個大庭廣眾之下突然而至的吻嚇了一跳，臉上頓時泛出了兩朵紅暈。

蘇棠還沒來得及瞪他，沈易就鬆開了扶在她肩上的手，用手語認真地對她說了句「對不起」，把蘇棠看得一愣。

沈易拿出手機很快地敲下幾行字，遞給蘇棠。

——我問趙昌傑，他為什麼提前回國了，秦靜瑤告訴我，他們的孩子想他了，他回來看看，十點半的航班飛回美國。

蘇棠看得哭笑不得，「不是，我不是這個意思……」

不等蘇棠把話說完，沈易安然地微笑著，在蘇棠手臂上輕拍了兩下，又垂下目光打下一段字。

——我知道妳沒有怪我，但是妳照顧到了我的感受，我卻沒有照顧到妳的感受，確實是我做得不好。

蘇棠被他一本正經的自我檢討弄得不好意思了，「沒有，我沒想那麼多，就是……」蘇棠一急之下有點詞窮，找不到什麼合適的說法來形容自己剛才的自然而然，只好隨口抓了一個近似的，「就是習慣了。」

沈易眼底的笑意驀然濃了起來，濃到把滿堂濃郁的涮肉香都比得清淡無味了。

——謝謝妳養成了心疼我的習慣。

蘇棠無力反駁，好氣又好笑地使勁點了點頭，「不客氣！」

蘇棠吃火鍋喜歡吃一點辣，沈易對辛辣卻是嚴格忌口的，蘇棠本想要清湯鍋底，在自己那份沾醬裡加幾匙辣椒油就行了，沈易卻在看著蘇棠對服務生說加一份辣椒油之後皺了皺眉頭。

等蘇棠點完所有的東西，沈易從服務生手裡拿回菜單，劃掉服務生寫在抬頭的「清湯」二字，在旁邊添上了一個「鴛鴦」，把清湯鍋底換成了鴛鴦鍋底。

服務生一走，沈易就在手機上敲下一句話，帶著溫和的責備遞給蘇棠。

——為什麼不選一個可以同時滿足我們兩個人的選項？

蘇棠第一次覺得被人質問也可以是一件很幸福的事。

蘇棠抬起手來，拇指掐著食指指尖，比量出一段不足一公厘的距離，「我沒有那麼愛吃辣，吃一點點就行了。」

——有一點也是有。

沈易打完這句，抬眼看看她，笑意不由自主地暈開了，再敲下來的話裡已經看不出一丁點責備的意思了。

——世界上有很多人因為各種各樣的原因不能吃辣，妳既然可以吃，就不要浪費這麼珍貴的機會。

「保證完成任務！」

銅鍋是燒炭的，湯熱得有些慢，蘇棠不著急，沈易更不著急，蘇棠和他閒聊了幾句，就抱著手機給加班到這時間還沒來得及吃飯的陸小滿順毛。

她也心疼這些被無辜牽連平白丟了假期的人，但這種心疼和對沈易的心疼是完全無法相比的。

徒勞地安慰了陸小滿一陣之後，蘇棠聽到快要開鍋的「滋滋」聲，抬頭看了一眼，剛想對沈易說就快好了，就發現沈易微微蹙著眉頭，正看著他面前的那盤白菜葉子出神，好像是在思考什麼很嚴肅的事情。

蘇棠用手肘輕輕戳了戳他，把他的神從一個未知的地方戳了回來，「想什麼呢？」

沈易笑笑，搖搖頭。

蘇棠瞇起眼睛逗他，「敷衍，是不是在想別的女人呢？」

沈易莫名地怔了一下，轉而無奈地輕笑，拿起手機坦白交代。

——我在想秦靜瑤，她剛才說謊了。

這句話蘇棠是看著他敲下的，看到前半句的時候忍不住「噗嗤」笑了出來，剛笑出來就看到了後半句，不禁一愣，「說謊？」

沈易輕輕點頭。

——趙昌傑應該不是為了看孩子回來的，我猜他們之間剛剛發生過一些不愉快的事情。

「你怎麼知道？」蘇棠剛問出口，就緊接著拋出了一個猜想，「是不是因為秦靜瑤跟他說話的口氣特別疏離啊？」

沈易輕笑著搖頭，放下手機，端起一盤肥瘦均勻的羊肉薄片下進已經沸騰起來的火鍋湯裡，輕輕攪了攪，才擱下筷子盤子，重新拿起手機打字。

——她很專業，也很敬業，為我做手語翻譯的時候都是這樣說話的。我剛才聞到趙昌傑身上有很重的菸味，他應該剛抽過很多支菸，秦靜瑤的嗓子不太好，以前有她在的場合，趙昌傑從不抽菸。

蘇棠怔怔地看完沈易這番包公斷案一樣的分析，抬頭看向這個依然若有所思的人，「你剛才就是在思考他們之間發生了什麼不愉快的事嗎？」

沈易認真地點點頭。

蘇棠哭笑不得，她還從來沒發現這個人居然也有這麼強的八卦心，「那你想明白了嗎？」

沈易搖頭。

蘇棠拿起筷子從清湯裡夾出一筷子已經涮好的羊肉，放進他面前的碟子裡，「那就等吃飽了再繼續想吧！」

蘇棠對別人的家事向來沒有太大的好奇心，直到第二天早晨醒來的時候，不知道已經醒來多久的沈易在枕邊告訴她，他要去美國一趟，下午兩點的航班，蘇棠才再次想起這兩口子的事。

蘇棠不太相信沈易對人家的夫妻關係能好奇到這個地步，但一大早剛睜眼，她的腦子裡還全都是昨晚沈易的溫柔，根本轉不出什麼更像樣的推測。

蘇棠把他遞來的手機又遞了回去，揉揉惺忪的睡眼，盡量嘴型清晰地問了一句，「為了秦靜瑤和他老公的事嗎……」

沈易再次遞來的話裡沒有一丁點玩笑的意思，把蘇棠硬生生看得睡意全無。

——對不起，是一些和公司業務有關的事，暫時不太方便告訴妳。

蘇棠推開被子坐起來，有些詫異地看著這個昨天剛請過病假的人，掂量了半天才找到一句他大概可以回答的問題，「要去多久？」

沈易有些抱歉地搖搖頭。

——放心，我會把自己照顧好。

CHAPITRE 7 我喜歡他很久了

「相對於沈易經歷過的一切而言，
他對這世界的每一分溫柔都是難能可貴的。」

這一次的急，沈易並沒有表現在具體的行動與神情上，但蘇棠就是有種感覺，這並不只是一次來得有些突然的公務行動，這一趟出差一定有些牽動沈易個人感情的成分存在。

蘇棠有些莫名的擔心。

她倒是不介意這世上還有其他人被沈易溫柔地關心著，她只是擔心有人會拿著她視如珍寶的東西肆意揮霍。

相對於沈易經歷過的一切而言，他對這世界的每一分溫柔都是難能可貴的。

沈易起床之後很快地做了一番盥洗，然後有理有序地收拾行李箱，嫺熟程度堪比老資歷的空服人員，以實際行動把蘇棠那句詢問是否需要幫忙的話噎回了肚子裡。

沈易去機場之前需要先回公司準備一些事情，一路坐在車上靜靜地握著蘇棠的手，微微偏頭，出神地看著前擋風玻璃外因為陰天而略顯冷肅的清秋街景，眉心皺出幾道淺淺的豎痕。

蘇棠看了他一會兒，突然屈起手指在他掌心抓撓了幾下。

沈易一驚之下縮了縮手，忙轉過頭來，好氣又好笑地看著這個突然使壞的人，原本沉靜如深海的目光裡驀然多了一抹鮮活。

「一定會很順利的。」

沈易被這句語義有些微妙的寬慰看得愣了一下。

「我聽在機場工作的同學說過，陰天是最適宜飛行的天氣。」

沈易淺淺地笑了一下，點點頭表示贊同。

蘇棠對他過於平淡的反應不甚滿意，伸手挽住他的手，仰起臉一本正經地看著他，「你可別不把天氣當回事，我告訴你，咱們老祖宗辦什麼事都講究天時地利人和，天時就是自然氣候條件，這一條是單憑人的力量最難改變的，你現在就占住了這一條，不能說剩下的事就什麼問題都沒有了，但起碼都是可以有商量和努力的餘地的。」

沈易靜靜地微笑著，若有所思地點點頭。

蘇棠坐直身子，半眯起眼睛，一隻手裝模作樣地捏起蘭花指，粗著嗓子幽幽地說，「我這麼掐指一算，你此番必可一帆風順，萬事如意，早去早回。」

沈易仰在座椅靠背上笑起來，在眉間凝了許久的沉重蕩然無存。

蘇棠湊過去輕吻他，「我說話是算數的。」

沈易深深點頭。

車停在沈易公司門口，沈易下車前給了蘇棠一個深深的擁抱。

蘇棠一直看著他走上公司大樓門前的臺階，和已經等在一樓大廳門口的秦靜瑤點頭打招呼，然後一邊用手語交談一邊走進樓裡。

徐超重新把車發動，蘇棠才意識到，沈易下車的時候沒有拿行李箱。

「徐超，你待會還要送他去機場吧？」

徐超兩手停在方向盤上，在後照鏡裡看她，「是的，怎麼了？」

「那你別來回跑了，前面就是地鐵站，我自己回去就行。」

「這不行……沈哥交代好的，一定得把妳送到妳家樓下。」

徐超沒再給她商量的餘地，一腳踩下油門把車開了起來。

徐超把車停到療養院公寓樓下之後，蘇棠讓他等一下，上樓拿了兩包蘇打餅乾，叮囑他拿給沈易。

「免得他犯胃病的時候找不到合適的東西吃，這個對胃好一點。」

徐超愣愣地看著被蘇棠放到副駕駛座上的餅乾，「美國沒有賣餅乾的嗎？」

「有……」蘇棠哭笑不得，「萬一他忙起來沒空買呢？」

徐超「嘿嘿」地傻笑，「蘇姐，妳認識的朋友裡還有像妳這樣的嗎？」

蘇棠板起臉瞪他，「幹嘛？」

「我也想找個妳這樣的對象。」

「滾滾滾……」

中午十一點半，蘇棠在廚房做飯的時候收到沈易發來的簡訊。

——妳的餅乾算不算是人和？

蘇棠笑起來。

——算！

下午兩點，蘇棠收到沈易發來的一張照片。

照片是從機艙內隔著窗戶往外拍的，飛機還在停機坪上，外面的天空淡淡地陰著。

第二天早晨六點，蘇棠又收到他發來的一張照片。

拍的是機場的行李傳送帶。

之後一連幾天，沈易訊息全無。

外婆看出蘇棠有點魂不守舍，笑話她沒出息，「不就是出差嘛，妳看看妳這樣子，跟丟了孩子一樣……」

蘇棠苦著臉為自己抱不平，「外婆，妳是沒看見，他在家收拾行李的時候那個表情，就好像是要去打仗一樣。」

外婆一下子收起笑容，把目光從電視螢幕上抽回來，皺起眉頭，「我前兩天看到新聞上說了。」

蘇棠一愣，「新聞上說什麼了？」

「新聞上說，美國人和什麼人的什麼關係又緊張了，我以為只是說說的，怎麼還真打起來了啊……」外婆越說越擔心，眉頭擰成了一團，「哎喲，這美國人打仗的事，讓小易去做什麼嘛！」

蘇棠欲哭無淚，「不是，誰說他去打仗了啊……」

「不是妳剛剛說的嗎？」

「我是打個比方……」

外婆心有餘悸地在她手背上輕擰了一把，「妳這孩子，好好的拿這種事打什麼比方，嚇我一跳！」

「妳還說我丟孩子了呢！」

「好好好……」

國慶連假的前幾天蘇棠過得一點也不安穩，她甚至有點羨慕有班可加的陸小滿，手上要是有點事做，大概就不會這樣總是胡思亂想了。

沈易家裡的一切都有家事阿姨定時打理，蘇棠還是去了兩趟，揉揉他的貓，逗逗他的大閘蟹，拍下她和貓一起隔著魚缸對大閘蟹示威的照片發給他，沈易始終沒有回覆。

國慶連假倒數第二天的清早，蘇棠在被窩裡收到沈易發來的簡訊。

——我到家了，放心。

蘇棠一骨碌爬起來，寥寥草草地盥洗換衣服，坐計程車奔到沈易家的時候，沈易正倒在床上睡著。倒，不是躺。

兩條長腿搭在床邊，鞋子沒脫，西裝外套一顆扣子也沒解，連領帶結都還繫得好好的，好像進家門的時候就已經疲憊到了極點，用盡所有的力氣把自己往床上隨便一扔就睡過去了。

沈易手裡還虛握著手機，好像睡過去之前還在等著什麼重要的消息。

蘇棠突然想起來，她一激動居然忘了先回簡訊給他……

蘇棠在心底裡笑了一下自己，然後小心地幫他脫掉有些束縛的西裝，鬆開領帶，解開襯衫領口的兩顆扣子，半扶半抱地幫他在床上躺好。

蘇棠把他搭在床邊的長腿抬上床的時候，沈易悶悶地哼了一聲，眉頭皺了皺，抿抿嘴，很勉強地半睜開眼睛，看清床邊人的一瞬間，滿是疲憊的面容上突然浮出一層有些無力的喜悅，抬手牽住了蘇棠的衣角，像是想要表達些什麼，迷迷糊糊之間喉嚨裡溢出幾個模糊難辨的音節。

她沒有聽懂他說了什麼，但她知道他一定是想她了，幾倍於她想他的想她。

蘇棠心裡一動，俯身在他微啟的嘴唇上輕吻，「睡吧。」

沈易半睡半醒之間目光根本沒有落在她的嘴唇上，卻好像知道她說了什麼似的，在蘇棠說完這兩個字之後就安心地放下了努力支撐了半天的眼皮，鬆開蘇棠的衣角，翻了個身，把一角被子抱進了懷裡。

蘇棠伸手掠了掠他額前的碎髮，抿嘴輕笑。

她這樣莫名強烈的想他是有道理的。不用他說，她就知道他一定會想她，就像不管他怎麼保證會照顧好自己，她也知道他一定會累出點什麼來。

她怎麼捨得明知道他在想她，而不去想他呢？

蘇棠心裡正熱呼呼的，口袋裡的手機突然震了一下。

是趙陽發來的訊息。

——重要通知：小白鼠今天出口轉內銷，注意檢查肉質變化，隨時報告！

「噗——」

沈易雖睡得安穩，蘇棠多少還是有點擔心，索性對著沈易的睡臉拍了張照，發給趙陽。

趙陽很快發來了診斷結果。

——沒壞，放心吃吧。

「……」

沈易確實不像是生病，更像是累得不輕，蘇棠幫他換了衣服，又拿熱毛巾幫他擦了擦臉，沈易一直半睡半醒地動動身子配合她，卻一直懶得睜眼。

蘇棠把他安頓好，去書房的書櫥裡隨意取了一本書，上床倚坐在床頭，準備一邊看書一邊等他醒來，免得他一睜眼看不到人又要滿屋子的找。

剛把上床時掀開的那角被子拉過來蓋到腿上，還沒來得及轉手拿書，沈易的手臂就抱了過來，挪挪身子把臉埋在她的腰間，磨蹭了兩下，沉沉地睡著了。

聽著他累極之後熟睡中略顯深重的鼻息，蘇棠才意識到他剛才一直在強撐著精神等她，等她明白他牽住她衣角時的眷戀，上床來陪他。

蘇棠輕撫他的頭髮，溫聲低語，「對不起，下次一定早點明白。」

沈易一直睡到晚上八點多，才在生理時鐘的作用下醒了過來。

蘇棠的目光從眼前這本已經看了三分之一的書上挪開，落到這個把臉埋在她腰間睡了十二個小時的人的身上。「睡飽了嗎？」

沈易帶著迷迷糊糊的笑容訴苦似地搖搖頭，摟著她不鬆手。

蘇棠皺起眉頭，心疼地揉撫他的頭髮，「怎麼累成這樣啊？」

沈易懶得去摸手機，屈起手肘半撐起身子，伸手在蘇棠攤放在腿上的書裡找字，找到一個指出來一個，蘇棠按他指的順序拼出來一個句子。

——幾天沒有睡床了。

「你是去——」蘇棠一驚之下脫口而出的話剛說了個開頭，趕忙掐住了，連連搖頭，「不問不問……事情辦完了就好。」

沈易微抿了一下嘴唇，像是簡短的猶豫了一下，推開被子坐起身來，從床頭櫃上拿過手機，倚在床頭，把蘇棠擁進懷裡，讓她靠在他胸前看他打字。

——趙昌傑瞞著公司在美國做了些違規的交易，惹了很大的麻煩，需要既熟悉法律又熟悉業務的人去做一些交涉，剛好我有長期的美國簽證，在那邊也有一些業內的朋友。

蘇棠正驚愕著，就見沈易的手指頓了頓，再落到手機螢幕上時隱約輕柔了些。

——這幾天一直在忙，沒有來得及回妳的訊息，對不起。

蘇棠連忙搖搖頭，「現在都沒事了吧？」

沈易有些無力地笑了一下，給蘇棠一個積極卻並不正面的回答。

——他很聰明，也很有能力，在其他領域裡應該也可以有很好的發展。

蘇棠的背脊挨在他寬闊溫暖的胸膛前，卻覺得隱隱發涼。

實話實說，沈易先前對她講陳國輝想要請他做的那些事的危害時，她只是知道後果嚴重，卻沒有什麼實際的觸動，突然想到前幾天還在火鍋店門口和她握手談笑的人在和他們告別不久之後就徹底失去了已經為之奮鬥不知道多少年的事業，甚至連在這個領域內重整旗鼓的資格也沒有，蘇棠不由自主地心慌。

沈易就是找人暴揍陳國輝一頓，她大概也不會覺得沈易過分。

想起趙昌傑的另一重身份，蘇棠忙抬頭看向沈易，「那……秦靜瑤怎麼辦啊？」

蘇棠問得並不清楚，沈易卻明白她的意思，牽起一點淡淡的苦笑，垂目打字。

——他們已經協議離婚了。

蘇棠一驚抬頭，剛想問什麼，就被沈易在後腦勺上輕輕拍了拍，示意她先讓他把話寫完。

蘇棠挨回沈易胸前，看著他敲下一句更讓她發涼的話。

——就是在火鍋店裡遇到我們的那天。

蘇棠的心裡有些發涼，涼得連沈易都察覺了，不等蘇棠抬頭，就在她肩頭輕輕撫了撫，偏過頭來有些擔心地看著她。

天色暗下來之後，蘇棠按開了床頭燈，怕打擾沈易睡覺，就只開了自己這一側的，沈易偏過頭來看她，剛好迎上那束有些集中的光線，不禁微微瞇了瞇眼，卻還是沒把視線從蘇棠唇間移開。

蘇棠坐直了些，「他們離婚的事是秦靜瑤提出來的嗎？」

沈易的目光隨著蘇棠姿勢的改變往一旁移了些許，避開了與燈光直視，眼睫不由自主地抬起來，看在蘇棠眼中，彷彿是有幾分驚訝。

蘇棠趕忙搖搖頭，「我就隨口一問，沒別的意思。」

沈易溫然笑著，淺淺點頭，沒急著回答，先轉手按開了自己這側的床頭燈。

沈易睡衣的領口本就有些鬆垮，這樣往一旁探探身又靠回來，領口鬆垮得更厲害了，胸口大片的肌膚露了出來，被均勻的光線暈染得像尊雕工細膩的雕塑。

目光落在這片肌膚上，蘇棠突然想起了那個被憋她憋了十幾個小時的疑問。

「對了，我還沒問你呢。」

蘇棠說這句話的時候沈易正低頭要整理領口，沒看到她說了什麼，蘇棠索性攔住他剛挨近領口的手，把他鬆垮的領子又往兩旁拽了一下，抬頭正要對他說話，突然發現沈易的表情有點複雜。

有點開心，有點溫存，有很多糾結。

蘇棠愣了一下。

沈易似乎是做了一番很激烈的思想鬥爭，才用手語慢慢地對她說了句話。

——明天，可以嗎？

蘇棠有點懵，一時以為自己看錯了什麼手語詞，認真地反問了一句，「明天？」

沈易被她問得更糾結了，糾結裡還有點不好意思，薄薄的嘴唇都被他抿紅了，手指伸開又蜷起了幾個來回，才又抬起來，說了一句更精簡的。

——有點累。

「累？」

蘇棠這一句反問出來，沈易連胸口都泛紅了。

蘇棠呆愣了一下，突然反應過來。

上次一時衝動扯他領口，居然把他扯出心理陰影來了……。

蘇棠的臉頓時黑裡泛紅，手指直戳他胸口，光滑緊實的觸感把蘇棠肚子裡的壞水撩撥得一蕩一蕩的。

「別故意打岔啊，老實交代，是不是背著我幹什麼壞事了？」

沈易怔了一下，低頭往蘇棠手指戳點的地方看了看。

那片光潔的肌膚上斜著幾道已經結上了血痂的傷痕，看傷痕的寬度，應該是被什麼爪子撓的，蘇棠幫他換衣服的時候就嚇了一跳，看他睡得沉，一直憋到現在才問出來。

被蘇棠一本正經地質問著，沈易卻像是輕鬆了許多，抿起一點笑意，拿起手機打字。

——我沒有幹什麼壞事，只是趙昌傑的情緒有點激動。

蘇棠心裡的驚訝還沒來得及爬到臉上，就見沈易抿著笑意又敲了一句。

——比妳那晚撕我襯衫的時候還要激動很多。

「……」

蘇棠覺得有必要跟他確認一下到底發生了什麼，「你們打架了？」

蘇棠問得像個學生家長，沈易答得像個不良少年。

——他先動手的。

蘇棠氣樂了，「狗急了才會亂咬人呢，肯定是你把他逗急了！」

沈易被蘇棠這個過於直觀的比喻逗得好氣又好笑，帶著薄薄的嗔怪瞪了她一下，低頭整了整領口，垂目打字時，眉間隱約蹙起了一點沉重，被柔和的光線遮得幾不可察。

——我這次出差的主要任務是代表公司去說明他的違規操作是他的個人行為，與公司無關，希望可以盡可能地降低對公司業務的影響。他覺得我在

沈易的手指停頓了一下，眉頭緊皺了起來，好像在努力回想些什麼。

蘇棠順著這幾句話的描述猜測了一下，從沈易手中接過手機，在後面打下了「落井下石」四個字。

一眼看到被蘇棠補全的句子，沈易微微一怔，似乎有些意外，蘇棠以為是自己猜錯了，正想再試一次，就見沈易低頭敲下了一句話。

——妳也這樣覺得嗎？

蘇棠毫不猶豫地搖頭。

在她的心目中，任何以「沈易」加貶義詞所構成的肯定句都是錯誤文法，但僅限於「沈易」這兩個字，還沒有達到愛屋及烏的程度。

「我是覺得你們公司有點沒人性。」

沈易的眉頭又收緊了些，蘇棠停下來換一口氣的工夫，沈易就極快地敲下一段似乎已經重複了很多遍，早已熟稔於心的話。

——這個行業裡聲譽很重要，對個人對公司都是一樣，這次的錯誤確實是趙昌傑自己犯的，公司也屬於受害方，沒有責任為他承擔後果。

蘇棠為自己被一個不能說話的人強行插話這件事哀嘆了一聲，伸手揉他的腦袋，像這幾天幫他揉貓一樣地揉，「你這幾天是不是一直在跟人家吵這個問題啊，都吵出條件反射來了……我不是說你們公司對趙昌傑沒人性，我是說你們公司對你沒人性。」

沈易似乎是意識到了自己有些過激的反應，不好意思地笑笑，把頭往一旁偏了偏，讓她揉得更順手一點，順便用手語問了她一句「為什麼」。

「為什麼？」蘇棠瞪著這個乖順下來之後顯得格外好欺負的人，「趙昌傑有這種反應是人之常情，我就不信你們公司主管沒有預見到這種情況，這種擺明裡外不是人的事為什麼要讓你去做啊，他激動起來你又不能——」

蘇棠突然頓住了，連揉在沈易頭髮上的手都頓住了，頓了兩秒，蘇棠垂下手來，換了一個字眼，把話補齊，「不容易勸他。」

沈易靜靜地看了她片刻，似乎是細細品嘗了一下她的話，然後微微低頭，鄭重地在手機上打字。

——我剛進公司的時候老闆對我非常有人性，我用了一整年的時間向他們證明，他們可以像對待其他健全的員工一樣沒有人性地對待我。

沈易的手指停了停，沒有抬起頭來，好像斟酌了些什麼，有些無奈地笑著，又在後面打下一句。

──可是我到現在也沒有想到該怎樣向妳證明。

蘇棠微抿嘴唇，等著他抬頭來看她，淡淡地問，「你想證明什麼？」

沈易像是沒料到她會問這樣一句，愣了一下，低下頭緩緩地打出一句。

──證明妳可以像對待其他人一樣對待我。

「這個容易，不需要什麼證明。」

蘇棠在床上調整了一下坐姿，把自己和他的距離拉遠了些，定定地看著他，「我們分手就行了。」

沈易原本在認真地看著她，突然看到這麼一句，整個人呆了一下，蘇棠猜他是在懷疑他自己沒有看清楚，又心平氣和地加了句字字清晰的解釋。

「我們分手之後，你對我來說就和其他人沒什麼兩樣了。」

沈易在怔愣中回過神來，急忙搖頭，伸手想要抱她，被蘇棠抬手擋開了。

「其他人是不可以這樣碰我的。」

沈易急得連連搖頭，抓起手機就要打字，手指敲下去才發現手機拿反了，又急忙倒過來，沈易手忙腳亂地把話在手機上打完，蘇棠看也沒看。

「我沒有耐心和其他人用這麼麻煩的方式交流。」

沈易丟下這個麻煩的輔助工具，用手語連說了兩句「對不起」，臉色白得讓人揪心，床頭燈柔和的光線也無能為力。

蘇棠的眼圈有點發紅，她還有一肚子的詞可以堵他，話到嘴邊還是全都抿掉了，淡淡地看著他。

「你還想讓我像對待其他人一樣對待你嗎？」

沈易使勁搖頭。

「你確定？」

沈易使勁點頭。

蘇棠嘴唇微抿，瞪著這個幾乎被她嚇丟了魂的人，低低地發狠，「真想咬你一口……」

聲音雖小，但和他在一起這些日子，蘇棠已經習慣了無論多大聲音說話都把唇形盡量控制清楚，結果話音沒落，沈易就捋起睡衣袖子把一截白生生的手臂送到了她嘴邊。

「……」

蘇棠凌亂了片刻沒有反應，沈易把手臂縮了回去。

蘇棠剛吐出一口氣，還沒來得及對這個瞎打岔的人翻白眼，就眼睜睜地看著他把縮回去的手臂送到了他自己的嘴邊，對著手腕內側一口咬了下去。

「欸——你幹什麼！」

沈易一口咬得很深，蘇棠撲過去把他這條無辜的手臂救出來的時候，上面已經落了個極深的牙印子，差點破了皮。

蘇棠抓在他臂上的手有點抖，「神經病……痛不痛啊？」

沈易直直地看著她，有點木然地搖頭。

蘇棠心有餘悸，沒好氣地瞪他，「不痛我再咬你一口啊？」

沈易立馬搖搖頭。

蘇棠沒繃住臉，笑著在他手臂上拍了一巴掌，「不痛怎麼不讓我咬了？」

沈易抓起手機打下一行字，有點小心地遞了過來，蘇棠一眼看過去，頓時一點脾氣都沒有了。

——手不痛，但是牙齒有點痛，如果妳還沒有消氣，我再替妳咬。

蘇棠哭笑不得地嘆氣，伸手撫上他還有點發白的臉，「沈易，我從三歲之後就再也沒見過我的親生父母，一眼也沒有，我知道和別人不一樣是什麼滋味。」

沈易輕輕蹙起眉頭，原本滿是慌亂的眼底浮起一層柔和的憐惜，抬手覆上蘇棠貼在他臉頰上的手，在她掌心落下一個輕吻。

蘇棠瞪他，「你看看你，還指望著我像對待其他人一樣對待你呢，你自己都做不到像對待其他人一樣對待我。」

沈易在唇邊牽起一點笑意，有點慚愧地輕輕點頭。

蘇棠嘆氣，「沈易，你既然感覺到我剛才生氣了，你知道我為什麼生氣嗎？」

沈易輕輕點頭，拿起手機打字。

——我把妳的愛等價成了同情。

蘇棠被這句正中靶心的話看得直想把他瞪出個窟窿來，「你這不是很清楚嗎，故意氣我啊？」

沈易苦笑著搖頭。

——因為秦靜瑤和趙昌傑的關係，這次她不能跟我一起去，我的手語翻譯是在美國臨時找來的，對金融方面的事不太了解，有些重要的事情我只能寫出來給他們看。這場交涉做得非常艱難，美國方面和趙昌傑都很惱火，公司也很著急，我在中間挨了很多罵，情緒還沒有調整好，對不起。

蘇棠怔了一下。

她深刻領教過沈易的大度，能把沈易罵得耿耿於懷到現在，蘇棠難以想像那些話會有多麼刻薄。

「對不起……」

沈易輕輕搖頭，把食指立在唇邊，示意她不要說話，然後指指手機螢幕。

蘇棠湊過來，看著他打字。

——如果沒有妳幫助我，我不會這麼快就把這件事處理好。

「我怎麼幫你了？」

沈易推開被子下床去，走到放在臥室門口附近的行李箱前，蘇棠跟著他走過去，看著他半跪下來，把行李箱打開。

比起去的時候，沈易的行李箱裡多了許多文件類的東西，把原本尚有富裕空間的箱子擠得滿滿的。

沈易把一疊文件挪到一旁，露出他小心收納在下面的東西。

她拿給他的餅乾。

沈易沒有拆封，兩包餅乾都好好地收在箱子裡，被他仔細地用柔軟的衣物保護起來，在這樣擁擠的空間裡也沒有碎掉。

蘇棠替這二十塊錢一包的餅乾抹了把汗。

它們還躺在超市貨架上的時候，一定猜不到有朝一日它們會被一堆千倍甚至萬倍於它們身價的衣服簇擁著去美國轉了一圈。

沈易把它們取出來，又在手機上點了幾下，一起遞給蘇棠。

手機螢幕上是蘇棠發給他的那張她和貓的照片。

蘇棠剛把目光從照片移回到他的臉上，沈易就把手機接了回去，淺淺地笑著打字。

——我一直在用這些提醒自己，我身上所有不好的東西已經全都交給一個很溫柔的人了。

蘇棠不知道她看起來溫不溫柔，但在臥室門口有些昏暗的光線把穿著一身淡色睡衣的沈易勾勒得像一條剛剛蛻掉外面堅硬外殼的蟬，彷彿通身都是柔軟的，輕輕一碰對他而言都是一種難以承受的傷害。

這個柔軟得似乎不堪一擊的人卻安然地站在她的身邊，牽著有些不好意思的笑容低頭打字。

——我知道妳說話算話，只是我不由自主地想要把好的給妳，所以偶爾會想要把那些不太好的拿回來，請妳原諒。

「沒門，」蘇棠把他小心保護了幾天的兩包餅乾丟回他的箱子裡，伸手環住他的腰，踮起腳來把嘴唇湊到他的眼皮底下，「你整個人都是我的，你什麼也別想拿回去，再有下次，絕不原諒。」

這樣的距離，光線雖暗，沈易也可以把她的話看得一清二楚。

沈易眼睛裡的笑意一濃，擁住她的肩膀，就著她踮腳的姿勢深深吻她，像是蓋下一個代表鄭重承諾的印章。

章還沒蓋完，蘇棠就聽到寂靜的空間裡響起一個很有存在感的聲音。

「咕嚕——」

蘇棠沒憋住，「噗」地笑了出來，把那個全情投入的人嚇得整個人都僵了。

「對不起，對不起……」

蘇棠笑著擺手，往一旁走了兩步，把臥室天花板的大燈按開，看著那個被她笑得莫名其妙的人，指指他的肚子，「它剛才說話了。」

沈易愣愣地低頭往自己肚子上看了一眼，帶著滿臉的詫異用手語重複了一下蘇棠話裡的動詞。

——說話？

「它跟我說，你餓了。」

沈易突然反應過來，頓時窘得從額頭一路紅到了胸口。

整個做飯和吃飯的過程，沈易的臉上都是粉撲撲的，蘇棠實在憋不住笑，隔不幾分鐘就笑出來一回，直到她吃完飯洗了澡回到臥室裡，那個早已抱著筆記型電腦倚在床頭的人臉上的血色依然很充盈。

蘇棠爬上床，沈易裝沒看見。

蘇棠湊過去蹭他，蹭得他沒法好好打字，沈易不得不板著臉看了過來。

蘇棠對著天花板立起三根手指頭，「保證不再笑了。」

沈易又板著臉把目光挪回到了電腦螢幕上。

蘇棠又蹭了他一通，幾乎要把他這一側的睡衣袖子蹭起球了，沈易才又把目光轉了回來。

「說吧，要什麼精神損失賠償？」

沈易挑眉看著這個終於覺悟的人，在電腦上點開一頁嶄新的文字頁，毫不猶豫地敲下了賠償要求。

——明天和我一起去記者會。

「明天？」蘇棠看得一愣，「不是說國慶連假之後嗎？」

※

沈易似乎很滿意蘇棠能把這個時間點記得這麼清楚，板了半天的面孔柔和了下來，繃起的唇角邊也暈開了一點若有若無的笑意，在大半夜裡看起來有些不帶侵略性的狡黠，好像一個等待收獲惡作劇效果的孩子一樣。

——在時間上提前一點可以給陳國輝增加一定的心理壓力。

蘇棠點點頭表示同意，還是皺起了眉頭，「你這樣臨時改變主意，媒體願意嗎？」

沈易抿起一點很和善的笑。

——我在價錢上給他們打了九五折。

蘇棠朝他翻了個飽滿的白眼，「九五折能幹什麼啊？」

沈易在眼底藏著笑意，一本正經地在鍵盤上敲字。

——每家媒體省下的錢都足夠付妳一季的薪資。

「……」

蘇棠還沒來得及感慨在這一張床的面積上就存在如此大的貧富差距，又看沈易在後面添了一句。

——還有獎金。

「……」

沈易把目光往一旁移了一下，虛落在被面上，像是在心裡計算了些什麼，然後又添了一句。

——可能還要加上全年的出差補助和員工福利。

蘇棠在他手臂上擰了一把，「你是搶銀行的嗎！」

沈易吃痛之下綿柔地瞪了她一眼，挑起眉毛理直氣壯地打字。

——從來都是銀行在搶我的錢。

蘇棠沒好氣地瞪了回去，「銀行搶你，你怎麼不報警啊？」

沈易依然很理直氣壯。

——他們的股票走勢太慢，耽誤我的時間和資金，和搶錢沒有本質上的差別。

蘇棠連瞪他力氣都沒有了。

經濟基礎決定上層建築，她蹲在地下倉庫裡和一個站在摩天大樓樓頂露臺上的人討論這個問題，實在是自己給自己找不痛快。

蘇棠把憋屈掛了一臉，沈易看得直笑，在蘇棠決定不搭理他之前，沈易把笑容收斂了些，低頭打字。

——再有經驗的操盤手也不能保證一輩子只賺不賠，我的心理狀態一直不太穩定，這是一個很大而且很頑固的隱憂，如果有一天我賠到沒有地方住，沒有飯吃，妳會收留我嗎？

蘇棠輕皺著眉頭，往後靠了靠，認真地打量了沈易一番，若有所思地點點頭，「可以考慮。」

沈易被這個很沒人情味的答覆看皺了眉頭。

蘇棠勾著一道壞笑，伸手撫上他有點怨氣的臉，「反正我家裡也沒養什麼寵物，你吃得不多也不吵不鬧的，可以考慮養一養。」

沈易眼睛一瞇，轉手把電腦擱到床頭櫃上，回頭撲過來就撓蘇棠的肋骨，蘇棠躲不過，癢得在床上直打滾，笑得眼睛裡淚汪汪的，一個勁求饒。

「我錯了，我錯了……不敢了，不敢了……」

蘇棠被沈易的魔爪折磨了足有一分鐘，笑得臉都要抽筋了，沈易才收了手，一手按著她的肩頭，微瞇著眼睛居高臨下地看著她。

蘇棠好不容易把氣喘勻了，才看著這個在等待她重新給出答覆的人，有氣無力地說了實話。

「神經病……這種話還用問嗎？」

沈易執拗地點頭。

蘇棠看著這個像撒潑耍賴的大型犬一樣的人，好氣又好笑，「非要我說出來你才信啊？」

沈易點頭。

蘇棠認命地嘆氣，牽起一點無可奈何的笑意，「你研究過建築方面的事情，知道設計使用年限的概念嗎？」

沈易微怔，點點頭。

蘇棠看他點頭點得不太有底氣，又追問了一句，「知道具體的規定嗎？」

沈易搖頭。

「根據建築法規規定，臨時性結構的設計使用年限是五年，易於替換的結構構件是二十五年，普通房屋是五十年，紀念性建築和特別重要的建築結構是一百年，如果建設單位提出更高的要求，這個年限還可以按要求提高。」

「這個年限只跟結構用途有關，是哪一種結構就必須符合相應的年限，只能高不能低，這一點是不會隨著建設單位的經濟狀況變化而改變的。」蘇棠說著，淺淺地笑，「你覺得，我們這案子是臨時性的，易於替換的，普通的，還是特別重要的啊？」

沈易的影子遮在她的身上，落在她臉上的光線有些微弱，蘇棠有意說慢了些，給沈易留足了反應的時間。

蘇棠剛把話說完，就看到沈易柔和的眉目間笑意一濃。

沈易俯下身來，用一個深吻代替了那個毫無懸念的回答。

蘇棠抬手戳了戳他的肚皮，「滿意了吧？」

沈易深深地點頭，心滿意足地鬆開這個被他按了半天的人，坐回去重新抱過電腦，輕快地打字。

——早點休息，明早我叫妳起床。

蘇棠剛想點頭，突然想起一件差點就忘得乾乾淨淨的事。

她和沈易之間的這個項目是他們兩個人的事，別人是否知道，知道後持什麼態度，她都無心理會。

除了那一個人。

蘇棠剛想問他，如果她陪他一起去，被陳國輝身邊的人看到怎麼辦，結果還沒張嘴就咽回去了。

沈易的心裡有一個龐大的資料庫，她所能想到的問題，他恐怕早已經想出幾個不同版本的對策了，她又何必在他臨陣之前長別人的威風呢？

大概是猶豫的表情露在了臉上，沈易在認真地看著她，蘇棠只得問了句無傷大雅的，「需要我明天回家換身衣服再去嗎？」

沈易輕笑著搖頭。

——很隨意的場合，就當是去散散心吧。

沈易打完這句之後像是想起了些什麼，側頭看了看她，又轉過頭去有些抱歉地添了一行字。

——本來打算休假陪妳玩，結果把妳的連假耽誤了。

想起這幾天的日子，蘇棠無力地搖頭嘆氣，「我的連假過得非常充實，我參加了兩場同學聚會，在家裡招待了好幾波外婆以前照顧過的病人，還陪我外婆看完了整套《精靈寶可夢》。」

沈易被她逗得發笑，笑得很柔軟，輕輕搖頭。

——可是妳心裡一直惦記著我，一點也不輕鬆。

蘇棠斜了一眼這個自我感覺特別良好的人，伸手捏他的臉，「你這臉皮又該去角質了。」

沈易偏了偏頭，掙開她的手，含笑打字。

——我在陳述事實。

蘇棠又斜他一眼。

沈易又笑著打下一句。

——我也很想妳。

蘇棠瞪他的眼神裡多了點笑意。

沈易眼裡的笑意綿柔了許多。

——突然離妳那麼遠，很不習慣。

蘇棠絲毫沒有動容，「你去美國幾天和在公司上幾天班是一樣的，都看不見我，離得遠近有區別嗎？」

沈易答得毫不猶豫。

——有很大的區別。

蘇棠追問，「有什麼區別？」

沈易的手指在鍵盤上猶豫了好一會兒，好像一直沒有找到合適表達他想法的詞句，最後還是有些不太服氣地搖搖頭，表示暫時放棄對這個問題的討論。

蘇棠明白，大部分的感覺都是無法用跟在「因為」後面的一個嚴謹的科學道理來表述的，何況，以沈易的中文水準還不足以琢磨出「天涯若比鄰」這樣的句子來，蘇棠也不太想勾起他學古詩詞的興趣。一本《三字經》已經夠讓她撞牆的了。

蘇棠在他臉頰上輕吻了一下表示安慰，就想躺下來睡覺，沈易攔了她一下，又在電腦上敲下一行字。

——明天結束之後可以去妳家吃飯嗎？

「好啊，想吃什麼，我明天早上起來跟外婆說一聲。」

沈易淺笑著搖搖頭。

——吃什麼都可以。只是想去看看她，讓她知道我很好。妳在家裡惦記我這麼多天，她一定也在擔心我。

蘇棠心裡一熱，突然想起另外一個同樣應該被他探望的人，猶豫了一下，有些小心地看著他，「也應該去看看你媽媽吧？」

沈易微微一怔，淡淡地笑著，點點頭。

——我後天會去。

「我想和你一起去，後天我就要上班了。」

沈易想了一下，像是推算了些什麼，最後還是抱歉地搖搖頭。

——時間上有些不方便，下一次，可以嗎？

沈易有多忙，從他賺錢的能力上就可以看出來，蘇棠也不願影響他心裡已經編制好的時間表，「好。」

沈易安心地笑笑。

——妳先睡吧，我還需要做些準備。

蘇棠剛才掃到他似乎是在做PPT之類的東西，她既沒有開過記者會也沒有看過記者會，猜不出沈易今晚要面對的是些什麼，「需要準備很多東西嗎？」

沈易點點頭。

——雖然公司準備在連假之後才對外公開趙昌傑的事情，但是應該已經有媒體聽到一些消息了，如果我準備得不夠充分，媒體對我提問的時候很容易偏離預期的重點。

「什麼重點？」

沈易輕笑。

——去現場聽，可以嗎？

蘇棠不想耽誤他太多備戰的時間，點頭以示妥協。

——打字的聲音會吵到妳嗎？

「不會。」

蘇棠毫不猶豫地應了一句，就靠著沈易躺了下來，像他白天睡覺時一樣把臉埋到他腰間，沈易低頭笑笑，在她頭頂輕撫了幾下。

蘇棠發現，這個鴕鳥一樣的姿勢雖然有點悶得慌，但是最能夠在睡熟之前感覺到這個人的存在，他的體溫，他的氣息，他細微的動作，還有他挨著她睡時無法感覺到的輕微響動，無比踏實。

沈易用輕吻把她喚醒的時候，天已經大亮了。

記者會的時間定在上午十點，地點選在了一家很有情調的書店，那家書店裡有一片專供開設訪談講座的區域，常有各領域有聲望的人來這裡談人生。

蘇棠猜，沈易大概是希望媒體在大庭廣眾之下有所顧忌，不會做出太過尖銳的提問。

沈易是提前將近一個小時到的，書店剛開門不久，格外清靜，蘇棠仔細地留意了一番，也沒有看到任何有關記者會的海報橫幅。

沈易的手語翻譯是臨時請來的，早早就等在了書店門口，沈易一進門，翻譯就忙著幫沈易和書店老闆打招呼，蘇棠不願打擾他們，就一個人在書店裡轉悠。

畢竟是節慶假日，九點半之後，書店裡的客人就多了起來，蘇棠許久沒逛書店，被書店裡濃郁的文化氣氛感染了一下，就多繞了一下子，繞得遠了點，將近十點的時候才發現自己已經被過於文藝的書架繞暈了，循著驟然響起的掌聲才找到那片講座區的所在。

主持記者會的是書店的老闆，隔著一張圓形玻璃茶几坐在沈易旁邊，對面是扇形的觀眾席，最前面的兩排椅子上坐滿了抱著各種設備的多家媒體。

再往外一層坐著一些臉色都不怎麼好看的人，蘇棠猜是聞風前來的各大上市公司的人，再外面，就是湊過來看熱鬧的逛書店的客人。

蘇棠和看熱鬧的客人們站在一起，不遠不近地看著沈易帶著有點靦腆的微笑坐在那把很有情調的藤編椅子上，絲毫沒有劍拔弩張的氣氛。

至少沈易身上沒有，書店老闆身上也沒有。

蘇棠剛站住腳，就聽書店老闆說出了最後一句開場的客氣話。

「……所以很榮幸，沈先生能選擇在這裡舉辦他的新書記者會。」

蘇棠呆了一下，下巴差點掉到地上。

蘇棠發現，第一時間鼓掌的就只有她身邊這些湊過來看熱鬧的客人，媒體和公司的人和她一樣，也都在呆了數秒之後才想起來為這件很榮幸的事拍拍手。

新書記者會……。

沈易發布的新書是一本從業心得，書名叫做《在寂靜中聆聽》，十月初正式上市。

蘇棠眼睜睜地看著沈易帶著他代表性的溫和微笑，在手語翻譯的幫助下，藉助他做了一晚上的PPT，對這些期待了一個多禮拜的媒體和緊張了一個多禮拜的上市公司，臨時來湊熱鬧的書店客人，還有擔心他好些日子的她，談了一下這本書的寫作過程，謙虛地表達了一下第一次用中文寫作的忐忑，感謝了一火車的人，還順便聊了一下他坎坷而勵志的人生。

蘇棠站在書店裡，都可以想像到陳國輝在這個城市的某個角落中羞憤撞牆的模樣。

※

蘇棠聽得出來，這位從S市聾啞學校臨時請來的手語翻譯並沒有像秦靜瑤一樣為他潤飾，只是把沈易的話如實翻譯了出來。

不知道是因為沒有了那些圓滑精明的修飾，還是比起酒局來說，這樣的記者會對他而言更為陌生，沈易的措辭中一直有種很實在的靦腆，歪打正著地讓他略顯傳奇的經歷聽起來格外自然親切。

書店老闆是個很有知識又很有情懷的人，近年來也做慣了這樣的活動，總能在適宜的時機給沈易平實的講述裡添加一點恰到好處的點綴，氣氛很輕鬆，依然有不少圍過來湊熱鬧的年輕客人聽著聽著就紅了眼眶，連那些帶著任務前來的各上市公司代表也不由自主地投入進了這個遠遠偏離預期主題的記者會中。

媒體的嗅覺都是敏銳的，不用回頭去看圍觀者們的反應就能斷定那筆付給沈易的「鉅款」依然是非常划算的。

連蘇棠都能感覺到，這是沈易，或者說是陳國輝，為這群媒體提供的報導這個一直以極低調的姿態生活在S市的金融行業傳奇人物的唯一機會，絕不會有第二次。

蘇棠幾乎可以想像出，在未來的一段時間內，這個今早起來為她做完早點之後又忙著餵貓餵螃蟹的人將會以一個多麼積極正面的高大形象頻繁出現在各大媒體的報導中。

蘇棠的開心不是用虛榮心得到滿足或者正義感得到抒發所能形容的。

相對於她現在的心情，無論是虛榮心還是正義感都太複雜了，她只是開心，純粹的開心，好像一早起來看到種在陽臺上的蒜苗長高了的那種開心，不需要以任何形式表達，也不需要向任何人炫耀。

在書店老闆代沈易發出提問邀請時，憋了半天的媒體們一個個爭先恐後地舉手示意，沈易充分的準備使這些提問的範圍嚴格控制在了他的新書內容和他的個人經歷上，一連幾家媒體發問，沒有任何一家肯把難得的提問機會浪費在任何有關上市公司或趙昌傑的問題上。

沈易答得很誠懇也很流利，只在一個問題上稍稍猶豫了一下。

問題是一個圍觀的女大學生提的，問沈易現在有沒有女朋友，惹得滿堂哄笑。

蘇棠眼看著沈易的目光下意識地落在了她的臉上，對著他抿嘴一笑，把沈易的臉上笑出了薄薄的一層紅暈。

也許是為了讓常來書店取景拍照的文藝青年方便，書店裡的採光柔和而清晰，有一種很自然的修飾效果，沈易穿著一身淡色的西裝，沒有打領帶，也沒有扣上襯衫領口的第一顆扣子，隨意一坐就像一張現成的雜誌封面。

沈易不太好意思地笑笑，前排一眾長鏡頭單眼相機又對著他「哢嚓哢嚓」地響了起來。

沈易把目光落在那個離蘇棠不遠的女大學生身上，柔和地笑著，依舊流暢地用手語作答，手語翻譯代他用聲音表達了出來。

——我有喜歡的人。

對這個問題感興趣的明顯不只有這女大學生一個，沈易剛答完，就有人追問，「她也是聾啞人嗎？」

提問的是個年輕男人，有些小心的聲音裡聽不出絲毫惡意。

沈易看到手語翻譯的轉述後立刻微笑著搖了搖頭，回答得很從容，從容裡還帶著一點遮掩不住的喜悅，蘇棠隱約覺得，比起上一個問題，他更樂意於回答這一個，在禮貌地搖頭表示否定之後又添了幾句。

——她很健康，很漂亮，她是我見過的最溫柔的人。

蘇棠被這句「最溫柔」聽得一陣心虛。

他大概是把她拿菜刀嚇唬人的事忘乾淨了……。

見沈易並不排斥回答這樣的問題，又有看熱鬧不嫌事多的人追問了一句，「你喜歡她，她也喜歡你嗎？」

沈易依然柔和地笑著，從容作答。

——這個問題我會記得替你問問她。

又有一些記者跟著追問這個「最溫柔的人」的學業背景職業背景家庭背景，都被沈易模糊地應付過去，沈易沒有撒謊，但也模糊到了要不是沈易的目光時不時地落在她臉上，她都要懷疑沈易說的到底是不是自己的程度。

蘇棠相信，這一部分應該不在沈易昨晚做的那些準備當中。

他對她的保護似乎已經超越了條件反射，成為一種根本不需要思考的本能。

記者會持續到十一點半，散場之前沈易又像模像樣地為自己的書做了幾句宣傳，蘇棠對沈易遠遠地點了下頭，就隨著客人們一起往門口走了，路過門口收銀台時，蘇棠清楚地聽到一位抱著書結帳的客人在預購沈易的新書。

蘇棠停了停腳，也轉回去預購了一本新書。

也許是之前還有客人諮詢過，工作人員追問了一句，「還需要沈易先生其他英文原版書的海外代購嗎？」

蘇棠下意識的回了一句，「不用，我有。」

說完之後，蘇棠突然想起些什麼，又笑著補了一句，「我喜歡他很久了。」

書店旁邊就是一處高級私人藝術館，停在附近的好車很多，沈易的ＳＵＶ一點也不惹眼，蘇棠在車上等了約有一刻鐘，沈易才上車來。

沈易一坐進車裡就靠在座椅靠背上無聲地長舒了一口氣。

蘇棠在他大腿上輕拍了兩下，半真半假地笑，「沈易先生，你還記得要替你的粉絲問我什麼問題嗎？」

沈易無力地笑笑，沒有回答，只是側過身來把她結結實實地抱住了。

沈易一直把臉埋在她頸窩間，直到徐超開過第一個彎道，沈易在向心力的作用下稍稍有些失穩，才不得不鬆開了蘇棠，倚回到座椅裡。

蘇棠有點擔心地看著他，「怎麼了？」

沈易望著她猶豫了一下，抬手解開西裝扣子，牽起蘇棠的手伸進他的西裝上衣裡，落在他後腰處的襯衫上。

觸手一片濕涼。

蘇棠一愣，「緊張的？」

沈易輕抿著嘴唇點點頭。

蘇棠笑出聲來，「我才緊張呢，你說得好像真要跟陳國輝打仗一樣，我還以為你要揭露多少業界驚天大秘密呢，結果你就開個新書記者會……賣書有什麼好緊張的啊？」

沈易有點委屈地看著她，輕輕皺起眉頭，用手語盡量簡短地說了一句。

——第一次。

蘇棠明白，他不只是第一次賣書，也是第一次當著這麼多人的面提起那些並不全是愉快的經歷。

事實上，沈易完全可以蜻蜓點水地把這些媒體虛晃一通，但他還是盡可能回報給了媒體等值的資訊內容。

沈易一本正經的委屈模樣看得蘇棠忍不住壞笑，伸手揉他被汗浸得微濕的頭髮，「唔……賣了好多錢，值了。」

沈易瞪她，剛要去拿手機，就被蘇棠按住了手。

蘇棠湊近過去，抿著尚未散盡的壞笑小聲問他，「是不是讓我來給你壯膽的？」

沈易又虛瞪了一眼這個儼然是在逗他的人，最後還是有點不好意思地點頭。

蘇棠憋著笑，「有效果嗎？」

沈易點頭。

「下回再開記者會還帶我一起參加嗎？」

沈易很堅決地搖頭。

「為什麼呀？」

這句話沒法用點頭搖頭來回答，蘇棠鬆開了他的手，看著他拿出手機，點開備忘錄，有些幽怨地打下一行字。

——後期的副作用太明顯。

「噗——」

蘇棠趴在他腿上笑了好一陣，沈易也不與她計較，只輕柔地撫弄著她散在肩背上的長髮，蘇棠抬起頭來的時候，正撞見他眼中還沒來得及收起的若有所思。

蘇棠抬手攏了攏頭髮，「我覺得我們應該是在想同一件事。」

沈易微怔了一下，微微偏頭，很有興致地看著她，像是在邀她先講出來。

「我剛才在想，既然這場自衛反擊戰已經順利打完了，」蘇棠笑嘻嘻地看著他，「我們是不是可以來研究一下大閘蟹的五十四種吃法了？」

沈易笑起來，和在媒體的鏡頭下那樣靦腆的笑容不同，笑得輕鬆自由。

蘇棠沒有打斷他的笑，只是鼓著腮幫子看他，看得沈易自覺收斂起了露齒的笑容，輕輕搖了搖頭。

——只是打完了，還不知道結果。

蘇棠信心十足地挑眉，「我相信，陳國輝現在偏高的一定不只有血脂和血糖了。」

沈易抿著笑意輕輕點頭。

——結果可能有兩種，一種是他接受我的警告，不再打擾我的工作和生活，另外去想別的方法來解決他手上的問題。

沈易猶豫了一下，笑意淺淡了幾分，似乎是做了些斟酌，才繼續把話打完。

——另一種可能是再來一個回合。

蘇棠心裡沉了一下。

陳國輝既然能幹出挑撥他家庭矛盾這種缺德事來，難保不會還有更陰損更缺德也更有殺傷力的招數。

沈易心眼再多也是個君子，和小人鬥起來，總是有些吃虧的危險的。

蘇棠心裡一沉，眉頭也跟著沉了下來，沈易看在眼裡，溫然一笑，又在後面添了一句。

——放心，我有準備。

「你猜到他接下來會幹什麼了?」

沈易笑意微濃，輕輕搖頭。

——如果他決定選擇第二種結果，我有把握讓他再輸一個回合。

CHAPITRE 8 沉默比出聲容易得多

「我雖然不太清楚妳身材的相關資料，但是我很喜歡妳的身材，看起來讓人覺得很舒服。無論從哪個角度看都沒有大起大落，整體走勢非常平穩，適合長期持有。」

到家的時候已經快一點了，外婆早就做好了飯，滿屋都是濃濃的紅燒排骨香，蘇棠卻直接把沈易拽進了她的臥室。

沈易愣愣地看著蘇棠把門關上，又愣愣地看著她從衣櫥裡拿出一套衣服來。

「襯衫都濕透了，把這個換上再吃飯，小心感冒。」

蘇棠拿給他的是一套男款家居服，質地輕軟，顏色素淨，和沈易在他家裡穿的那些差不多，沈易微怔了一下，眼底掠過一片驚喜，一手接過衣服，一手擁過蘇棠的肩，低頭在她眉心輕吻。

徐超終究是客人，蘇棠不好意思讓他每次到家裡來都跟著幫手，轉身準備出去幫忙收拾餐桌，剛走到門邊，手還沒碰到門把手，肩上就被沈易拍了拍。

蘇棠回頭看著這個抱著衣服追過來的人，「怎麼了？」

沈易一手托著上衣衣領，一手托著半翻過來的褲腰，一塊兒遞到蘇棠面前，臉上滿是哭笑不得。

蘇棠低頭看了一眼，沈易讓她看的是衣服的尺碼標籤。

上衣和褲子不是同樣的尺碼。

蘇棠笑起來，「沒錯，你穿上試試就知道了，保證沒有任何不合適的地方。」

沈易被蘇棠的自信，甚至自豪，看得微怔了一下。

蘇棠笑著抬手在他寬闊的胸膛上輕戳，「你是不是從沒在國內替自己買過衣服啊？」

沈易搖搖頭，把手裡的衣服輕折了一下，放到蘇棠的床尾，拿出手機來打字。

——我做過服裝行業的市場調查，國內服裝的利潤太高，無論是買國產品牌還是進口品牌都不太划算，我會在美國獨立紀念日前後和耶誕節前後請幾天假，回美國拜訪以前的朋友，順便採購。

蘇棠看了幾秒，愣是沒算出來他到底省沒省到錢，哭笑不得地看著這個一臉認真的人，「你以後還是繼續保持這種購物模式吧……」

蘇棠把他從上到下掃了一眼，才望著他嘆氣，「我本來以為像你這樣身材的人到哪都很好買衣服呢，結果到了商場才發現各品牌的設計師都充分照顧到了廣大普通亞洲消費者的感受，簡單粗暴地剝奪了你們這些腿長過一般標準的人買套裝的機會。」

蘇棠說完，轉身走到衣櫥前，又從裡面取出一套款式顏色一模一樣的家居服，順手抖開，把衣領和褲腰上的尺碼標籤送到沈易眼前。

「正好碰上節日商場打折，價錢很合適，買兩套還有更多優惠，我就買了兩套尺碼不一樣的，其他不太合身的地方我都幫你修過了。」蘇棠說著，把拿在右手的上衣往左手臂上一搭，朝天花板立起三根手指頭，「我向織女發誓，合適程度絕對不會低於你那些高級訂製西裝。」

沈易臉上帶著開心的驚訝把蘇棠看得很是滿足。

她才不會告訴他，她借外婆的那架老式縫紉機替他修改衣服的時候，擔任技術顧問的外婆是怎麼在一旁捂著嘴一個勁偷笑，把她笑得面紅耳赤的……。

沈易突然像是想到了些什麼，笑容微微一深，低頭打字。

——妳是不是向趙陽要了我的體檢報告？

蘇棠一愣，搖頭，「沒有啊。」

——在我沒有試穿之前，妳怎麼會知道哪裡需要修改？

蘇棠笑出聲來，抬手揉他的頭頂，「我是幹什麼的呀，十幾二十層的鋼筋混凝土結構都是精確到用公厘計算的，你才多高啊！」

蘇棠說著，往前貼近了些，勾著一點壞笑，一隻手不老實地摸上沈易的胸口，放輕了聲音慢慢地說，「經我多次實地勘測，誤差可以控制在0.1公厘範圍內。」

沈易笑起來，也許是回想起了蘇棠實地勘測的過程，臉頰泛起了一點誘人的紅暈，眼睛裡的笑意濃得像是沒被稀釋過的熱巧克力，把空氣中濃郁的排骨香都襯得稀薄了。

蘇棠心裡一動，撫上他臉頰，踮腳遞上一個很有熱度的吻。

蘇棠在他眼前深深地笑，「不管有多少人喜歡你，我都堅定地相信自己一定是你最忠實最狂熱的粉絲。」

沈易笑著點頭，表示接受她自封的這個頭銜，在她肩頭上像感激又像致歉一樣地撫了撫，低頭打字。

——我對數字非常敏感，但是對空間幾何的敏感度很差，替妳買那套衣服的時候參考了外婆的意見。

蘇棠剛想說就算他一輩子也弄不清她的罩杯尺寸，他的體貼程度在她的心目中也不會受到絲毫折損，就見沈易又抿著笑意添了幾句。

——我雖然不太清楚妳身材的相關資料，但是我很喜歡妳的身材，看起來讓人覺得很舒服。

蘇棠個子不高，身材偏瘦，偏薄，偶爾有女人羡慕她瘦，還從沒有男人這樣直接了當地誇讚她的身材，蘇棠得寸進尺地追問，「怎麼個舒服法？」

沈易看了她片刻，似乎是仔細斟酌了一番，最後敲下來的回答很含蓄，含蓄得有點抽象，蘇棠愣了一會兒才反應過來。

——無論從哪個角度看都沒有大起大落，整體走勢非常平穩，適合長期持有。

「……」

整個午飯過程中，蘇棠一直在執著地跟沈易搶肉吃，沈易靠外婆的好心救濟才勉強吃到兩塊排骨。

吃完飯，徐超陪外婆閒聊農村老家裡的事，蘇棠到廚房洗碗，沈易湊過來要幫忙，蘇棠不搭理他，沈易就挨在她旁邊看著。

沈易在她眼皮子底下偷吃了一塊剩在湯鍋裡的排骨，蘇棠暗自好笑，還是不搭理他。

蘇棠把廚房收拾好，去了一趟洗手間，出來的時候沈易負手站在洗手間門口，笑得人畜無害，蘇棠努力板住臉，依然不搭理他。

蘇棠回臥室，沈易又跟了過來，蘇棠不理他也不攔他。

直到蘇棠從床頭櫃裡翻出一板膠囊來，沈易才終於忍不住以暴力終止了這場沒有一丁點冷戰氣氛的冷戰。沈易在蘇棠正要掰出一顆膠囊的時候伸手把整板膠囊奪了過去。

「欸——」

蘇棠好氣又好笑，板著臉朝他伸出手，「別鬧，給我。」

沈易掃了一眼印在包裝殼反面的藥名，眉頭一下子皺得緊緊的，滿目擔心地看著她，也不把藥放下，就急忙用簡短的手語問她。

——哪裡疼？

蘇棠含混地答，「沒有……別鬧了，快給我。」

沈易急了，拿出手機單手打字，速度飛快，言辭懇切。

——布洛芬是神經性藥物，用於止痛不可以超過五天，到底哪裡不舒服，去醫院看過嗎？

蘇棠哭笑不得地看了看被他抓在另一隻手裡的那板已經空了三分之二的布洛芬緩釋膠囊，抬手輕撫他緊張得有些繃緊的手臂，「你別著急……我真的沒生病。」

沈易滿臉都是清晰的不信，擔心得臉色都發白了。

蘇棠默嘆了一聲，猶豫了一下，不太好意思地笑笑，把聲音壓得小小的，「我生理期來了。」

沈易一愣，恍然反應過來。

——經痛嗎？

蘇棠看他並不介意和她討論這樣的女性問題，而且還像是略知一二的樣子，心裡微鬆，無奈地點頭，「才剛來，還沒什麼感覺，要是現在不吃上一顆的話，大概等不到你走我就得躺到床上打滾去了。」

沈易明顯比剛才安心了許多，卻還是緊皺著眉頭，在眉心處凝著滿滿的擔心。

——外婆知道妳吃這種藥止痛嗎？

蘇棠苦笑著輕輕搖頭，走去臥室門口把沈易進來時虛掩上的門小心地關上，回到沈易身邊放輕了聲音為自己申辯，「我也知道吃這個不好，但是這個是效果最快的，平時上班的時候也不會耽誤事……我也不會多吃，就每次生理期的第一天和第二天吃，每天也就吃一顆，沒事的。」

沈易是個常年帶病工作的人，這種事也許會被外婆說是胡鬧，但他應該是可以理解的。

沈易果然猶豫了一下，大半的擔心化成了柔軟的疼惜，在手機上不那麼著急地打下一行字。

——妳今天還有什麼重要的事情要做嗎？

蘇棠愣了一下，搖搖頭。

——今天就不要吃了，可以嗎？

落在手機上的是一句帶著商量語氣的建議，沈易眉眼間的神情卻像足了在求她什麼。

蘇棠受不了被他這樣看著，卻還是苦笑著搖搖頭，「我以前沒有這種毛病，上大學之後才有的，我一直沒告訴我外婆……你放心，一個月就這麼兩顆，沒問題的。」

沈易不為所動，低頭在手機上添了幾句，抬起頭來時眉眼間的請求幾乎變成了乞求。

——我今天留下來陪妳，如果外婆要責怪妳，我會幫妳一起向她解釋，如果外婆很擔心，我會替妳安慰她，可以嗎？

蘇棠敗下陣來，一頭撞進沈易懷裡。

「真該判你故意犯規……」

這句話蘇棠是埋在沈易懷裡說的，沈易渾然不覺，只是輕柔地撫著她的頭髮，好像是一遍一遍地在對她說，我在這，不要害怕。

也不知道沈易跟外婆說了什麼，反正外婆是很高興地讓他留下了，徐超走後不久，蘇棠的肚子就開鬧了。外婆看她突然一個人一聲不吭回臥室，好一陣子沒出來，就在客廳裡叫了她幾聲，蘇棠沒應，外婆過去看了一眼，正見蘇棠蜷在床上低低地哼唧。

外婆嚇了一跳，「喲，這是怎麼了？」

不能蘇棠騰出力氣開口，沈易就用手語對外婆說了些什麼，外婆登時好氣又好笑地瞪她一眼。

「妳這孩子……自己的日子自己還不惦記著，光顧著嘴饞……我去幫妳煮點紅糖薑湯，喝了驅驅寒氣，看看能不能好一點。」

外婆一走，沈易也跟著出去了，沒兩分鐘就返了回來，手裡拿著一個剛灌好的熱水袋，走過來半跪到床邊，用幾個輕吻安撫了她片刻，然後半扶半抱著讓蘇棠平躺下來，用溫柔的力量把她捂在肚子上的手撥開，把熱水袋隔衣敷在她的小腹上，然後伸手在她肩臂上安撫，讓她因為疼痛而繃緊的身子一點點放鬆下來。

疼痛在熱敷下稍有緩和，蘇棠騰出一點力氣，有點委屈地看著半跪在床邊的人，「你跟我外婆說什麼了，我怎麼就嘴饞了啊……」

沈易淺淺地笑了一下，拿過手機單手打了一行字，送到她的眼前。

——我對外婆說妳昨天在我家裡吃了很多螃蟹。

蘇棠怔了一下，突然反應過來，螃蟹性寒涼，不只是不合適他這樣的胃病病人吃，女孩子在這種時候也該適當忌口。

蘇棠哭笑不得，「你怎麼連這個都知道啊……」

沈易伸手掠了掠她額前微亂的頭髮，溫柔的微笑裡帶著滿滿的疼惜。

——以前只是為了照顧好我媽媽，以後也為了照顧好妳。

※

蘇棠的肚皮稍微給了沈易一點面子，卻絲毫沒給外婆面子。

蘇棠本來就不大愛吃甜，一碗紅糖薑湯喝下去，小腹處的疼痛沒怎麼見緩，胃裡又跟著翻騰了起來。

沈易一直在她身邊陪著，幫她按摩，幫她換熱水袋，蘇棠想起來上廁所，剛半撐起身體，就被沈易打橫抱了起來，徑直抱到洗手間門口。

乍看到蘇棠被沈易抱出來，外婆還嚇了一大跳，趕忙迎了過來，結果眼睜睜看著沈易在洗手間門口把她往下一放，她又像沒事人一樣好端端地站住了，外婆才一下子明白過來，連聲埋怨沈易太嬌慣她。

沈易只是笑，等蘇棠從洗手間裡出來，又把她一路抱了回去。

蘇棠在沈易懷裡半睡半醒地哼唧了一下午，晚飯前稍見緩和了，卻也懶得爬起來吃飯。沈易陪外婆簡單吃了點東西，就端了一碗拌了肉鬆的白粥來，蘇棠沒有一丁點胃口，但也不好意思讓沈易一直舉著那一湯匙粥耐心十足地等她，一湯匙一湯匙吃下來，不知不覺就吃了大半碗。

蘇棠吃得有點勉強，咽得有點慢，剩下小半碗微微有些涼了，沈易就沒再為難她，低頭在她唇角獎勵似地輕吻了一下，然後把剩下的幾湯匙粥送進了自己嘴裡。

八點多療養院來人請外婆去幫忙看一個病人，外婆回來的時候已經快十點了，蘇棠已經沒那麼疼了，卻還是就著全身的不舒坦賴在沈易懷裡磨蹭。

也許是很久沒見到一向風風火火的外孫女兒這副賴皮的模樣了，外婆睡前來看她的時候禁不住囑咐她，明天起床要是再這樣疼，一定要去醫院看看。

沈易抬起撫在蘇棠肩頭的手，對外婆說了幾句什麼，外婆就點了點頭，收住絮叨，安心回屋睡覺去了。

不等蘇棠問他，沈易就拿出手機把答案打了下來。

——我對外婆說，我明天去醫院看媽媽，如果妳還不舒服，我帶妳去醫院。

「沈易，」蘇棠半枕在他胸口，仰頭笑著看他，「你看迪士尼的動畫電影嗎？」

沈易被她這前不著村後不著店的一句話問得怔了一下，輕輕點頭。

蘇棠抬手捏了捏他線條很硬朗的下巴，「我覺得你像迪尼斯動畫電影裡的男主角，總是能在關鍵時刻救女主角於水火之間。」

沈易無聲地笑起來，用不摟著蘇棠腰背的那只手在手機上敲下了一串字母。

——Quasimodo

蘇棠一愣，下意識地用法語發音規則拼讀了出來，才發現這也是一個迪士尼動畫電影裡男主角的名字。

加西莫多，《鐘樓怪人》裡那個外形醜怪且有語言障礙的敲鐘人，很多年前這個故事被迪士尼製作成了同名的電影。

這部片子太老，蘇棠沒有看過，但《鐘樓怪人》這本名著蘇棠還是讀過的。

蘇棠突然覺得心裡比肚子裡還疼，不禁板起臉來瞪他，「你非要跟我抬杠是不是？」

沈易輕笑著搖頭，一手在她背脊上柔柔地安撫，一手在手機上慢慢地打字。

——我沒想跟妳抬槓，我只是想告訴妳，我不是萬能的，如果有一天我不能及時把妳從水火中救出來，我也絕不會把妳丟下。

蘇棠呆愣了幾秒才回過神來，摟住他的脖子，湊上去深深吻他。

沈易像是有些局促，有些敷衍地接受之後就草草收了尾。

蘇棠在他眼前抿著嘴笑，「接吻的聲音很小，外婆在她房間裡聽不見的。」

沈易哭笑不得地搖搖頭，無奈地把黏在他胸口的人往一旁抱了抱，騰出一隻手來打字。

——如果妳不能把我從水火中救出來，起碼也不要煽風點火。

蘇棠一愣，「噗」地笑出聲來，被沈易及時捂了嘴，警告地隔空指了指外婆房間的方向。

蘇棠吐吐舌頭，看在他難得用對一個四字成語的份上，乖乖地躺回到了自己的枕頭上。

蘇棠臥室裡的這張是普通尺寸的雙人床，比沈易家裡的床窄了許多，兩隻枕頭緊靠著，蘇棠不用刻意地往他那邊擠就可以窩在他懷裡，沈易把燈關上沒多久，蘇棠就沉沉地睡過去了。

半夜裡蘇棠迷迷糊糊地醒過來，感覺捂在肚子上的熱水袋已經是溫的了，就伸手把它拿出被窩，隨手丟到了乾淨的地板上。

再窩回來躺好的時候，一隻溫熱的手掌就覆上了她的小腹，輕輕揉了起來。

蘇棠睏得厲害，眼皮抬也沒抬，輕哼了一聲就又睡了過去，再醒來的時候天已經大亮了，手機鬧鈴響得很瘋狂，一邊響一邊震，在木質的床頭櫃上磕出一連串「嗚嗚」的哀嚎。

為了關燈方便，沈易睡在了靠近床頭櫃那邊，蘇棠迷迷糊糊睜開眼，想要爬起來越過他拿手機，剛一動，就被沈易往他懷裡摟緊了些，那只好像整晚都沒有離開她小腹的手又輕輕揉按了起來。

沈易滿目關切地看著她，渾然不覺背後的響動。

「唔……」蘇棠在他手臂上拍了拍，指指他身後的方向，「我手機……」

沈易愣了愣，轉頭看了一眼，看到床頭櫃上那個隨著鬧鈴的響動不停閃爍的手機，忙伸手幫她拿了過來，遞給蘇棠的時候神情裡有些虛驚之後心有餘悸。

蘇棠把鬧鈴按掉才反應過來，他聽不到鬧鈴的聲音，看到她突然醒來，以為她是疼醒的吧……。

蘇棠遞過去一個還帶著睡意的早安吻，「不痛了。」

沈易輕撫她的頭髮，安心地笑笑。

睡意散了大半，蘇棠才注意到沈易的眼睛裡有些血絲，整個人看起來也有點睏倦，蘇棠睜大了眼睛，「你一直沒睡嗎？」

沈易只是柔和地微笑著，在她肩上輕輕拍撫。

他前一晚就沒睡，算下來已經超過三十個小時沒合眼了。

「你快睡一下吧，今天不是還要去醫院看你媽媽嗎，再不睡你晚上怎麼上班啊……」

沈易安然地笑著坐起身來，抬手指指蘇棠手裡的手機，蘇棠忙遞給他。

蘇棠遞過去的時候才發現，她拿他的手機已經習慣到不請自用了，他在碰她的手機之前還是習慣於先徵求她的同意。

沈易立直著腰背坐在床上，在她的手機上打了幾行字。

——昨天跟外婆說過了，今天的早飯我來做。我去醫院看過媽媽之後會在我的病房裡睡一下，放心。

蘇棠接過手機看完，突然想起些什麼，從床上一骨碌爬起來，把手機塞回到沈易手裡。

「欸，你昨天跟我外婆說了什麼，她就讓你留下過夜了啊？」

沈易抿起一點綿柔的笑意，低頭打了些字，把手機交給蘇棠，就下床到廚房做飯去了。

——家裡水管壞了，傢俱泡得一塌糊塗，需要今天讓家事阿姨去家裡整理一下才能住人。

「……」

蘇棠吃完早飯回臥室裡準備拿包出門的時候，沈易跟了進來，把昨天被他沒收掉的那小半板布洛芬緩釋膠囊放進了蘇棠的包裡，然後有些無可奈何地笑笑，伸手抱了抱她。

外婆還在客廳裡，蘇棠對著沈易只張嘴沒出聲地寬慰了一句，「我會好好喝熱水的，不疼一定不吃。」

沈易淺淺地笑著點點頭。

蘇棠從衣櫥裡把那套大尺碼上衣配小尺碼褲子的家居服拿了出來，交給沈易，要他去醫院看媽媽的時候順便帶給趙陽。

蘇棠把衣服送給趙陽的理由讓沈易很開心——據她目測，趙陽的身材應該很合適這樣的尺碼搭配。

想起昨天沈易打得很漂亮的那場仗，蘇棠特地在地鐵站的報攤上買了一份從沒看過的財經類報紙。

沈易的照片毫無懸念地占據了頭版版面，和一旁的男士時裝雜誌擺放在一起，絲毫不顯遜色。

蘇棠對著這張照片一直看了兩站路，才準備跟這家報社的記者學習一下如何從專業的角度誇他，結果剛掃過標註文章所在版面的地方，就看到一條用加黑加粗的字體標出的重點新聞標題。

新聞標題寫得有點花俏，主要意思就是剛被老東家撇清關係的趙昌傑被華正集團聘為高級財務顧問了。

蘇棠愣了一下，無力地一笑，在還不算擁擠的地鐵車廂裡無聲地鬆了口氣。

陳國輝在這個時候把趙昌傑拉過來當顧問，大概就是沈易所說的第一種結果，接受他的警告，不再死盯著他不放，改用膽子更壯的趙昌傑來幫自己解決問題了吧……

蘇棠草草地瀏覽了一下有關趙昌傑的這篇報導，拍了張照片給沈易發了過去，直到她出地鐵口，過完馬路，走進公司，沈易也沒有回覆。

蘇棠往辦公樓門口走的時候，陸小滿剛好也到了，衝過來抱著蘇棠的手臂就開始訴這假日緊急加班之苦，蘇棠想笑，又覺得不太人道，索性找了個空檔把話題岔開。

「欸，我今天早晨看見新聞上說，集團新聘了一個財務顧問。」

陸小滿一雙熬出了血絲的大眼睛一下子睜得滾圓，笑著翻她白眼，「妳不是從來都不關心新聞嘛？」

蘇棠半真半假地笑，「那個人好像挺年輕也挺帥的？」

陸小滿一臉的嗔笑一下子散了個乾淨，一本正經地搖頭，「別別別……妳看上誰都行，這個絕對不行。」

陸小滿的話裡透著滿滿的別有內情的味道，蘇棠禁不住追問，「為什麼？」

陸小滿向來不會主動放棄任何一個八卦的機會，蘇棠一問，她一個圈子也不繞就說開了，「這個是剛離了婚的，不過離過婚也沒什麼大不了的，重要的是這個人人品不好……」

陸小滿說著，眼看著已經走進大廳了，把聲音壓低了些，「他是在美國做了不該做的事，在證券行裡混不下去了，才被集團聘過來的。也不知道集團的公關部門給了媒體多少錢，一個個都報導得好像挖人才一樣。」

蘇棠抿著嘴笑，難得有一件八卦是她比陸小滿先知道的。

陸小滿一看她笑了，以為蘇棠是沒把她的話當回事，立刻板起了一張與年齡嚴重不符的苦口婆心臉，「我告訴妳，這人要是在自己的行當裡不守規矩，妳也別指望他在生活裡守規矩，沒人能精分得跟鴛鴦火鍋一樣徹底，公司裡的王八蛋不可能一回到家裡就高尚得像忍者神龜了，還不知道他是因為什麼離婚呢，妳可千萬別對這人抱什麼妄想。」

蘇棠被陸小滿這一連串毫不留情的比喻逗樂了。

「謹遵前輩教誨，絕不越雷池一步！」

※

直到出了電梯，走進七樓的辦公室，坐到自己的辦公桌前，蘇棠腦海裡還迴盪著陸小滿那番話不加修飾的說辭。

如果一定要給道德這種東西定一個物理性質，蘇棠覺得，道德應該是氣態的，容易攪合別的東西，也容易被別的東西攪合，各種不同類型的道德之間也不是用理想容器完美隔離開的，在一定的壓力下難免相互污染。

自從那句問話被無意岔開之後，沈易就沒再提趙昌傑和秦靜瑤協議離婚的原因，蘇棠對這個也沒有太執著的興趣。

她在想另外一件事。

陳國輝在纏著沈易的這件事上這麼缺德，工作以外的事情八成也乾淨不到哪去。

蘇棠本想發封簡訊給沈易，提醒沈易可以查查陳國輝的生活作風問題，搞不好就能揪到一條，不，一把小辮子。

蘇棠已經興沖沖地把手機簡訊介面打開了，還是按滅了螢幕，把手機放回了那盆玻璃海棠旁邊。

沈易已經說過了，即使陳國輝要再跟他玩一回合，他依然有把握再贏他一回，她還瞎操心什麼……。

也許是沈易要開記者會的消息來得太突然，陳國輝在發出假日加班通知的時候並沒有來得及編出一個像樣的理由，今天一上班，關於這場緊急加班的原因猜測就從財務和人事兩個部門蔓延到了整個公司的每一個角落。

蘇棠去茶水間倒熱水的時候，幾個正討論這件事討論得熱火朝天的同事非要讓她表達意見，蘇棠半真半假地說了一句「也許只是陳總心情不好」，一群人直說蘇棠是被隨心所欲的法國人帶壞了，蘇棠抱著杯子笑而不語。

蘇棠本以為這件事的內情連陸小滿都不會知道，結果午飯的時候，陸小滿悄悄地講了一個金融界傳奇白馬王子任性戲耍多家上市公司精英高層的故事，陸小滿只知道這些上市公司是怎麼被耍的，卻不知道他們是為什麼被耍的，一知半解之下添油加醋的部分把蘇棠這個深諳內情的人逗得笑得停不下來，一上午都沒疼的肚子都隱隱作痛了。

陸小滿壓低著聲音繪聲繪影地把故事講完，叮囑蘇棠千萬別把這件讓陳國輝丟了大臉的事說出去，然後拿筷子戳著碗裡的米飯幽幽地嘆氣，「哎，可惜了，這樣一個有臉有錢還有腦子的男人，居然是聾啞人。」

蘇棠聽得出來，陸小滿的話裡只有如假包換的惋惜，沒有一丁點輕蔑的意思。

事實上，有本事對沈易表示輕蔑的人實在太少了。

蘇棠把一口熱粥送進嘴裡，故作漫不經心地問她，「妳說，沈易怎麼樣啊？」

「妳說跟沈易交往怎麼樣？」

蘇棠連連點頭。

陸小滿皺著眉頭直搖頭，「我覺得夠嗆。」

蘇棠過日子一向有自己的主見，在拿主意之前她會顧及別人的感受，至於已經拿定了的主意，大多數時候她都不會在意別人的評價，不過陸小滿是個難得的例外。

陸小滿是屬蚊子的，總能一針見血。

蘇棠被陸小滿的這句「夠嗆」說得懸起了心，臉上還故作輕鬆著，向陸小滿追問，「怎麼個夠嗆法？」

陸小滿朝她丟了個飽滿的白眼，答得毫不客氣，「妳夠嗆這輩子能見上人家的面。」

蘇棠一愣，啞然失笑。

蘇棠暫時還不想告訴陸小滿，她不但見過這個人的面，還見過這個人從頭到腳的每一塊皮肉……。

蘇棠謹遵和陸小滿的約定，沒把那個被她講得像孫悟空大鬧天宮一樣的故事擴散出去，以至於整整一天，蘇棠無論走到哪個部門去辦事，都能聽到不同版本有關緊急加班的幕後故事，等到下班時候，蘇棠覺得已經能湊出一本《聊齋志異》了。

沈易一直沒有回她的簡訊，蘇棠猜他要嘛是在忙，要嘛是在補眠，就先把這些人物鮮活情節跌宕的故事存了起來，沒去擾他。

蘇棠進家門的前一秒還在想今天按照慣例去療養院培訓護理人員的外婆下班了沒有，結果一剛開門，一股濃濃的雞湯香就在劇烈的分子運動作用下鑽進了蘇棠的鼻子裡。

外婆聽到開門聲，在廚房裡應了一聲，「棠棠回來啦？」

蘇棠把包放下，鑽進廚房裡，正見瓦斯爐上坐著一隻砂鍋，外婆正拿湯勺輕攪著砂鍋裡的烏骨雞湯。

「外婆，今天療養院不是有培訓課嗎，妳怎麼還有空燉湯呀？」

「我也剛回來一下，」外婆把湯勺放下，蓋好砂鍋的蓋子，才笑瞇瞇地看向蘇棠，「這不是我燉的，是小易燉給妳的。」

蘇棠一愣，「他還沒走嗎？」

「走了，妳早上出去上班之後他去菜市場買了烏骨雞，把湯燉好了才走的。」外婆說著，眼睛裡的笑意莫名有些發沉，伸手在蘇棠臉頰上輕輕拍了拍，「外婆老嘍，以後有小易疼妳，我就放心嘍……」

外婆做了大半輩子醫護工作，對生老病死的事一直有一種蘇棠可望而不可即的超然，但不管怎麼想，外婆很少把這樣的話說出來，回國以來這些日子，蘇棠還是第一次聽她提起這個，心裡不禁沉了一下。

「哎呀，妳又胡說八道！」蘇棠索性把臉也沉了下來，「妳見過誰家老太太整天看皮卡丘的，妳老嗎？一點也不老！」

「昨天晚上我去看的那個病人，七十來歲的老頭，身體不好歸不好，前幾天還在外面跟人下棋呢，昨天晚上一下子就不行了……」外婆嘆了一聲，搖頭笑笑，「到了這個年歲啊，都是很正常的事。」

不知道是不是她的錯覺，蘇棠總覺得外婆這番話比起前些年偶然跟她提起這些事來的時候說得那些認真了許多，一點也不想再聽下去，索性一抱外婆的手臂，鴕鳥一樣地把腦袋埋進外婆溫熱的頸窩裡。

「哎呦呦……」外婆笑著拍她的腦袋，「妳瞧瞧妳，還是學科學的呢，一點道理也講不得，說出去讓人笑話！」

蘇棠只管埋著不吭聲。

「好了好了……準備吃飯啦。」

外婆的話可以用一個「好了」收尾，蘇棠的心裡的滋味卻收不了那麼快，回到臥室換衣服的時候心裡還覺得慌慌的，直到順手擱在床上的手機震了一下，才把有點飄忽的心神拽了回來。

蘇棠拿起來看了一眼，是沈易發來的簡訊。

——對不起，之前手機沒電了，剛剛開機。公司決定低調處理趙昌傑的事，不以任何官方形式對外發布他的情況，對他以後的工作和生活是件好事。

蘇棠愣了一下，才反應過來他是在回覆她早晨發給他的那張照片。

蘇棠對著字裡行間透出的沈易特有的溫柔淺淺地笑了一下，有點漫不經心地問了一句。

——這是你提給公司的建議嗎？

蘇棠還沒把開身的針織衫扣子解完，沈易的簡訊就回了過來。

——不是，是公司老闆的決定。

蘇棠被這句很誠懇的回覆看得一下子清醒了過來。

從一開始沈易的任務就是代表公司的利益來和趙昌傑劃清界線，他也是從一開始就相信趙昌傑是可以另有發展的，怎麼還會多此一舉地提這樣的建議……。

想起今早陸小滿無意間說的一句話，蘇棠心裡一沉，忙發過去一問。

——你是不是還被要求對媒體封口了？

華正集團為了風風光光地把趙昌傑挖走，不惜買通了這麼多媒體，怎麼會漏下他這個最大的隱憂？

沈易很快發來了回覆，字裡行間隱約可以感覺到那個人低頭打字時眉目間柔和安然的笑意。

——讓我噤聲比讓我出聲容易得多，這也是一件好事。

蘇棠被他一如既往的樂觀主義精神逗得哭笑不得。

——就沒有什麼事是不好的嗎？

沈易依然回得很乾脆。

——醫院裡的飯很不好吃。

「噗——」

畢竟是特殊時期，上了一天的班，蘇棠一吃完飯精神就有點委靡，早早上床睡覺了，縮進被窩裡的時候還沒到沈易上班的時間，蘇棠給他發了一句「晚安」，沈易給她回了一長段蓋好被子不要著涼一類的叮囑。

蘇棠不知道怎麼用科學來解釋，但是被沈易這麼叮嚀一番，她這一晚上還真沒有覺得疼。

再覺得疼的時候，是第二天上午吃完午飯的時候，蘇棠一心想快點回辦公室把藥吃了，就丟下還想再喝杯咖啡的陸小滿，一個人等電梯去了。

蘇棠剛有氣無力地按下那個往上的按鈕，就有人在後面叫了她一聲。

「蘇棠？」

蘇棠一愣回頭，正對上一個西裝革履的男人，男人像是也剛吃完飯從餐廳出來，用手帕摸著唇角，蘇棠還是看得出他唇邊遮掩不住的笑意。

這人她只見過一次，短期內卻很難忘掉。

蘇棠淡淡地看著比那天的裝束更加光鮮，臉色更加紅潤的趙昌傑，勉強笑了笑，「趙先生好。」

趙昌傑駐足在她身邊，把手帕收起來，和那天一樣客氣地打量著她，「我從集團那邊過來熟悉一下各公司的情況，我記得妳是在這工作，居然就碰上了，真巧。」

蘇棠笑笑，轉眼看向電梯上漸變的到達樓層數，沒接話。

就算她肚子不疼，她也懶得跟這個跟沈易動粗的人多客氣什麼。

趙昌傑顯然不想就這樣結束這場對話，「妳在這裡主要負責什麼工作？」

蘇棠淡淡地答，「助理工程師。」

「妳和沈易還真配啊，」趙昌傑笑起來，笑得隱約有點刺耳，「一個擅長疊石頭，一個擅長搬石頭，真是一家人。」

蘇棠淡淡地看著他，淡淡地吐出一個字，「砼。」

趙昌傑一愣，「什麼？」

「砼，這是後來才造的漢字，字面意思是人工石，也就是混凝土。從材料學的角度來講，這是一種以砂石為集料，以水泥為凝膠材料膠結而成的工程複合材料。」

蘇棠面無表情地說完，看著被她說得一頭霧水的趙昌傑，又面無表情地下了一個結論。

「混凝土不是石頭。」

趙昌傑的臉僵了一下。

不等他開口，蘇棠又繼續用平平的語調補充幾句，「而且混凝土結構是澆築的，不是疊的。目前為止華正建築還沒有做過純石砌體結構的專案，我也不知道我是不是擅長疊石頭。」

趙昌傑的臉色有點形容不出的難看，「妳想幹什麼？」

蘇棠聽得出來他在努力壓著聲音，也在努力壓著火氣。

「我想站在技術人員的角度上介紹建築行業的基本常識。」蘇棠說著，瞥了一眼電梯上方那個馬上就要從2變成1的數字，淡淡地笑著道，「趙先生不就是從集團過來熟悉業務的嗎？」

趙昌傑咬牙，微笑，「謝謝，受益匪淺。」

「不客氣。」

※

趙昌傑似乎真的只是想要借她和沈易的關係發洩發洩對沈易的積怨而已，蘇棠進了電梯，趙昌傑也沒追進來，兀自轉身走了。

午飯時間，偌大的辦公室裡只有零星幾個習慣自己帶便當的女同事在自己的辦公桌前埋頭吃飯，蘇棠喝了口保溫杯裡冷熱正好的水把藥吃下，就像缺水的茼蒿一樣軟軟地趴在桌上等著藥效發揮作用。

那盆玻璃海棠放在電腦螢幕旁邊，蘇棠這樣側頭趴著，視線正好和它相對。

蘇棠發現，玻璃海棠是種很拚命的花，這一期的花凋謝了，過不多久又會頂出新的花骨朵來，再過不多久，又是紅紅的一團，陽光強些的時候近看，可以發現這些嬌柔的花瓣就像是半透明的彩色玻璃。

辦公室裡的其他同事種的多是吊蘭、黃金葛、仙人掌一類的吸塵防輻射的綠葉植物，只有她這裡是有花的。

有時候沈易用心到了深處，連她也不能一下子全都明白。

蘇棠正看著花發呆，一個四十來歲的女同事吃完飯去茶水間倒水，路過蘇棠的辦公桌，伸手拍拍她的肩，關切地看著她。

「小蘇，怎麼了，生病了嗎？」

蘇棠沒有午睡的習慣，平時午飯回來之後就抱著一杯黑咖啡直接開始工作了，幾個年齡大些的同事都感慨年輕就是力量。

蘇棠直起腰來，「周姐，沒事，我就是那個來了……」

蘇棠說著，苦笑著指指自己的肚子，周姐笑起來，「喔喔……這個啊，再忍幾年吧，我年輕時也這樣，結了婚生完孩子一下子就沒事了。」

蘇棠被這句生孩子窘了一下，只能嗯嗯啊啊地點了點頭。

周姐笑著打量她，「妳要是看不上公司裡這些男孩子，過幾天去集團總公司上課的時候可以留心一下，那邊今年新來的年輕男生多，肯定有合得來的。」

「到總公司上課？」這幾個詞一入耳，蘇棠就沒有多餘的注意力能放在「年輕男生」上了，蘇棠有點懵，「我怎麼沒收到通知呀，什麼時候啊？」

「我也不清楚，就聽說總公司那邊把你們這一批新來的幾個人的人事檔案調走了，好像是要培訓什麼，我聽人事部的陳姐說的。」周姐說著，拍拍蘇棠的肩膀，「可能還沒安排好，過幾天就通知你們啦。」

蘇棠總覺得哪裡有點不對，一時又說不上來，「好。」

「妳好好休息，我幫妳倒點熱開水吧？」

「不用不用……謝謝周姐。」

周姐一走，蘇棠立馬抓起手機發了訊息給陸小滿。

——我的人事檔案被總公司調走了？

陸小滿用語音訊息回覆，聽話音的含混程度，好像嘴裡還堵著塊沒來得及咽下去的蛋糕。

——不知道啊，妳聽誰說的啊？

蘇棠打完字給陸小滿回過去之後才發現，自己已經很久沒用過通訊軟體的語音功能了。

——聽我們辦公室的周姐說的，她說我們幾個新來的檔案都被總公司調走了，好像要上什麼培訓課。

陸小滿又用語音回覆，聲音裡沒多少好氣，好像剛才的那塊蛋糕有多難吃似的。

——妳腦子被肚子疼迷糊了啊，培訓就培訓，你們的基本資料都有電子檔，用內部網路動動滑鼠就能查出來，閒著沒事調檔案幹嘛？

蘇棠哭笑不得，她剛才就覺得哪裡不對，大概就是這裡不對了……。

陸小滿大概是正和人事部門的同事在一起，蘇棠打字請她幫忙問問的句子還沒打完，陸小滿的語音訊息又發了過來。

——我剛問了一下，你們的檔案還真被調走了，總公司直接找陳姐處理的，連假加班的時候忙翻了，陳姐說的時候我們都沒放在心上。等等我再幫妳問問是什麼培訓吧，我剛來的時候參加培訓也沒調過檔案，可能是總公司的人被那個沈王子嚇唬的。

蘇棠被陸小滿這聲「沈王子」逗樂了，有氣無力地嘆了一聲，把手機往桌子上一丟，又趴了回去。

某種程度上她是有點感激趙昌傑的，要不是他樂意淌華正集團的這渾水，歪打正著地解除了陳國輝對沈易的糾纏，她大概會因為這調檔案的事胡思亂想過整個生理期吧。

蘇棠正望著那盆玻璃海棠想著這週末要不要勸外婆跟她一起去沈易家吃螃蟹，桌上的手機又震了一下。是沈易發來的簡訊。

——今天晚上有事嗎？

蘇棠被這句帶著濃濃約會目的的問話撩得心裡一動，毫不猶豫地回覆。

——沒有。

沈易果然發來了一句約會邀請。

——晚上一起吃飯，可以嗎？

蘇棠又毫不猶豫地回覆。

——我要吃ＫＦＣ！！！！！

每個月的這個時候，只要肚子不痛，蘇棠就始終沉浸在執著的食慾裡，並且對一切油膩的食物有著揮之不去的渴望，但是出於多年醫護工作培養出來的慣性，外婆從來不搭理她的這種渴望。

午飯吃的那份牛肉咖哩根本沒法滿足她，現在疼痛漸緩，蘇棠瘋狂地想啃炸雞。

蘇棠點完了發送才突然想起來，ＫＦＣ裡好像沒什麼合適沈易吃的東西。

週末也就算了，今天是他的工作日，他吃完飯還得上班呢。

蘇棠趕忙改口。

——我想說去開發區那邊吃，按錯鍵了，輸入法自動聯想了。

半分鐘後，蘇棠收到的訊息裡充滿著沈易式溫柔而狡黠的笑意。

——妳的智慧輸入法聯想出的ＫＦＣ總是帶著五個驚嘆號嗎？

蘇棠哭笑不得地嘆了一聲，她實在不該在自己每個月大腦靈活度最低的時候跟他耍心眼……。

沈易緊接著又發來一封。

——既然它這麼想吃，我們就帶它去吧。

蘇棠笑起來，心甘情願地回了個「好」字。

ＫＦＣ附近少不了中式速食店，大不了打包點東西讓他帶去公司吃。

不知道是布洛芬的作用還是與沈易定下約會的作用，還是炸雞的作用，整個下午蘇棠的心情都好得像是要開出朵花來。

沈易說來接她，車還是停在上次大雨天來接她時停的那個地方，結果蘇棠剛出電梯，就看到徐超等在一樓大廳門口。

徐超雖然在門口悠哉地閒晃，卻一直是轉著頭往大門內望的，好像除了在等她之外還在等些別的什麼人。蘇棠故意繞了個遠，輕手輕腳地繞到他背後，突然在他後腦勺上按了一把，把徐超嚇得一個哆嗦。

「你在幹嘛？」

看清滿臉寫著「惡作劇」的蘇棠，徐超哭笑不得地抓了抓後腦勺，「蘇姐……嚇我一跳，我這不是在找妳嗎！」

蘇棠隱約感覺到一絲寬慰。

她現在的智商雖然不夠糊弄沈易，但依然還足夠看得出來徐超在糊弄她。

「找我？」蘇棠挑起眉毛，「你就站在門口，你當兵的時候就是這麼學偵查的啊？」

徐超笑得有點底氣不足，「咳，我也不知道妳今天穿什麼衣服，這麼多人從大樓裡往外走，我萬一看漏了呢。」

蘇棠依然看得出徐超在糊弄她，但徐超這話說得既誠實又有道理，蘇棠一時沒挑出毛病來。

直到坐進車裡，看著一如既往對她溫和微笑的沈易，蘇棠還是覺得哪裡有點不對。

「怎麼突然想要找我吃飯？」

沈易用手語給了她一個普通且無法反駁的回答。

——想妳。

蘇棠懷疑，自己這種奇怪的感覺也許只是生理期激素異常的反應而已。

S市有很多家KFC，徐超直接把車開到了位於中小學學區的那一家，蘇棠挽著沈易的手臂走進門，毫不意外地發現絕大多數客人都是中小學生，以及接孩子的中老年家長們。

沈易這副西裝革履的打扮在家庭味十足的人群裡格外引人注目，卻沒人多看他一眼。

蘇棠突然意識到，選在這家KFC吃飯，一定是沈易的主意。

在各大媒體鋪天蓋地地把他報導一番之後，如今最不可能認識他的人應該就是這些一天到晚只有空讀聖賢書的中小學生了，至於學生家長，有自家熊孩子在眼前鬧著，誰還有閒工夫多看別人一眼？

蘇棠暗自好笑，照沈易這麼個小心法，那些報導要是再持續幾天，下回見他的時候搞不好就會看到他臉上帶著墨鏡，身邊跟著保鏢了。

蘇棠在點餐台前問他，「你想吃什麼？」

沈易微笑著做了個請的手勢，示意一切由她說了算。

蘇棠也沒跟他客氣，對著店員痛痛快快地點了單。

「一份全家桶，謝謝。」

「……」

沈易用托盤端著那個滿滿的桶和兩大杯可樂離開點餐台的時候，蘇棠突然發現，沈易在這些中小學生眼中的存在感一下子提高了一個星等。

沈易找了個相對清靜的角落，蘇棠一屁股在沈易對面的位子上坐下來，就把全家桶的蓋子一揭，從裡面拿出玉米和馬鈴薯泥放到沈易面前，然後把整個桶拉到自己這邊，抓出一塊巴掌大的吮指原味雞就啃了起來。

蘇棠的吃相讓她抱在手裡的那一大塊肉看起來格外有誘惑力，沈易試著表示了一下抗議，蘇棠決絕地把桶抱到了她旁邊的空椅子上，沈易只能認命地吃著那一小盒溫熱的馬鈴薯泥，順便把蘇棠剛想拿起來喝的可樂奪過來放到自己身邊的空椅子上。

沈易慢悠悠地吃完那盒馬鈴薯泥的時候，蘇棠已經啃完了一塊吮指原味雞、一對辣雞翅，正準備對第二塊吮指原味雞發動火力依然迅猛的進攻。

沈易把空盒和那支還沒拆封的玉米放到一旁的餐盤裡，拿起紙巾輕輕擦了擦唇角，轉手從一旁的公事包裡取出一本便條紙和一支鋼珠筆，撕下空白的一頁，最上面寫下一句話，推到蘇棠面前。

——我想和妳商量一件事。

蘇棠一手抓著那塊剛啃了一口的原味雞，一手按住身邊的桶，不留任何商量餘地地回答沈易，「不給。」

沈易看得哭笑不得，搖搖頭，把紙拿回面前，微抿著雙唇又寫下一句話，認真地送到蘇棠面前。

——妳介意換一家公司工作嗎？

蘇棠牙齒一抖，差點咬到舌頭。

※

蘇棠把已經送到嘴邊的雞塊拿開了些，抬頭怔怔地看向沈易。

KFC裡的燈光和絕大多數速食店裡的一樣，通透，均勻，有種「趕快吃趕快走」的心理暗示作用，沈易安坐在對面，認真又耐心地看著她，好像這樣的燈光設計對他起不了絲毫作用。

蘇棠又低頭看了一眼沈易寫在紙上的話，想起徐超在大廳門口等她時的樣子，心裡一沉。

「陳國輝選了再來一個回合嗎？」

餐廳裡學生多、孩子多、訓孩子的家長多，周圍嘈雜一片，像他們這樣對面坐著的人裡，恐怕也只有她能用低低的聲音和對面的人說悄悄話了。

沈易準確無誤地在蘇棠的唇形變化間讀出了這句鄰桌根本聽不見的話，有點無奈地笑笑，輕輕點頭。

蘇棠抿了下沾著一層薄薄油膩的嘴唇，轉眼看了看用餐高峰期餐廳裡越來越多的客人，轉手把那塊還很完整的炸雞放回了桶裡。

「這裡小孩子太多，罵人不太方便，咱們換個地方再說吧。」

蘇棠想罵誰，沈易不問也知道。

沈易笑著點頭表示同意的時候，大概是猜她要換到附近相對冷清的咖啡館，或者乾脆換去他的車裡，所以被蘇棠直接帶去馬路對面的城市中心廣場，看著蘇棠在噴泉池邊空闊的臺階上一屁股坐下來的時候，沈易呆了一下。

蘇棠把始終沒有離手的全家桶放到身邊一側，在另一側的大理石階上拍了拍，示意沈易坐下來。

「這個時間大家都在吃飯呢，這裡人少，說話比較方便。」

蘇棠說著，從桶裡把出來之前順手放進去的那塊吮指原味雞拎了出來，迎著秋天傍晚不冷不熱的微風，衝著沈易瞇眼一笑，「而且等我說我不介意辭職的時候，你想抱我還是想吻我也會比較方便。」

沈易點頭笑笑，表示接受蘇棠這個還算有點歪理的主意，垂手解開了西裝外套的扣子。

沈易在美國長大，一些禮節習慣裡有很多西方人的痕跡，比如穿西裝的時候，坐下來之前一定會把扣子解開，站起來的時候再重新扣上。

他解扣子的時候蘇棠沒有在意，直到看著他解完扣子把西裝脫了下來，蘇棠才愣了一下。

十月初的天還不算太涼，走這麼一路蘇棠隱隱有點出汗，但還不覺得有熱到需要脫一層衣服的地步。

沈易一手拿著脫下的上衣，一手掌心向上揚了揚，示意蘇棠站起來。

「怎麼了？」

沈易溫然微笑，又重複了一遍這個動作。

蘇棠怔怔地站起身來，眼看著沈易把手裡的西裝折了兩下，彎腰放在她剛才坐過的那片大理石階上。

沈易又笑著對她做了個請坐的手勢。

蘇棠這才反應過來他是要拿自己的衣服給她當坐墊。

沈易的出發點是好的，但這個行為實在有點暴殄天物……。

蘇棠連連搖頭，「別別別……地上不涼，真的，你坐下就知道了。」

沈易執拗地攔住蘇棠要去拾起衣服的手，指指被衣服鋪墊著的石階，又拍拍自己的腿，表示多給她一個選項。

蘇棠的目光在二者之間簡短地徘徊了一番，像是想清楚了什麼。

「那我還是坐你的衣服吧。」

沈易剛把安心的笑意牽上唇角，就眼睜睜看著蘇棠又說了一句。

「從壓力強度等於壓力除以接觸面積的角度來說，我坐在你的腿上對我們兩個都是一種折磨。」

「……」

沈易糾著眉頭低頭看了看自己那雙筆直勻稱的長腿，抬起頭來的時候正迎上一個帶著濃濃炸雞香味的吻。

蘇棠看著被她吻愣的人發笑，「從心理的角度來說也是。」

不過是一件衣服，和他溫柔細緻的體貼比起來，算得了什麼天物？

沈易輕笑著點頭，看著蘇棠坦坦然地在他鋪好的衣服上坐了下來。

沒有桌子不便寫字，沈易在蘇棠身邊的石階上坐下之後就把手機拿了出來，蘇棠一邊繼續啃手裡的炸雞，一邊看他打字。

——怎樣才可以等到妳說不介意？

蘇棠咽下嘴裡的東西，偏過頭去盡可能用正臉對著他，清楚地問，「你先告訴我，陳國輝又幹什麼了？」

——昨晚沈妍的未婚夫去公司找過我。

沈易只打了這麼一句就停了手，抬頭看向蘇棠，似乎是覺得話止於此就足夠回答她的疑問了。

蘇棠發愣，「然後呢？」

——他覺得我欺負了沈妍，應該向她道歉。

沈易很流暢地打完這句，猶豫了一下，又抿著一點淡淡的苦笑刪掉了句尾的「道歉」，重新打上了「賠錢」二字。

蘇棠看得挑起了眉毛。

且不說那天的事到底算是誰欺負誰，那天距離現在已經有一個多禮拜了，現在才想到要替未婚妻出頭，蘇棠不禁猜測他是怎麼想起來的。

「他這是看到媒體對你的報導，知道你有錢，專門來敲詐你的吧？」

沈易淺淺地苦笑，很乾脆地搖頭。

蘇棠看著他以近乎於一般語速的打字速度敲下一段話。

——他去找我應該只是為了找麻煩。他開口向我要三十萬，我答應了，他又突然翻臉說我羞辱他，和我糾纏了十幾分鐘，最後沒有再提錢的事就走了。他是做建材生意的，今天華正集團的一個專案公布招標結果，他的公司中了一個很大的標。

蘇棠看得擰起了眉頭，心裡有點說不出的不安。

她對錢的事一向不是很敏感，不過用一個標案換沈易一個心神不寧，她總覺得陳國輝做了樁不太划算的買賣。

蘇棠仔細看了兩遍沈易打在手機上的話，抬起頭來，「他糾纏了你十幾分鐘，除了說要錢和說你羞辱他之外，應該還說了些別的什麼吧？」

沈易有點為難地笑笑。

——我們公司的門禁很嚴格，我們是在公司大門外的人行道上見面的，燈光有點暗，他激動起來說話很快，我沒有看清楚，大概是在罵我。

蘇棠狠愣了一下，「你一個人去見他的？」

沈易似乎一時沒有反應過來蘇棠怎麼會有這樣一問，被噴泉池中投射出的香檳色光線映照著，滿臉都是金燦燦的困惑，還是點了點頭。

「他不是在你上班的時候去找你的嗎，秦靜瑤呢？」

上次聽沈妍那樣罵了幾句她都覺得刺耳得想跟她拼命，天曉得他一個人是怎麼站在把路邊上被人罵了十幾分鐘……。

沈易大概是會意到了蘇棠責備裡的心疼，抿起一點笑意，張手擁過蘇棠的肩，在她肩頭上輕撫了幾下以示安慰。

——這是我的私事，沒有麻煩她。

沈易的微笑被燈光映得很明朗，很坦蕩。

蘇棠不得不承認，沈易與秦靜瑤之間的公私分明真的不是隨便說說而已的，從她認識沈易以來，無論是多麼需要一位能說明他無障礙表達的人的時候，只要與工作無關，沈易就沒有聯繫過秦靜瑤。

沈易有沈易的原則，蘇棠不願隨意攪擾。

蘇棠抿了抿唇，「除了這個，陳國輝還幹什麼了？」

沈易微怔了一下，乾淨的眉眼裡掠過些許沒來得及遮掩的詫異。

「這樣看著我幹嘛？」蘇棠好氣又好笑，「肯定還有別的事，之前每次陳國輝找你的麻煩，我想辭職，你都不讓我辭，這次突然主動提出要我辭職，不可能只是因為這個。」

沈易的苦笑裡說不出是贊許多一點還是無奈多一點，擁著蘇棠的肩膀，像小學老師蓋好寶寶章一樣在她額頭上實實地落下一個吻。

然後一鍵退回到手機的主介面上，點開信箱，點進一封已查收過的電子郵件，把手機遞給蘇棠。

蘇棠放下手裡的炸雞，拿紙巾擦了擦指尖的油膩，接過沈易的手機，一眼落在格外顯眼的郵件內容上，狠狠一愣。

郵件的發送時間是今天上午十點多，寄件者被沈易備註過，即便沈易沒有備註，蘇棠也認得出來，這是陳國輝的辦公 e-mail。

郵件正文裡沒有一個字，只有幾張照片。

照片的內容是她那份以培訓的名義被集團人事部門調走的檔案。

蘇棠無聲地嘆了口氣。

她的直覺雖然不如沈易的值錢，但多少還是有點準頭的。

「這個我知道。」

蘇棠無奈卻踏實地笑笑，把手機遞還給沈易。

世上最可怕的東西莫過於未知，無論是多麼大的事，只要是捅破了那層窗戶紙，那就不過是一堆待解決的麻煩罷了。

蘇棠從來不怕解決麻煩。

「公司人事部門的同事跟我說了，我和另外幾個同批被錄取進華正的新人的人事檔案都被集團調走了，就在他們連假緊急加班的時候，說是要讓我們參加什麼培訓，我就覺得肯定不是那麼回事。」

沈易擁在她肩上的手微微緊了些，像是要用自己的懷抱把她保護在一切不快的事情之外。

沈易接過手機，點回到備忘錄的介面裡，在剛才打出來的話下面繼續單手打字，指尖點在觸控式螢幕上，莫名的有些沉重。

——我不知道他準備利用妳的人事檔案做些什麼，但是一定是一些對妳非常不好的事。對不起，我一直覺得他的目的就是解決華正集團的問題，沒有想到他會為了這件事做到這一步，我不應該一直勸妳留在華正。

蘇棠笑笑，伸手在他的腿上拍了拍，「你勸我是你的事，我聽你的勸是我的事，留在華正是我自己樂意的，不怪你……不過我得告訴你，就算我早就想辭職了，我也沒想到陳國輝會在這個時候做這件事。」

蘇棠把「這個時候」這四個字說得格外慢，沈易微怔了一下，把目光裡沉沉的自責怔得淺淡了些。

——這個時候？

風是從對面吹過來的，蘇棠為讓沈易讀清她的唇形，側過頭來看他，風把她耳邊的碎髮吹到了臉頰上，蘇棠抬手掠了掠，不經意的在話裡添了點額外的嚴肅。

「沈易，你聽說過一句話，叫做以眼還眼以牙還牙嗎？」

沈易點點頭。

蘇棠定定地看著這個還沒徹底從自責中解脫出來的人，「你先別急著擔心我，你好好想想，陳國輝發這封郵件給你，會不會和你透過媒體傳給他的開記者會的消息是同一件事啊？」

※

沈易的表情告訴蘇棠，他在收到這封郵件之後真的一直在專心地擔心她，根本沒有空往這上面想。

沈易在突如其來的驚訝之下愣得有點傻乎乎的，扶在她肩上的手也僵了一僵，蘇棠笑著把臉挨到他肩頭，在他質地精良的襯衫上輕輕地蹭了蹭，才抬起頭來對他說話。

「我現在就在你眼皮底下，誰也欺負不了我，你安心想想陳國輝做的這些事，你就不覺得哪裡怪怪的嗎？」

沈易眉目裡的自責終於全都變成了認真的困惑，皺起眉頭，輕輕滑下扶在她肩上的手，把身子又朝她的方向擰轉了幾度，兩手握著手機，只打下一個字。

——怪？

「怎麼說呢……」

蘇棠輕咬著嘴唇斟酌了一下，「我覺得陳國輝的這個結構蓋得不太合理。」

蘇棠斟酌出來的這句話多少帶著點沈易的專業以外的技術性，沈易微怔了一下，搖頭以示不解。

蘇棠換了個具體一點的說法，「就好比說，按他之前蓋結構的規律看，他是想蓋一棟高高細細的大樓，所以就一直往上蓋蓋蓋……進度也很穩定，結果蓋到今天，突然從直著往上蓋改成往四面八方橫著蓋了，一下子蓋成了一朵蘑菇。」

沈易愣愣地看著她，臉上的困惑不但沒見淺，還成倍地加深了。

沈易似乎是擔心自己沒有讀清她的話，低頭把最值得猶豫的兩個字敲在了手機上。

——蘑菇？

蘇棠一時也想不出自己腦海裡的那一團想法該怎麼簡短表達明白，不由自主地把目光投到了腳下的臺階上，張開五指攪進自己的頭髮裡揉了幾下，還沒等想出個所以然來，手臂就被沈易輕輕地碰了碰。

沈易又把手機遞了過來。

——哪種蘑菇？

沈易的神情很認真，認真裡還帶著一點緊張，好像唯恐自己的愚鈍會把她的耐心消磨乾淨。

蘇棠也覺得自己的這個比喻有點太過生動了，剛想讓他把蘑菇忘了，就見沈易主動地把思緒發散開來，並透過指尖的躍動表達在了手機上。

——香菇，秀珍菇，杏鮑菇，金針菇

蘇棠一手捂在手機螢幕上，及時攔住了他漸行漸遠的思路。

「還是這麼說吧……」蘇棠哭笑不得地嘆了口氣，換了個不夠簡明卻夠平實的說法，「我覺得陳國輝這一次威脅你的方法，和他之前威脅你的那些方法不太一樣，放在一起比較起來就覺得有點不協調。」

沈易淺淺地蹙著眉頭，若有所思。

蘇棠不等他的思路再跑到什麼難以追回的方向去，主動帶路，「陳國輝第一次找你為他辦事，你拒絕了，他的反應是什麼？等。」

沈易點點頭表示贊同。

「等到你發推薦信過去，他以為你答應了，結果你還是不搭理他，他的反應是什麼？」蘇棠又自問自答，「試著從秦靜瑤那裡找突破口。」

沈易又點點頭。

「照你說的，秦靜瑤知道你的態度，找她來勸你這件事是行不通的，但是陳國輝還是需要找個方法來辦他的事，所以他又想到在你家裡挑撥矛盾，威脅你，你不但沒答應他，還讓他瞎忙了一個多禮拜。」

蘇棠說完，正式留給沈易一個問題，「然後陳國輝是什麼反應呢？」

沈易似乎是被自己剛才的愚鈍打擊了一下，稍猶豫了片刻才低頭作答，打字的速度明顯慢了許多。

——他讓沈妍的未婚夫去找我的麻煩，然後拿妳來威脅我。

蘇棠乾脆地搖頭，一句話否定了他的回答，「不是然後。」

沈易又愣了回去。

「他是在你還沒有開記者會之前就把我檔案調走了，也就是說，他早就準備拿我來威脅你了，只是用什麼方法來威脅的問題。」

蘇棠頓了頓，又丟給他一個問題，「拿我來威脅你，肯定比讓人去你公司門口罵你一通更有效，既然拿我來威脅你這一招既有效又便宜，陳國輝為什麼還要賠上一個大標案來給你多添這麼一小點麻煩呢？」

眼見著沈易皺起的眉心微微一動，蘇棠放心地加了幾句。

「還有，華正費了那麼大的勁把趙昌傑風風光光地挖過來當高級財務顧問，結果陳國輝還是盯著你不放，那聘用趙昌傑幹嘛，就為了擺著好看……」

蘇棠話沒說完，突然覺得背後有點異樣的響動，一驚之下下意識地轉頭去看，正見一隻髒兮兮的狗在扒拉她套在全家桶外面的塑膠袋。

「哎哎哎——」蘇棠趕忙擰過身去把桶抱起來。

是幾個月大的小狗，全身的白毛髒兮兮的，有點瘦，一條後腿還有點跛，不像是有主人餵養的樣子，看著蘇棠把香味的源頭拿走，狗既不撲過來搶，也不轉頭離開，就往地上一坐，吐著舌頭巴巴地望著蘇棠。

蘇棠頓時心軟了。

認識沈易之後，她越來越看不得乖順的活物用這種可憐巴巴的眼神望著她了……。

「說好了，只有一塊啊。」

蘇棠說著，伸手解開綁緊的塑膠袋口，從桶裡把自己剛才啃了幾口的那塊拿了出來，用紙巾墊著放到往稍遠些的地方。

狗立刻撲了過去，叼起來就跑遠了。

蘇棠笑笑，把紙巾撿回來，起身丟到不遠處的垃圾桶裡，回來的時候就發現沈易正在直直地看著她，一張被噴泉池燈照亮的臉上鋪滿了難以置信。

蘇棠一愣之間突然意識到一件事。

她不給他吃，卻給狗吃……。

蘇棠抿抿嘴坐下來，伸手又從桶裡拿出一塊碩大的吮指原味雞，努力地展開一個很公允的笑容，遞到沈易面前，「也給你一塊。」

「……」

沈易捏著手機在接與不接之間猶豫了一下，還是把手機放進了口袋裡，抬手接了過來。

沈易剛接到手裡，又轉手放回了桶裡。

蘇棠一愣，就見他拎著塑膠袋把整個桶從她懷裡一把拎了起來，蘇棠剛要抗議他的得寸進尺，沈易就把手裡東西放到了一旁，一手擁蘇棠入懷，一手撫上她的臉頰，深深地吻了下去。

沈易的情緒有些莫名的激動，又有些莫名的低落，吻得格外熱烈，蘇棠被他吻得幾乎喘不過氣來。

沈易剛一鬆口，蘇棠就握起拳頭往他肩上砸了一下。

「你……你要殺人啊！」

沈易張手擁住她的肩頸，又一次擁她入懷，低頭把臉埋在她的側頸，好像是受了什麼莫大的委屈，想要在她這裡尋求一點安慰。

蘇棠有點懵。

為了一隻狗，一塊肉，不至於吧……。

蘇棠抬手順了順他的背脊，隔著單薄的襯衫摸到一層薄薄的冷汗。

「怎麼了？」蘇棠嚇了一跳，忙扳著他的肩膀讓他抬起頭來。

也許是因為剛才的深吻，沈易雙唇微紅，臉頰上卻是一片淡白，從噴泉池中投來的光線也無力調和這種由內而生的黯淡，蘇棠看得心慌。

「是不是……」蘇棠有點緊張地看著他，「我有什麼地方說的不對啊？」

沈易笑得很勉強，輕輕搖頭。

「我都是胡亂猜的，你也別太當一回事……也可能陳國輝就是被你氣胡塗了，有什麼陰損的招就一股腦地全用上了呢。」

沈易深深地搖頭。

沈易低頭把手機拿出來，薄唇微微繃著，在入夜之初的輕風裡俐落地打字。

——妳說得非常對，但是陳國輝並沒有亂蓋結構，只是妳和他執行的並不是同一套驗算標準。

蘇棠發愣，這話沈易雖然是用土木行裡話的來表達的，她還是不大明白。

陳國輝折騰這麼多事，無非是為了迫使沈易答應幫他解決華正集團目前的問題。

除此以外，還能有什麼標準？

沈易沒有抬頭，又打下幾句。

——他設計的結構非常科學，也非常穩定，而且一直是在按照同一張圖紙施工，應該只差很小的一步就可以竣工了。

沈易的神情已經恢復了原有的平和，字裡行間又是一片沈易式的溫柔大度，還夾雜著星星點點的讚嘆，蘇棠恍惚之間幾乎要懷疑陳國輝其實是在做一件她一時半會沒法理解的好事了。

沈易打完這幾句褒貶義不明的話之後，抬眼深深地看了看蘇棠，又垂下眼睫慢慢地敲下一行字。

——我沒有想到妳會為我記住這些事，謝謝妳。

蘇棠湊過去在他半沉下來的眼瞼上輕啄了一下，眼部細膩敏感的肌膚受不住這樣的刺激，沈易下意識地眨了下眼睛，細密的睫毛掃過蘇棠柔嫩的嘴唇，在蘇棠心裡撩起一絲綿柔的輕癢。

這雙被她安撫過的眼眸裡頓時聚起了濃郁的笑意，蘇棠輕撫他笑起來微微收緊的眼角，半真半假的嘆氣，「我也沒想到，不知道怎麼就記住了。」

沈易笑得濃濃的，蘇棠莫名的覺得他很甜，倒不是他笑得有多甜，而是他不知道在想些什麼，以至於他整個人看起來都帶著一種柔軟的甜味，配著他雪白的襯衫，像足了一塊將化未化的牛奶糖。

沈易就這樣甜甜地低下頭去，甜甜地在手機上打下一句話。

——可以再請妳幫我一個忙嗎？

蘇棠想也沒想，問也不問，「可以。」

沈易眼中的笑意幾乎蔓延到了全身。

蘇棠突然覺得自己這樣爽快的回答好像顯得有點沒原則，忙挺起胸脯，一本正經地改口，「可以考慮。」

沈易也不介意她的出爾反爾，把有些氾濫的笑意鎖回到眉眼裡，微垂眼睫，認真地打下一句請求。

——暫時不要辭職，可以嗎？

蘇棠狠愣了一下，「啊？」

八點整，噴泉池中柔和的燈光驟然大亮，水柱伴著《命運交響曲》喪心病狂的前奏突然噴湧而出，把蘇棠這聲呆呆的反問沖得一乾二淨。

蘇棠嚇了一跳，轉頭看了一眼隨樂聲起起伏伏的水柱，驚魂未定地轉回頭來的時候，沈易還在專注地看著她。

突然亮了幾度的燈光落在他深而清透的眼睛裡，隨著噴泉水的起伏而形成浮動的流光。

蘇棠恍惚間有種錯覺，好像整個廣場中最耀眼的一點就在她的眼前。

蘇棠一時無話。

沈易垂下目光。

——別怕，我會保護妳。

CHAPITRE 9　我討厭所有討厭你的人

「沈易已經毫不猶豫地相信了她，正在擔心她願不願意給他同樣的信任。
蘇棠抬起手來，用他最熟悉的表達方式回答他。」

蘇棠不由自主地笑起來。

有這個人在，她有什麼好怕的？

「我不怕，」蘇棠微微仰頭，和那雙亮閃閃的眼睛對視，看著有幸印在這雙瞳仁裡的自己的影子，「不過，我不辭職，能幫你什麼？」

沈易安然地微笑，低頭看看顯示在手機螢幕最上端的時間，把目光向下微微移了移，打下一行字。

——可以先送我去上班嗎，我在車上告訴妳。

「好。」

蘇棠站起來，把墊在自己屁股下面坐了許久的衣服拿起來抖了抖，拂了拂黏在上面的薄塵，又抹了抹被她壓出來的輕褶，才遞還給沈易。

沈易接過衣服搭到臂彎間，抿著一點有些雀躍的笑意，在把手機收回口袋裡之前又敲下一句話，遞到蘇棠面前。

——這是它享受過的最溫柔的一次乾洗服務。

蘇棠看得好笑，拎起綁好塑膠袋口的全家桶在他眼前晃了晃，「也是最便宜的一次。」

徐超把車停在KFC附近的停車場裡，兩人過去的時候徐超已經在附近吃完飯等在車裡了，眼看著蘇棠抱著一個桶上車來，徐超眼睛都瞪圓了。

「蘇姐，妳這食量跟一隻緝毒犬差不多了啊！」

蘇棠黑著臉用膝蓋狠頂了一下駕駛座靠背，徐超嘿嘿地笑起來，轉臉朝前，一邊發動車，一邊補了一句。

「沈哥跟妳在一起肯定特別有安全感！」

「……」

沈易聽不見徐超說的什麼，依然滿臉安樂祥和地坐在一旁，蘇棠正想著要不要趁現在還沒開出停車場趕緊掐一掐徐超的脖子，沈易就微笑著把手機遞了過來。

螢幕上顯示著幾句他剛剛打好的話。

——我來告訴妳陳國輝蓋的結構是什麼樣的，不過我們只能打字，妳不要出聲說話，可以嗎？

蘇棠看得一愣。

她出聲說話，除了她自己之外，能聽到的人就只有徐超了。

蘇棠不禁抬頭向駕駛座看了一眼。

她坐在駕駛座的正後方，這樣看過去就只能看到徐超的一點影子。

蘇棠微微收緊了眉頭，接過沈易的手機，在他的話後面跟了一句問話。

——這件事和徐超也有關係嗎？

沈易忙笑著搖搖頭，在她肩上輕撫了兩下以示安慰，拿回手機，輕快地打字。

——他很直率，總是把心裡的想法表現在臉上，有些事情現在還不合適告訴他。

蘇棠突然想起徐超在她公司門口時候的那個模樣，不禁抿著嘴笑著點點頭，以示贊同。

沈易又在後面添了些字。

——妳也很直率，但是我需要妳的說明，就應該把所有的事情都告訴妳。

蘇棠笑著拿過他似乎沒想現在就遞給她的手機，迅速地打了些字，遞還給他。

——這種心態叫做「疑人不用，用人不疑」，咱們老祖宗把它歸為大將風度的一種。

沈易看得笑起來，很受用地點點頭，然後倚在座椅靠背上，微垂下還帶著柔和笑意的目光，極快地打了一段字。

——從我們的視角來看，陳國輝蓋的結構確實是妳說的那樣，但事實上這個所謂的結構只不過是蓋給我看的一個外殼，裡面才是真正實現最終價值的耐重結構，他騙過了我，卻沒有騙過妳。

蘇棠是靠在他肩頭看著他打下來的，他的手指一停，轉過頭來看她，蘇棠下意識地想要開口，一個音節還沒來得及發出來，沈易就牽著一道薄薄的笑容用一個吻把她的聲音攔了回去。

蘇棠抿抿嘴，不好意思地吐吐舌頭。

蘇棠把剛才幾乎脫口而出的疑問化成了一個簡單的動作，伸手在沈易打在手機螢幕上的「耐重結構」一詞上指了指，然後在一旁比劃了一個小小的問號。

沈易會意地點頭笑笑。

——可能是在我第一次拒絕他之後，他就不再把希望放在我的身上了。

沈易的回答似乎有些答非所問，蘇棠愣了愣，又見沈易接著打起字來。

——有一件事妳很早就提醒過我，是我沒有認真考慮，否則這件事還可以用比較溫和的方式來解決。

沈易的手指稍稍停頓了一下，不等蘇棠問，就抿著一點微苦的笑意打了下來。

——妳提醒過我，不應該太相信秦靜瑤。

沈易從螢幕間抬起的目光裡掠過一抹淺淺的低落，蘇棠突然想起他之前黯淡的臉色，莫名的委屈，還有背脊上那層薄薄的冷汗，心裡狠狠揪了一下。

突如其來的心疼激得蘇棠恍然反應過來一件事。

蘇棠趕忙接過手機。

——陳國輝不是找秦靜瑤勸你，是找秦靜瑤來代替你幫他辦事？

沈易有些黯淡的眼眸裡驀然浮出一片驚喜，贊許地點頭。

沈易依然很有溫度地笑著，蘇棠很難想像，他突然想通這件事時心裡一下子涼成了什麼樣。

蘇棠很想倒退到十幾二十分鐘之前，給他一個安慰的吻，一個更結實的擁抱。

蘇棠微抿著嘴唇，不太死心地打下疑問。

——你怎麼突然懷疑起秦靜瑤了？

現在她倒寧願自己以前的懷疑都是多心之舉。

沈易小心地收起所有負面的情緒，安然作答。

——妳剛才又提醒了我一次。

蘇棠一愣，她怎麼不記得自己剛才什麼時候提過秦靜瑤的名字？

蘇棠還沒愣完，沈易已把第二句話打完了。

——妳剛才沒有來得及把話說完就突然去餵狗了。

蘇棠愣得更厲害了。

她現在說不出什麼秦靜瑤的好話，但也不覺得秦靜瑤和狗有什麼關係。

沈易沒有抬頭，繼續在螢幕鍵盤上迅速地點擊著。

——我想起來，昨晚沈妍的未婚夫來找我，也許只是為了讓我在上班的時間從辦公室裡離開一陣。

蘇棠微怔，如果只為了這個目的，沈妍未婚夫那先要錢又不要錢的古怪態度就可以說得通了。他提出的幾十萬賠款的要求不過是一個糾纏沈易的藉口，沒想到沈易會痛痛快快地答應他的要求，就只能另找理由來糾纏了。

這一點蘇棠想得明白，但不代表她能把這些事一股腦地全想明白。

蘇棠用一句很簡單的手語問沈易。

——為什麼這樣做？

沈易打字回答。

——他來找我的時候我正在工作，他在公司門口鬧得很厲害，警衛找我找得很急，我來不及關電腦就出去了。

沈易打完這些話，抬頭看了看蘇棠，蘇棠還是一臉困惑地搖了搖頭，不等她說哪裡不明白，沈易已經會意地答了起來。

——秦靜瑤沒有做這種操作的權限，也沒有把這種事做到讓相關部門完全看不出任何問題的把握，她需要使用我的工作帳戶，在我的辦公電腦上操作。

沈易的手指微微一頓，接著打下一句把蘇棠看得禁不住倒吸冷氣的話。

——然後由我來承擔一切責任。

蘇棠急忙把手機拿過來，急得手指都有點不聽使喚了，打錯了幾個拼音才把整個句子打完。

——她昨天晚上已經做了？

沈易連忙搖搖頭，擁過她的肩，讓她挨近自己的胸膛，一手在她手臂上輕輕安撫，一手拿過手機。

——應該只是盜取了我的工作帳戶和電腦的密碼。

沈易安然地打完這句絲毫沒讓蘇棠覺得有所安慰的話，又安然補上了幾句解釋。

——華正的股票只能在國內市場的交易時間內才可以操作，我偶爾也會接一些這方面的工作，她必須要等到我在辦公室裡做這些工作的日子裡進行操作，才能完全栽贓到我的身上。

蘇棠那顆差點從喉嚨裡跳出來的心臟被沈易胸膛傳來的溫度安撫了回去，蘇棠無聲地鬆了口氣，把手機從沈易手裡接過來。

——陳國輝給你找這麼多的麻煩，是要吸引你的注意力，幫秦靜瑤拖延時間，等機會？

沈易在她額頭上輕吻了一下，以示讚賞，又把手機拿了回來。

——還有一件事妳也說得很對，陳國輝花很大的代價把趙昌傑高調聘來華正，確實是為了擺著看的。

蘇棠一愣，在沈易有些複雜的微笑裡恍然反應過來。

沈易像是一眼看進了她的腦子裡。

——對，是給秦靜瑤看的。

沈易對她笑笑以示表揚之後，繼續飛快地打字。

——秦靜瑤也是非常謹慎的人，陳國輝一定要給她很可靠的保障，才能讓她放心去做這樣冒險的事。陳國輝在用趙昌傑的事情證明給她看，就算她因為幫他辦事而惹上麻煩，他也有能力保全她。

蘇棠皺起眉頭，用簡短的手語發問。

——為了錢？

沈易沒點頭也沒搖頭。

——你問過我，秦靜瑤和趙昌傑為什麼會協議離婚。這是他們的私事，我沒有問過，我現在猜，他們是在盡可能地規避風險。

也許是因為擔心到公司之前不能把該說的事情都說完，沈易打字的速度已經快過了蘇棠的閱讀速度，沈易打完這幾行，稍稍停了停，給蘇棠留了一點消化時間，才又繼續飛快地打下去。

——陳國輝一定很早就把趙昌傑在美國做的那些事摸清楚了，然後拿來威脅秦靜瑤，暫時的離婚是幫秦靜瑤解除這種威脅的一種方式，但是趙昌傑也許就是因為這個才會情緒波動過大，在操作上出了明顯的漏洞，被美國方面發現了那些違規操作，反而給了陳國輝束縛他們的機會。

沈易的字裡行間透著一種很大度的遺憾，蘇棠有點想跟他講一句叫做「不做就不會死」的至理名言，還是忍住了。

蘇棠接過手機，問了句不太夾帶私人情緒的話。

——陳國輝為什麼不直接找趙昌傑辦他的事？

沈易輕輕搖頭。

——趙昌傑有一定的經驗，有膽量也很果斷，但是不夠細心，如果我是陳國輝，我也不會選他來做這麼危險的事。

想起趙昌傑還在大廳電梯口那種人來人往的地方找她麻煩，蘇棠不禁覺得，陳國輝的心術雖然歪，看人的眼光還是不賴的。

蘇棠迅速地掃了一遍沈易剛才打在手機上的所有話，琢磨了一下，得出一個不太確定的答案。

——你要我暫時留在華正，是不是想讓我幫你穩住陳國輝，讓他暫時不去想別的陰損招數找你麻煩？

沈易輕輕點頭，有些不安地看著蘇棠。

蘇棠明白他擔心的什麼。

這無異於讓她去當箭靶，把陳國輝那些用於折磨沈易精神的火力全集中在她的身上，她不可避免地要受點委屈，但這樣一來，沈易就不用再提心吊膽地猜測下一個因為他而受到陳國輝打擾的人是誰了。

做這樣的決定就像是在四面受敵的時候決定誰是和你背靠背作戰的那個人一樣，需要用上百分之兩百的信任。沈易已經毫不猶豫地相信了她，正在擔心她願不願意給他同樣的信任。

蘇棠抬起手來，用他最熟悉的表達方式回答他。

——我願意。

※

剩餘的十幾分鐘車程裡，沈易又細細地囑咐了她一些需要留心的事，車停到沈易公司門口的時候，蘇棠撲過去給了他一個結結實實的擁抱。

沈易柔和地笑笑，低頭在她左邊耳垂上輕吻，溫軟的鼻息拂過她的側頸，不聲不響地吹散了蘇棠所有的緊張與不安。

蘇棠明白，他是在對她說那句他們約好的情話。

──我知道妳愛我，我也愛妳。

沈易剛要開門下車，突然像是想起了些什麼，已經摸到車門把手的手又縮了回來，從公事包裡翻出那張他只寫了兩行字的便條紙，輕輕對折了一下，交到蘇棠手中。

蘇棠一愣，對上沈易有些無奈的微笑，突然反應過來。

蘇棠只動口不出聲地問他，「擔心被秦靜瑤看到，我幫你把它收起來，是嗎？」

沈易輕輕點頭。

蘇棠感覺得到他想在道別之前對她認真地笑一下，但是笑容浮在他血色淺淡的臉上，依然有些單薄。

一想到他在接下來的幾個小時裡要更加努力地在一個卯著勁想要害他的人面前保持這樣溫柔的微笑，蘇棠就恨不得立刻跳下車，衝進這棟辦公樓，站到那個人的面前，狠狠摑她一巴掌。

法律可以懲罰一切惡意損害他人財物的行為，沈易的每一點笑意都是她的心愛之物，現在秦靜瑤這樣糟蹋著她最心愛的東西，她卻沒有地方可以講理。

蘇棠心疼得鼻尖發酸，眼前蒙起了一層薄薄的水霧。

「沈易，我們回家吧……」

蘇棠不由自主地喃喃出聲，毫無底氣的聲音通過顱骨傳到自己耳中，蘇棠突然覺得自己幼稚得可笑。物競天擇，適者生存，這是亙古不變的現實，沈易正在積極努力地和一切想要把他淘汰出局的人鬥爭，她還沒能幫上他的忙，就想要幫他打退堂鼓了。

車裡光線有些暗，蘇棠說得模糊，沈易沒有看清她的唇形，眉頭輕輕蹙起來，有些困惑地看著她，伸手輕撫上她的唇角。

順著他指腹緩緩滑過留下的溫暖痕跡，蘇棠努力地揚起嘴角，「我該回家了，你快去上班吧，後天就是週末了。」

也許是被這個很愉快的時間提醒攪和了一下，沈易沒有在意蘇棠前後兩次開口之間情緒的明顯不同，只是微笑著點點頭，遞來一個道別的輕吻。

沈易下車之後沒有立刻進公司，而是站在大門口目送徐超再次把車開回車道上。

蘇棠隔著後擋風玻璃看著，直到被後面跟上來的車擋住視線之前，一直可以看到沈易挺拔地站在那裡，目光始終追著在這輛車上，好像這個鐵皮的四輪機器帶走了他極難割捨的東西。

徐超在後視鏡裡瞄見蘇棠直直地看著後面，不禁笑起來，「蘇姐，沈哥要是知道妳現在還在看他，肯定會開心到明天早上。」

蘇棠窘了一下，扭過頭來對著駕駛座的靠背拍了一巴掌。

「再拿我尋開心，以後到我家來就只給你喝白開水啊！」

「真的！」徐超認真地看著前面的路，聲音裡帶著使壞的時候依然憨厚的笑意，「妳不知道，沈哥老是怕我早晨四點多鐘的時候開車精神不好，我接他下班的時候他都是坐在副駕駛座上，我每次都看見他捧著手機看妳的照片，一看就是很想妳。」

蘇棠被這句「很想妳」說紅了臉，隔著一個厚實的靠背對徐超的後脊樑發狠，「你再胡說八道我踹你了啊！」

「我說的都是實話。」徐超小心地開過一個路口，「嘿嘿」地笑著，「我還問沈哥，幹嘛不學學電視上演的那樣，接妳下班，請妳吃飯，帶妳逛街什麼的，一個禮拜只見妳一次，不會想得難受嗎……妳猜他是怎麼說的？」

徐超問完，還真就收住了話音，好像真要等著蘇棠來猜。

徐超不但臉上藏不住事，聲音裡也藏不住事，蘇棠一聽就知道徐超又要開她玩笑，好氣又好笑地噎他，「你又不懂手語，他肯定是打字說的。」

也許是覺得自己那個「說」字用得不大合適，徐超笑得有點不好意思，再開口時莫名的正經了許多。

「沈哥怕自己找妳找得太勤了，妳會覺得他煩。」

蘇棠聽得一愣，徐超又一本正經地開了口。

「蘇姐，妳是不是在教沈哥說話啊？」

蘇棠愣得更狠了，「我教他說話？」

「他出差回來那天我去機場接他，他一上車就睡著了，睡著睡著突然開口說話了，嚇了我一跳……」

蘇棠也嚇得不清，背脊一下子繃了起來，「他說什麼了？」

「他說得很模糊，我也沒聽出來……」

蘇棠剛想問徐超是不是又存心逗她，就聽徐超緊接著認真地說，「不過我覺得有一個音聽著很像妳名字裡的那個『棠』，他還說了好幾次，我印象特別深。」

蘇棠呆愣了一下，旋即淡淡地苦笑，「他是不是胃疼了，喊疼呢？」

「疼」和「棠」，用沈易極模糊的發音說出來大概沒有什麼區別。

徐超愣了愣，好像之前壓根就沒想過這事，好一陣才應聲，「有可能。」

沈易起碼是說過一兩年話的，三歲的孩子肯定已經知道喊疼了，就算這麼多年沒有說過話，沈易的發聲器官都是完好的，累極之後在睡夢裡無意識地嘟囔幾句平日裡忍著不願表達的話，應該也是很正常的事。

蘇棠正疼惜地想著那個聲音永遠停留在了三歲的人，徐超又開了口。

「蘇姐……」徐超猶豫過了一個路口，才認真地說了一句不搭前言卻像是話裡有話的話，「沈哥挺不容易的。」

蘇棠突然明白徐超今晚是哪來的這麼多話了。

「你別跟著他瞎猜。」蘇棠好氣又好笑地輕責了他一句，無聲地嘆了口氣，「我不會拿說話的事難為他，更不會因為這個覺得他煩，他會我不會的東西多著呢，他不覺得我煩我就謝天謝地了……下次再看見他想我想得不行，你就偷偷告訴我，他不來找我，我就去找他。」

「好的！」

蘇棠睡前洗澡的時候就有種不祥的預感。

她今晚要失眠了。

結果她還真就失眠了。

寂靜的深夜像一大桶石油一樣，原本只是星星點點的擔心掉落在裡面，一下子就燃成了熊熊火海。

沈易的心思細，心事重，同樣的事藏在她的心裡尚且這樣折磨，十倍百倍放大之後塞進他的心裡，難以想像是什麼樣的煎熬。

蘇棠睡不著，索性轉開床頭燈，抱著手機翻看沈易的照片。

他那張被她的同事們當成最帥快遞的照片。

他剛剛醒來睡意朦朧的照片。

他故意擺拍誘惑她的照片。

他被她硬拉到客廳沙發上合影的照片。

還有他開新書記者會時她裝作陌生圍觀路人拍下的照片……。

平面的影像終究沒有沈易的溫度，沒有沈易的氣息，蘇棠看著這一張張畫出來的餅，絲毫不覺得滿足，反而更覺得空虛。

他是怎麼靠看照片來緩解想念的？

也許她應該把他手機裡有關自己的照片都刪掉，這樣他在想她的時候就只能別無選擇地來見她了吧……。

蘇棠來來回回地看著，漫無目的地胡思亂想，一直到將近五點鐘，蘇棠還是沒有一丁點睡意。

估計著他這現在要嘛在回家的路上，要嘛已經到家了，也許正在猶豫要不要翻出她的照片來看看以助入眠，蘇棠忍不住發了一封簡訊給照片的主人。

——到家了嗎？

蘇棠翻身打個哈欠的工夫，沈易就發來了回覆。

——怎麼醒著，肚子又痛了嗎？

蘇棠熬得腦子有點暈，愣了一下才反應過來。

沈易在擔心她是被生理痛痛醒的……。

蘇棠幾乎可以想像到手機那頭的人因為她這封來得莫名的簡訊一下子急成了什麼樣子，不禁暗罵了自己一句，趕忙打下一個「不痛」。

打完這兩個字，蘇棠一時想不出還能說些什麼了，唯恐害他多擔心一秒，趕忙把這兩個字的簡訊送出。

蘇棠發完，才定下心來編了句瞎話加以補充。

——已經好多了，晚上到家喝了點茶，沒睡著。

約兩分四十秒之後，沈易發來一張照片。

照片拍的是他胸口處的一片肌膚，乾淨，細膩，柔和，只是被自動對焦抓住的部分不是這片美好的肌膚，而是斜在這片肌膚上的幾道抓傷。最上面的那層薄薄的血痂已經掉落得差不多了，只留下幾道淺淺的嫩粉色痕跡。

照片之後跟著一句話。

——我也好多了。

蘇棠還沒來得及反應，沈易又發來一句。

——放心，都會好的。

蘇棠愣了愣，鼻尖驀地一酸。

她以為她在車裡已經把他糊弄過去了，其實完全沒有，她的捨不得，她的不忍心，她怯露了不到一分鐘的懦弱，他一絲一毫也聽不見，卻全都看進心裡了。

蘇棠突然發瘋一樣的想他。

——我不要看這個，我要看你的臉。

大約三分鐘之後，沈易發來了一小段無聲的自拍影片。

影片似乎是在他的浴室裡拍的，沈易沒穿上衣，鏡頭只取到他的鎖骨處，露出他平坦硬朗的肩部線條。

影片裡的人隔著一層薄薄的手機螢幕對她溫柔地笑著，然後緩緩地湊近，在前置鏡頭上淺淺地落下一個吻。

蘇棠真的想瘋了。

——我要看未刪減版的！

沈易的回覆依然是溫柔從容的。

——週末兩夜連播，敬請期待。

※

心裡空蕩蕩的部分被沈易無聲無息地填滿，蘇棠連打了幾個哈欠，抱著手機迷迷糊糊地就睡著了。

一兩個小時的睡眠不但不能滿足身體休息的需要，還把本來不是那麼深重的睡意勾了出來，以至於蘇棠被鬧鐘叫醒之後做什麼都慢了半拍，被外婆催著暈頭暈腦地趕上一趟比平時晚了兩班的地鐵之後，又暈頭暈腦地坐過站了。

蘇棠手忙腳亂地奔進辦公室的時候，已經遲到半個多鐘頭了。

辦公室裡的人紛紛抬頭看她，目光有點怪異，蘇棠以為是自己第一次遲到就遲這麼長時間有點驚人，不好意思地笑笑，就一股腦兒鑽進自己的隔間裡，趁著電腦開機的時候跑去茶水間沖了一杯濃濃的即溶咖啡。

蘇棠捧著咖啡回來，坐到自己的辦公桌前，還沒來得及把杯口往嘴邊送，就意識到這杯咖啡應該是白沖了。

辦公自動化系統在開機之後自動彈出一條通知來，標題大意是部門主管要找她談談以後的人生，發件時間是二十分鐘之前。

蘇棠默默地為自己多舛的人生哀嘆了一聲。

蘇棠以為她的直屬上司是要跟她談談遲到早退對輝煌人生的重大危害，一路上在心裡把檢討書的草稿都打好了，到了之後卻只看見秘書捲著袖子在整理一大堆亂七八糟的資料。

秘書聽說蘇棠是被通知叫來的，愣了愣，抬手抹了把汗，才恍然想起些什麼，從被各式資料堆滿的辦公桌上翻出一疊印好的表格遞給蘇棠。

「用黑色筆填，別塗改，下班之前交過來就行。」

秘書說完就繼續埋頭忙碌起來。

蘇棠一頭霧水地看向手裡的表格，看到附在表格後面的一張協議，蘇棠頭上的霧水一下子結成了霜花，愕然看向那個忙得團團轉的人。

「調我去非洲專案部？」

秘書頭也不抬，隨口敷衍，「不知道……經理開會去了，他只說要我把東西給妳，等他回來妳自己問他吧……麻煩出去的時候把門關上。」

蘇棠再怎麼精神不濟，也不會相信華正集團外派海外職缺的決定流程有這麼簡單粗暴，粗暴到連個招呼都不打就直接讓她填寫相關表格了。

蘇棠光用頭髮想想就能回過味來。

蘇棠幾乎可以想像到，如果她今天沒有遲到，按時來到這間辦公室，她的直屬上司八成會用這樣一句具有十足暗示味的話來跟她解釋——都是上面的安排。

沈易叮囑得沒錯，陳國輝在把她的檔案照片發給沈易的同時，真的也準備了一份驚喜給她。

蘇棠笑笑，對秘書道了聲謝，走出去關上門，一邊回辦公室，一邊拿出手機，準備發簡訊給沈易。

把手機拿出來，蘇棠才發現陸小滿發了好幾條訊息給她，基本內容就是向她預告她被調去非洲的消息，她早上趕路趕得亂七八糟的，一直沒來得及看手機。

蘇棠突然意識到辦公室裡那些怪異的目光是怎麼來的了，抿著笑給陸小滿回了一句。

——支援非洲建設不是義不容辭的事嗎？

陸小滿立刻回覆一條長達十餘秒的語音訊息，蘇棠沒點開聽，憑著和陸小滿的緣分就能感應到她是怎麼罵她沒心沒肺的了。

蘇棠回到自己的辦公桌前，把表格塞進抽屜裡，淡定地給沈易發去一封簡訊。

——收到驚喜一份：調去非洲專案部。

蘇棠把簡訊發出去之後就把手機放到一邊，在電腦上點進辦公自動化系統，點開編輯新消息的對話方塊，在收件人裡選中陳國輝的位址，還沒來得及編輯內容，手機就震了一下。

沈易傳來一句有點嚴肅的話。

——注意一下協議條款。

蘇棠看得一愣。

她剛才草草地掃了一遍，那份協議確實是一份普通而且正式的協議，沒有什麼值得挑剔的地方，也沒有什麼值得注意的重點。

——需要注意什麼？

蘇棠發過去這句，擱下手機，剛在準備發給陳國輝的消息裡打下兩句無關痛癢的客氣話，沈易就回了過來。

——如果允許攜帶家屬，可以考慮一下。

蘇棠被「家屬」二字看得挑起眉來。

他倒是挺會自己給自己升官的……。

蘇棠迅速把發給陳國輝的消息編輯好發送出去，然後拿起手機，揣著明白裝糊塗地回他。

——除非非洲大草原上有野生的皮卡丘，否則我外婆是不會願意去的。

沈易在回覆中做出了一個很大的讓步。

——允許攜帶寵物也可以。

蘇棠想起自己之前說要拿他當寵物養的話，不由自主地揚起了唇角，笑容還沒在睏倦尚濃的臉上鋪展開，沈易又讓了一步。

——生鮮也行。

沈易這一步讓得實在有點大，蘇棠沒有任何心理準備，捧著手機「噗」地笑出聲來，在一片安靜的辦公室裡有種難以忽視的存在感。

蘇棠急忙咬起嘴唇，收住尾聲，埋頭發簡訊。

——你去非洲大草原撒野的願望這麼強烈嗎？

沈易回覆得很實在。

——從大學二年級開始一直特別想去看非洲動物大遷徙，可惜沒人願意和我組隊。

沈易字裡行間透著一股認真的沮喪，蘇棠忍不住問他。

——為什麼？

就算聽不見聲音，不會說話，沈易也是照顧隊友的一把好手，到哪裡都不太可能成為別人的負累。

沈易再次發來的回覆裡依然帶著那股認真的沮喪。

——有一位人類學博士說，從大型野生食肉動物的角度看，我長得太可口了。

「……」

蘇棠還沒琢磨清楚在沈易的心目中自己算不算是這個「大型野生食肉動物」中的一員，電腦上就傳來「叮」的一聲。

陳國輝回覆，說今天要來華正建築開會，午飯後可以給她五分鐘的談話時間。

蘇棠勾著嘴角笑了一下，低頭回簡訊給沈易。

——非洲一時半會是去不了了，週末去動物園吧。

午飯之前的時間，蘇棠一邊灌著咖啡一邊照舊幹活，午飯沒有和陸小滿一塊兒去餐廳吃，就在公司門口的Subway買了個三明治，然後站在公司餐廳門口附近，邊吃邊等陳國輝。

陳國輝吃完飯出來的時候，蘇棠剛啃完一半。

陳國輝身邊還跟著幾個和他一起從集團總部過來開會的人，和上次陪他來開會的人差不多，只是多了一個趙昌傑。

趙昌傑瞇眼看她，蘇棠看都沒看他。

陳國輝在蘇棠面前駐足，轉頭對跟在身邊的人笑笑，「你們先上去吧，我跟小蘇聊聊。」

蘇棠拎著那吃剩的半個三明治跟著陳國輝進了一樓的一間接待室，陳國輝倒了杯水給她。

「小蘇，坐。」

蘇棠沒跟他客氣，在他對面的沙發上坐了下來，喝了一口他倒的水，潤了潤嗓子，卻沒有開口說話。

陳國輝沉沉地清了清嗓，「小蘇啊，公司調妳去非洲項目部這件事，我不是很清楚，我也不負責這方面的工作，不過妳有留學經歷，懂法語，熟悉一些國際標準……」

不等陳國輝說完，蘇棠淺淺地笑著，淡淡地接了過去，「我可以幫您勸勸沈易，對他來說不就是動動手指頭的事嗎。」

陳國輝靜了兩秒，突然笑著搖搖頭，「小蘇啊，妳是在國外生活過的，妳應該知道，非洲也不全是不毛之地，咱們在非洲的專案部……」

蘇棠又淡淡地打斷了陳國輝的話，「我正在和沈易談戀愛，他一定會聽我的。」

不等陳國輝開口，蘇棠又補充了幾句，「您是有家室的人，人談戀愛的時候智商有多不穩定，您肯定親身感受過。」

陳國輝皺皺眉頭，微微挪挪身子，立起了虛靠在沙發裡的腰背，「其實海外部門都是好職缺，薪資和補貼都比在國內要高，升職也……」

「您的事……」

蘇棠剛用淡淡的開頭截住陳國輝的話，手機突然在口袋裡震了起來，蘇棠猜是陸小滿打電話找她，沒去理會，停了停，繼續把話補完。

「只是我一句話的事。」

陳國輝端起自己的杯子，淺淺地抿了一口。

蘇棠又補上一句，「我去不去非洲，也是您一句話的事。」

陳國輝輕輕地皺了下眉頭，把杯子放回桌上，再次清了清嗓，「這樣吧……按理說呢，這些事我是不該管的，但是妳一個女孩子家，長期外駐工地確實也不大安全，既然妳不想去，我待會開完會跟他們聊聊看吧，如果他們還有別的合適人選，妳就不要去了。」

「謝謝陳總。」

蘇棠拎著那半截三明治從接待室出來，面無表情地走進電梯，才長長地舒了口氣。

這一招是沈易教她的，別管陳國輝說什麼，只管把自己想說的說出來，反正他的聽覺器官是完好的，由不得他的大腦決定聽與不聽。

聽覺系統是笨拙的，要嘛是什麼都聽不到，要嘛就是什麼都得聽，對於擺在眼前卻不想看的東西可以閉起眼睛，對於近在耳邊卻不想聽的聲音卻不能閉起耳朵，就算用兩手捂住耳朵，也不可能做到像閉眼一樣嚴絲合縫。

出了電梯，蘇棠想發簡訊告訴沈易他的方法奏效了，拿出手機才發現，剛才打電話給她的不是陸小滿，而是徐超。

蘇棠愣了一下，突然想起昨晚對徐超說的話，抿嘴笑起來。

他又看著她的照片在想她了嗎？

這個念頭剛起，蘇棠就皺了皺眉頭。

這個時間沈易應該在家裡才對，徐超怎麼會知道他有沒有想她？

蘇棠莫名地心慌起來，連忙撥電話過去。

提示音響了兩聲半，手機那頭就傳來了徐超略顯焦灼的聲音。

「蘇姐，妳在公司嗎？」

背景音裡有些橡膠輪胎飛快壓過柏油路的聲音，還有零星的救護車鳴笛聲，像是在大馬路上。

「在，怎麼了？」

徐超的聲音聽起來比她還要心慌，「沈哥病了，我正送他去醫院呢……趙哥到香港進修去了，沈院長也到美國開會去了，蘇姐，妳方便來一趟嗎？」

※

趙陽不在，沈斯年也不在，蔣慧卻在，怪不得徐超急得六神無主了。

蘇棠也急，但徐超明顯還正在開車，蘇棠不敢多問。

「你別著急，我這就過去。」

徐超的聲音頓時踏實了很多，「好！」

掛掉徐超的電話，蘇棠忙找陸小滿要了趙陽老婆宋雨的手機號碼，電話打過去，宋雨剛好在醫院值班，一聽蘇棠說是沈易要過來，立刻會意地說了一句「放心」。

午休時間還沒過，一時找不到什麼可以請假的人，蘇棠到辦公室裡跟周姐說了句家裡有急事，就匆匆招了車趕過去。

蘇棠一路上一直在催計程車司機，司機被她催得著急，還是沒快過打心底裡著急的徐超，蘇棠趕到博雅醫院的時候徐超和宋雨已經等在急救室外面了。

徐超在急救室門口不安地踱步，一身白袍的宋雨安安靜靜地在一旁站著，有些出神地看著急救室緊閉的大門。

蘇棠急匆匆地走過去，氣沒喘勻就問，「沈易怎麼了？」

一見蘇棠來了，徐超急忙迎過去，「可能是胃病……」

蘇棠被這個模棱兩可的回答弄得更急了，「什麼叫可能是啊？」

「我也不大清楚……沈哥就突然發簡訊說讓我接他來醫院，我到他的家的時候他已經昏過去了，我背他下來的……」

徐超像是打了敗仗的小卒子終於見到將軍了一樣，答得一點底氣也沒有，說著說著眼圈都發紅了，把蘇棠看得一點也不敢衝著他著急。

蘇棠揪心之下一時無話，剛剛走過來的宋雨這才插上嘴。

「妳別著急，我看問題不大，可能是急性胃痙攣引起的暈厥，我看沈易好像很累，他是不是最近又白天晚上連著上班了呀？」

宋雨和趙陽是截然兩個脾氣，宋雨說起話來聲音軟軟的，不慌不忙，聽得蘇棠不由自主地跟著她平靜了下來。

蘇棠有點不好意思地搖搖頭，「沒有，可能他最近壓力有點大，沒睡好……謝謝妳過來幫忙。」蘇棠說著，看向還急得兩手直揉搓的徐超，「也謝謝你了。」

宋雨抿著嘴笑笑，在蘇棠手臂上輕輕地拍了拍，「妳可別跟我們客氣，我們在沈易那裡蹭的飯肯定比你蹭得還多，是吧，徐超？」

徐超趕忙點頭。

不等徐超說什麼，急救室「使用中」的提示燈就暗了下來，大門一開，從裡面走出兩個醫師來。有個年紀大些頭髮少些的醫師徑直朝宋雨走過來，宋雨喚了他一聲「齊醫師」。

「沒事了，就是急性胃痙攣，痛的……」齊醫師說著，有點啼笑皆非地嘆了一聲，搖搖頭，「怪不得你家小趙一天到晚的說他活該呢，哪有做過胃切除的病人帶著胃潰瘍還敢空腹喝咖啡的啊！」

蘇棠和徐超都狠愣了一下。

人喝咖啡也就有兩種原因，一種是貪戀咖啡的味道，一種是需要咖啡因的作用。

她今天喝咖啡的原因就是第二種，沈易顯然也不會是第一種。

蘇棠猛然想起來，她拿到那些表格發簡訊給沈易的時候不過九點多，沈易立刻就回覆，應該是沒在睡覺，她當時腦袋暈暈的，居然沒有在意。

他已經下班到家了，還熬著不睡幹什麼？

宋雨也像是嚇了一跳，皺眉替沈易辯駁，「不會吧，沈易平時挺注意的，他睡眠情況也不太好，從來不喝咖啡。」

齊醫師苦笑，「妳如果不信就拿他的嘔吐物去化驗看看，不可能是別的東西……他騙你們還是我騙你們，等他醒了你們自己審審就知道了。」

宋雨沒再堅持為沈易說話，「麻煩齊醫師了。」

「咳，客氣什麼，說得跟我不是醫師似的……」

宋雨笑笑，齊醫師拍拍她的肩膀就跟著推沈易出來的救護床一起走了。

宋雨還要值班，蘇棠又向宋雨道了一次謝，就跟去沈易的病房了。

沈易還沒醒，雙目自然地闔著，細密的睫毛無力地搭在蒼白裡透著微青的眼底肌膚上，整個人靜靜地陷在被子裡，只有胸口以上的一小截和那隻在打點滴的手露在外面，露出襯衫的衣領和袖口，不是他昨晚上班時穿的那件。

蘇棠問向跟她一起進來的徐超，「你幫他穿衣服的嗎？」

徐超搖頭，「我到的時候沈哥已經穿成這樣了，應該是他自己穿的。」

蘇棠突然心酸得厲害。

她沒受過胃痙攣的折磨，但沈易這麼能忍的人居然會被生生疼昏過去，可見這種症狀發作起來有多麼痛苦，上次趙陽說他半夜突發胃痙攣把床單抓破的話，大概有六成是真的。

痛成這樣還要堅持把衣服穿整齊了才肯來醫院，他是整齊給什麼人看的，蘇棠心知肚明。

蘇棠把徐超勸回家，關了病房的門，拉上窗簾，阻擋直直照在沈易身上，像是要把他穿透一樣的強烈陽光，坐到病床邊的椅子上守著他。

蘇棠第一次覺得，在病床前乾坐著守一個不知道什麼時候才醒來的人是有實際意義的，誰敢在這個時候來找他的麻煩，她一定不會讓這個人笑著出去。

蘇棠一直守著，一直也沒有這種人出現，倒是沈易自己不大安穩。

可能是胃裡還有些疼，沈易沒有清醒過來就自然而然地想要伸手去捂，沈易動的是那隻扎著針的手，蘇棠怕他亂動會回血，忙按住他的手腕。

動作被束縛住，胃裡還在疼，沈易皺起眉頭，難過地輕哼了一聲，頭頸不安地在枕頭上蹭動了一下，依然沒有醒來。

蘇棠看得難受，一手輕撫他先前被冷汗浸透現在依然微濕的頭髮，一手探進他的被子裡，解開他襯衫的扣子，掌心貼上他胃部附近的肌膚，一邊輕輕地打圈揉撫，一邊自言自語似地低低地哄著。

不知道是被揉得舒服了，還是感覺到了她在柔柔地說話，沈易眉間蹙起的豎痕緩緩舒散開來，化為一片無力的安詳。

蘇棠一直給他揉著，沈易睡得很熟，鼻息很淺，整個人蒼白卻安穩，頭一直朝蘇棠這邊微微偏著，好像清清楚楚地知道她就在身邊。

一瓶點滴輸到三分之二的時候，沈易才昏昏地醒過來，看到守在床邊的蘇棠，深深地笑了一下，在不見什麼血色的臉頰上聚起一點薄薄的紅暈，好像開心得很。

蘇棠好氣又好笑地瞪他，沒敢停手上的動作，「還笑得出來，不痛了是嗎？」

沈易笑著無力地搖搖頭，沒扎著針的那隻手在被子下把蘇棠揉在他肚子上的手捉住，牽到白得讓人揪心的唇邊，在她掌心上眷戀地輕吻。

蘇棠被他吻得癢癢的，根本氣不起來。

沈易輕握著這隻撫平了他最後幾分痛苦的手，抬起另一隻手，用指尖在她手心裡自己剛剛吻過的地方寫字。沈易是一筆一劃寫的，寫得很慢，即便是倒著看的，蘇棠還是準確無誤地辨出了他寫出的話。

——夢到妳在，妳真的在。

蘇棠手心被他的指尖輕輕戳著，心裡也被他表達得有些吃力的話戳得隱隱作痛。他剛才就是在開心這個？

沈易又慢慢地劃下一句話。

——早知道，就不一直睡了。

沈易寫完，抬起眼睫看她，笑容有些無力，卻濃濃的全是滿足。

他賴著不願醒過來，不過是想在難受的時候看看她……。

蘇棠心裡又酸又疼，想起他為什麼會躺在這裡，禁不住拉下臉來輕責，「除了夢到我之外，是不是夢到你自己空腹喝了好多咖啡啊？」

沈易笑著，有點委屈地微微搖頭。

「還狡辯，再狡辯我把你送到太平間去了喔。」

沈易笑得更濃了，眼睛輕輕彎著，像是明知道她拿他沒辦法，故意要賴的熊孩子一樣。

沈易依然搖搖頭，認真地蘇棠掌心裡寫字。

——沒有好多，只有半杯。

蘇棠想把這巴掌招呼到他臉上，卻生生被他淡白的笑容看沒了脾氣。

虛弱的沈易就像一隻四腳朝天等她揉肚皮的貓，毫無顧忌地把自己最柔軟的一面展露給她，這樣不計後果的信任把蘇棠看得聲音都軟了。

蘇棠揉揉他的頭髮，「你有什麼事非得這樣熬著做不可啊？」

沈易笑得軟軟的，輕輕地在她掌心裡寫字。

——保護妳。

寫完這三個字，又慢慢補了一句。

——我答應的。

蘇棠呆了一下，恍然反應過來。

他昨晚在車上叮囑過她，如果陳國輝有什麼動靜，就算是很容易處理的事情，也一定要先告訴他。

蘇棠當時只當他是需要這些消息綜合判斷陳國輝的動向。

蘇棠詫異地睜圓了眼睛，「你一直在等我的簡訊？」

沈易輕輕點頭。

蘇棠揉在他頭髮上的手不由自主地輕柔了許多，心疼地念叨，「我九點才上班呢，你睡上四個鐘頭也能好好休息一下了，喝什麼咖啡啊……」

沈易牽著始終不曾淡下去的笑容，輕握著她的手，在她掌心裡實話實說。

——妳睡不著，也許還想和我聊天。

沈易慢慢寫完，又慢慢地添了一句實話。

——好想妳。

※

這三個字劃完，指尖的動作停下之後，沈易就抬起眼睫，靜靜地看著她，抿在唇邊的笑意像殘留在她掌心上的溫度一樣淺淡。

蘇棠呆愣了一下。

她想錯了。

看照片來緩解想念這種方法在她的身上是無效的，其實在沈易的身上也是無效的，只是像徐超轉述的那樣，他怕頻繁的聯繫會惹她心煩，只能飲鴆止渴。

他已經這樣過了多少日子了，蘇棠一點也不知道。

「對不起……」

沈易被她這句道歉看得微微一怔，忙搖了搖頭，鬆開被他握在手中當了一陣寫字板的蘇棠的手掌，轉頭看向床頭櫃，像是要找些什麼。

蘇棠在他一側臉頰上輕輕拍撫，把他放遠的視線捉了回來。

「要找手機嗎？」

沈易點點頭。

徐超送他來醫院時來得著急，沒顧得上把他的手機一起拿來，蘇棠拿出自己的手機，點開備忘錄，遞到他那隻沒扎著針的手裡。

沈易單手握著手機，有些無力卻十分鄭重地敲字。

——妳沒有打擾我，我很高興，妳在睡不著的時候會想我。

沈易純粹的高興已經從骨子裡滲了出來，浸透了每一寸肌骨，勻稱地滿鋪在他乾淨的皮膚上，蘇棠就算是塊木頭也能感覺得到了。

蘇棠想用一點尖銳的方式來教育教育這個雙重標準的人，但是被沈易含著滿足的微笑綿柔地看著，蘇棠一點也尖銳不起來，只得好氣又好笑地揉亂他的頭髮，「你既然覺得我沒有打擾你，那你為什麼會覺得在想我的時候聯繫我，告訴我，會是打擾我的呢？」

沈易握著手機的手微微緊了緊，細密的睫毛像閘門關闔一樣緩緩地落下一個角度，最終滯在一半，遮去了目光中半數的愉悅，整個神情悄然黯淡了下來。

有一抹笑容被他勉強牽在唇角，反而襯得劇痛之後尚未完全緩和過來的臉色愈發的蒼白了。

蘇棠皺皺眉頭，從他手中拿過手機。

沈易還沒有從自己的情緒中回過神來，蘇棠已飛快地對著他的臉拍下了一張照片，點開來，遞到他的面前。

沈易怔怔地看了一眼落在手機螢幕上的這個幾秒前的自己，又怔怔地抬起目光看向蘇棠。

「你看看清楚，好好記住，」蘇棠板著臉，伸手指指手機螢幕，「這是我最不喜歡的表情。」

沈易愣了一下，又垂下目光看了一眼，淺淺地蹙起眉頭。

沈易再抬起目光時，也抬起手來當空比劃了一個問號。

「你做出這樣的表情，意味著你在討厭你自己。」蘇棠鼓了鼓腮幫子，恨恨地說出一句繞口令一樣的話，「我討厭所有討厭你的人。」

沈易的目光驀然深了些許，蘇棠感覺到他在想些什麼，卻感覺不到他想的是什麼，只見沈易若有所思地微微抿了抿嘴，抬手指了指被她握在手裡擺到他眼前的手機。

蘇棠把手機交給他。

沈易一接過手機，就輕快地刪掉了這張照片，快到蘇棠想阻止的時候，他已經退出了相簿，點開備忘錄，開始打字了。

——我在決定追求妳之後就發信諮詢過我的心理醫生，他說因為我的身體缺陷和長久以來的心理問題，在遇到愛慕對象的時候，產生一定的自卑情緒是很正常的事，只要及時加以疏導就可以了。

這些字沈易敲得很平靜，雖然直白得有些刺眼，蘇棠不得不承認，這位心理醫生說得還是有道理的。

沈易在對待自己這件事上雖然偶爾會有些隨性妄為的舉動，但無論是身體還是心理的問題，沈易從來不會病疾忌醫，這一點蘇棠很佩服他。

蘇棠也很樂意用科學有效的方式來幫他解決這些問題，「怎麼疏導？」

沈易轉手把手機放到枕邊，撐著床板半坐起來，蘇棠不知道他是要幹什麼，忙伸手扶了他一下，幫他把枕頭墊在背後，讓他在床頭靠得舒服一些。

沈易向她笑笑，以示感謝，然後伸手指指立在病床兩側的護欄，做了個下翻的手勢。

「要把護欄放下去嗎？」

沈易點點頭。

蘇棠有點疑惑，還是照辦了。

蘇棠把護欄落下去，站在床邊問那個一直靜靜看著她的人，「然後呢？」

沈易伸手拍拍自己身邊的床單，示意蘇棠坐下來。

蘇棠想也沒想就坐了過去，屁股剛挨上床單，就被沈易一手摟住了。

沈易摟她，用的是他那隻正在打點滴的手，蘇棠掙也不敢掙一下，只能順著他並不算大的力氣伏進他的懷裡，任他用另外一隻手捧起她的臉頰，深深淺淺地親吻。

剛才為了幫他揉肚子，蘇棠解開了他襯衫所有的扣子，沈易坐起來時只象徵性地收斂了一下衣襟，被她伏在胸前蹭動了幾下，早已滑到兩旁，大大開敞了。

沈易在她唇齒間流連的同時，胸膛光滑溫熱的肌膚也在不遺餘力地蠶食鯨吞著蘇棠的理智，蘇棠的手已不知不覺地順著他的胸口滑到了他更為敏感的腰底，沈易的氣息也越來越深重起來，病房的門忽然被打開了。

緊跟著傳來一個炸雷一樣的聲音。

「哎呀媽呀我的天——」

沈易的目光低垂，滿眼全是懷裡的人，對眼前以外的事渾然不覺，蘇棠結結實實地被嚇了一大跳，身子一僵，唇齒一抖，咬了沈易的舌頭。

「唔——」

沈易吃痛之下鬆了手，蘇棠還沒來得及說聲對不起，穿著護士長衣服的中年大姐就氣呼呼地走過來，劈頭蓋臉地訓了起來。

「都這麼大的人了，怎麼一點常識也沒有啊！你看看這手上，都回血回了多大一截了啊，你是要打點滴還是要捐血啊！」

護士長鐵著張臉，話說得很急很快，沈易還沒在蘇棠咬在他舌頭上那一口的驚嚇裡回過神來，一手捂著嘴，一手收斂著來不及扣的襯衫，睜圓著眼睛茫然地望著護士長，滿臉滿眼都是無辜，看得護士長都沒脾氣了。

「你說說你……」

護士長也說不出什麼了，輪流瞪了他們兩個一遍，就伸手把沈易捂在嘴上的手拽了過來，俐落地處理了扎在手背上那個連蘇棠都看得出來狀況有點糟糕的針頭，取下幾乎輸完的點滴瓶，走前終於嘟囔著把話補完了。

「你說說你們，都這麼年輕的人，猴急什麼啊……」

蘇棠滿心凌亂地目送護士長走出病房，轉回頭來，正見沈易扁著嘴幽幽地瞪她，蘇棠毫不客氣地瞪了回去。

兩人還沒瞪出個勝負來，剛才被沈易放在枕邊的手機震了起來。

蘇棠暫時退出對峙，伸手拿過來看，是陸小滿打來電話。

陸小滿一開嗓就不比護士長那聲「哎呀媽呀」平靜多少，「蘇女俠，妳是不是要造反啊，一天之內又是遲到又是早退的，還不給我打個招呼，不知道星期五下午考勤最嚴了嗎，這一筆黑歷史我可沒法幫妳抹啊！」

蘇棠轉頭看了一眼牆上的掛鐘，下午三點多鐘，蘇棠懶得去想公司為什麼會在這個時間點突然查起勤來了。

「不抹就不抹吧，」蘇棠吐了口氣，有氣無力地瞪向那個還在幽幽盯著她的人，淡淡地感嘆，「人生裡要是沒點黑色，怎麼突顯其他部分的輝煌啊。」

也許是聽出了她話音裡的輕鬆，陸小滿在電話那頭氣鼓鼓地質問，「欸，妳這是到哪逍遙快活去了？」

「等一下……」不等蘇棠開口，陸小滿就自己截住了自己的話，語調突然詭異起來，「剛才妳找我要宋醫師的電話，妳不會是——」

也許是剛才被護士長訓精神了，蘇棠反應得異常敏捷，很果斷地截住了陸小滿胡思亂想的結果，「不會是。」

蘇棠看向病床上那個還在不依不饒地盯著她的人，「我家裡有人病了。」

陸小滿在電話那頭樂了起來，「妳家這人病得也太是時候了。」

不知道陸小滿是不是隔空感覺到了蘇棠在黑臉，沒給蘇棠張嘴罵人的機會，就美滋滋地說，「我告訴妳，妳支援非洲建設的宏圖大志這回是實現不了了。」

這個消息是預料之中的，只是被陸小滿突然說出來，蘇棠多少還是有點意外，不禁愣了一下，才忙用嘴型對那個一直盯著她的人傳達這個消息。

——去非洲的事取消了。

沈易也微怔了一下，才抿著嘴漫不經心地點點頭，好像這點好消息根本不足以撫平他身心的雙重創傷。

蘇棠這才問陸小滿，「妳怎麼知道？」

陸小滿的聲音裡帶著點內部人士特有的得意，「這批外派非洲專案部的人員名單已經發過來了，沒妳的名字。」

蘇棠抿著嘴笑，還沒把笑意抿均勻，陸小滿又愉悅地說起來。

「我問了一下，妳的名字是今天下午被臨時刪掉的，原因是有長官覺得妳遲到早退太沒紀律，怕妳到那邊去再被非洲大草原自由狂野的靈魂感召一下，就成了脫韁的野馬，管也管不住了。」

這話明顯是被陸小滿深度藝術加工過的，蘇棠依稀還能辨出一點的原貌，無非是陳國輝臨時找了個勉強算是理由的理由，來兌現他的承諾罷了。

蘇棠憋著笑隨口應了一聲，表示坦然接受這樣的結果。

陸小滿終於關心起了蘇棠家裡那個病得正是時候的人，「是妳外婆病了嗎？」

蘇棠猶豫了一下，還是實話實說了，「不是。」

陸小滿果然反問，「那妳家還有什麼人啊？」

蘇棠有點啼笑皆非地看著那個還在繃著一臉委屈瞪著她的人，她和沈易的關係既然已經被陳國輝知道了，那就沒有再瞞著陸小滿的必要了。

蘇棠坦然回答，「我男朋友。」

CHAPITRE 10 我愛你，你感覺到了嗎

「蘇棠喜歡看他，吻他和被他親吻的時候也不願意閉眼，
沈易總是被她看得不好意思，把眼睫垂得低低的。」

蘇棠有意把這句話說得很慢，沈易一清二楚地收入眼中，怔了一下。

沒等蘇棠看出他這一怔的背後是喜是憂，陸小滿已經在電話那頭撕心裂肺地哀嚎了一聲，「妳背著我幹什麼了！」

蘇棠坐回到病床旁邊，牽住沈易那隻還貼著棉球的手，對著他發笑，「沒幹什麼呀，就是找了個標準的三好男人，了卻了妳的一樁心事。」

沈易定定地看著蘇棠不急不慢地變化著的唇形，大概是會意到了蘇棠和電話那頭的人的話題，睫毛輕閃了一下，一下子掃清了那抹在臉上繃了半天的半真半假的委屈，在顴骨附近拂出一層薄薄的紅暈。

沈易像是有點緊張，手指在她的手心裡不安地輕蜷了一下，被蘇棠使了些力氣攥住了。

陸小滿為自己的後知後覺抓狂了一陣，蘇棠沒管她，只對著沈易意味深長地笑，沈易不知道電話那頭的人在說些什麼，整個人雖然還是安安靜靜地倚在床頭，但是清晰的緊張已經在眉目間越積越深，連呼吸都不敢深下去了。

陸小滿的聲音在她的左耳進，右耳出，沈易這副小學生等著老師報考試成績一般的模樣倒是直直地落進她的眼中，把她活生生笑翻在心裡。

陸小滿在那頭嚎著嚎著，突然一頓。

「欸，不對……妳男朋友生病，找婦產科的醫師幹什麼啊？」

「……」

蘇棠覺得這是件在電話裡說不清的事，哭笑不得地敷衍電話那頭還沒下班的人，「妳趕緊做事去吧，改天再跟妳說，妳還怕我跑了嗎？」

「哎哎哎妳先別掛……妳把電話給他，我得先對他宣示一下主權問題！」

把電話給沈易？

蘇棠心裡微微一沉，墜得向上勾起的唇角也不由自主地往下落了落。

沈易還在專注地看著她，也許是看出了她神情的變化，卻不知道引起這種變化的原因是什麼，一時顯得有點無措，還是抬起另一隻手在她的手背上輕輕拍撫，淺淺地笑笑，以示寬慰。

蘇棠在決定對陸小滿實話實說的時候，就沒打算瞞她有關沈易的一切，只是沒想到這個問題來得這麼快也這麼突然。

陸小滿是知道「沈易」這個名字的，但是要用「沈易」這兩個字來解釋他在接聽電話這件事上的無能為力，蘇棠張不了嘴。

無論是他「不能」、「不會」還是「不方便」接電話，這樣的話，被沈易這樣看著，蘇棠都張不了嘴。

她只是有點壞心眼的想讓他稍稍緊張一下，絕沒有想傷他的意思。

蘇棠顧左右而言他，「等他病好了，我們請妳吃飯。」

陸小滿跳著腳地罵了她幾句類似於見色忘義之類的話，蘇棠隱約聽到有人在電話那頭招呼陸小滿辦事，陸小滿才應了一聲，匆匆掛了電話。

蘇棠把手機往旁邊一丟，就環住沈易的脖子，挨過去細細地親吻那兩瓣微微繃起的嘴唇。

蘇棠喜歡看他，吻他和被他親吻的時候也不願意閉眼，沈易總是被她看得不好意思，把眼睫垂得低低的。

這一次她卻不由自主地把眼睛合了起來。

沈易的回應很溫和，直到蘇棠收住這個吻，鴕鳥一樣地把腦袋埋在他的側頸，沈易才抬手在她背上輕輕拍了拍。

蘇棠抬起頭來，正對上沈易滿目溫柔的笑意。

沈易的手指在她隱隱有點發紅的眼眶上輕撫了一下，然後轉手拿起她丟在一旁的手機。

——妳在向朋友介紹我，是嗎？

蘇棠輕輕點頭。

沈易在唇角牽起一點弧度，很淺，但毫不勉強。

——我必須承認，我很希望妳的每一位朋友都會像喜歡妳一樣的喜歡我，但是直覺產生的喜歡和不喜歡是沒有辦法用個人意志控制的，何況我和妳的這位朋友還沒有見過面，我還有可以努力的餘地，沒關係。

蘇棠愣了一下才反應過來，趕忙搖頭，「她認識你，她看過媒體對你的報導，對你的評價很好。」

沈易像是有點意外，微微一怔，抿著一點不好意思的笑輕輕點頭。

「她叫陸小滿，是我的朋友，也是我們公司的同事。她老公的父母都是華正集團旗下公司的主管，我之前怕她說漏嘴，被陳國輝知道，才一直沒告訴她。」

沈易又點點頭，表示贊同蘇棠的做法，然後在眉間凝起一簇淺淺的困惑，低頭打字。

——妳剛才看起來很失望，為什麼？

蘇棠猶豫了一下，沈易的思緒就飄出了好遠。

——因為不能去非洲了嗎？

「不是不是……」

「她剛才想叫你接電話，」蘇棠還是頓了一頓，有點懊惱地皺皺眉頭，才用低低的聲音把話說完，「我沒跟她說實話，感覺自己很沒用。」

聲音高低落在沈易眼中是沒有區別的，沈易愣了一下，突然倚在床頭笑起來，頭頸稍稍後仰，前頸肌膚繃緊，喉結處的輕顫顯得格外引人注目。

蘇棠被他笑得臉上發燙，伸手在他線條很柔和的耳朵上不輕不重地拎了拎，把他投向天花板的視線拽了回來。「我在自我檢討呢，你笑什麼啊！」

沈易抿住雙唇，勉強鎖住有些氾濫的笑意，垂下在笑意中浸泡出了甜味的目光，輕快地在蘇棠的手機上打字。

——我很欣賞妳在意識到自己情緒上的不足之後立刻主動進行自我心理疏導的行為。

蘇棠看了足足三秒才看懂這個結構有點複雜的大長句子，又看了看，才意識到沈易所謂的「自我心理疏導」指的什麼，臉上一下子紅起來，又惹得那個一直盯著她看的人一陣發笑。

無論沈易笑得多麼肆無忌憚，都會牢牢地壓制住那些可能會從他喉嚨中溢出，而他卻不能確定是什麼樣子的聲音，只有低低的喘息聲，沉靜柔和。

蘇棠對他發不了狠，只能板下臉來一本正經地嚇唬他，「你知道我這個朋友是怎麼形容你的嗎？」

沈易果然很快收住了那個露齒的笑容，若有所思地看了蘇棠片刻，好像斟酌了點什麼，才低頭慢慢地作答。

——一個生活態度很端正的聾啞青年。

蘇棠被這個平實得有點刺眼的形容看得愣了愣，抬眼對上沈易藏著眼底的一點狡黠的笑意，不禁眉毛一挑，改坐為站，屈起一膝抵在床邊，一手按在他床頭的牆上，手肘微彎，居高臨下地睇眼看他。

「沈先生，你的心理醫生沒有告訴你嗎，心理疏導也是要收費的。」

蘇棠說著，有點無賴地攤開另一隻手，伸到沈易面前。

沈易也不介意她這街頭地痞強索保護費似的模樣，笑著托起她伸來的手，在她掌心裡輕輕落下一個吻，然後低頭輕快地打下一句話，轉過螢幕遞到蘇棠眼前。

——週末去動物園的門票＋氣球＋棉花糖＋晚餐，可以抵付費用嗎？

蘇棠一下子沒了氣勢，忙把手腳縮回來，老老實實地站在床邊搖頭，「不是……我只是隨便說說，你別當真，就算要去也得等你病好了再說啊。」

沈易似乎是真的認真考慮過這件事的，看蘇棠這樣說，無所謂地笑笑。

——胃痙攣不是疾病，只是一種症狀，過去了就沒事了。

蘇棠不敢隨便信他，沈易又笑著添了一句。

——妳因為我而錯過了去非洲的機會，我應該補償妳。

蘇棠本來已經想出了表示反對的話，突然看到「非洲」這倆字，另一件在腦海中時隱時現了半天的事一下子清晰了起來，沖散了蘇棠就快組織好的語言。

「對了，有件事我不大明白。」

眼看著蘇棠一本正經地在床邊坐下來，沈易微微一怔，怔去了大半的笑意，輕輕點頭，示意她但說無妨。

蘇棠剛開了開口，突然想起點什麼，猶豫了一下，起身走過去把病房門反鎖上，才坐回來放輕聲音問他，「就是讓我去非洲這件事，如果陳國輝本來就不打算請你替他辦事，那他為什麼還會接受咱們這樣的交換條件啊？」

趕在沈易把目光從她唇間移開之前，蘇棠猜了一下，「他是不是也沒有那麼信任秦靜瑤，還是對你抱有希望的？」

沈易安然地笑笑，很篤定地搖搖頭。

——妳在演戲給他看，他也在演戲給妳看。

蘇棠一眼落在沈易打下的句子上，背脊頓時繃緊了起來，「我演露餡了？」

沈易忙搖頭，伸手在她腿上拍了拍，以示安撫，然後飛快地敲下一段話，遞了過來。

——我不是這個意思。我的意思是，他只是需要藉助各種條件來持續地為我注射麻醉劑，保證在秦靜瑤幫他把事情辦成之前，我是一直相信他只在打我一個人的主意的。

蘇棠的身體明顯放鬆了許多，輕抿了一下嘴唇，有點小心地看向沈易。

「我還想再問一件事，你別生氣啊。」

沈易點頭的幅度很淺，但絲毫不影響其中承諾的力度。

蘇棠還是猶豫了一下。

「你有沒有什麼……確鑿的證據，不是推測，也不是直覺，就是那種能拿出來打官司的證據，」蘇棠頓了頓，看著眼前認真看她說話的人，「證明秦靜瑤真的在幫陳國輝辦事啊？」

沈易淺淺地笑了一下，笑意裡夾雜著點點不太愉快的東西，但明顯與生氣無關。沈易緩緩地點了點頭，也許是坐得久了有點發冷，沈易低頭打字的同時，用那隻空閒的手把襯衫開敞的扣子一個個扣了起來。字打完的同時，扣子也扣好了。

——我檢查了我的電腦，上個月有兩次登錄不是我操作的，一次是九月十五日，一次是九月二十四日。

沈易把手機遞來之後就深深地望著她，好像是相信她會在這兩個日期裡想起些什麼，蘇棠終究還是什麼也沒想起來。

沈易把手機接回去，牽著一點淡淡的苦笑，對這兩個日子添了些更為清楚的注釋。

——一次是妳在KTV和朋友聚會，突然打電話給我的那天，我急著出去找妳，忘了關電腦。一次是辦公室的窗戶突然壞掉，我著涼感冒，請病假在家休息的第一天。

※

蘇棠無聲地倒吸了一口涼氣。

她只知道那次胡鬧害他乾著急了一場，卻不知道還留下了這麼大一個禍患。

沈易鬆散地半倚在床頭，領口那顆扣子沒有扣，整個人顯得有些慵懶，落在她唇間的目光並不愉快，卻很是平和，蘇棠的聲音還是有點抖。

「她是趁你出來找我的時候，盜了你的密碼嗎？」

沈易如實地點了點頭，低頭飛快地打下一句話，蘇棠還沒在突如其來的錯愕中緩過來，那句措辭簡明，語意溫柔的話已經遞來眼前了。

——這是秦靜瑤的錯，我不怪我，希望妳也不要怪妳。

蘇棠愣了一下，吸進胸腔裡的那口涼氣驀地一熱，不由自主地笑了出來。

沈易輕蹙在眉心的一點擔憂在蘇棠乍現的笑容裡化開了，一手撐著床墊稍稍調整了一下鬆散坐姿，抬起頭來的時候順便朝床頭對面牆上的掛鐘掃了一眼，低頭在蘇棠的手機上擺弄了一陣，蘇棠以他手指點動的頻率估算著他起碼打了三十個字，但手機遞來眼前的時候，蘇棠只看到短短幾個字。

——放心，她還沒有做什麼。

沈易打字的時候把手機舉在他自己的眼前，蘇棠沒有看到這些字落在螢幕上的過程，以為他是猶豫了些什麼，臨時做了點刪改，不由得對他這句話的可信度打了個不小的折扣。

「她什麼都沒做，那二十四號那天的異常登錄是怎麼回事？」

沈易沒做絲毫猶豫。

——秦靜瑤很細心，我猜她是擔心我會定期更換密碼，第一次竊取到之後又製造機會試了一下。

沈易的中文水準很有限，遣詞造句一向簡單明瞭，尤其是在說正經事的時候，含義不太確定的詞盡量不會去用。

蘇棠相信，「製造」這兩個字一定也不是被他誤用的。

那就只有一種解釋。

「你的意思是，你辦公室的窗戶是她故意弄壞的？」

沈易沒有點頭也沒有搖頭，只靜靜地在手機上陳述事實。

——窗戶是被窗軌裡的一小顆果核卡住的，當時她猜測是鳥不小心丟進去的，我沒有在意。

沈易不帶任何情感地把事實陳述完畢，又半真半假地添上一句看起來很虛心的請教。

——從土木工程師的角度來看，發生這樣情況的機率有多大？

蘇棠對生物學和環境學沒有什麼研究，她不知道在這個季節裡一隻鳥經過高樓層的窗前時嘴裡剛好叼著一顆果核的概率有多大，但是這只鳥要用一顆果核剛好巧妙地把沈易的辦公桌旁邊的窗戶卡得死死的，生生把沈易吹得感冒發燒，還偏偏在此之後，他的電腦上又出現了那麼一條異常的登錄紀錄，那就很好計算了。

蘇棠搖頭，「可以認為約等於零了。」

能讓這一系列荒謬的巧合被沈易這樣細心的人當做是不值得在意的事，也只有那個對沈易有著超越人類感官的了解的人可以做到……。

「不對……」蘇棠心裡剛泛起一股難言的滋味，就被一個過於強烈的疑問擊散了，「要是這樣說的話，她早就已經拿到密碼了，陳國輝幹嘛還費那麼大的勁讓沈妍的未婚夫使什麼調虎離山計啊？」

沈易大概沒懂「調虎離山計」的意思，微微一怔，但看蘇棠提到沈妍的未婚夫，大概也明白了蘇棠的困惑，不知怎麼，突然抿出了一道笑容。

下午三四點鐘的陽光已經有些綿柔了，顏色素雅的窗簾緊閉著，大半的陽光無力穿透過來，病房裡的光線柔和朦朧，沈易笑得不深，蘇棠還是覺得眼前突然亮了一下。

——我的電腦密碼每九十天自動更換一次，工作帳戶密碼每三十天自動更換一次，新密碼會自動發送到我的信箱裡。國慶連假期間剛好全部更換了，她需要重新竊取一次。

蘇棠看得一愣，把目光從手機螢幕挪回到沈易臉上時才發現，沈易臉上的笑容不聲不響的濃了。

沈易靜靜地看著她，好像在等待她的一句誇獎。

蘇棠一點也傷感不起來了。

這麼多密碼，還換的這麼頻繁，可以想像這個人的記憶力有多麼可怕。

她以前欺負他的那些事，大概也不用指望歲月的長河幫她沖刷乾淨了……。

蘇棠還沒想好該怎麼誇他才能顯得不那麼違心，握在沈易手中的手機突然震了一下。

沈易已經把那封簡訊點開了，蘇棠才意識到他拿的是她的手機。

「哎哎哎——」

蘇棠撲過去把手機奪過來。

簡訊是徐超發來的，內容只有五個字。

——二十分鐘到。

這則訊息的上面還有一則，是幾分鐘前從她的手機上發出去的。

——可以出院了，如果方便的話盡快來接我吧。沈易

蘇棠突然反應過來，他剛才手指點動的次數與最後顯示在螢幕上的字數嚴重不符，是因為他偷偷發了這封簡訊給徐超。

「誰說你能出院了！」

沈易笑笑，向蘇棠伸出手來。

一旦給他發言權，到最後無話可說的那個人一定是她，蘇棠不大想把手機給他，但終究還是捨不得在這件事上欺負他。

沈易接過蘇棠板著臉塞來的手機，沒有直言狡辯。

——離我上班的時間還早，我想換一個地方和妳約會。

蘇棠快把他瞪出個窟窿來了，「你還要去上班？」

沈易輕輕挑起眉毛，把手機螢幕轉回到自己眼前，戳點了幾下，再遞到蘇棠面前時，剛才的那句話已經只剩半截了。

——我想換個地方和妳約會。

沈易望向她的目光裡注滿了期待，一句「不行」已經躥到喉嚨口了，蘇棠愣是說不出來。

沈易向來不喜歡給別人添麻煩，特別不喜歡給她添麻煩，他有把握帶她出去約會，應該就是有把握照顧得好自己，同時也照顧得好她。

「你想去哪？」

看到蘇棠讓步，沈易心滿意足地笑了一下，沒有回答，把手機交還給蘇棠，就推開半蓋在身上的被子，不急不慢地把兩條長腿從床邊順了下去。

沈易穿來的是一雙繫鞋帶的休閒皮鞋，護士幫他脫鞋的時候沒有把鞋帶解開，沈易不能直接把腳伸進去，正要彎腰去解鞋帶，被蘇棠一手抵在肩上攔住了。

沈易一愣，抬起頭來。

蘇棠在他腳邊蹲了下來，「你別動，小心擠壓著胃又要疼了，你坐著，我幫你穿。」

沈易的眉頭一下子皺得緊緊的，垂手按住蘇棠的肩，連連搖頭。

蘇棠仰頭對著他笑，「不想讓我幫你穿鞋嗎？」

沈易用力搖頭，表示強烈的拒絕。

蘇棠還是笑，拂開沈易緊按在她肩上的手。

「我也不想讓你疼。」

蘇棠說完就低頭拿起他左腳的鞋子，俐落地解開鞋帶，一手拿著這只解好鞋帶的鞋子，一手輕托起他的左腳腳踝。

沈易把腳往回縮了一下，被蘇棠一把抓得牢牢的。

蘇棠沒抬頭看他，沈易也沒再亂動，任由她蹲在地上幫他把兩隻鞋子穿好，蘇棠站起來之後才發現，沈易的眼眶居然微微的發紅了。

「哎哎哎，你這是幹什麼，不就是穿鞋嘛，以後我給你養老送終的時候，你是不是真要哭給我看啊？」

沈易滿臉的感動被她這一句「養老送終」撞了個灰飛煙滅，沒等眼眶上的微紅退下去就瞪了過來。

「你瞪什麼瞪，」蘇棠站在他面前，理直氣壯地瞪回去，「女人的平均壽命本來就比男人的長，你的身體條件不如我的好，還比我老四歲，從科學的角度來講，怎麼算都是我給你養老送終，不服來辯。」

手機在蘇棠的口袋裡，沈易有詞也辯不出來，好氣又好笑地嘆了口氣，在臉上掛起來一個大大的「服」。

沈易帶著滿臉的服氣站起身來，拉起蘇棠的手，徑直把她拽進洗手間，站在洗手槽前，擰開水龍頭，對她做了個請的手勢。

蘇棠明白他在想些什麼。

蘇棠把手往後一背，執拗地搖頭，「不髒，我不洗。」

沈易眉頭一皺，低頭解開自己襯衫袖口的扣子，把袖子挽起來。

蘇棠看出了他的打算，剛想拔腿往外跑，就被沈易一把捉住了。

蘇棠擰著身子掙扎，「不洗不洗不洗……」

沈易看也不看她說了什麼，只管扶著她的肩膀硬讓她轉過身去面對水槽，抓過她藏在背後的手，伸到不急不緩的水流下。

蘇棠掙不開沈易的手，依然執著地用活動自如的手指使勁往沈易臉上彈水花。

沈易被這些濛濛星星的水滴惹出了一點脾氣，一步站到她身後，把她結結實實地困在自己懷裡，順便低頭在她的側頸上深深地吸吮，接連吮出兩三朵曖昧的紅暈。

蘇棠老實了，還是對著鏡子裡沈易的影像狠狠地嚎了一聲。

「流氓！」

沈易沒看見她說了什麼，也懶得去看，只管心滿意足地捉著她安分下來的小爪子，重新遞到水流下面。

水流有點涼，經過沈易的手再流到她的手上，還是有點涼。

沈易把下巴輕挨在她一側肩頭，低頭認真地洗過她的每一根手指，清水一遍，洗手乳一遍，清水又一遍，然後才轉緊水龍頭，把蘇棠從懷裡解放出來，從水槽邊的架子上拿下乾淨的毛巾，擦去他們雙手上的水漬，又把她被沖洗得微微發涼的手捧到唇邊，哈氣暖著。

蘇棠被他溫熱的哈氣吹得癢癢的，掙了一下，沈易捧得不緊，手輕而易舉地從他的掌心間掙了出來。

蘇棠捂著脖子上被他吮過的地方瞪他，「我要告你綁架。」

沈易笑笑，垂手指指她裝著手機的口袋。

蘇棠不情不願地拿給他，沈易把手機拿得低低的，讓蘇棠清清楚楚地看著他流暢地把話打下來。

——判我終身監禁，永遠不許離開妳身邊，可以嗎？

蘇棠怔了數秒，抿著一道格外溫潤的微笑抬起頭來，輕輕點頭。

「放心吧。」

蘇棠用剛剛被他洗得一乾二淨，還帶著洗手乳淡淡檸檬香的手鄭重地拍拍他的肩膀。

「給你養老送終的事，我是認真的。」

「……」

※

沈易半真半假地黑著臉，把這個情深義重的人趕出洗手間，反鎖上門，一個人在裡面又折騰了將近十分鐘。

蘇棠在外面接連聽到了幾種不同的水聲，以及電動剃鬚刀蹭過鬍渣的輕響。

沈易走出來的時候順手放下了隨意捲起的襯衫袖子，也許是稍加活動之後氣血順暢，病色被沖淡了許多，全身散發著剛剛洗漱完畢之後特有的清爽。

蘇棠想在這張乾淨得像攝影工作室裡精心修過的藝術照一樣的臉上親一口，剛湊近過去，就被沈易一指頭點在額頭上，拒絕了。

蘇棠厚著臉皮抗議，「你的身體所有權是你的，使用權是我的。」

沈易小心地把笑意藏在眼底，挑眉看了看她，就微繃著唇角從她身邊繞了過去，走到飲水機旁，倒了小半杯水，沒往嘴邊送，又逕自端著杯子走到窗前，抬手拉開了緊閉的窗簾。

陽光透過幾乎一塵不染的玻璃流瀉進來，均勻地鋪展在沈易的前半面身體上，像是在他身上塗抹了一層薄薄的蜂蜜，看起來更加香甜可口了。

這個可口的人安然地站在窗邊，一根修長的手指探進手中的杯子裡沾了沾水，抬頭迎上毫不刺眼的陽光，用指尖在玻璃上緩緩寫下幾個透明的大字。

——老了，中看不中用了。

「……」

徐超上來找他們的時候，這幾個大字還在玻璃上閃閃發光著。形成筆劃的輕薄水層在重力作用下匯聚到了每一道筆劃最低的那一點，聚成相對厚重的水滴，順著玻璃緩緩地淌了下去，拖出一條條清晰筆直的平行水痕，酷似蘇棠剛才心中的百爪撓牆。

徐超發愣，「蘇姐，這是什麼意思啊？」

蘇棠悠悠地斜了一眼那個正在專心低頭穿外套的人。

「拆遷通知。」

徐超似懂非懂地「喔」了一聲，目光不經意地掠過了蘇棠的側頸，一下子定住了。

「蘇姐！妳脖子上是怎麼了，怎麼紅得一塊一塊的？」

蘇棠一愣，突然想起沈易幹的好事，舌頭頓時擰起了結，「沒、沒事……我就是，那個、那個抓的……」

徐超關切地看著，「抓的？不像啊，是不是過敏了啊？」

「沒有，沒有……」

「正好在醫院，要不要找個醫師看看？」

「不用，不用……」

見蘇棠應得支支吾吾的，徐超毫不猶豫地轉向了沈易，蘇棠想攔的時候已經晚了。

「沈哥，你來看看，蘇姐脖子上不知道是怎麼了。」

徐超皺著眉頭說得很認真，沈易看得愣了一下，連忙轉頭看了過來，正對上蘇棠的一張大紅臉，以及她緊捂在側頸上的手。

兩人四目相對，沈易眼睛一彎，繃不住笑了出來。

蘇棠也氣樂了，索性把手拿開，走到他面前，理直氣壯地偏過頭去，把那側脖子盡可能清楚地露給看他。

她就不信，沈易能面不改色地告訴徐超這片印子是怎麼來的。

「沈哥，你看，就這一片……」

沈易微微瞇眼，對著這片印子全方位多角度地認真端詳了一番，還伸出手指觸探了幾下，然後轉身走到茶几旁邊，拿過剛才順手放在茶几上的水杯，用指尖沾著水，彎腰在茶几上寫下了診斷結果。

——機械性紫斑。

蘇棠和徐超都看得一愣。

機械性紫斑是什麼？

徐超被這個陌生又冷硬的醫學名詞看得更擔心了，「這個不要緊吧？」

沈易柔和地笑笑，安然搖頭。

沈易的醫學常識足夠做一些家常診斷，沈易都不擔心，徐超也放心了。

沈易很擅長一本正經地胡說八道，但是蘇棠直覺覺得，這個醫學名詞不像是沈易順手瞎編的，尤其在沈易躲過徐超的視線，抿著一點孩子氣十足的笑看向她的時候，蘇棠的這種直覺更強烈了。

上車之後，沈易借用徐超的手機向他交代了些什麼，也許是剛被病痛劇烈地折磨過一場，沈易終究有點精神不濟，車開動起來之後，沈易就鬆散地挨在座椅靠背上，緩緩地沉下眼睫。

蘇棠瞄了他一會，終於在好奇心的驅使下摸出手機，把「機械性紫斑」幾個字敲進了搜尋引擎裡。

搜尋結果有兩萬餘個，排在搜尋結果第一條的第一句話是這樣寫的：機械性紫斑是吻痕的專業醫學病名。

蘇棠嘴角剛抽了一下，突然想起些什麼，挺起身拍拍駕駛座的靠背。

「徐超。」

「蘇姐？」

「你還記得剛才他說我脖子上這塊是怎麼回事嗎？」

徐超憋了兩秒，再次傳來聲音裡帶上了實實在在的不好意思，「紫……紫什麼來著，我還真記不清了……妳還是再問問沈哥吧。」

蘇棠安心地把後背倚了回去，「好。」

蘇棠剛把身體倚踏實，下意識地轉頭看看沈易，才發現沈易不知道什麼時候把眼睛睜開了，正帶著溫軟的笑意靜靜地看著她，若有所思。

蘇棠板著臉把搜尋結果遞到他眼皮底下。

沈易眼中沉靜的笑意驀然雀躍了起來，拿過蘇棠的手機，退出瀏覽器的介面，點開一頁新備忘錄。

——徐超不喜歡讀書，自然科學類的知識記憶很少，對這一類陌生的專業名詞接受能力比較弱，我猜他現在最多只記得一個「紫」字。

蘇棠「噗」地笑出來。

徐超在前面應景地打了個噴嚏。

沈易眼眸中的笑意很濃，臉上的笑容卻是淡淡的，好像他不是不想笑得更明顯一點，只是沒有這個力氣了。

蘇棠收住笑，擔心地看著他，「是不是又胃痛了？」

沈易挨在座椅靠背上搖搖頭，努力地笑笑。

——只是有一點反胃，等等下車就好了。

沈易淡淡地打完，像是想起些什麼，抬眼深深地看了看蘇棠，抿著一點柔軟的笑又添了一句。

——人老了就是很麻煩，是不是？

沈易唇角上揚的弧度深了一點，眼睛裡的笑意卻黯淡了許多，露出遮掩不住的歉疚，看得蘇棠心揪。

「不許胡說八道。」

蘇棠輕輕擰起眉頭，伸手撫上沈易因為胃裡的不適又開始微微發白的臉頰，溫柔地摩挲，目光深雋地看著他，湊過去在他還勉強提著弧度的唇角上輕吻。

原本提得有些僵硬的弧度被蘇棠吻得自然柔和起來，沈易完全放鬆下來，似乎連頭頸都無力支撐了，虛虛地挨在蘇棠的一側掌心裡。

蘇棠微笑著，認真地望著這個好像是要把全身心都交托給她的人，溫柔地把剛才的話補完。

「尊老愛老是中華傳統美德。」

「……」

沈易挨在她掌心裡的臉頰剛黑了一下，被沈易握在手中的手機就震了起來。

有人打電話來。

沈易下意識地低頭看了一眼，蘇棠挨在他身邊，也看得一清二楚。

閃動在手機螢幕上的來電人姓名把兩個人看得都愣了一下。

Béton de Propreté。

名字看起來是法文，來電號碼顯示的卻是國內號碼。

看沈易似乎沒愣在點上，蘇棠把這串法文翻譯了一下，「秦靜瑤。」

這是她失眠睡不著的時候給改了秦靜瑤的連絡人姓名。

手機還在他手裡震著，沈易無暇去想蘇棠為什麼會用一串法文備註秦靜瑤的姓名，忙把手機交還給蘇棠，點點頭，示意她接聽。

蘇棠接過來，按下接聽鍵，把手機送到自己耳邊。

「喂，您好。」

電話那頭傳來秦靜瑤一如既往乾脆俐落的聲音。

「我是秦靜瑤，沈先生的司機說，沈先生和妳在醫院裡。」

蘇棠看著正認真關注著她唇形變化的沈易，迅速地用嘴型為他重複了一遍秦靜瑤的話，然後問向秦靜瑤，「有什麼事嗎？」

「他醒了嗎？」

蘇棠又無聲地為沈易重複了一遍，沈易微微搖頭。

蘇棠客氣地回問，「有什麼需要我轉告他的嗎？」

秦靜瑤似乎沒想過要透過第三人來和沈易對話，在電話那頭靜了兩秒，才淡淡地開口，「麻煩妳轉告沈先生，請他盡快查看一下他的工作信箱，有些工作上的事需要他盡快處理。」

蘇棠幾乎以同聲傳譯的節奏用嘴型轉述給沈易，沈易輕輕點頭。

「好，我會告訴他的。」

「謝謝。」

「不客氣。」

蘇棠掛掉電話，像險險地應付過一次突擊考試一樣，如釋重負地舒了口氣。

沈易擁過她的肩膀，低頭在那兩瓣剛剛為他全程直播了一段電話內容的嘴唇上輕吻。

蘇棠嘆氣，「工作要緊，我們還是回你家吧。」

沈易無所謂地搖搖頭，拿過她的手機，點開瀏覽器，把蘇棠替秦靜瑤取的法文名字丟進搜尋引擎裡。

蘇棠眼看著他往下拉了幾條，終於點進一個匯總法語工程詞彙的網頁，找到了那串法文的正確翻譯。

——素混凝土，即不加鋼筋的混凝土。

沈易啼笑皆非地看向蘇棠，像是一句好氣又好笑的質問。

蘇棠理直氣壯，「你不覺得她很像混凝土嗎，看起來硬邦邦挺嚇唬人的，其實硬的就是個皮肉，裡面壓根就沒有骨頭。」

沈易微怔了一下，低頭又看了一眼這個有點陌生的詞彙，沒點頭也沒搖頭，只淡淡地笑了一下，然後退出當前的網頁，點開備忘錄打字。

——可以請妳幫我一個忙嗎？

「什麼忙？」

沈易眼睫微垂著，微微調整了一下坐姿，蘇棠也說不出他具體調整了些什麼，但就是明顯覺得他鄭重了起來。

——我會在下週二處理一些國內股市的工作，秦靜瑤正在幫我處理相關的準備工作。

沈易的手指頓了頓，又流暢地敲下幾句話。

——我會再給她一次生長骨頭的機會，如果她堅持要為陳國輝辦事，我希望可以讓陳國輝和她一起受到合理的懲罰，但是我一個人也許做不好，希望可以得到妳的幫助。

這幾句話傳達出的意思明明是堅定冷酷的，但是經由沈易的手指敲下來，字裡行間依然帶著沈易式的溫柔誠懇。

蘇棠出乎沈易意料的猶豫了一下，沒有立即點頭。

「這事不是鬧著玩的，你得先告訴我你打算讓我做什麼，我需要有點心理準備。」蘇棠鄭重地皺起眉頭，「我很願意幫你，但前提條件是必須在我的能力範圍內，如果我沒有把握，我不願意因為自己瞎逞強而拖你的後腿。」

沈易的一點意外在眉宇間化開來，化成一片安心的微笑，深深點頭。

沈易低頭在手機上接連打了上百字來陳述這個忙具體來說要怎麼幫，蘇棠怔怔地看著他打完，有點心虛地抬頭看他。

「你確定可以這樣做嗎？」

沈易點點頭，似乎看出了蘇棠的那點不安，忙又補了些字。

——妳不願意也沒有關係，我還可以再想想別的辦法。

蘇棠又仔細地瀏覽了一遍沈易打下的那段陳述，斟酌了一番，猶豫了一下。

「這事我做得到，但是我有一個條件。」

沈易微微一怔，點頭示意她說出來。

蘇棠把手機往旁邊一丟，兩手勾住沈易的脖子，額頭抵著他的額頭，在他眼前用無聲的嘴型一字一句地提了出來。

「明天晚上我要把機械性紫斑傳染給你。」

「……」

蘇棠提的是明晚，沈易現在就已經有種病入膏肓的錯覺了，偏頭挨回到座椅靠背上，認命地閉起眼睛。

蘇棠知道他多半是因為胃裡難受，也不打擾他，只挨在他身邊，伸手在他胃上輕輕打圈揉著，沈易一直沒有睜眼，微白的臉色卻漸漸緩和了。

蘇棠一心在沈易身上，直到徐超把車停進街邊的一個停車位裡，蘇棠才重新記起來，沈易好像是帶她出來約會來著……。

蘇棠在沈易手臂上輕拍，喚醒那個似乎還是不太想動的人。

「不舒服的話就回家吧。」

沈易有點吃力地直了直腰背，轉頭向車窗外望瞭望，回過頭來向蘇棠伸出手，蘇棠把手機拿給他，看著他含著淡淡的抱歉微笑著，有點無力地打字。

——我在車裡休息五分鐘，妳先去對面那家旅行社詢問一下，看看有沒有比較適合老年人的專案，我等等就去找妳。

※

沈易打下這幾句話的時候整個人從頭到腳都是一本正經的，蘇棠氣樂了。

「你還沒完沒了了啊！」

不就說他句老嗎，他還記起仇來了……。

沈易被蘇棠瞪得愣了一下，微白的臉色襯得他格外無辜。

蘇棠無力地翻了個白眼，「你要是真想提前享受一下退休生活，還不如去療養院呢，療養院每年都舉辦旅行，CP值可比外面的旅行社高多了，絕對不去任何購物站，還有優秀的醫療隊隨行，半身不遂的病人都可以好端端地出去再好端端的回來。」

蘇棠的語調裡帶著如假包換的調侃，沈易只能看得出字句，看不出聲調起伏，蘇棠說完，就見他眼睛一亮。

沈易愉快又認真地向她諮詢。

——最近的一次什麼時候出發？

蘇棠連字句上的好聲好氣都沒了，「下個禮拜一，一去一個禮拜，等你回來，陳國輝的慶功酒都喝完了。」

沈易微微一怔，突然笑起來，一手輕捂著上腹，斜倚在他那一側的車門上，笑得肩膀直顫。

下午四點多鐘，後排座位處的光線已經有些偏暗了，車窗和後擋風玻璃上都貼了遮光的薄膜，從蘇棠的角度看過去，車窗外的一切都被濾上了一層淡淡的茶色，唯有沈易稜角如刻的側臉在昏暗中兀自散發著柔和的光芒，配著他身上這件Burberry經典款的米色風衣，像極了那些溫情老電影中的特寫鏡頭。

蘇棠突然覺得，「老」這個字對沈易來說也許是沒有意義的，她有一種無奈的預感，時光也許可以消磨掉這個人的青春，但一定消磨不掉他的魅力，就算後來的後來，他滿頭白髮，行動遲緩，也一定會是個風度翩翩的老大爺。

有幸陪他走到那時的女人，上輩子起碼得陪唐僧取過經才行……。

蘇棠從西天取經想到了唐太宗，又從唐太宗想到了唐玄宗，繼而想起了楊貴妃，正在反思自己最近有沒有長胖的時候，沈易笑著把手機遞了過來。

——如果妳願意，我可以先在療養院預定兩個名額，算是提前約好我們退休之後的一次約會，以防有一天妳突然不想理我了，我還能有機會再見妳一面，也許那個時候妳會看在我無依無靠的份上，重新考慮為我養老送終的事。

蘇棠被他軟軟地戳了一下心窩，一時想哭又想笑，挨到他身邊綿柔地瞪他。

「只要到那個時候你還記得我是誰，我就給你這個機會。」

沈易笑著，深深地點了下頭，像是一句一言為定。

也許是胃裡的難受消失了，沈易鬆開捂在上腹的手，調整了一下坐姿，直起背脊，抬手漫不經心地整理了一下挨在車窗上蹭得微亂的頭髮，然後又低頭打下一句話。

——在我們預定旅行之前，我想先替外婆定下這一次的旅行。

稍加整理之後的沈易看起來認真了許多。

沈易一直很認真，只是剛才認真裡混合著濃濃的眷戀，滋味甜而醇厚，眼下只是認真，清澈純粹。

蘇棠一時沒明白過來，「外婆？」

沈易淺淺地點了點頭，依然很認真。

——我希望外婆可以暫時離開幾天，至少下週二不要在市裡。我沒有參加過旅行社的行程，同事推薦了這一家，我想和妳一起來看看，徵求一下妳的意見。如果博雅療養院有這樣的條件，就不用考慮旅行社了。

蘇棠怔怔地看著沈易流暢地把這段話敲在手機上，皺皺眉頭，伸手點在手機螢幕上，用指尖在這段話的第一句下輕輕劃過一道無形的橫線，然後抬頭問他，「是因為陳國輝的事嗎？」

沈易輕輕點頭，似乎是怕蘇棠不樂意，又趕忙添了幾句。

——這個季節正合適出去旅行，讓外婆出去走走對她的身體也有好處。如果妳有別的建議，我們可以商量一下。

沈易的溫柔體貼是呈輻射狀的，不黏膩，不厚重，看不見摸不著，卻又在以她為圓心，以她的感情強度為半徑的很大一片圓形區域裡無處不在。

蘇棠輕拍他有點繃緊的手臂，點頭笑笑，「外婆以前經常跟著療養院的團出去玩，她參加療養院的團是不用花錢的，她前幾天還跟我說呢，我在家她就不去了。這件事就交給我吧，我回去勸勸她。」

沈易神色微微一鬆，淡淡的笑意自然而然地漫開來，點頭以示放心。

沈易放心了，蘇棠卻想起有件讓她不太放心的事。

「那……你媽媽是不是最好也轉到別的醫院去？」

蘇棠問得有點小心，沈易安然地笑笑，搖搖頭。

——她的情況一直不太穩定，現在聯繫轉院有點倉促，對她不好。

沈易的目光從手機螢幕上抬起來的時候，蘇棠在其中隱約捕捉到一點尚未藏好的擔憂，心裡鈍鈍的疼了一下。

沈易像是察覺到了些什麼，看了她一眼，又認真地修飾了一下眼角和唇邊的微笑，低頭添了幾句解釋。

——放心，陳國輝只是想在財務的層面上解決問題，不會做傷害人性命的事情。我很擔心他們會像打擾我一樣去打擾外婆，但是他們沒有辦法打擾我媽媽。

沈易敲下這些字的時候帶著一種無奈之下習以為常的平靜，平靜得讓蘇棠不忍再去觸碰他心裡這塊被硬生生折磨出保護層的區域。

蘇棠點點頭，故作輕鬆地笑笑，「剛才在醫院裡應該去看看你媽媽的，我到現在都沒去看過她，要是讓外婆知道，肯定要怪我不懂事。」

沈易輕笑。

——事情結束之後，可以嗎？

「也對，」蘇棠誇張地用兩手捂住自己的臉蛋，苦兮兮地嘆氣，「我得好好準備準備才行，好久沒敷面膜了，頭髮和指甲也都該整理整理了。」

沈易眼睛裡的笑意濃了起來。

——妳一直很漂亮。

「這跟漂亮沒關係，這是態度。」

蘇棠一本正經地拽拽他的風衣領子，「就像你本來已經很帥了，還非要穿上這些這麼帥的衣服才肯去醫院，不是同樣道理嗎？」

沈易明白蘇棠話裡帶著心疼的調侃，柔和的笑意濃厚起來，蘇棠幾乎要溺斃在這汪無邊無際的溫柔裡了。

——如果她可以醒過來，她一定會非常喜歡妳。

「不管她醒不醒過來，我都有機會讓她喜歡我。」蘇棠挨近他的胸膛，伸手在他微涼的耳垂上輕拽，讓自己的面容占據他所有的視野，專注地微笑，「你不知道我的聲音是什麼樣子的，還是喜歡上它了，對不對？」

沈易眼波微動，淺淺點頭，不由自主地抬起手來，輕輕地觸摸蘇棠嘴唇的輪廓，目光裡流出的渴望深重得讓蘇棠心疼。

蘇棠捉住他撫在她唇上的手，下移幾公分，輕按著他的手背，把他的掌心貼在她的前頸上。

沈易不知道她要幹什麼，怔愣之下下意識地把目光落到她的唇間，正看到她緩緩開口。

「沈易，我愛你。」

蘇棠說話之間，聲帶的震動清晰地傳遞到她前頸的肌膚上，又透過她前頸的肌膚，毫不保留地傳遞到沈易的掌心裡，繼而順著沈易的掌心一路傳遞過去，最終消沒在他微微繃緊起來的身體裡。

「你感覺到了嗎？」

沈易深深點頭。

沈易本來就是約她出來看看旅行社的，這個問題被迅速解決之後，沈易一時也想不出要去什麼地方，蘇棠索性把他押送回他家。

蘇棠在沈易家裡陪他吃了晚飯，然後和徐超一起把他送去公司上班，徐超把她送回家的時候已經十點了，外婆正戴著老花眼鏡坐在沙發裡翻一些護理方面的資料，蘇棠蹭過去跟她說旅行的事，外婆還是搖頭。

「以前總跟他們出去，是一個人在家裡閒得慌，現在妳在家裡，每天上班那麼緊張，我出去玩，妳晚上下班回來幾點才能吃飯啊……不去了，不去了。」

蘇棠挽著外婆的手磨蹭，「放心吧，我在法國這幾年不都是自己做飯吃的嗎，妳看我現在長得多水靈。」

外婆笑起來，伸手捏她的臉蛋，「是水靈了，跟了小易以後就越來越水靈了。」

「誰跟了他了啊！」

蘇棠的臉蛋在外婆的手指間一下子紅起來，把外婆看得直笑，眼睛都笑彎起來了，「小易要是跟妳求婚，我可是第一個答應喲……」

蘇棠被外婆笑得臉更紅了，努力繃起臉來，「不許故意岔開話題，我們現在是在說出去玩的事。」

外婆低了低頭，把帶著濃濃笑意的目光從老花鏡鏡片的上端遞出來，落在寶貝外孫女的大紅臉上，「妳跟外婆說實話，是不是想跟小易過幾天兩人生活呀？」

蘇棠哀嚎，「外婆，妳到底是七十還是十七啊！」

外婆收起笑容，一本正經地倚回沙發裡，邊半真半假地賭氣說，「妳要是想跟小易在一塊兒待幾天呢，我就出去玩，不打擾你們，如果不是的話，我就不去了，反正雲南我都去過好幾次了。」

蘇棠好氣又好笑地默嘆了一聲，反正承認想和沈易在一起待幾天也不算虧心，蘇棠索性順著階梯下了。

蘇棠腆著一張乖順的笑臉在外婆手臂上磨蹭，「外婆，妳這麼火眼金睛，根本就不用戴老花眼鏡嘛……」

一聽蘇棠變相的承認了，外婆心滿意足地笑起來，「就是嘛，外婆可是過來人，就妳那一點點的花花腸子，都不夠我炒盤菜呢！」

蘇棠正默默哀嘆著外婆的口味之重，外婆突然像是想起些什麼，一下子嚴肅起來，摘了老花眼鏡，一本正經地看著她。

蘇棠以為外婆又要交代她不要攪和沈易家裡的事一類的話，結果外婆很認真地問了她一個問題。

「棠棠，妳去小易家這幾次，有沒有偷看過小易洗澡呀？」

蘇棠差點哭出來。

別人家的代溝都是分布均勻的，她家的代溝卻像是久未疏浚的河道，寬一段窄一段深一段淺一段，一不留神就會一腳踩進溝裡。

「我偷看他洗澡幹什麼啊？」

蘇棠哭笑不得地反問完這句，在心底裡暗暗地補了一句感慨，她要是想看他，哪裡用得著偷啊……。

「妳要是偷看過他洗澡，最後很有可能跟他結婚的。」

蘇棠氣樂了，「科學根據呢？」

「電視裡都是這樣演的嘛！」

「買給妳的皮卡丘都看完了？」

「早就看完了……」

「我明天就買新的給妳。」

※

第二天午飯過後，沈易依約來接她去動物園，蘇棠生怕外婆用什麼難以捉摸的眼神看他，沒敢讓他上樓。

蘇棠準時來到樓下的時候，沈易已經站在車前等她了。

沈易大概是做好了陪她瘋一瘋的準備，一身打扮格外休閒清爽，笑容滿面地站在中午頭的大太陽下面，整個人看起來明晃晃的。

「你能不能告訴我，你現在的身價有多少？」

沈易愣了一下，搖搖頭，眉宇間的茫然在陽光下明朗透徹。

「沒算過？」

沈易點頭。

「那你覺得，如果動物園的管理人員想要把你借去展覽幾天的話，我開個什麼樣的價格比較合適呀？」

沈易笑起來，牽起仰著臉對他傻笑的蘇棠，大步從車前繞到車後。

蘇棠被他攥著一隻手，和他並肩站在車尾，看著他用另一隻手的食指在蒙了一層薄塵的後擋風玻璃上流利地寫字。

——妳要告訴他們，我是妳的私人藏品，拒絕一切形式的公開展覽。

「遵命！」

S市幾十年來就只有一處動物園，經過這些年的幾次擴充修繕，原來的輪廓已經很模糊了，蘇棠還是能找到一些記憶裡熟悉的痕跡，一進動物園的大門就像隻猴子一樣拽著沈易東跑西跑，還止不住地跟沈易分享。

「這裡，這裡原本有個很矮的旋轉木馬，我記得剛上小學的時候坐在上面，兩隻腳都能搆到地面了。」

「這棵樹一直在這，據說已經種幾十年了，我好小好小的時候在這棵樹下拍過照，外婆為了把整個樹都照進去，把我照得超級小，就像擺在樹旁邊的一個垃圾桶。」

「以前的垃圾桶不是這樣的，都是做成一個個張著嘴的青蛙，小時候我每次到這裡來都很喜歡丟垃圾……」

週六，天晴得很好，不冷不熱，動物園裡來來往往的人很多，蘇棠跑得再瘋也沒忘牢牢挽著沈易的手臂。不知從什麼時候起，這個舉動已經被她的身體牢牢記住，成為了一個不用經過大腦就會自然做出的習慣。

沈易任她挽著，不看前路，只管一直偏著頭認真地看她說話，然後更認真地看向被她指點過的那道風景，直到她再把他的目光指引到下一處。

蘇棠有種奇怪的感覺，好像沈易溫柔的目光已經浸透這近二十載的時光，流淌進了她記憶中那些已經模糊成零散片段的小時候。

「沈易，」蘇棠突然在一株枝葉泛黃的垂柳下拽停了沈易的腳步，「你能不能告訴我，你是從什麼時候開始喜歡我的？」

沈易本來就被她拽得一愣，看到她一本正經地問了這樣一句，一時愣得更厲害了，風吹著垂柳的梢頭在他肩上低低地掠過，像是在替他凌亂著。

「一點點好感就算，」蘇棠挽著他的手臂追問，周圍小孩子多聲音雜，也只有近在眼前的沈易能辨出她聲音低低的話，「是二十年前第一次在療養院裡見到我的時候嗎？」

她連那次不經意的初見都忘乾淨了，自然也想不起來那時候的自己是個什麼樣子，但是在動物園裡放眼望去，四歲的小女孩一群一群的，要說這樣的小女孩會被一個八歲的小男孩一見鍾情，就算沈易點頭，蘇棠也很難相信。

但是無論從前往後數，還是從後往前推，蘇棠都無法確定自己到底是從哪一天開始被這樣和煦的溫柔包圍的。

「還是你去機場接我的那天？」

沈易怔怔地抬起手來，似乎是想用手語對她說些什麼，不知突然想起了什麼，又垂手拿出了手機，站在路邊的樹影下飛快地打了一行字，遞給蘇棠。

——為什麼問這個問題？

這句話的手語蘇棠是知道的，她的手語水準沈易比她自己還要清楚，蘇棠猜，他放棄使用手語，改用更麻煩的方式來表達這句話，八成是擔心這種與眾不同的說話方式會引來一些讓她不太愉快的注意力。

蘇棠賭氣似地把他的手機丟進自己的包裡。

「我就是想知道。」

沈易的心情很好，被蘇棠剝奪了使用手機的權利，還是在一片愉悅的喧鬧中靜靜地把笑意聚濃了，依然不用手語，轉頭四下望瞭望，就牽起蘇棠的手，徑直朝前方一個賣飲料的攤子走了過去。

在動物園裡買飲料就像在電影院裡買爆米花一樣，和物美價廉一點關係也沒有，所以動物園裡的人雖然多，這飲料攤前還是冷冷清清的。

還沒等他們站穩腳，擺攤的老爺爺就熱情十足地問，「要什麼呀？」

沈易的目光都沒落在老爺爺臉上，肯定不知道老爺爺問了什麼，蘇棠想替他答，卻實在不知道答什麼。

他似乎不像是渴了。

沈易的目光在一堆擺放整齊的瓶瓶罐罐間簡短地流連了一下，然後伸手拿起一罐罐裝飲料，笑著遞給蘇棠。

蘇棠愣愣地接到手裡，發現被沈易選中的是一罐啤酒，因為露天擺著，整個罐子上都蒙了層灰，拿在手裡有種沙沙又黏黏的不適感。

她問他什麼時候開始喜歡她的，他買啤酒給她，這是什麼意思……。

一見蘇棠盯著罐子皺眉頭，老爺爺馬上從攤子後面掏出塊抹布來，「來來來，我幫妳擦擦，都是新拿出來的，只是風大，吹的，一擦就好……」

「不用不用……」

「哎呀，我這布也是乾淨的！」

老爺爺說得懇切，蘇棠不好意思再拒絕，伸手遞了回去，剛想問問沈易這是什麼意思，平直地一扭頭，只對上一片空氣。

蘇棠一愣低頭，才發現沈易已經就地半跪了下來，一手撐地，一手捏著一塊不知道從哪撿的碎磚頭，就著水泥地龍飛鳳舞地寫起字來。

——這個問題很難用一個具體的時間點來回答，就像釀酒一樣，很難知道第一個乙醇分子是在什麼時刻出現的，但是原材料在酵母菌的作用下發酵為酒精的過程是連續的，雖然我無法確定我從什麼時候開始喜歡妳，但是我可以回答妳，在開始喜歡妳的那一刻之後，我對妳的喜歡就一直只增不減，直到達到飽和，然後長期穩定。

沈易半跪在蘇棠的右側，以直排字從右往左寫過來，正好寫到蘇棠腳邊結束，為求速度，沈易寫得有些潦草，有些稜角轉折的地方圓滑帶過，磚紅色的字跡鋪展在灰色的水泥地上，一片溫暖柔和。

沈易寫完站起來的時候，蘇棠還沒在他這突如其來的舉動裡回過神來。

沈易趴在地上寫字的姿勢實在比手語還要惹眼得多，這麼一會兒的工夫，周圍就圍了厚厚一層看熱鬧的人，有的在笑，有的在起哄，有的在拍照留真相，蘇棠還聽到一個年輕媽媽對懷裡一兩歲大的女兒笑著說，「妳看這個叔叔寫的字多漂亮呀……」

沈易隔著這幾列字站在她對面，負手而立，旁若無人地微笑著，含蓄溫柔。

擺飲料攤的老爺爺本來是站在攤子後面的，看不到攤前的地面上發生了什麼，但見到這麼多人突然把他的攤子圍了個水泄不通，就一頭霧水地從攤後走了出來，一眼看到沈易寫在地上的這一片字，呆了一呆，一

下子跳起腳來，

「哎呀媽呀……你這小夥子！趕緊弄掉，弄掉，這是在寫什麼呀……等下讓管理員看見要罰我錢了！」

沈易只看到老爺爺在手忙腳亂地說些什麼，沒看清具體內容，有點困惑地望向蘇棠。

大多數遊客都沒忘了自己花錢買門票是來玩的，尤其還有不少是帶著孩子來玩的，一看這擺攤的老爺爺急了，唯恐攪和進什麼爭執裡掃了遊興，多半都三三兩兩地散去了。

人群圍成的圈子一薄，有些剛才被堵在後面沒看清狀況的人又好奇地往前張望了一番，蘇棠剛把沈易往身旁護了護，還沒來得及跟這老爺爺道歉，就聽到一個熟悉的聲音帶著飽滿的難以置信喚了她一聲。

「蘇棠？」

蘇棠狠狠一愣，循著聲源看過去，正看到一雙大眼睛瞪成了銅鈴的陸小滿。

陸小滿的老公抱著一個一歲多的小男孩站在陸小滿的旁邊，表情比陸小滿端莊一些，但眼睛裡的驚訝之色一點也不比陸小滿的少。

陸小滿驚呼，「還真是妳啊！」

蘇棠剛剛還覺得被人圍觀沒什麼大不了的，這會兒卻有點欲哭無淚了。

她想過無數種向陸小滿介紹沈易的方式，也沒想到會是這樣遇上，不但遇上了陸小滿，還遇上了陸小滿她全家……。

沒等蘇棠開口，陸小滿已經快步走了過來，並在兩步之外就認出了順著蘇棠的目光向她看來的沈易。

「這不是，那個、那個……」

陸小滿直直地盯著沈易的臉，眼睛又瞪大了一圈。

蘇棠笑起來，替她把話補完，「沈易，我男朋友。」

蘇棠說著，拍拍沈易的手，把他落在陸小滿身上的那束有些不解的目光牽回到自己唇間。

「這是陸小滿，我在公司裡的朋友，昨天在醫院的時候就是她打電話來的。後面那個抱著孩子背著相機的是她老公，祁東。」

沈易微微一怔，忙把一直捏在手裡的那一小塊碎磚頭丟到路邊不礙事的地方，拍掉指間的薄塵，微笑著和陸小滿握手。

陸小滿鬼使神差地跟沈易握完手，又愣愣地看了好一陣沈易用紅磚頭寫在地上的這幾列字，直到她老公也抱著孩子來跟沈易握了手，沈易還笑著用三根手指輕輕握了握她家兒子抓過來的肉嘟嘟的小手，陸小滿才想起來要對蘇棠自己選中的這個「三好男人」發表一點評價。

陸小滿的評價只有四個字，語義含蓄，但感情強烈。

「我勒個去……」

這句話沈易雖然看清了，卻沒看懂，轉頭求助地看向蘇棠，看得蘇棠好氣又好笑。

「誇你呢……你快把地上這些弄乾淨，被管理員看見要罰錢的。」

沈易一愣，突然像是明白了點什麼，趕忙抬頭向擺攤的老爺爺抱歉地笑了一下，還沒來得及採取實際行動，就被陸小滿攔住了。

「哎哎哎……等一下，先別擦！」

陸小滿轉身把兒子從老公手裡接過來，「讓祁東替你們拍一張，這個一定得留個紀念！」

沈易沒看清陸小滿的話，但看著陸小滿的老公笑著把掛在肩上的單眼相機取了下來，轉下鏡頭蓋，也猜到了陸小滿大概說了些什麼，蘇棠剛紅著臉朝陸小滿夫妻倆擺了擺手，沈易就笑著把她擁住了。

祁東一連喀嚓了好幾張，直到蘇棠也放鬆下來，對著鏡頭露出了自然的微笑模樣，祁東才滿意地朝兩人比了個ＯＫ的手勢。

地上的字是祁東幫沈易一塊兒弄乾淨的，祁東「成功」在華正的徵才中落選之後憑著個人愛好創業搞了個攝影工作室，一身的文藝氣息，和沈易忙在一起，氣質上一點也不落俗。

兩人忙完之後還忙出了點難兄難弟的意思，沈易把那罐不好意思不買的啤酒給了祁東，蘇棠還沒把手機還給沈易之前，兩人就連比劃帶猜地聊上了。

連陸小滿家的兒子也對沈易產生了濃厚的興趣，主動張開手要沈易抱，蘇棠發現，沈易抱著這小傢伙看孔雀開屏的時候，這一大一小的兩張臉上居然有一樣純粹的開心。

倒是平日裡最喜歡八卦的陸小滿什麼都沒問，蘇棠忍不住悄悄問她為什麼，陸小滿斜眼瞪她。

「我都把他當偶像崇拜大半個月了，他有什麼事我不知道啊，就是不知道他喜歡上的那個又健康又漂亮還最溫柔的女人居然是妳……」陸小滿說著，有點憤憤地看了一眼和她家的兩個男人一塊兒在欄前看孔雀的沈易，怒其不爭似地哀嚎了一聲，「我怎麼崇拜了一個這麼沒眼光的人啊！」

蘇棠氣樂了，和陸小滿追著打鬧成一團，三個大小爺們回頭來找她們的時候，她們已經笑鬧得記不起是因為什麼鬧起來的了。

沈易以賠償陸小滿被他不小心折騰掉的中秋連假為由，請陸小滿一家吃了頓晚飯。沈易稍微喝了點酒，回家的路上一直把蘇棠摟在懷裡，深深地看著懷裡的人，或濃或淡地對著她笑。

蘇棠好氣又好笑地戳他胸口。

「讓陸小滿知道我們在一起，就正式意味著全世界都知道我們在一起了，你做好心理準備了嗎？」

沈易濃濃地笑著，深深點頭，牽過她的手，用手指在她掌心裡一筆一劃地寫字。

夜間車裡的光線很暗，較為模糊的視覺輔以更為清晰的觸覺，蘇棠準確無誤地讀出了沈易留在她掌心裡的話。

——我有信心處理好全世界的男人對我的妒忌。

※

不知道是那半杯紅酒的作用、固有作息時間的作用、陸小滿一家人對他高度認可的作用，還是動物園裡那些獅子老虎猴子大象的作用，沈易進了家門之後還興奮得像個孩子一樣。

蘇棠先沈易一步進門，剛把客廳裡的燈按開，正想要換鞋，沈易突然快步走到她面前，微微欠身，蘇棠還沒反應過來，就被沈易伸來的兩手托住了腋下兩側，用力往上一舉，像逗哄陸小滿家的兒子一樣一下子把她舉了起來。

「欸——」

蘇棠從沒嘗試過在身體懸空的情況下俯視一個一百八十幾公分大男人的滋味，嚇得趕忙撐住沈易寬闊平順的肩膀，低頭之間正對上沈易那張滿是寵溺笑容的臉，一聲驚呼還沒落定就不由自主地笑了出來。

沈易就地連轉了兩圈才把她放下來，蘇棠兩腳一落地就笑著直捶他胸口。

「早知道就讓祁東把你灌醉算了，看你還有沒有力氣發酒瘋！」

沈易笑著把她圈進懷裡，緊緊摟著，埋頭在她頸間，因為剛才的托舉運動而略顯深重的鼻息一下接一下地拂過她側頸敏感的皮膚，把她撩得心裡酥麻一片。

蘇棠哭笑不得地順著沈易的背脊，她明明感覺到沈易開心得快要瘋掉了，卻還是想不明白今天發生的這些事裡到底有什麼值得他開心成這個樣子。

沈易緩了緩呼吸，抬起頭來，蘇棠撫上他笑意尚濃的臉頰。

「你這是在高興什麼呀，告訴我，讓我跟你一起高興一下。」

沈易依然開心著，拿出手機，眨眼的工夫敲下幾句話，遞給蘇棠。

蘇棠接到手裡，一眼掃下去就愣住了。

沈易打字之前似乎沒來得及把語句徹底組織好，落在手機螢幕上的句子帶著一種語無倫次的雀躍。

——第一次，和別人一家人一起吃飯，不用羨慕他們可以替身邊的人夾菜遞紙巾。

吃晚飯的時候沈易對她照顧得很殷勤，她還以為他是努力地想給陸小滿留個好印象……。

蘇棠心裡輕輕顫了一下，抬頭看他。

沈易深深地笑著，兩隻剛剛把她舉起來的手在胸前劃出幾道輕柔的弧度。

——謝謝妳。

他謝她？

她該謝他才對。

這個「謝」字蘇棠不願意用任何一種語言來表達，隨手把他的手機往鞋櫃上一丟，騰出手來環住他的脖子，墊腳吻他。

沈易柔和地把這個有些炙熱的吻截住了，輕輕推開蘇棠像無尾熊抱樹一樣圈在他脖子上的手，在兩人之間拉開一點剛夠他用手語說話的距離。

——我去洗澡。

蘇棠執拗地抱住他的腰，抬頭吻他線條明晰硬朗的下巴，「不髒。」

沈易滿足地笑笑，捧住蘇棠揚起的臉，低頭在她誇張皺起的眉心上輕吻，然後反手溫和地拉開她黏在他腰間的手，抿起飽滿了半天的笑容。

——不要忘記妳要求我答應的事。

這句話沈易是用手語說的，速度不快，蘇棠還是有點懷疑自己沒有真的看懂。

「我要求你答應的事？」

她要求他答應什麼了？

沈易牽起她的一隻手，在她掌心裡一筆一劃地寫下一句簡短的提醒。

——條件。

沈易抿著笑走回臥室之後，蘇棠才恍然想起來，她好像確實對他提過一個條件，昨天提的來著。

她要把機械性紫斑傳染給他……。

蘇棠發現，在這件事上她想得太天真了。

傳染並不是單向的，她在傳染沈易的同時，沈易也可以毫不客氣地傳染回來，一番交叉傳染之後，蘇棠一點也沒占到便宜。

第二天早晨，蘇棠在透過窗簾流進屋中的晨光裡有氣無力地醒過來的時候，沈易還睡得很熟，她枕在他不知道什麼時候墊過來的手臂上，腰身還被他另一條手臂鬆散地圈著。

蘇棠還清晰地感覺到，這床鬆軟的被子下面，自己的一條腿正以一種章魚扒獵物般的姿勢攀在沈易微微蜷起的雙腿上。

蘇棠輕笑，這麼扭曲的姿勢，他倆是怎麼睡踏實的……。

沈易面朝她側臥著，被子只蓋到他腋下，將近半截上身露在外面，蘇棠窩在他的懷裡，沈易寬闊的胸膛正好袒露在她眼前。

這片白皙緊繃的肌膚上清晰地留有他們昨晚一夜瘋狂的證據，把他胸前那幾道已經癒合好的淺淡抓痕對比得幾不可察。

蘇棠湊過去，在他胸前輕輕落下一個吻。

在這樣一個安靜平和的早晨，她願意相信沈易是對的，無論如何，一切都會好的。

蘇棠小心地抽身出來，牽起被子輕輕蓋過他的肩膀，也許是感覺到身旁突然空了下來，沈易安靜的眉頭動了動，輕哼了一聲，埋在被子下的手朝蘇棠的方向伸了伸，像是想要抓住點什麼。

沈易的指尖從被子邊緣露了出來，被薄薄的晨光映得很柔軟。

蘇棠心裡一動，輕輕牽住他伸過來的手，沈易的側臉在枕頭上輕蹭了幾下，安穩下來，終究沒有睜開眼睛。

蘇棠低低地說，「外婆他們旅行團明天一早出發，我回去幫她整理行李。」

窩在窗簾下的貓伸開了蜷成一團的身子，慵懶地「喵」了一聲。

沈易安靜如故，鼻息清淺平穩。

蘇棠又低低地說，「你昨晚把車鑰匙給我了，我就不客氣了喔，我待會打個電話給徐超，請他今天有空的時候幫你把車開回來。」

沈易依然安靜著。

蘇棠小心地鬆開他的手，剛幫他把被角整理好，沈易又輕哼了一聲，在被子下鬆散地翻了翻身。

蘇棠輕笑。

「我知道，注意安全。」

沈易的貓像是得了沈易什麼無聲的指示一樣，蘇棠穿好衣服走出臥室，貓就不聲不響地跟在她腳邊走了出去，從洗手間跟到廚房，一直跟到蘇棠出門。

蘇棠發現，自從她把這毛球的爪子從螃蟹鉗子下救出來，這毛球看她的眼神就發生了質地變化。

這種由內而外的愉悅感，大概就是沈易得到陸小滿認可時的感覺吧。

她不在意別人怎麼看待她和沈易的關係，但這並不意味著她不會因為被沈易的親朋好友接納而高興，就算只是一隻貓，她也一樣高興。

外婆每年都會出門旅行，收拾行李有自己的一套習慣，蘇棠也沒幫上什麼實際的忙，多半時間只是在她收拾東西的時候在一旁陪她說說話。

外婆再次絮絮地叮囑她不要去攙和沈易家裡的事時，蘇棠收到沈易發來的簡訊，說是替外婆訂購了一塊攜帶方便的羊毛坐墊，在景區裡走累了坐下休息的時候會舒服一點，快遞下午會送到療養院門口。

蘇棠把簡訊念給外婆聽，外婆念叨完太破費之後又開始誇沈易心細。

蘇棠聽得好氣又好笑，「他管我們家的事就是心細，我管他們家的事就是瞎攪和，憑什麼呀？」

外婆嚴肅地瞪她，「這是兩回事，妳可不要胡鬧啊。」

「好好好，不管。」蘇棠笑嘻嘻地挨到外婆身邊，一手挽住外婆的手臂，一手往天花板上指了指，「放心吧，等妳回來的時候，我們家的房頂肯定還是完好無缺的。」

「傻丫頭……多長點心眼，別給小易添麻煩啊。」

「知道啦！」

也許是為了好好準備週二的事，沈易決定週一晚上不去上班，全天在家休息，讓蘇棠週一下班之後去他家的時候把車開去就好，蘇棠也就沒讓徐超來取車，週一早上送走外婆之後就開著沈易的車去上班了。

沈易的車在華正建築這樣的單位的停車場裡很是惹眼，蘇棠一下車就感覺到有一束束詫異的目光落在她的身上。

蘇棠沒去理會這些目光的源頭，一路安穩地走進辦公樓，走進電梯，走進辦公室。

反正有陸小滿在，午飯之前全公司都會知道她與這輛車，以及這輛車的車主之間的密切關係。

蘇棠一坐到辦公桌前，就打開電腦，進入辦公自動化系統，按沈易交代她的大致內容，按她自己的語言習慣，發給陳國輝一封在別人看來語意盡可能模糊的訊息。

——他願意跟您聊聊，明天（本週二）11:30-13:00之間，如果您一切方便，明天11:00我在他公司門口等您。

九點半左右，蘇棠正在處理一張圖紙，陳國輝發來了回覆。

——中午有餐會，最遲10:30。

蘇棠抿嘴笑起來，拿起手機給沈易發簡訊。

——他還真要求把時間往前提了，10:30，答應嗎？

沈易秒回。

——半小時後答應。

蘇棠愣了愣反應過來，沈易是要她半小時後再答覆陳國輝。

蘇棠剛在心裡默默感慨沈易當壞人的潛質，手機又震了一下。

沈易發來一張照片。

一盆泡在清水裡的新鮮排骨。

跟著照片發來的還有一句話。

——請選擇做法：紅燒、糖醋、椒鹽、清燉、粉蒸、其他，選「其他」請附食譜連結。

蘇棠想像了一下每一種做法的最終成果圖，突然有點期待下班了……。

顧念到沈易過於脆弱的胃，蘇棠選了「清燉」。

沈易眨眼之間又發來一條。

——請選擇配菜：山藥、海帶、冬瓜、蓮藕、蘿蔔、其他，選「其他」請附具體菜名。

蘇棠選了「冬瓜」，沈易又發來一句。

——請選擇主廚：沈易，其他，選「其他」請為沈易撥打一一九。

「噗——」

蘇棠選定主廚之後，又安心地整理了半個小時圖紙，然後回給陳國輝一封僅有兩個字的訊息。

——可以。

十分鐘之後，陳國輝用一個字回了過來。

——好。

CHAPITRE 11　塵歸塵，土歸土

「沈易在浴缸裡悠然地做了一個一百八十度翻身，改仰躺為趴伏在浴缸邊，伸長手臂，就著那層薄薄的水霧，用手指在距離他最近的玻璃圍牆上寫下幾個字。」

陸小滿的資訊擴散能力比蘇棠想像中的還要強大得多，上班沒兩個小時，蘇棠去另外一個樓層的專案組辦事的時候，就已經沐浴在同事們飽含多種不同情緒的目光裡了。

好奇、懷疑、同情、羨慕、嫉妒、恨，一應俱全。

蘇棠倒是沒有多少情緒，除了對自己遠端點單的那頓晚飯的憧憬之外，就剩下對約見陳國輝這件事的擔心了。

沈易的法子是一錘子買賣，成，就成了，不成，那從此以後找他，或者說找他全家不痛快的，就不光是陳國輝代表的華正集團了。

蘇棠覺得，她現在之所以還能壯著膽子準備約見陳國輝，與任何正義感之類的東西沒有半點關係，純粹是因為她想讓沈易的日子能過得稍微清靜一點。

攪擾一個註定這輩子只能生活在絕對安靜的世界裡的人的清靜，這些人實在是太欺負人了。

上週五蘇棠翹了班，明天還需要翹掉起碼一個上午，前前後後的工作都積壓到了今天，要不是陸小滿好心給她送來三明治，蘇棠的午飯就要被忽略不計了。

蘇棠要把買三明治的錢給陸小滿，陸小滿不要。

「這是賄賂妳的，妳幫我走個後門，找妳家白馬王子求本簽名書吧，我婆婆是他的真愛粉絲。」

蘇棠笑起來。

有時候她覺得自己有點不正常，人家都說，愛得投入了，別人多看一眼都會覺得

是搶，她卻打心底裡恨不得全世界的人都喜歡沈易。

「怎麼個真愛法？」

陸小滿翻了個白眼，「她一把鼻涕一把淚地看完各家媒體對沈易的報導之後，就把她當親兒子養的那隻吉娃娃改名叫小易了，有事沒事就對著狗瞎說話。」

「……」

蘇棠緊趕慢趕，好不容易在正常下班時間之前把計畫內的工作都做完了，興沖沖地開車朝晚飯的方向趕去，卻又被下班高峰期過於密集的車流結結實實地堵在了市中心。

蘇棠一向是坐地鐵上下班的，不太清楚這個時間的路況，只得無奈地坐在已經十幾分鐘沒有挪動一寸的車裡發簡訊給沈易。

——正在大馬路上開車展呢，不知道什麼時候開完，你餓了就先吃飯吧。

沈易的回覆和蘇棠料想中的幾乎一模一樣。

——沒關係，不要著急，注意安全。

蘇棠對著手機螢幕上帶著沈易式的柔和溫度的話，抿嘴笑了笑。

她無條件地相信，沈易接下來要做的事也一定會和她料想中的一模一樣。

沈易一定會等她回家一起吃飯，無論她在路上堵多久，就像他一定會叮囑她「注意安全」一樣的一定。

好在這場「車展」結束得比蘇棠料想中的快了不少，蘇棠剛聽完兩首徐超下載在車裡提神用的老軍歌，車流就緩緩地動了起來，一點一點地蹭出了城中心最堵的這一段之後，東郊就是一路暢通了。

蘇棠拿鑰匙打開沈易家門的時候天還沒黑，沈易不在客廳，也不在餐廳和廚房，書房、客房、陽臺都是空蕩蕩的，倒是他臥室的房門關得緊緊的，還從裡面反鎖了起來。

蘇棠把一側耳朵貼在鎖孔上仔細聽了聽，沒聽見任何可能與人類活動有關的聲音，只有貓在裡面叫得讓人揪心。

自從她拿平底鍋敲碎了他臥室的房門之後，蘇棠就再沒見沈易鎖過房門。

蘇棠有點心慌，拿出手機給沈易發簡訊。

——你在幹什麼？

簡訊剛發出去，蘇棠就聽到客廳裡傳來手機在硬質平面上震動的聲音，蘇棠走過去看，發現他的手機就躺在客廳的茶几上，螢幕上顯示著一條簡訊提醒。

蘇棠心裡更慌了。

這是一個有過被胃痙攣生生疼到暈厥的病史的人，他的手機不在身邊，房門還反鎖著，萬一他在臥室裡胃疼起來沒力氣自己開鎖出來……

臥室的方向又傳來一聲尖細的貓叫聲，叫得蘇棠心裡直發毛。

蘇棠手裡有沈易家所有門的鑰匙，顧不上多想他反鎖房門的可能原因，趕忙拿鑰匙開了他的房門。

蘇棠生怕屋裡的人就倒在門後，開門格外小心，門扇在掃過四分之一個圓弧的過程中沒有並觸碰到任何障礙物，順順利利地就打開到底。

最可能在臥室裡做的一聲不響的事就是睡覺，蘇棠第一眼就掃向沈易的床。

床上沒人。

然後以脖子為軸心，以床的方向為起點，臉轉過近一百八十度，最後呆呆地定在床頭對面的方向。

床頭對面的牆下是一幕弧形的透明玻璃圍牆，玻璃圍牆和混凝土牆體所圍成的空間就是沈易的浴室。

玻璃牆與房頂之間留有一段不小的距離，內外氣流通暢，玻璃牆內只蒙了一層薄薄的水霧，蘇棠可以清晰地看到，沈易正舒展地仰靠在那口白瓷浴缸裡，兩條線條流暢的手臂一左一右輕搭在浴缸邊上，眼睛閉著，安靜得好像已經睡著了。

貓在水氣氤氳的浴室裡面使勁抓撓著那扇設計精巧的玻璃推拉門，全身的毛都濕成了一綹一綹的，顯得整個貓瘦了好幾圈，嚎得要多慘有多慘。

沈易這是在……

洗澡？

屋裡四處都是排骨香，他大概是以為她要在路上堵很久，就想藉這個時間泡澡，來消除他因為做飯而沾了滿身的飯菜味，以便在她回來之後，他的鼻子能更輕鬆地感知她的存在。

蘇棠呆在原地，莫名地想起了外婆從電視劇裡總結出的那套歪理。

這也算不上偷看吧……

她這不是正在光明正大地看嗎。

沈易似乎正深深地沉浸在他獨有的安靜裡，蘇棠大著膽子走過去，貓撓門撓得更瘋狂了，沈易依舊安然地仰靠著，微微朝浴室門的方向偏著頭，唇角自然地微彎。

浴缸裡的水面上浮著一層細膩厚實的乳白色泡沫，沈易半露在水外的胸膛隨著平緩的呼吸淺淺起伏，推得他胸口附近的泡沫也跟著輕輕搖曳。

天色已經很沉了，房間裡只有浴缸上方的那盞用來製暖的浴室燈亮著，集中且強烈的光束把燈下之人的每一絲細微的舉動都映得格外清楚，蘇棠不知不覺間盯著他胸口與水面的交界處看出了神，直到這副半浸在水裡的軀體大幅度動了一下，蘇棠才猛然回過神來。

沈易在浴缸裡悠然地做了一個一百八十度翻身，改仰躺為趴伏在浴缸邊，伸長手臂，就著那層薄薄的水霧，用手指在距離他最近的玻璃圍牆上寫下幾個字。

——感興趣就進來看看吧。

沈易寫完，轉過頭對蘇棠深深地笑，見蘇棠一時沒動，又在下面添了四個字。

——不收門票。

拒絕這樣的邀請恐怕會有暴殄天物之嫌，蘇棠眉梢一挑，毫不猶豫地開門走了進去。

貓想趁機逃出浴室，被蘇棠揪著脖子後面濕噠噠的皮毛揪了回來，繼續絕望而執著地撓著再次關好的浴室門。

沈易已經翻身仰躺了回去，含笑看著她，好像一句「歡迎光臨」。

蘇棠走到浴缸邊，瞇眼看他。

「能看，也能摸嗎？」

沈易笑著點頭，大方地展開手臂以示全力配合。

蘇棠微欠身，把手伸進水裡攪動了幾下，攪開一小片泡沫，朝他胸口上輕撩了一小捧清水，看著水在他鎖骨窩間稍稍停滯了片刻，然後緩緩淌下，在他緊實的肌膚上拖出一道道玲瓏的水痕。

沈易只看著她笑，笑得又靜又深，好像真的已經被這一缸洗澡水泡軟泡化了一樣，一切聽憑她的處置了。

蘇棠禁不住這樣明晃晃水淋淋的誘惑，彎下腰來吻他，一隻手的指尖很不老實地沿著他胸前的一道水痕往下滑，剛滑到水面以下，還沒來得及使壞，沈易原本輕圈在她腰間的手臂突然收緊起來，蘇棠猝不及防，被他一把抱進了浴缸裡。

蘇棠和衣入水，驚叫聲一點也不比貓含蓄。

「啊——」

沈易穩穩地把她接在懷裡，蘇棠仰面朝上跌在沈易胸前，一點也沒磕碰到，倒是激起的水花濺了沈易滿臉。

沈易沒去擦抹滿臉的水漬，像惡作劇得逞的小孩子一樣，滿足地抱著她直笑。

蘇棠第一次穿著風衣高跟鞋進浴缸，被溫熱的洗澡水、柔軟的泡沫、清甜的香氣，還有沈易的手臂圍繞著，氣都氣得很綿柔，捶打他肩膀的時候都沒法正經八百地用力。

「你是把洗澡水泡進腦子裡了是吧！」

沈易笑著鬆開摟在她腰間的手，蘇棠濕漉漉地從他懷裡爬起來，沒急著爬出浴缸，騎坐在沈易舒展在水下的雙腿上，好氣又好笑地看著沈易用手語對她說話。

挨了蘇棠一記沒什麼火氣的白眼之後，沈易又一本正經地伸手指了指還在扒拉門的落湯貓，又添了一句。

——在這裡看，很清楚。

——如果不信可以問牠，我剛才也邀請牠這樣看過。

蘇棠氣樂了，朝他臉上連潑幾捧水。

沈易既不還手也不抬手擋水，只管閉眼抿嘴挨著，被水打濕的睫毛輕搭在他眼底白皙的皮膚上，那些關在眼睛裡的笑意彷彿溶進了沿著睫毛梢流淌下來的水裡，流過他的臉頰，下巴，脖頸，胸膛，然後悄然入水，漫成滿缸的愉悅。

蘇棠潑累了，伸手在他濕潤的臉頰上捏了捏，待他睜開眼睛，就半真半假地衝著他板起臉來。

「等等給我把衣服洗了。」

沈易只笑，伸手解開了蘇棠風衣的腰帶。

沈易確實幫她把身上濕透的衣服一件一件全脫了下來，不過只是隨手往浴缸外的地板上一扔，就把所有的注意力都投給了這些衣服下的那副軀體，絲毫沒有處理它們的意思。

蘇棠裹著浴巾，踩著水淋淋的高跟鞋，聽天由命地跟著沈易從浴室裡走出來的時候，已經做好了明天上午穿著沈易的衣服去見陳國輝的心理準備了。

沈易還真把她帶到他的衣櫥前，一手抱著用乾毛巾包裹著的落湯貓，一手拉開五道衣櫥門其中的一道。

這是沈易的衣櫥無疑，但這道櫥門後掛的全是女裝，什麼風格都有，還都是嶄新的，件件都被細心地罩在透明的防塵罩裡。

蘇棠還愣著，沈易又拉開了衣櫥夾層的抽屜，露出整齊地擺放在裡面的同樣嶄新的女性內衣。

沈易笑著做了個請的手勢，示意蘇棠隨意挑選。

蘇棠愣得很厲害，「給我的？」

沈易點點頭，眼睛裡滿當當的笑意給蘇棠一種她剛剛使勁誇了他一句的錯覺。

蘇棠隨手翻了翻，無論內衣外衣，全是她最合適的尺碼，並且根據不同品牌不同款式的版型區別而有所調整。

蘇棠愣得更厲害了，「這些……你什麼時候買的？」

沈易把抱在手裡的貓遞到蘇棠懷裡，然後牽著還帶有朦朧水氣的笑容，用手語對她慢慢地說。

——想妳的時候。

要不是手裡抱著一隻滿眼都是想與這個世界同歸於盡的貓，蘇棠很想張開雙手擁抱他一下。

他想她的方式實在太實用了……。

「你可以有時間想我，但是你哪有時間逛街啊？」

沈易似乎是覺得這個問題的答案超出了蘇棠現有的手語理解水準，轉身拿過放在床頭櫃上的平板電腦，在上面敲了幾句話，舉在胸前給蘇棠看。

——很多服裝品牌的官方網站都提供網購服務。女裝的品牌和款式非常多，更新換代也很快，基本可以跟得上我想妳的頻率。

「能讓我看看你的購買記錄嗎？」

沈易輕抿起嘴唇，像是在猶豫什麼。

蘇棠笑著搖頭，「我不想知道這些衣服花了你多少錢，我只是想知道，你曾經在什麼日子的什麼時間裡想過我。」

笑容在沈易微微繃起的唇角邊舒展開來。

——Every day, any time.

※

沈易很快換好衣服，把貓抱去陽臺上擦毛，蘇棠對著滿櫥子的新衣服選擇障礙發作，好不容易換好衣服過去找他的時候，落湯貓已經變回了原來的薑黃色大毛球，洋洋舒泰地窩在沈易腿上，閉著眼睛，任沈易用手指細細地揉過那些還沒有徹底乾透的皮毛。

蘇棠蹲到沈易膝邊，把自己剛剛吹乾的頭髮攏到一側，攥成一束，仰著臉伸到沈易面前，「我的也沒乾透呢。」

沈易笑起來，一手揉貓，另一隻手揉了揉她的頭頂。

蘇棠也不介意和貓共用沈易的溫柔，滿足地用頭頂蹭了蹭他的掌心。

「對了，你寫的那本書已經上市了嗎？」

沈易點點頭。

「陸小滿想要一本你的簽名書，送給她婆婆的，給不給？」

沈易微怔了一下，笑著輕輕點頭，沒從籐椅上站起來，只透過半扇玻璃推拉門，遙手指了指放在書房裡電腦桌旁的一口紙箱子。

蘇棠走過去看了一眼，箱子裡整齊地擺著約二十本書，都是嶄新的，收縮膜還沒撕開，從貼在箱子上的快遞單上標註的寄件人資料來看，應該是與沈易簽約的那家出版社寄給沈易的樣書。

蘇棠拿了一本書，又拿了一支簽字筆，回到沈易身邊。

「這本書你已經送出多少簽名版了？」

沈易笑著搖搖頭，屈指比了個數字零。

蘇棠揚揚拿在手裡的書，「這是第一本？」

沈易點頭。

「那這本是我的了。」

蘇棠把筆銜在唇間，兩手撕掉包在書外的塑膠膜，翻到扉頁，一手托著，騰出的那隻手還沒來得及把筆從唇間拿下來，蘇棠的目光定在印在扉頁中央的那行小字上，愣了一下。

——謹以此書獻給賜予我生命的媽媽，和賜予我新生的那位女孩。

蘇棠一愣之間嘴唇下意識地微微開啟，失去束縛的簽字筆直直地墜了下去，在她的拖鞋上彈了一下，然後一路滾到沈易腳邊。

沈易在專注地看著她，沒去管腳邊的筆。

「賜予你新生的女孩……說的是我？」

沈易的唇角無聲地揚高了些，沒點頭也沒搖頭，只笑著把貓從腿上抱下去，彎腰撿起腳邊的筆，拔下筆帽套在筆桿另一端，然後向蘇棠伸出手來。

蘇棠把書遞到他手裡。

沈易把背脊緊貼在籐椅靠背上，收起右腳，輕踏椅子的邊緣，以右腿當墊板，提筆在扉頁上寫了起來，從他手腕移動的頻率上看，字數遠多於他的名字。

沈易寫完，笑著把書遞給蘇棠。

沈易行雲流水一般的字緊跟在扉頁上的那行小字下面，在那行一本正經的印刷體小字的對比之下，顯得別有幾分實在又鮮活的柔情。

——以及我最愛的蘇棠。

「那這個給你新生的女孩是誰呀？」

蘇棠倒不是嫉妒這個人，只是這個人既然能讓沈易這樣鄭重地把她和他的媽媽並列放在一起，一定是對沈易非常重要的，之前卻從沒被沈易提起過。

她正在分享這個人賜予沈易的新生，理應也像沈易一樣對這個人心懷感激。

沈易笑得有些意味深長，低頭把簽字筆的筆帽蓋好，從籐椅上站起來，走進書房，在印表機的紙槽裡抽出一張白紙，換了一隻5B鉛筆，站在電腦桌前彎腰寫字。

——她是四歲時的妳，我很感激她為我的人生帶來的改變，但是我並不會因為這樣的原因愛上她。我愛妳，因為妳是今天的妳，妳和她是不同的。

沈易除了在寫「我愛妳」這三個字的時候多在筆尖使了些力氣之外，還在所有的「妳」字上都刻意下了力氣，以至於一眼看過去，落在紙上的這幾行字彷彿是一封加過密的情書，真正想要傳遞的資訊其實是這七個加黑加粗的字。

妳，我愛妳，妳，妳，妳。

蘇棠丟下手裡的書，踮腳圈住沈易的脖子。

「我也愛你，昨天的，今天的，明天的，都愛。」

「明天」二字的唇形落在沈易眼中，蘇棠分明看到沈易的笑容深處滲出絲絲縷縷的不安，不禁仰頭遞上一個穩穩的吻。

「明天晚上就可以吃那一缸大閘蟹了。」

本就淺淡的不安被蘇棠的吻化了個乾淨，沈易深深地笑著點頭，像是一句無字的承諾。

蘇棠把沈易寫的這頁紙小心地收了起來，夾在屬於她的那本獨一無二的簽名書裡，吃過晚飯，沈易把箱子裡剩下的書都拿了出來，逐一簽了名，把其中一本交給蘇棠。

第二天一早上班，蘇棠辦公樓門口把書交給陸小滿的時候，陸小滿直嚎蘇棠不會辦事。

「妳怎麼就不知道利用職務之便也幫我求一本啊！」

蘇棠好氣又好笑，「怎麼利用職務之便？」

「妳還能有什麼職務之便，吹枕頭風啊！」

「把他吹感冒了怎麼辦？」

陸小滿被蘇棠逗樂了，迎著秋天清早的小涼風沒心沒肺地笑了一陣，目光落在蘇棠嶄新的衣服上，眼睛一下子瞇了起來，「不錯不錯……妳最近肯定很勤快。」

蘇棠低頭看看身上的衣服，明知道今天有場仗要打，秉著輸人不輸陣的原則，蘇棠在沈易買來的那堆衣服裡選了一套氣場最足的，出門之後沈易才告訴她，她長了一雙能在眾多衣服裡又快又準地選出最貴的那一套的慧眼……。

這套能被沈易說貴的衣服到底售價多少，蘇棠問都不敢問。

蘇棠苦笑，「這不是我自己買的……」

「我不是說妳工作勤快，我是說妳練級練得勤快，這麼快就換上頂級裝備了。」陸小滿說著，朝蘇棠擠擠眼睛，「勤快是好事，還是要注意身體承受能力的，可以拼，但不能太拼。」

蘇棠氣樂了，拿包掄了她一下。

「妳想點正事行不行，要妳幫我弄的假單弄好了嗎？」

「昨天下班前就弄好了……」陸小滿揉著被她砸疼的手臂朝她翻白眼，「妳又要去偷會情郎了是吧？」

蘇棠挑眉，「不然呢？」

蘇棠和陳國輝約定的時間是十點半，蘇棠十點鐘就趕到了沈易公司門口，陳國輝是十點一刻到的，下車看到已經等在門口的蘇棠，微微一愣，眉目間掠過一層薄薄的意外，轉眼即逝。

蘇棠客氣地迎過去，陳國輝笑得有點不大自在。

「我看今天路上有點塞車，提早一些時間出門，妳怎麼也來得這麼早啊？」

蘇棠發自內心地笑了笑。

提前半小時到是沈易特地叮囑她的，沈易在叮囑她這樣做的同時，也叮囑了她應該怎麼對陳國輝解釋自己為什麼要這樣做，「我看錯時間了。」

陳國輝有點僵硬地笑笑，沒再在這個問題上追問。

沈易提前跟警衛打好了招呼，蘇棠和陳國輝一路暢通地進了公司的辦公大樓，乘電梯直接上了頂樓。

頂樓是公司內部的咖啡廳，正是工作時間，偌大的咖啡廳裡只有零散的幾個人，或埋頭看書，或埋頭敲電腦。

蘇棠找了個臨窗的位置，邀陳國輝坐下來，除了點咖啡時說了聲「拿鐵」之外，陳國輝一直沒出聲。

蘇棠也沒有沒話找話地跟他客套，服務生把咖啡送來之後，蘇棠低頭從隨身的包裡取出幾頁用釘書機整齊訂在一起的A4列印紙，一式兩份，展平遞到陳國輝面前。

「您先看看這個，如果您覺得可以，就在這兩份後面都簽個字。」蘇棠說著，伸手過去替陳國輝掀到最後一頁的簽字處，「他已經簽過了。」

十點多的陽光下，白紙上用黑色簽字筆端端正正寫下的「沈易」二字醒目得有些刺眼。

陳國輝皺皺眉頭，淡淡地「嗯」了一聲，伸手翻回到第一頁，倚在沙發靠背上慢慢地看起來。

蘇棠氣定神閒地抿著咖啡，眼睜睜看著陳國輝的眉頭時不時地皺一皺，又努力地展平，反覆數次之後，終於皺起來不動了。

陳國輝皺著眉頭一直看到最後，抬頭問蘇棠。

「這些條件都是他提的？」

「不知道。」蘇棠答得乾脆又坦然，「他就讓我先拿這個給您看看，您要是願意簽字，他就上來跟您談後面的事，您不願意簽的話，那就再說了。」

陳國輝的眉頭又往中間擠了一下，像是思量了點什麼，眉頭又緩緩舒開，又問了蘇棠一句，「妳到底是怎麼勸動他的？」

蘇棠笑笑，「您愛人就沒跟您吹過枕頭風嗎？」

陳國輝笑了一下，沒應聲，也沒再追問。

陳國輝又伸手拿起另外一份一模一樣的，從頭到尾看了一遍，看到尾頁的那個簽名時，把之前那份的簽名也翻了出來，兩份對比著看了足足半分鐘，然後從西裝上衣口袋裡抽出一支筆，把自己的名字龍飛鳳舞地簽了上去。

蘇棠把其中一份拿回到自己面前，另一份留給陳國輝，然後拿出手機給沈易發了一條簡訊。

——他簽了。

沈易秒回。

——三分鐘到。

蘇棠放下手機，鬆了口氣，如釋重負地笑了笑，像舉酒杯一樣向陳國輝舉了舉自己的咖啡杯，「陳總，我能辦的事都已經辦完了，剩下的就是您和他的事了。祝您一切順利。」

陳國輝笑笑，端起自己的咖啡杯，跟她輕碰了一下。

「謝謝。」

※

兩人的咖啡杯在各自的碟子裡落定不足兩分鐘，陳國輝剛順口問了蘇棠兩句關於工作現狀的事，沈易就出現在了咖啡廳門口。

蘇棠朝他招手示意，沈易微笑著走過來。

陳國輝起身和他握手，「沈先生。」

沈易微笑點頭，帶著點讓人久等的抱歉。

蘇棠往裡挪了挪，在身邊給沈易讓出一個位子。

沈易和陳國輝對面坐下來，蘇棠發現，這兩個男人都是黑西裝白襯衫深色領帶的打扮，一絲不苟，沈易像是剛從奧斯卡電影節的紅毯上走下來的影帝，陳國輝則像是剛走進鄉村節目外景鏡頭裡的農民企業家。

一個溫和裡帶著讓人琢磨不透的深邃，一個驕傲裡夾雜著遮掩不住的忐忑。

實話實說，沈易把陳國輝約到這來是要談什麼，蘇棠一點也不知道。

沈易請她幫這個忙的時候就只把事情交代到這裡，據沈易那天寫在手機上的話說，她只要讓陳國輝簽下這份協議書就可以，剩下的事他會很容易辦好。

萬一辦不好，這份協議書會變成賣身契還是法院傳票，誰也說不準。

陳國輝牽著一道商人味十足的笑容，曲著一根手指在他面前的那份協議書上輕點了兩下，「沈先生，這樣是不是有點小題大做了啊？」

沈易淺淺地皺了下眉頭，帶著柔和弧度的嘴唇輕輕一抿。

沈易像是簡短地猶豫了些什麼，一手拿過自己面前的那份協議書，翻了個面，一手從西裝上衣口袋裡拿出一支圓珠筆，在協議書最後一頁背面的空白上快速地寫了些字，帶著抱歉的微笑遞到陳國輝面前。

——抱歉，我的助理正在工作，暫時走不開，蘇棠不太懂手語，希望您可以說得清楚一些，並且盡量不要使用成語俗語，這樣可以為我們節省一點時間，以免耽誤您中午的公務活動。

陳國輝大概是第一次與沈易透過這種方式對話，被紙上整齊的字跡看得微怔了一下，抬頭看向蘇棠，正撞見蘇棠眉眼間那點還沒來得及散盡的自責。

她最初下定決心學手語，就是想要像秦靜瑤一樣，在這種時候幫沈易與人無障礙地交流，結果沈易花了那麼多心思教了她這麼久，真到這個節骨眼上，她還是只能坐在一邊乾看著……。

無論真假，陳國輝多少表現出了點應有的尷尬，「好的，好的……」

沈易對陳國輝微笑著輕輕點頭，以示感謝，又把那份被他當了便條紙的協議書拿回到自己面前，在剛才的話下面繼續寫字。

——您是覺得這些條款不太合理，還是覺得沒有必要簽一份這樣的協議？

沈易認真地微笑著，陳國輝笑得依然不太自在。

這份協議書是沈易昨晚交給她的，蘇棠簡單地看過一遍，平心而論，這些條款確實很過分，過分到她雖然對商業方面的法律一無所知，依然覺得就算陳國輝可以咬牙接受，政府相關單位也接受不了。

多看了兩眼沈易寫下的這句話之後，蘇棠才突然反應過來，陳國輝就是把牙咬碎了，也不會對這些條款的內容抱怨什麼。

他都已經把名字簽好了，現在再來抱怨，那不就要連面子也一塊賠進去了嗎？

蘇棠突然覺得，沈易的微笑好像是泡在一汪無色透明的壞水裡的。

陳國輝果然沒挑第一個，「我一開始就是誠心誠意……」

也許是突然想起答應沈易的不說成語俗語，陳國輝頓了頓，調整了一下笑容，重說了一遍，「沈先生早就知道，我是很真誠地想和沈先生合作的，這裡面有些條款確實是有點難為人，但還算不上是很苛刻，這些都是可以辦到的……」

陳國輝嘆了口氣，「其實這樣的事，沈先生只要當面打個招呼就行了，沈先生對法律有研究，說句實在話，這種內容的書面資料就算拿到法庭上也沒有法律效力，一個君子協議弄成這樣，多傷感情啊。」

蘇棠有點想用高跟鞋在桌子底下使勁踩陳國輝一腳。

反正他的皮夠厚，厚得居然能對沈易說出「傷感情」這三個字來。

他讓人去醫院給沈易的爸爸送禮的時候，怎麼就沒想起這三個字？

蘇棠只好埋頭喝了口咖啡，就著咖啡把到了嘴邊的一句粗話咽了下去。

沈易似乎是把陳國輝之前怎麼傷他感情的事忘乾淨了，看到陳國輝字句清晰地說完這番話，有些不好意思地微笑著點點頭，又寫下一句。

——我是第一次嘗試這類的合作，如果有冒犯的地方，希望您可以諒解。

沈易字裡行間透著濃濃的懇切，陳國輝也不好意思了，「不會，不會……我只是隨口說說，沈先生這樣說就言重了。」

沈易微笑點頭，又提筆寫字。

——您可以向我提條件了。

陳國輝沒說話，轉手打開隨身的公事包，從裡面抽出一個平板電腦，像是早已準備好了，解鎖螢幕之後就遞給了沈易。

蘇棠掃了一眼，只看到是一份加密的ＰＤＦ文件。

沈易捧著陳國輝的平板電腦看得很認真，陳國輝也不催他，拿出手機低頭擺弄起來。

沉默持續了將近五分鐘，蘇棠眼睜睜地看著這兩個人無聲地低頭相對，好像車站大廳裡兩個偶然坐到對面的人，各自等著些毫不相干的什麼。

蘇棠沒跟人談過生意，但隱約覺得，談生意應該不是這種氣氛。

最後還是陳國輝先放下手機，抬起頭來對蘇棠說話，「小蘇，幫沈先生點杯東西喝吧？」

沈易靜靜地看著平板電腦的螢幕，渾然不覺。

蘇棠對陳國輝笑笑，「陳總，剛才不是說好了嗎，我能辦的事都已經辦完了，剩下就是您和他的事了，您看著辦吧。」

陳國輝噎了一下。

這也是沈易的叮囑之一，不讓她走，也不讓她搭陳國輝的任何話，就讓她在這坐著。蘇棠猜不透原因，但現在想想，突然覺得沈易的叮囑就像爸爸叮囑被他帶出門的寶貝女兒一樣，不要亂跑，不要和壞人說話，乖乖坐在他身邊。

蘇棠不由自主地露出一個愉悅得有些不合時宜的笑容。

陳國輝被她笑得莫名其妙，沒再提幫沈易點飲料的事，一直等到沈易把那份PDF檔看完，把平板電腦放到桌子上，才對抬起頭來的沈易說，「這只是個初步的想法，如果沈先生有什麼建議，我們可以再約個時間討論討論。」

沈易笑了一下，濃淡適中的笑容在接近中午的明媚陽光下顯得格外透徹。

沒等沈易做什麼答覆，咖啡廳靜悄悄的空間裡突然傳來一聲手機震動的細響。

聲音是從沈易身上傳來的，陳國輝還是下意識地瞥了一眼自己手邊的手機。

沈易有些抱歉地笑笑，從口袋裡拿出手機，在螢幕上輕點了幾下，蘇棠眼看著他的臉色微微黯淡了一重，心裡不禁揪了一下。

她相信沈易一定是有安排的，這個表情意味著什麼，蘇棠禁不住亂猜。

除了一層晨霧般薄薄的低落之外，沈易的臉上沒有什麼別的情緒，蘇棠坐在他身旁，清楚地看著他輕輕地綳起唇角，低低地垂下眼睫，給手機那頭的人回過去一條大概只有一兩個字的簡訊。

再抬起頭來的時候，又是對著陳國輝歉意地一笑。

「沈先生先忙吧，今天就不打擾了，咱們改天約個寬裕點的時間再好好談談。」

沈易點頭。

陳國輝收起協議書和平板電腦，拎著公事包站起身來，隔著桌子跟沈易客氣地握手，「回頭找個好天氣，我請沈先生打高爾夫。」

沈易微笑點頭。

不知道是不是趕去中午那場餐會的時間有點緊了，陳國輝往門口走時腳步明顯有些匆忙。

陳國輝剛離開這張桌子十步遠，咖啡廳裡本就不多的三五個客人中又有兩個也起身朝門口走去了，一時間整個咖啡廳就像一場冷門的小眾電影結束散場了。

有個一直在距他們桌子不遠處喝咖啡看書的中年男人也了站起來，兩口把杯子裡的咖啡底喝完，朝蘇棠和沈易的方向走了過來。

男人走近了，蘇棠才發現他拿在手裡的書正是沈易剛出版上市的那本。

《在寂靜中聆聽》。

這個全身散發政府單位主管氣質的男人走過來，朝沈易揚揚手裡的書，「考慮到我們單位上班嗎？」

蘇棠站在沈易身邊，愣得差點把嘴張開。

在這個瞬息萬變的行業裡，連挖牆腳都挖得這麼簡單粗暴嗎……。

沈易似乎一點也不意外，有些靦腆地笑著，很堅決地搖頭。

沈易的反應似乎也在男人的意料之中，男人笑著嘆了口氣，把書輕輕擱到桌子上，「那你可得老實點啊，你這種腦子的人要是存心跟我們耍心眼，我們可招架不來，所以我們會把你列為長期重點對象，時時刻刻盯著你。」

沈易笑起來，深深點頭，以示保證。

男人說完，拿起桌上屬於沈易的那份協議書，和沈易握了握手，大步離開了。

蘇棠回過神來的時候，男人已經消失在咖啡廳門口了。

偌大的咖啡廳裡一時間只剩了他們兩個，以及那個從吧台後走出來，開始收拾那幾張桌子的服務生。

「欸！」蘇棠一把抓住沈易的手臂，把沈易的目光從咖啡廳門口拽了回來，「那個是什麼人啊，你怎麼讓他把協議書拿走了！」

沈易眼睛裡的笑意突然一濃，張手給了蘇棠一個深深的擁抱。

蘇棠剛提到嗓子眼的心安安穩穩地落了回去。

沈易在慶祝勝利。

雖然她不明白他是怎麼獲勝的，但她實實在在地感覺到了。

蘇棠甚至有種感覺，沈易一直把她留在這裡，等的就是這一刻。

沈易擁抱了她足有半分鐘，蘇棠胸前的衣服都被沈易的體溫暖透了。

蘇棠猜，這要是在一個沒有外人也沒有監控攝影機的地方，沈易大概會選擇一些熱烈程度和他現在的情緒更相配的方式來好好慶祝一番。

期間有通電話打進了沈易的手機，一個陌生的室話號碼，沈易的手機在桌子上震了兩下，電話就自動掛斷了。

蘇棠哭笑不得地輕拍著這個「收不到訊號」的人的背脊。

沈易鬆開她，拿起桌上的手機，習以為常地跳過那通陌生的未接來電，點開一頁備忘錄，輕快地打了一句話，笑著遞給蘇棠。

——他們是金管會的人。

蘇棠狠愣了一下。

蘇棠這輩子還從沒和這個機構的人打過交道，但她多少有點模糊的概念，這群人就像是金融世界裡的警察，擾亂公共治安的事歸警察管，擾亂金融秩序的事就歸他們管。

蘇棠瞪圓了眼睛，恍然明白過來，「剛才那兩個跟著陳國輝出去的，也是？」

沈易笑著，讚許地點頭。

蘇棠可以在沈易清亮溫柔得像一汪溫泉的眼睛裡看到，自己的那雙眼睛還是瞪得很圓很圓，「你把他們請來的？」

沈易搖頭，從蘇棠手裡接過手機，低頭打字。

——他們來處理關於趙昌傑的一些後續問題，我在配合他們的調查工作，順便也請他們配合我一下。

「剛才……剛才你寫的那些，還有讓他說的那些……」蘇棠愣愣地當空比劃了一個沒有什麼確切意義的大圈，「都是在取證？」

沈易似乎是細細地品了一下蘇棠的話，然後輕輕點頭。

沈易安然得好像一切都已經塵埃落定了，蘇棠依然覺得哪裡有點不對，「你也在那份協議書上簽字了，沒問題嗎？」

沈易臉上的笑意在濃烈的陽光下順著五官的線條彌漫開來，一手輕圈住蘇棠的腰，低頭在蘇棠不由自主蹙起來的眉頭上落下一個輕吻，像是一句柔和又不失堅定的肯定答覆，然後鬆開手，拿起那男人剛才留在桌上的那本書，打開扉頁，遞到蘇棠面前。

沈易送給她的那本書上只寫了贈言沒有寫簽名，這本書正好相反，沒有簽什麼贈言，只在右下角簽著一個名字，筆觸有些花俏，雖還認得出是沈易的名字，但和簽在那兩份協議書上的樣子截然不同，也和簽在送給陸小滿的那本書的樣子截然不同。

蘇棠一愣，沈易又抿著笑意把手機遞了過來。

——那份協定的內容是金管會的人和我一起擬定的，我簽字的時候他們也都在場，那個不是我的簽名，只是簽了我的名字，沒有問題。這個才是我在正式簽字時的簽名，包括銀行卡帳單，這樣的正式簽名簽在書上會有一定的安全隱憂，我只在這一本準備送給媽媽的書上用了這個簽名，希望妳不要介意。

蘇棠舒了口氣，安心地笑起來，瞪他一眼，誇張地撅起嘴來，「我憑什麼不介意啊，你不寫給我這樣的簽名，就是不信任我。」

沈易看得出她在逗他，笑得深了幾分。

——我相信妳，但是我更希望多給妳一點方便。

「什麼方便？」

——方便拿著那本書向人炫耀。

蘇棠被這個自我感覺格外良好的人氣樂了，攥拳在他胸口輕擂了一下，懶得再搭理他，鼓著腮幫子踏踏實實地坐回沙發上，抱起杯子喝了一大口微涼的咖啡。

蘇棠放下杯子，伸手拽了一張紙巾，剛想抬手擦掉因為喝得太大口而糊滿了嘴唇的奶泡，手腕就在半空中被沈易伸手捉住了。

沈易挨著她坐下，另一手輕捏著她的下巴，把她的臉朝自己這一側轉過一個柔和的角度，含著比這杯拿鐵還濃郁的笑容輕吻下來，專注地吮吻那些滯留在蘇棠唇間的香濃。

彷彿這些還不足夠，沈易又向她殘存著咖啡濃香的口中求索……。

在距他們不遠處收拾桌子的服務生視而不見，聽而不聞。

沈易留戀地結束這個吻時，臉頰和雙唇都有些微紅，原本一絲不苟的西裝上出現了些許曖昧的輕褶，端正的領帶結有些鬆動，襯衫領口也有點細微的歪斜，看得蘇棠直想找地方活剝了他。

蘇棠一點也不掩飾自己強烈的食慾，沈易被她這樣的眼神盯著，輕揚著唇角若無其事地整理好身上所有不太和諧的痕跡，然後拿起手機打了幾個字，人畜無害地微笑著，遞給臉上紅暈未消的蘇棠。

——第一次嘗這裡的咖啡，味道非常好。

蘇棠好氣又好笑，抬腳踢了一下他的小腿，恨恨地瞪他，「真該發給你一個奧斯卡小金人……，你看你現在這德行，再看你剛才看簡訊那樣子，再跟著你混幾天，等我外婆旅遊回來，我就得因為心臟病住療養院去了！」

沈易抿著笑一本正經地摸上蘇棠左胸口那團不怎麼明顯的凸起，被蘇棠黑著臉一爪子拍開了，逗得沈易直笑。

沈易倚在沙發靠背上笑了一會兒，才直起腰來拿起手機，點開一個簡訊對話介面，遞到蘇棠面前。

蘇棠繃著臉接了過來。

這是沈易與一個備註為「（金管）孫」的連絡人的簡訊對話，一共只有兩條，第一條是他發來的，第二條是沈易的回覆。

——10:42:37 登錄，已控制。

——謝謝。

蘇棠愣了愣，突然想起了那個被沈易多寬限了幾天時間去長骨頭的人。

「秦靜瑤動你的帳戶了？」

沈易輕輕點頭。

※

沈易從蘇棠手裡接回手機。

——我猜陳國輝在我看文件的時候通知了秦靜瑤，要秦靜瑤把握這個機會，秦靜瑤就動手做了。他剛才一直在留意手機，應該是在等秦靜瑤的答覆。

這兩個名字同時出現在手機螢幕上，蘇棠突然想起來，「他提前了十幾分鐘到，也是想先見見秦靜瑤嗎？」

沈易唇角的弧度微微深了，瞇眼看看在他身邊一本正經地仰著臉的蘇棠，像是斟酌了些什麼，沒用最直截了當的點頭搖頭來回答這個簡單疑問句。

——秦靜瑤十點一刻左右離開了將近十分鐘，帶回來一杯咖啡。

蘇棠愣了一下，搖頭，「我一直看著咖啡廳門口呢，沒見她來過。」

沈易淡淡地笑，又在手機上敲了些字。

——她習慣在公司旁邊的那家咖啡店買咖啡，如果是白天上班，她一般都會在這個時間去買。

蘇棠愣了愣，突然反應過來，「陳國輝把時間從十一點挪到十點半，又說什麼怕路上堵出來早了，提前了一刻鐘到……其實是和秦靜瑤商量好了這個時間在公司門口見面的？」

如果那個時候她沒有照沈易說的等在門口，陳國輝不能通過公司大門的門禁，就可以合情合理地等在門口，然後以一種剛好相遇的姿態與秦靜瑤光明正大地進行一次毫不惹眼的碰頭。

秦靜瑤大概不會知道，在她對沈易的一切瞭若指掌的同時，這個心細如塵的男人也已經靜靜地把她的一舉一動記在心裡了。

沈易笑著點頭，擁過蘇棠的肩，剛想在蘇棠額頭上落下一個獎勵似的輕吻，就被蘇棠戳著胸口推開了。

「等一下……」

蘇棠把手機螢幕轉過去朝向沈易，好氣又好笑地指著他敲在這頁備忘錄上的最後兩個句子。

沈易用打字或寫字的方式與人交流的時候有個習慣，無論句子多長多短，每寫完一個句號，他都會另起一行寫下一個句子，據沈易自己說，這是為了減少對方在閱讀過程中產生的疲勞感。

這兩句也是被沈易以這樣的格式敲在手機上的，分開單看還不覺得什麼，兩句連著看，除了看起來很清晰很舒服之外，蘇棠還嗅出了一股濃濃的線索味。

蘇棠為自己抱不平，「我在這為你提心吊膽的，你居然趁機測驗我的智商。」

沈易笑著拿回手機，笑得滿目柔和，卻沒有一丁點認錯的意思。

——也許妳一輩子都不會做壞事，但是我希望妳可以知道這些壞事是怎麼做的。我很願意時時刻刻跟在妳身邊保護妳，可惜這並不現實，所以只能把這個重任交給二十四小時和妳在一起的智商。

沈易側頭看看蘇棠，又笑著添了一句。

——測驗證明，妳的智商完全可以勝任。

蘇棠被他誇樂了，笑著白了一眼這個總能把明明是油嘴滑舌的話說得一本正經的人，「那你趕緊放心地上班去吧，留下我強大的智商送我回去就行了。」

沈易笑得濃濃的，點頭。

——妳回去把辦公室收拾一下，如果我的工作結束得早，我就去接妳一起吃晚飯，可以嗎？

蘇棠愣了愣，「收拾辦公室幹什麼？」

沈易輕笑。

——和它道別，準備迎接妳人生中的第二份工作。

蘇棠看直了眼，「你已經幫我找新工作了？」

沈易偶爾會對她做一點先斬後奏的事，但都是些居家過日子的小事，比如送花送衣服，比如晚上吃什麼，超過這類規格的先斬後奏，沈易通常都會視為一種冒犯，何況是這樣一件決定她了每天三分之一的時間要用來做什麼的事？

眼看著蘇棠的臉上一下子鋪滿了驚訝，沈易趕忙搖搖頭，打字速度驟然飆升。

——陳國輝做的事一定是得到過華正集團其他高層認可的，繼續留在華正對妳未來的發展沒有好處。我在分析華正資料的時候也分析了市裡同行業幾家具有代表性的公司，做了一些行業內的比較。這些公司各有特點，我可以為妳提供一些客觀上的參考意見，實際的選擇還需要妳根據自己的職業規劃，以及這些公司的徵才計畫來做決定。可以嗎？

這些字映入眼中，蘇棠覺得胸腔裡的某一處起碼升溫了五度，她就知道，無論是多麼得意的時候，沈易始終都是沈易。

蘇棠用力點頭，「非常可以。」

沈易重新牽回那道安然的微笑，又低頭添了幾句，緩慢流暢。

——如果需要的話，我很願意再為妳寫一次推薦信。我相信，透過這一階段多方面的了解，我可以寫出一份更客觀公正的推薦信。

蘇棠繃住不由自主地爬上唇角的笑意，一本正經地仰臉看他，「你一定就是傳說中的上帝。」

沈易微怔，不解地皺眉。

「你就承認了吧，」蘇棠舉起兩手，在他兩側肩頭附近各比劃了一個大大的圓弧，「我都看見你背後金燦燦的聖光了。」

沈易被她逗笑了，笑得露齒，蘇棠發現，被中午正燦爛奪目的陽光照著，沈易真的是閃閃發光的。

沈易垂下左手摟住她的腰底，把她輕擁在身邊，讓她看著他單手握著手機打字。

——我不是上帝，但是我承認我和上帝是有共同之處的。

蘇棠仰頭，「什麼共同之處？」

沈易在被玻璃過濾後明亮而不刺眼的陽光中低頭微笑，服務生已經收拾好了除他們面前這張之外的所有桌子，坐回到了吧台後的高腳凳上，偌大的咖啡廳裡一時間靜得只剩不遠處牆上掛鐘所製造出的時間流逝的輕響。

——只有愛我們的人才會相信我們可以聽到他們的聲音。

蘇棠踮腳在他耳垂上輕吻。

「我一直都信。」

蘇棠在外面隨便吃了一頓午飯就回了公司，趕在下午下班之前敲完了一份近五千字的辭職報告，並認真地整理了一下有點凌亂的辦公桌。

辭職不是一件說走就走的事，蘇棠本來是想整理一下，看看哪些東西需要帶走，哪些東西可以留下或者扔掉，以便走的時候能乾脆俐落一點，結果整理下來發現，這張辦公桌上上下下裡裡外外的東西，除了陸小滿當做歡迎禮物送給她的一只陶瓷水杯之外，就只有沈易送給她的那盆玻璃海棠了。

這兩樣東西都已經在辦公室裡陪了她兩個多月了。

日子過得真快。

蘇棠下班的時候沈易還沒有忙完，發來一封簡訊向她道了歉，然後讓徐超來接她回家。

徐超大概還不知道秦靜瑤的事，路上還在感慨沈易他們做的這種工作有多不容易，秦靜瑤和趙昌傑離婚之後成了單親媽媽，母親還是聾啞人，更加的不容易。

天空已經暗成了深藍色，徐超在放軍歌，蘇棠坐在副駕駛座上聽得心裡有點發沉，但還沒沉到同情的程度。

「她自己選的路，就是跪著她也得走完。」徐超嘿嘿地樂起來，「以前在部隊的時候我們連長也老愛說這話，尤其是野外演練的時候，每回都衝我們嚷，先動腦子再邁腿，跑錯路的就是滾也得給我準點滾到！」

「噗——」

回到沈易家，蘇棠從魚缸裡撈出四隻螃蟹，塞進鍋裡蒸了。

自從這些螃蟹被沈易倒進魚缸裡的那天起，蘇棠就堅定地相信，有朝一日她把它們撈出來丟進蒸鍋裡的時候，一定會有一種殺什麼東西來祭什麼東西的神聖又熱血的感覺。

事實上，蘇棠站在蒸鍋邊，聞著隨水蒸氣飄出的鮮香味，就只發自內心地感覺到了一種單純的因為有肥美的螃蟹吃而產生的滿足感。

蘇棠哭笑不得地覺得，她大概是屬金魚的，當時再怎麼恨得牙癢癢，一旦事情有了結局，塵歸塵土歸土，轉眼就計較不起來了。

蘇棠在貓的巴望中啃完兩隻螃蟹之後，沈易還是沒有回來，蘇棠就把剩下兩隻已經放涼的螃蟹剝了出來，煮成蟹肉粥，用小火煨在砂鍋裡。

沈易回來的時候已經將近九點了。

沈易想要道歉，被蘇棠搶先一步牽住了手，把他帶到餐桌邊，然後轉身進廚房，盛給他一碗熱騰騰的蟹肉粥，把湯匙塞到他的手裡。

「我們就不開紅酒香檳什麼的了，你把這個乾了就行了。」

沈易坐在餐桌邊的椅子上，蘇棠站在他身邊，沈易仰頭看著她，臉上滿是高強度工作之後的疲憊，點頭時展開的那個笑容卻是輕鬆柔和的。

「我的辭職報告已經打好了，明天就去找主管談，順利的話這週之內應該就能完成工作交接。」

沈易輕輕點頭，把蘇棠塞給他的湯匙放進碗裡，拿出手機打字。

——如果在人事的問題上遇到什麼麻煩，不要害怕，我已經和熟悉的律師談過了，他可以幫忙解決。

「放心吧，我不會輕易使用武力解決問題的。」

沈易被她逗笑了，雖然身上還穿著白天的那套行頭，但領帶結已經鬆開了，領口的扣子也解開了兩顆，整個人看起來像是被白醋浸過的蛋殼，樣子還是那個樣子，就是質感柔軟了許多。

——明天上午我還要配合金管會處理一點事情，我向公司請了假，如果妳願意的話，下午下班之後可以去博雅醫院，我想向媽媽介紹妳。

蘇棠毫不猶豫地點頭，「說好了，介紹可以，但是只許說好聽的，不能拆臺。」

沈易柔軟地笑著，深深點頭。

蘇棠不知道秦靜瑤的離開有沒有對沈易的工作造成什麼影響，她倒是切身感受到，她的辭職簡直要了陸小滿的命。

自從上午十點多鐘得知蘇棠要辭職的消息開始，一直到下午快下班，陸小滿持續不斷地透過各種方式吭吭唧唧地哭訴蘇棠只要沈易不要她了，蘇棠起初還很真誠地表達著自己的不捨，後來就直接視而不見聽而不聞了。

將近五點的時候，蘇棠剛哭笑不得地關掉陸小滿透過辦公自動化系統發給她的一排哭臉，桌上的手機就震了起來。

蘇棠以為又是陸小滿打來的，剛想戳下拒接鍵，才發現閃動在螢幕上的連絡人姓名是兩個字的。

宋雨。

蘇棠愣了一下，趕忙拿起了接聽。

宋雨的聲音一如既往的輕柔，「蘇棠，妳在上班嗎？」

「快下班了，怎麼了？」

宋雨在電話那頭不急不慢地說著，「方便的話來醫院一趟吧。」

蘇棠心裡一揪，幾乎脫口而出，「沈易又病了？」

「嗯……」宋雨猶豫了一下，依然說得很平穩也很模糊，「他的身體情況還好，主要是情緒不太穩定，妳在這裡可能會好一點，方便的話就來一趟吧。」

聽宋雨的語氣不像是有什麼大事，但能讓沈易情緒不穩定，還不穩定到連宋雨這個婦產科醫師都看不下去了，蘇棠一時想不出會是什麼情況。

蘇棠的心不上不下的，比揪緊的時候還要難受，「到底怎麼了？」

宋雨在電話那頭靜了兩秒，聲音出口，依然輕柔平靜。

「沈易的媽媽去世了。」宋雨頓了頓，又輕聲補了一句，「昨天上午十點多。」

※

蘇棠握著手機僵坐在辦公桌前，目光沒有焦點地落在電腦顯示器旁邊的那盆枝繁葉茂的海棠上，一時沒有反應。

數秒的沉默之後，蘇棠才突然意識到點什麼。

「昨天？」

「昨天上午，十點四十左右。」

蘇棠深深地倒吸了一口冷氣，整個胸腔被這口冷氣冰得一陣刺痛。

這個時間點距現在不過三十個小時，那時她就在他的身邊認真地注意著他的一切，她還能清晰地想起沈易當時的每一個動作，甚至他眼角唇邊的每一道弧度。

沈易的記性遠比她的要好得多，蘇棠相信，他一定可以在第一時間裡比她更清楚地想起當時自己正在做些什麼，想些什麼。

而他就是在做這些想這些的同時，不知不覺地錯過了最後一次和媽媽當面道別的機會。

沈易的情緒怎麼能好得了……。

「我昨天休假，今天值夜班，剛到醫院，我也是剛剛才知道……」

宋雨輕柔的聲音裡帶著一種醫護工作者面對生老病死時特有的平靜，同時也帶著一種自然而然的遺憾，和發自內心的歉疚。

蘇棠明白宋雨的自責，奈何心裡、腦子裡一下子被那個正獨自在醫院裡難過著的人擠得滿滿的，愣是想不出任何一句像樣的寬慰的話，最後只勉強「嗯」了一聲。

宋雨還說了些什麼，蘇棠就沒有印象了。

連這通電話最後是由她掛斷的還是由宋雨掛斷的，蘇棠都沒有印象了。

蘇棠趕到醫院的時候，宋雨正站在沈易媽媽生前住的那間病房的門口，和宋雨一起站在門口的還有兩位保全模樣的中年男人。

蘇棠快步走過去，「沈易呢？」

「在裡面……」

病房的門虛掩著，蘇棠剛要抬手推門，被宋雨攔住了。

宋雨攀著她的手臂把她往一旁拽了拽，和那兩位保全拉開了一扇門的距離，才輕聲對蘇棠說，「沈易和醫院保全發生了一點衝突，他們可能要在這裡待一陣子，妳不用管他們。」

蘇棠一愣抬頭，這才注意到兩位保全的臉色都沉得很厲害，好像隨時都在準備以最簡單有效的方式把沈易請出醫院。

經過從醫院門口到這裡的一路小跑之後，蘇棠的呼吸有些急促，肺中氣體頻繁地與外界發生交換，卻依然覺得裡面憋著一團灼熱。

他的傷心難過總是安靜而無害的，絕不會輕易打擾到除他自己以外的任何人。除了留戀這處可能還殘存著一點媽媽的氣息的空間，蘇棠想不出沈易還能做出什麼可以讓醫院保全不滿的行為。

他們就這麼急著騰出這間病房，連難過一會兒的時間都不肯留給他嗎？

蘇棠咬了咬牙，淡淡地問宋雨，「這病房在哪續費？」

宋雨愣了一下才反應過來，苦笑著搖搖頭，又把聲音放輕了些，「不是因為這個……蔣醫師以沈院長的名義把沈易媽媽的遺體領走了，沈易去找她的時候她在查房，可能是沈易的情緒有點激動，醫師們也是怕影響住院病人——」

宋雨話沒說完，就被蘇棠錯愕地截斷了，「蔣醫師？」

宋雨無可奈何地輕蹙著眉頭，輕輕點頭。

蘇棠繃緊了嘴唇，繃得微微發白。

沈易不能說話，蔣慧自然不會站在那裡等著他打字或寫字來表達憤怒，他去找蔣慧，從起腳的那一刻起就註定了是一場徒勞的感情宣洩。

蘇棠不難想像沈易當時的激動，卻很難想像他此刻的安靜。

蘇棠直覺得有股寒意在她的身體裡瀰漫開來，從頭到腳，從裡到外，全身上下沒有一處不是冷的，冷得讓她不由自主地發抖。

蘇棠有一肚子帶著粗口的疑問，一個字也顧不上說，匆匆走進病房。

病房已經被仔細地整理過了，不屬於病房統一配置的醫療儀器都已經被清出了病房，嶄新的床上用品一絲不苟地鋪在空蕩蕩的病床上，桌面地面和櫥櫃都被收拾得一塵不染，一切不屬於醫院的東西都被收進了一個編織袋裡，隨意地堆放在一進門處的牆角下，俐落得有些無情。

沈易就坐在床邊的椅子上，向來挺直的背脊以蘇棠從未見過的弧度深深地弓著，兩腿支撐著手肘，兩手支撐著額頭，一動也不動，整個人靜靜地蜷在穿窗而入的夕陽餘暉中，彷彿是被孤零零地丟在一個只剩他一個人的世界裡。

蘇棠鼻尖一酸，走過去在他肩上輕拍。

掌心觸到他肩膀的一瞬間，這副雕塑一般安靜的身體突然像觸電一般大幅地顫了一下，蜷起的腰背一下子繃直了起來。

蘇棠不等他反應，結結實實地把他抱住了。

沈易在她的擁抱中僵了數秒，突然抬起微微發顫的手摟住蘇棠的腰，緊緊摟著，把頭深深埋進蘇棠懷中，像在外面被人狠狠欺負的孩子終於跌跌撞撞地回到家裡一樣。

沈易的臉緊貼在她的懷裡，深重而不均勻的呼吸帶出一團團濕潤的熱度，漸漸滲透她單薄的衣物，熨燙著她胸前的皮膚。

「不怕，不怕……」

蘇棠把下頷輕挨在沈易的頭頂，伸手一下一下地撫著他起起伏伏的背脊，眼淚止不住地淌下來，口中喃喃低語，也不知道是在安慰沈易還是在安慰自己。

沈易在她懷中埋了好一陣子，鬆開手抬起頭來的時候，夕陽的餘暉幾乎落盡了，整個病房陷在一片昏黃裡，蘇棠還是清楚地看到，沈易的目光落在她已經哭花的臉上時意外的凝滯了一下。

蘇棠也愣了一下。

沈易的眼睛微紅著，整個人看起來都是無力而黯淡的，蒼白的臉上卻沒有一絲淚痕。

蘇棠不由自主地想要親手觸摸一下那片沒有水痕的眼底，剛抬起手，就被沈易握進手心，送到唇邊，在這隻剛剛一直溫柔地在他背脊上安撫的手上輕吻。

蘇棠呆呆地看著他，「沈易……」

沈易抬頭望著她，一手握著她的手，一手輕柔地撫過她被眼淚糊得濕答答的臉頰，細細地擦抹乾淨，然後幾乎使出了所有的力氣，把唇角往上提起一彎很淺的弧度，勉強形成一個帶著歉意的微笑。

沈易鬆開她的手，用手語緩緩地對她說話。

——放心，我很好，謝謝妳陪我難過。

蘇棠輕咬唇角忍過心裡一陣短促而強烈的揪痛，一把捉起沈易的手。

「走吧。」

光線雖暗，這樣短的句子沈易還是讀得出的。

沈易順著蘇棠的拉拽站起身來，卻用了些溫和的力氣拽停了蘇棠的腳步，輕掙開蘇棠的手，從身上拿出手機，緩慢流暢地敲下一些字，有些抱歉地遞給蘇棠。

——對不起，我現在還不能離開醫院。蔣醫師領走了我媽媽的遺體，我剛才去找她的時候有些衝動，影響了醫院的正常工作，我需要再冷靜一下，然後再去找她談談，如果談不成功，我需要聯繫我的律師。

蘇棠狠愣了一下。

他獨自一人埋頭在這裡坐著，不是在傷心難過，而是在反省自己失控的情緒，然後強迫自己冷靜下來……

蘇棠緊抿著嘴唇，低頭重重地打下一行字。

——你已經冷靜夠了，我陪你去找她。

沈易看得一怔，眼眸在昏暗中微微一亮，剛要點頭，似乎突然想起些什麼，蹙眉搖了搖頭，抬手在蘇棠肩上輕拍了兩下，以示寬慰。

蘇棠知道他猶豫的什麼。

這個時候去找蔣慧，免不了要吵一架，而吵架是她最害怕的東西之一。

這種時候，他居然還能記得……。

蘇棠眼前又蒙起一層水霧，視線模糊起來，硬咬著牙把已經壅到眼眶邊緣的眼淚憋了回去。

——我不是去找蔣醫師，我是去找你媽媽。我們說好的，今天要把我介紹給你媽媽，我一定要見到她，你不帶我去，我就自己去。

蘇棠把話敲完，把手機往沈易手裡一塞，轉身就往門口走。

三步之內，蘇棠被追上來的沈易抓住了手臂。

門外走廊裡已經亮起了燈，病房門半開著，兩人止步在離門口不遠的地方，沈易可以看清蘇棠眼底的閃動，也勉強可以看清蘇棠唇形的變化。

「你帶我去嗎？」

沈易點頭。

從病房到蔣慧的辦公室，兩位保全一直小心地緊跟在蘇棠和沈易的後面，沈易始終沒有回頭看過他們，一直張開一條手臂輕擁著蘇棠的肩，做出一個自然而然的保護姿勢。

蔣慧辦公室的門緊關著，蘇棠還是在離辦公室門口幾步遠的地方就已經聽到了門內隱約傳出的爭吵聲。正在爭吵的是兩個女人，門是實木的，很厚重，隔音效果很好，蘇棠站在門前也沒聽清她們吵的什麼，只聽出一個聲音是蔣慧的，另一個聲音有點耳熟，蘇棠一時沒想起來，皺了皺眉頭。

兩位保全顯然也聽見了，卻只是相望了一下，誰也沒作聲。

沈易自然不知道這扇門後的喧鬧，靜靜地向一旁讓了半步，伸手請蘇棠敲門。

蘇棠不喜歡任何形式的爭吵，毫不猶豫地抬手敲門。

門內的爭吵在敲門聲中戛然而止。

片刻的靜寂之後，蔣慧那經過精心修飾的和氣聲音從門內傳了出來。

「請進。」

蘇棠擰動門把手把門推開，一眼看見屋裡的人，暗自苦笑了一聲。

蔣慧穿著一身白袍和顏悅色地端坐在辦公桌後，辦公桌前站著一臉嚴肅兩眼發紅的沈妍。

看見蘇棠和沈易進來，蔣慧臉上的笑意頓時僵硬了些許，不等蔣慧開口出聲，沈妍眉頭一擰，抓起放在桌上的包就大步走出門去，只給蔣慧丟下一句不帶一丁點好氣的話。

「晚上有事，不回家了。」

蔣慧臉上的笑容徹底僵透了，掃了一眼接替沈妍站到她辦公桌前的兩個人，把目光定格在沈易的臉上，聲音是涼的，卻分明帶著絲絲火氣。

「沈易，生老病死是人之常情，醫院每天都有病人去世，你要是有什麼疑問就去問主治醫師，你一直一直找我是什麼意思啊？」

沈易自然沒法回答她這是什麼意思。

蘇棠沒去看沈易的反應，只直直地看著蔣慧，聲音裡除了疏離的客氣和剛剛哭過之後清淺的鼻音之外，淡得聽不出別的什麼情緒，「蔣醫師，他媽媽的遺體是您領走的嗎？」

蔣慧皺皺眉頭，看著替沈易發聲的蘇棠，下頷微揚，「是我領走的。」

「沈易是她的直系親屬，在他不知情的情況下，您憑什麼領走？」

這一句蘇棠說得依然很淡很客氣，蔣慧卻挑起了細眉。

「憑什麼？」

蔣慧無聲地抿出一道冷笑，話是回答蘇棠的，眼睛卻盯著把目光認真地落在她唇間的沈易，似乎是與沈妍爭吵之後的餘火無處發洩，一出口就是尖銳刺耳的。

「妳問問他呀，我可是親自打了電話給他的，就用我辦公室的電話打的，不信你們就過來翻撥號記錄。他的手機收不到訊號，我有什麼辦法，太平間也不是免費住的，我怎麼知道他什麼時候才收得到訊號啊，醫院每年的呆帳那麼多，我想墊墊得過來嗎？」

蘇棠心裡一沉，沉得兩腿都有點發顫。

她記得那通電話，就是十點四十幾分的時候，在她和沈易用擁抱慶祝那場勝利的時候，她眼睜睜地看著那通電話打來，掛斷，沈易也習以為常地視而不見……。

蘇棠不敢轉頭去看沈易此時的臉色，生怕一時的心疼摧毀她最後的一點冷靜，惹出什麼麻煩，誤了真正該辦的事。

蘇棠深深吐納，盡力靜定客氣著，「他現在已經來了，就不多麻煩您了，您把遺體交給他，一切花費他都會承擔的。」

蔣慧面無表情，「沒什麼麻煩的，已經火化了。」

蘇棠腦子裡「嗡」的一下，還沒在這句話帶來的錯愕中回過神來，就見蔣慧一下子從辦公桌後站了起來。

「你瞪我做什麼？」蔣慧描畫精緻的眼睛瞪著沈易，聲音裡有與沈妍在沈易家門口失控大罵時如出一轍的尖利，「你媽媽死了你不來，我出錢出力料理後事，你還在這來來回回鬧場，你有什麼臉瞪我啊！」

蘇棠依然沒敢去看沈易，卻忍不住握住了他的手。

沈易的手垂在身側，僵握成拳，修剪整齊的指甲幾乎要嵌進掌心裡，微微發抖，被蘇棠握住的一刻，不由自主地鬆了鬆。

蘇棠咬著後牙問向蔣慧，「那骨灰在哪？」

「我還得建個廟把她供起來嗎？」蔣慧抱起手來，翻了個沒有溫度的白眼，「撒了。」

有生以來，蘇棠第一次實實在在地體會到胸腔快要炸開的感覺。

沈易現在就是把蔣慧暴揍一頓，蘇棠也不會覺得沈易的行為算是失控。

這個念頭剛生出來，沈易的拳頭就從她的掌心中掙了出來。

蘇棠心裡狠顫了一下，顫回了差點灰飛煙滅的理智。

想和做是兩回事，兩個人高馬大的保全就站在門口，沈易真要在這裡和蔣慧打起來，就算她全力幫他，後果也難以想像……。

蘇棠還沒來得及拉住沈易的手臂，自己的手就被沈易拉住了。

蘇棠一愣，沈易已拉著她的手轉身走了出去。

沈易向來溫和持重，很少有步速這麼快的時候，蘇棠幾乎是小跑著才勉強跟上他，兩位警衛也緊張起來，一步不落地緊跟在後面。

蘇棠下意識地喚了他幾聲，沈易渾然不知。

一直走過半條走廊，沈易才放緩了腳步，鬆開蘇棠的手，又兀自向前漫無目的地走了兩步，然後滯在空蕩蕩的走廊中央，彷彿是迷路的人不知道下一步該向哪個方向邁出去一樣。

蘇棠跟上去挽住他的手臂，「沈易……」

沈易沒有轉頭看她，木然望著前方，修長挺拔的身體在原地晃了一晃，像是一下子被抽去了身體中所有堅硬的東西一樣，軟軟地栽倒下去。

「沈易！」

CHAPITRE 12 沈易，我向你求婚

「與被送進急救室之前相比，
沈易唯一的變化就是手背上多扎了一根打點滴的針頭，
還是安靜而蒼白地陷在被子裡，一動不動。」

沈易剛被送進急救室，蘇棠的手機就震了起來。

徐超打來的電話。

電話一接通，徐超就笑呵呵地問了一句。

「蘇姐，妳還在忙嗎？」

蘇棠僵立在急救室門外，抓握著手機的右手微微發抖，大腦被幾股強烈的情緒衝撞著，一片混亂之中只覺得徐超聲音裡的笑意格外刺耳，想也沒想就冷硬地頂了回去。

「你說呢？」

徐超在電話那頭靜了兩秒，聲音再透過手機聽筒傳進蘇棠耳中的時候，已經變成小心翼翼的了。「那個……沈哥要我接妳去醫院，我在你們公司樓下等著呢，我看你們公司的人都走得差不多了……」

蘇棠一愣，突然想起來，午休的時候沈易發簡訊對她說過，下午下班之後徐超會去接她。

她忘得一乾二淨了，沈易大概也忘得一乾二淨了。

蘇棠剛為自己的衝動生出一點歉疚，徐超就把語速加快了。

「沒事，蘇姐，妳要是有事就先忙，不著急，我就問問，好跟沈哥打個招呼，要不太晚了他又得擔心了。」

蘇棠把自己發軟的身體緩緩地放到急救室外的連椅上，無力地苦笑，「你別等了，我在醫院呢。」

「啊？」

蘇棠明白徐超的怔愣，要是在平時遇到這種情況，沈易一定會記得告訴他一聲，絕不會讓他白跑一趟，在那裡乾等到這個時候。

急救室裡有醫療器械工作的輕響傳出來，蘇棠心裡隱隱地疼著。

「對不起，忘記跟你說了……」

徐超的聲音明顯放鬆下來，「哎呀，沒事沒事！妳到了就好。」

徐超沒再多問什麼，蘇棠也沒多說。

她現在實在沒法保證自己可以把這件事客觀，真實，並條理清晰地轉述出來，在她想清楚怎樣做才是真正地幫助沈易解決問題之前，她唯一能放心去做的就是阻止自己以任何形式給他添亂。

沈易被送出急救室的時候還沒有醒過來，暫時代替趙陽擔任沈易主治醫師的齊醫師跟著救護床從急救室出來，安慰蘇棠說只是情緒太過激動，沒有大問題，歇歇就好，叮囑蘇棠在八點鐘左右給他吃點好消化的東西，以防發生胃痙攣。

齊醫師的話裡沒有什麼值得讓人擔心的內容，蘇棠揪緊的心卻一點也沒能放鬆下來。

與被送進急救室之前相比，沈易唯一的變化就是手背上多扎了一根打點滴的針頭，還是安靜而蒼白地陷在被子裡，一動不動。

一瓶點滴打到四分之一的時候，沈易才微微收緊了眉頭，睫毛無力地顫了顫，有些吃力地睜開眼睛。

沈易不等視線清晰起來就不安地向身邊尋索些什麼，也許是乍一醒來力氣不濟，偏頭的幅度不足以把坐在床邊的蘇棠納入視線範圍之內，蘇棠忙湊近過去，伸手撫上他微涼的臉頰。

「別著急，我在這。」

沈易定定地望了她數秒，血色黯淡的嘴唇抿了抿，喉結輕顫。

「怎麼樣，頭還暈嗎？」

沈易微微搖頭，唇角動了動，蘇棠看著他嘗試了三次，終於牽起一道勉強可以看出弧度的微笑，然後緩緩抬起手來。

——對不起，別怕，我還好。

天已經徹底黑了，病房裡只開了床頭燈，橙黃色的暖光像是一道強大的修圖程式，把沈易這道薄得似乎一觸即破的微笑修飾得自然柔和，毫無勉強痕跡。

蔣慧那些話字字都像一把刀子，沈易幾乎被凌遲致死，居然還不忘抽出所剩無幾的清醒來安慰她。

蘇棠鼻尖一酸，心裡疼得糾成一團，不爭氣的眼淚連忍一忍的機會都沒留給蘇棠，一下子就在眼眶裡匯聚成滴，接二連三地滾落下來。

「沈易，你不用這樣……」

眼看著蘇棠哭出來，沈易忙搖搖頭，抬起因為無力而有些細微發顫的手，輕輕擦抹她臉頰上的淚水，奈何越擦越多，沈易的手已經被她止不住的眼淚打濕了，還在她的臉上溫柔而執著地輕撫著。

被這個已經被痛苦折磨到了極限的人滿目疼惜地看著，蘇棠難受得幾乎喘不過氣來，圍堵了半天的情緒在這個無時無刻不在用溫柔保護著她的人面前全線崩潰。

「沈易，我外婆說你們是一家人，這叫什麼一家人啊……一家人怎麼能做這種事啊……你不是有律師嗎，我們去告她吧，讓她坐牢，坐一輩子牢！」

沈易撐著床墊坐起來，虛倚在床頭，張手把蘇棠輕輕擁進懷裡。

蘇棠埋在他剛醒過來還有點發涼的懷裡，邊哭邊毫無條理地罵著所有折磨過沈易的人，沈易沒去管她說了些什麼，只輕柔地撫著她哭得發抖的背脊，一直等她哭累了，哭夠了，自己離開他的懷抱。

沈易胸前的襯衫被她哭濕了一大片，沈易沒去管，只看著這個坐在他身邊紅腫著眼睛低低抽泣的人。

蘇棠突然意識到自己剛才在他的視線之外說了一大堆話。

「我……我剛才沒說什麼，只是在罵人……」

沈易淺淡地笑了一下，不比之前那個勉強牽起的微笑明顯多少，蘇棠卻覺得他笑得很真實。

沈易輕輕點頭，抬起手來。

——我知道。

沈易用手語把這句說完，垂手伸進口袋，摸出手機，在手機上補了幾句。

——有醫學研究證明，人在難過的時候大聲地喊話會讓身體感覺舒服很多，我沒有機會嘗試，希望對妳是有效的。

要不是剛才哭得太徹底，眼睛已經哭得發乾了，蘇棠一定會再哭出來。

蘇棠緊繃起嘴唇，用力點頭。

沈易又淺淡地笑了一下，輕輕垂下眼睫，又慢慢地在手機上打下幾行字。

——我的戶籍一直和媽媽的戶籍在一起，從法律的角度來說，我和爸爸的家庭是完全獨立的兩個家庭，可以和我稱為一家人的就只有媽媽一個人。

沈易把手機放得很低，蘇棠挨在他身邊清楚地看著他一個字一個字地把這些話敲在手機上，然後手指停滯了一下，又緩緩地補了一句。

——媽媽不在了，我就沒有家了。

蘇棠心裡狠狠地抽痛了一下。

她比誰都明白這種被家人丟下的感覺。

蘇棠抬起頭來，正對上沈易黯淡的目光，以及被他強留在唇邊的已經不成樣子的微笑。

蘇棠一把奪過他的手機，「你可以有。」

沈易微怔，在柔和的燈光下像一個半夜迷路的孩子，有些茫然又有些期待地望著她。

蘇棠放下他的手機，在屋裡環視了一圈，好像是要找點什麼，最後突然像是想起了什麼，抬手把在自己腦後束著馬尾的布質髮圈解了下來，抖開，兩手捏著這個深咖啡色的圓圈，鄭重地遞到沈易面前。

「沈易，我向你求婚。」

沈易狠狠地愣了一下，呆呆地看了一眼捏在蘇棠眼中的髮圈，一動也沒敢動。

蘇棠看著他呆著不動，伸手抓起他那隻沒在打點滴的手，逕自把髮圈套到了他的手腕上，抬頭看著這個還在發愣的人，調整了一下自己的坐姿，讓他能清晰準確地把目光落在她的唇上，然後一字一句地說話。

「我現在沒有戒指，先拿這個湊合，你要是不答應，就把它摘下來還給我，我不會怪你的。」

沈易全身上下只有嘴唇和喉結微顫了一下。

「你不摘，我就當你是答應了。」

沈易似乎終於反應了過來，微啟的嘴唇輕輕抿緊，灰白的臉頰上浮出一層薄薄的血色，胸膛隨著呼吸而生的淺淺起伏徹底停滯了，滿眼都是難以置信。

蘇棠握著他那隻被她套上了髮圈的手。

「沈易，你願意娶蘇棠為妻，像愛她一樣的愛你自己，從今往後的日子無論貧窮富有，快樂痛苦，都願意讓她陪著你一起度過嗎？」

蘇棠一直把這幾句話重複了兩遍半，沈易才回過神來，眼眶驀然紅了起來，水光聚在眼底，在他拚命點頭間躍出眼眶，墜落下來。

蘇棠深深地對他笑。

「沈易，你可以親吻新娘了。」

沈易在她的擁抱中哭了整整一夜。

蘇棠清楚地記得醫師叮囑她要在八點左右給他吃點東西，卻沒有在那個時候打斷他。他好不容易說服自己放鬆下來痛哭一次，一旦打斷，他大概就再也不會哭了。

凌晨時分沈易被胃痙攣的疼痛折騰得幾乎暈厥，蘇棠心疼得和他一起哭，依然覺得以這樣的代價換他一場徹底的宣洩，絕對是值得的。

沈易在疼痛消緩之後就昏昏睡著了，蘇棠扶他在床上躺好，拿熱毛巾幫他擦了擦臉，沈易沉沉地睡著，沒有驚醒。

蘇棠正在洗手間裡洗臉的時候，趙陽打來了電話。

電話一接通，趙陽就在電話那頭嘆了一聲，「我就知道妳肯定沒睡。」

蘇棠把自己丟進沙發裡，看看正在床上安睡的沈易，又看看指針在五點零三分上的掛鐘，苦笑，「你也沒睡嗎？」

趙陽沒答，「我昨天晚上跟齊醫師聯繫過，有什麼情況妳就找他，他人挺好的，沒問題。我這週五晚上的飛機回去，我要是沒記錯的話，沈院長這週末也該從美國回來了，妳別著急。」

蘇棠難得聽到趙陽一本正經地說病情診斷以外的話，心裡不禁一熱。

「謝謝你……還有宋雨。」

趙陽壓著嗓子輕責，「別扯這些沒用的，這都是我份內的事，畢竟你們兩個下輩子都是要做牛做馬報答我的。」

蘇棠被他逗得「噗嗤」笑了出來。

聽到蘇棠的笑聲，趙陽從電話那頭傳來的聲音也稍稍輕鬆了些。

「葬禮的事你倆也別急著安排，這些東西你們都不熟，容易被人坑，沈易在這件事上心理承受能力有限，還是等我和沈院長都回去了再說吧。」

蘇棠怔怔地聽完趙陽話，又愣了兩秒，才低聲問，「宋雨沒告訴你，他媽媽的遺體已經被蔣慧領走了嗎？」

「說了啊，我這麼一大早爬起來就是打電話給沈院長說這事的，妳放心，蔣醫師沒膽跟他對著幹，他肯定能把人要回來。」

蘇棠微抿嘴唇，「要不回來了……蔣慧已經把遺體送去火化了。」蘇棠頓了頓，深深吐納，又輕輕補了一句，「連骨灰都撒了。」

「妳聽誰說的？」

「蔣慧親口說的。」

趙陽在電話那頭大罵了一聲，蘇棠剛要說她會照顧好沈易，趙陽就用與那聲大罵同樣語調的聲音吼了起來。

「胡扯！妳聽她胡扯！你們真是，真是……她說什麼你們就信什麼啊！」

※

蘇棠這才反應過來趙陽剛才的那句粗口是罵她的，但是比起那句粗口，蘇棠更想追究後面的那幾句同樣沒什麼好氣的話。

蘇棠在沙發裡挺直了背脊，一急之下舌頭打了個結。

「什、什麼意思？」

「什麼什麼意思！」趙陽恨鐵不成鋼的聲音讓蘇棠感覺到他八成在電話那頭翻了個飽滿的白眼，「醫院是她家開的，火葬場也是她家開的嗎，她說燒就給她燒啊？」

清晨五點，病房內外都是安靜的，趙陽的聲音顯得格外清晰有力。

蘇棠聽得狠愣了一下，愣得連呼吸都忘了。

趙陽在電話那頭嘆了一聲，一陣液體落入堅硬容器中的輕響之後，又接連傳來幾聲大口吞咽的動靜，趙陽再開口時聲音平靜了不少，還帶了點無奈的苦笑。

「你們還真是一點都不懂……蔣醫師跟沈易他媽是什麼關係啊，過世還不到二十四小時就把人送過去，不辦追悼會不進行告別式就直接把人燒了，那不叫遺體火化，那叫焚屍，妳以為火葬場的員工傻啊，她要真敢這麼幹，人家早就報警了。」

趙陽的話沒有一個字不是合情合理的。

蘇棠在這個不太合適被稱為驚喜，卻也不知道該稱為什麼才好的消息中傻愣著，一時乾張著嘴沒出聲，趙陽大概是以為她還沒聽明白，又耐著性子嘆了一聲。

「遺體火化的手續妳不懂，拆房子妳懂吧？再破再舊的房子，沒有政府批文，拆遷公司敢隨便動嗎？」

蘇棠這才回過神來，使勁點頭，語無倫次地應著，「對，對……我懂……」

聽到蘇棠的回應，趙陽放心地舒了口氣，蘇棠又聽他說了些別和蔣慧一般見識一類的話，心裡漸漸安穩下來，想對趙陽道聲謝謝，又想起趙陽說的那句當牛做馬的話，抿抿嘴唇，把「謝謝」二字換個了說法。

「趙陽，以後我和沈易有了孩子，一定讓他叫你一聲親叔叔。」

也許是這句話裡的資訊含量稍微有點大，趙陽呆愣了一秒，「啊？」

蘇棠明白他在「啊」什麼。

「我昨天向沈易求婚，他答應了。」

趙陽的聲音一下子拔高起來，「妳向他求婚？」

趙陽特地在那個「他」字上加了重音，聽得蘇棠挑起了眉毛。

「我不向他求婚，還能向誰求婚啊？」

電話那頭傳來趙陽一連串喪心病狂的苦笑。

「你們開心就好，不說了啊，我得去實驗室解剖隻兔子冷靜一下了。」

「……」

蘇棠掛掉電話，放下手機，在沙發裡把自己團成一個球，抱膝看著五步外的病床上的人。

她和趙陽打電話時沒有刻意放輕聲音，床上的人依然靜靜地睡著，絲毫沒有受到打擾。

沈易好像是知道她在哪裡一樣，頭朝著她的方向微微偏著，天還沒有大亮，朦朧的晨光穿過窗簾之後就所剩無幾了，這樣的距離，蘇棠只能看清床上的人的大致輪廓，以及這副舒展在被子下的身軀隨著呼吸而產生的淺淺的起伏，覺得他彷彿是被一個無形的罩子圈在另外一個更為安詳的世界裡的，任誰也無法打擾。

蘇棠靜靜地苦笑。

現在靜下來仔細想想，蔣慧在說那些話的時候明顯是帶著賭氣的成分的，她是跟誰賭氣，賭什麼氣，蘇棠猜不出來，但隱約覺得她會當著沈易的面說出那些話來，也許就只是因為沈易剛好在那個時間出現，而她剛好需要撒撒火氣而已。

那個時候蘇棠的腦子裡就只有沈易。

關心則亂，大概就是這麼回事吧……。

沈易剛被胃痛折騰過，好不容易才睡著，蘇棠不忍在這個時候喚醒他，就把這個有些值得欣慰的發現暫時囤了起來，打算等沈易醒來之後第一時間告訴他，結果在沙發裡窩著窩著，不知不覺就睡著了，直到感覺眉心被輕輕吻著，才一下子醒過來。

眼前是沈易溫柔微笑的臉，天已經亮透了。

「唔……」

蘇棠一動，才發現自己不知什麼時候平躺在了沙發上，頭下枕著本應放在病床上的枕頭，身上蓋著本應收在衣櫥裡的備用被子，想也知道是誰幹的。蘇棠心裡驀然一熱，推開被子坐起來，剛要抬手揉揉昨晚哭過了勁兒之後乾得發脹的眼睛，就被沈易按住了手。

「怎麼了？」

沈易在她身旁坐下來，從茶几上拿過一瓶還沒開封的眼藥水，打開瓶蓋拿在手裡，一手輕托起蘇棠的下巴，用詢問的目光看著她，像是在等她最後的許可。

蘇棠愣愣地看著這個衣衫整齊，面容平和，和以往一樣溫柔體貼，一樣得好像昨天什麼都不曾發生過一樣的人，鬼使神差地點了點頭。

看到蘇棠點頭，沈易才又向她挨近了些，輕托著她的下巴讓她慢慢把頭向後仰過一個角度，然後伸手輕撐住她右眼眼瞼，一滴清涼的藥水落進她眼中之後，蘇棠才感覺到這個近在眼前的人的溫熱鼻息。

沈易幫她在左眼中也滴了眼藥水之後，又仔細地幫她擦掉順著眼角流出的藥漬，才安然地笑笑，把眼藥水放回到茶几上，拿起手機打字。

——我在七點半左右發了簡訊給祁東，請他轉告陸小滿，幫妳請一天假。

蘇棠愣了愣，看向顯示在手機上的時間，已經快十點鐘了。

「你怎麼那麼早就起床了？」

沈易輕抿著一點微笑，淡淡地打字。

——我聯繫了我的律師。

「律師」兩個字落入剛被眼藥水清洗滋潤過的眼睛裡，蘇棠僅存的一點睡意一下子散了個一乾二淨。蘇棠趕忙把清早趙陽訓她的那些話從頭到尾不加任何修飾地複述給沈易，沈易認真地看著她說完，臉上沒有出現蘇棠預料中的任何一種表情，就只在唇角牽起一道淺淺的苦笑，然後低頭敲下一句簡短的話。

——我的律師在郵件裡也是這樣罵我的。

蘇棠心裡微微一鬆，不好意思地抿抿嘴。

「對不起，我根本就沒動腦子……」

沈易微笑著搖搖頭，在她手臂上輕輕拍撫，以示安慰，然後低頭打字。

——爸爸和我聯繫過了，今晚之前一定會讓我見到媽媽。

蘇棠深深點頭，她願意相信那個能為沈易一筆一筆簽下厚厚一疊醫院證明的人。

沈易唇角的弧度微微一深。

——去盥洗一下吧，我們該吃點東西了。

蘇棠這才注意到，茶几上除了那瓶眼藥水之外還多了兩份便當，大概也是他在她酣睡的時候去買的。

蘇棠突然覺得，在昨晚的痛哭和沉睡之後，沈易似乎是涅槃重生了，生成一個更溫柔，也更堅不可摧的沈易了。

剛睡醒的人多少都會有點發暈，蘇棠還沒有暈到去問他是否還在難過的程度，只是在站起來的時候晃悠了一下，被沈易穩穩地扶住了。

蘇棠洗漱回來的時候，沈易已經倒好了兩杯溫水，正在沙發上一邊等她回來開飯，一邊靜靜地看著那圈還套在他手腕上的髮圈出神，直到蘇棠在他身邊坐下來，感覺到沙發墊的凹陷程度的變化，沈易才回過神來，忙把目光從自己的手腕上抬起來，有點侷促地看著蘇棠，臉頰微紅。

蘇棠笑著朝他攤開手掌。

「看夠了沒，看夠了就還給我吧。」

蘇棠帶笑的話音還在溫度適中的空氣中飄著，就見沈易腰背一僵，臉上那道不好意思的笑容一下子散了個乾淨，臉頰上薄薄的紅暈也驀地黯淡了下去，淡的發白，雙唇微啟，無聲地顫了顫。

「不是，不是……」蘇棠愣了一下才反應過來，忙撫上他發僵的肩膀，「我不是那個意思，你別緊張，我向你求婚是認真的，我沒有不認帳。」

眼看著沈易一點也沒有信她的意思，蘇棠無奈地撩了撩自己披在肩頭的頭髮，「我兩天沒洗頭髮了，這麼散著沒法吃飯……你先還給我，這樣的髮圈我還有好多呢，我改天拿品質更好的給你，好不好？」

沈易毫不猶豫地把套著髮圈的那隻手背到身後，堅決地搖頭。

蘇棠哭笑不得，不過是她情急之下抓下來的一條髮圈，有了那個意思也就行了，他一個大男人還真要把這條女孩子家綁辮子用的髮圈當求婚戒指在手腕上戴一輩子嗎……。

「那我先借用一下，吃完飯就還給你，行不行？」

沈易擰著眉頭用力搖頭。

「我把身分證押給你。」

沈易還是搖頭。

蘇棠沒轍，欲哭無淚地站起來，剛想去寫字臺上找支細長的筆來當簪子用一用，還沒把步子邁出去，就被沈易牽住了手。

蘇棠好氣又好笑，轉頭看他，「想通了？」

沈易沒點頭也沒搖頭，更沒把手腕上的髮圈拿下來，只是站起身來，牽著蘇棠的手走到衣櫃旁邊的全身立鏡前，又轉身從病床邊搬來椅子，放到蘇棠身後，做了個請坐的手勢。

蘇棠發愣，「這是要幹什麼？」

沈易指指蘇棠的頭髮，臉上沒有多少笑容，目光依然是溫和一片。

蘇棠看看鏡子，看看椅子，又看看剛被她無意中險些嚇丟了魂的沈易，挑起眉毛，「你是想要我把頭髮剃光了，然後從此再也不需要跟你搶髮圈了嗎？」

沈易被她氣笑了，柔和地瞪了她一眼，抬手扶住她的肩膀，用柔和的力量把她按坐到椅子上，然後在她的肩膀上輕拍了拍，示意她好好坐著不要亂動。

哪怕她剛惹過他一次，蘇棠也毫不擔心沈易會對她做什麼不好的事。

蘇棠安心地坐在椅子上，透過面前的鏡子看著沈易繞到她的背後，貼近椅背站下，垂下雙手把她耳側的頭髮輕輕收攏到頸後，然後屈起手指挑起她頭頂靠近額前的一小束頭髮，輕巧地分成三股，熟門熟路地編了幾下，又挑起散在下面的一小束髮絲，並進其中一股，繼續編下去……。

蘇棠這才反應過來，沈易是在替她編蜈蚣辮。

蘇棠的下巴差點掉到地上，沈易的目光專注地落在指間的髮絲上，絲毫沒有覺察。

沈易修長溫熱的手指在蘇棠髮絲間輕柔流暢地穿梭，溫柔地把一束束髮絲安排到最合適它們的位置，然後輕輕收緊，蘇棠呆呆地坐在椅子上，直直地看著沈易映在鏡子裡的挺拔而不凌人的身影。

沈易一直低著頭，目光隨著髮絲編結的位置緩緩下移，蘇棠的頭髮長到腰際，也許是為了編得更整齊一些，編到他微微彎腰也不太方便的位置時，沈易索性半跪了下來，一直編到髮梢最末端，才緩緩起身，把編緊的髮梢小心地收進髮辮下面，左右端詳了一下，笑著抬頭，拍拍蘇棠的肩膀，示意她大功告成。

蘇棠站起來，抬手摸摸沒用一條髮圈就整齊地固定在腦後的頭髮，聲音都虛飄了，「你怎麼連這個都會啊？」

沈易淡淡地笑，回到茶几旁邊拿起手機，低垂著眼睫敲下回答。

——以前偶爾會幫媽媽梳頭髮。

蘇棠心裡一揪，恨不得抽自己一巴掌。

這明明是個她應該可以想到的答案……。

不等蘇棠去糾結該不該對他說聲對不起，沈易又在後面連補了好幾行字。

——媽媽生病之後一直是留短髮的，比較方便照顧，後來我看到她生病前的照片，發現她一直是留長髮的，就幫她留長了，確實會有一點麻煩，不過我能感覺到她很喜歡。

沈易打下這些話的時候一直在安然微笑，眉眼間不經意地流露出一點柔和的留戀，蘇棠看不出什麼悲傷難過的痕跡，依然心疼得厲害。

「沈易……」

沈易微笑著輕輕搖頭，無聲地截斷她還沒有徹底想好該要怎麼表達出來的勸慰，繼續低頭打字。

——我和主治醫生談過了，媽媽走得很快很平靜，他們沒有來得及發病危通知，覺得用發簡訊的方式來通知我這件事有些不太合適，就和蔣醫師商量了一下，蔣醫師答應由她來通知我，他們就沒有和我聯繫。

那雙剛剛為她編好一頭長髮的手稍稍停頓了一下，又繼續流暢地躍動起來。

——我一直認為如果我有足夠的錢，等到醫學足夠發達的那一天，無論是多麼昂貴的治療方法，只要能讓媽媽醒過來，我都可以第一時間為她嘗試。媽媽在提醒我，所有需要等的事情，無論看起來多麼確定，都是存在變數的。

沈易抬起頭來，對已經習慣於挨在他身邊看著他打字的蘇棠深深地笑了一下，又在後面添上一句。

——所以我絕不會把這條髮圈交給任何人，再等他們把它還給我。

※

醫院餐廳裡的飯沒有什麼好吃的，就連糖醋里肌這種下飯菜的滋味都寡淡得讓人提不起什麼興致來，不過比起沈易買給他自己的那份清水煮蔬菜，蘇棠已經很知足了。

沈易就坐在她身邊，低頭一小口一小口地往下嚥著這些沒有什麼滋味的東西，也許是為了幫他格外脆弱的胃減輕一點工作負擔，沈易每送進嘴裡一口東西都要細細地咀嚼一陣，起碼嚼個二三十下才輕皺著眉頭咽下去。

蘇棠相信，這些本來就已經煮得軟爛的東西在過度咀嚼之後一定會難吃出一種全新的高度。

無論說人活著是為了吃飯，還是說人吃飯是為了活著，吃飯的重要性都是不爭的事實，眼看著沈易被這件每天都要做三遍的重要事情為難成這個樣子，蘇棠心裡有種說不出的踏實。

他依然在堅定並且理智地與始終想要把他淘汰出局的大自然抗爭著，和以前一模一樣。

沈易輕闔上眼睛，慢慢地咽下一塊分量稍大的花椰菜，緩了片刻，才有點無奈地抬起眼睫，剛要把筷子再次往餐盒裡伸，突然愣了一下。

沈易面前的餐盒裡多了一塊一指節大小的糖醋里肌，沾足了棕紅色的芡汁，在綠乎乎一片的餐盒裡有種很甜美的存在感。

沈易轉頭看向蘇棠。

蘇棠扁了扁嘴，捏著筷子看著他，筷子尖上還掛著薄薄的一層棕紅，「就這麼一小塊也不行嗎？」

一道比這份糖醋里肌的滋味濃郁百倍的笑容在沈易的唇邊無聲地蔓延開來，沈易剛吃過東西，唇色雖淡卻格外柔潤，看得蘇棠心裡一軟。

沈易笑著，有些遺憾地輕輕搖頭。

蘇棠洩氣地鼓了鼓腮幫子，「我就是看你吃得挺難受的，想讓你吃一點稍微有點滋味的東西緩一緩，不行就算了吧。」

沈易猶豫了一下，若有所思地看了看餐盒裡萬綠叢中的那點紅，然後放下筷子，把面前的餐盒往一旁挪了挪，用右手食指在茶几上一筆一劃地寫字。

——很甜嗎？

蘇棠看得一愣，她記得很清楚，甜食並不在沈易的忌口清單裡。

沈易既然問了，蘇棠還是把沾著芡汁的筷子尖送進嘴裡抿了一下，仔細地咂了咂，「還行，我覺得不是很甜，你要不要嘗一點試試？」

沈易點點頭，沒有立即去拿筷子，而是端起杯子喝了點水，然後放下杯子，半側過身來，抬手捧住了蘇棠的臉頰。

蘇棠連愣都沒來得及愣，沈易就深深地吻了過來。

「唔……」

沈易剛喝過水，唇齒間殘存的水煮蔬菜的味道淺淡得幾不可察，倒是她抿進嘴裡的那點芡汁還沒化盡，口中還有些薄薄的酸甜。

沈易吻得細緻而綿長，真像是在仔細地品嘗些什麼。

一吻結束，沈易抱緊了蘇棠。

兩人的胸膛緊貼著，沈易的下巴抵在蘇棠的肩頭，柔軟的碎髮在蘇棠的側臉上輕蹭，每一次喘息所帶來的胸膛起伏都讓蘇棠覺得自己又在沈易的世界裡深陷了一段距離。

沈易用一根手指在她的背脊上輕輕寫字，字是倒著寫的，儘管沈易一筆一劃慢慢地寫，蘇棠還是在他寫到第三遍的時候才感覺出他寫了什麼。

——很甜。

蘇棠陷在他懷裡輕笑。

好像確實很甜……

這點很甜的甜味安撫得了沈易備受折磨的味蕾，卻安撫不住沈易罷工慾格外強烈的胃，一盒水煮蔬菜只吃到三分之一，沈易就到洗手間裡去吐了。

沈易僅剩的三分之二個胃也不是完好無缺的，每一次嘔吐所伴隨的胃部肌肉收縮都會生生把他疼出一身冷汗，嘔吐止住之後總要跪在馬桶邊緩上好一陣子才有力氣從地上站起來。

從認識他的那天起到現在，這樣的情況蘇棠已經應付過好幾回了，但這回卻是第一次，她在幫沈易拍撫背脊的時候發現沈易整個人都是放鬆的。

沈易吐得臉都白了，蘇棠想哭，感動得想哭。

那句話他是認真答應的。

日子裡的快樂痛苦，他是真的願意在她的陪伴中度過了。

沈易吐完，蘇棠剛幫他端來漱口的水，就聽見有人敲響了病房的門。

蘇棠以為是醫師來查房或者護士來為他打針送藥，進門之前象徵性地敲兩下以示禮貌而已，結果沈易都漱到第三口水了，門外的人還在禮貌允許的範圍內斷斷續續地敲著。

找她的人肯定不會找到這裡來，蘇棠幫沈易擦去唇邊的水漬，順便問他，「有人敲門，是你約了什麼人嗎？」

沈易頂著滿額薄汗微微搖頭。

門外的人又敲了幾下。

「我去看看。」

蘇棠從洗手間裡走出來的時候還在猜測也許是沈易從外面回來的時候順手反鎖了門，結果輕輕一擰門把手，門就順暢地打開了。

於是，開門後的第一秒蘇棠沉浸在這扇門帶給她的意外裡的，直到第二秒才注意到站在門外的人。

第三秒，蘇棠二話不說就把門摔上了。

蘇棠轉身回到洗手間的時候，沈易已經勉力站了起來，簡單地整理了衣服，還用熱水洗了臉，這張一分鐘前還白得不見人色的臉硬是被熱水敷出來一層紅暈，不仔細去看，幾乎可以亂真。

蘇棠看著這層面具一樣的紅暈，心疼得想跟門外的人打上一架。

見蘇棠一個人進來，沈易微怔了一下，把還冒著熱氣的毛巾搭到一旁，騰出手來問她。

——誰來了？

「喪屍。」

蘇棠臉上沒有表情，嘴裡沒有好氣，沈易看得狠愣了一下，突然像是明白點了什麼，嘴角淡淡地彎了彎，抬手在被洗手池裡的熱水蒸出一層水汽的鏡子上寫下一個「蔣」字，一個問號。

蘇棠不情不願地點頭。

來的就是蔣慧。

「我看她眼睛又紅又腫的，好像剛哭過一場，大概是被你爸爸罵慘了。」

沈易啼笑皆非地看著她，像撫慰炸了毛的寵物一樣垂手在她的手臂上輕撫了幾下，沒等掌心的熱度滲透蘇棠的衣服，就起腳走出了洗手間。

蘇棠眼看著他朝門口走過去，趕忙緊追幾步，在門前一把把他拽住了。

「你要去見她嗎？」

沈易點頭。

「不能讓你的律師替你出面嗎？」

沈易安然微笑，輕輕搖頭。

蘇棠明白，不是不能，而是他不想。

蘇棠皺眉，「我怕她咬你。」

沈易靜靜地笑彎了眉眼，笑容因為力氣不足而顯得分外柔和。

沈易伸出那隻沒被蘇棠拽著的手，用手指在門上寫字。

——有妳在，她不敢。

蘇棠被他逗笑了，沒法反駁，只好改拽為挽，準備挽著沈易的手臂和他一塊兒去追回那個還沒來得及張一張嘴就被她甩了一臉閉門羹的人。

剛把門打開，就對上了蔣慧那張唇白眼紅的臉。

蔣慧一寸也沒挪，還站在剛才吃閉門羹的地方，一隻手滯在半空中，好像鼓足了勇氣正準備再敲一次門。

蘇棠有點發愣。

蔣慧剛才就是以這樣一幅百般悔愧的模樣站在門外的，剛才蘇棠只當她又是在逢場作戲，現在看著，好像起碼有八成是發自內心的。

蘇棠相信沈斯年有能力讓她老老實實地交出沈易媽媽的遺體，也許也可以讓她為自己作為一名醫護工作者在一時衝動之下說出的那些很不恰當的話向沈易道歉，但要說一下子把二十幾年的積怨化為烏有，蘇棠不信。

沈斯年要是有能力做到這一點，早幹嘛去了？

蔣慧似乎沒料到這扇門會在這個時候突然打開，一時也愣在原地。

三人相對，還是沈易先反應過來，側身讓出門口，對蔣慧做了個請進的手勢。

距上次見蔣慧還不足二十四個小時，蘇棠覺得，眼前的蔣慧和昨天在辦公室裡的時候相比簡直是兩輩子的人。

容貌和身形還是原來的樣子，但是舉手投足間全然沒有了那些精緻的修飾，沒有化妝，也沒穿白袍，中長款駝色風衣下面露著桃紅色的運動褲和花色跑步鞋，手裡攥著黑色漆皮單肩包，好像是一棟精裝修的豪宅一夜之間被拆成了胡亂堆放著裝修材料的工地。

慘是慘了點，倒是慘得坦誠。

蘇棠沒吭聲，也沒多看她。

蔣慧也沒去看蘇棠，目光直直地落在沈易身上，沈易請她在沙發上坐，蔣慧沒有章法地搖頭。

「不坐，不坐了……」

蔣慧低弱沙啞的聲音裡帶著一點輕顫，兩手交握在身前，不安地揉搓。

「沈易，我昨天說了幾句對你媽媽不尊重的話……我向你，還有你媽媽，賠禮道歉。」

蘇棠皺皺眉頭，轉頭看向沈易。

這兩句道歉的話雖然簡單到了極限，但是對於一句話總要拐三個彎的蔣慧而言，這樣直白的說法反倒是顯得別有幾分誠懇。

沈易雙唇輕抿了一下，沒有表示接受與否，只抬起手來，用手語緩緩地對蔣慧說了一句話。

——我媽媽在哪裡？

這大概是沈易第一次用手語對她說話，蔣慧愣了一下，愣得有點無措，轉頭看向蘇棠。

沈易也看向蘇棠，目光很深，淺淺地微笑著用蔣慧一點也看不懂的手語問蘇棠。

——可以幫我說話嗎？

蘇棠愣了一下，會意地一笑，點頭。

她就是在這間病房裡第一次見到蔣慧之後才決定學習手語的，初衷就是要幫他說話，她記得，他也還記得。

蘇棠突然發現，她和沈易在無形中畫了很多條閉合曲線，可能經過了一些彎曲拐角，但總是沒有缺陷，沒有縫隙，沒有漏洞，每一個初衷都能對接到一個合適的結果，從不落空。

蘇棠把沈易的話原封不動地說給蔣慧聽，蔣慧想也沒想，急忙回答，「就在殯儀館，什麼都沒動，就是送過去了，正規依法送過去的，該付的費用我都付過了……」

沈易輕輕點頭。

——麻煩您了。

蘇棠幫沈易淡淡地把這句像極了逐客令的話說完，已經做好了替沈易開門送客的準備，卻見蔣慧緋了緋脫去口紅的修飾之後黯淡無光的嘴唇，又望著沈易吞吞吐吐地說出一句凌亂得不成樣子的話來。

「你……你爸爸跟你說的事，你看……你能不能……」

也許是蔣慧的唇形太過模糊，沈易沒有讀懂，有些不解地看向蘇棠。

蘇棠聽得清楚，卻也不明白蔣慧的話具體是什麼意思，只能照蔣慧的原話提醒他，「你爸爸是不是跟你交代了什麼事啊？」

沈易輕蹙起眉頭，困惑地搖頭。

蔣慧有點急了，急得聲音裡帶著明顯的顫抖。

「他說他發e-mail給你了……」

蘇棠聽得一愣。

她有種毫無依據卻合情合理的感覺，蔣慧這樣子好像不光是為了來道歉的，還像是來求沈易些什麼的。

這句話蔣慧說得雖急，卻夠清楚，沈易看著她說完，就皺著眉頭走到茶几旁邊，彎腰拿起了放在餐盒旁的手機。

沈斯年的郵件大概是在沈易在洗手間裡吐得要死要活的時候發來的，沈易在手機上輕點了幾下之後就捧著手機細細地看了起來，眉頭越皺越深，幾乎擰成了死結，也許是熱敷的效果散盡了，沈易的臉色有些說不出的難看。

蘇棠看看蔣慧，蔣慧一直僵立著，兩手在身前絞得發白。

沈易很聰明，很理智，也很踏實，把事情拜託給他是可以放一百個心的，但是蘇棠一時想不出，蔣慧能有什麼事是非求沈易不可的。

她是炒股賠慘了嗎？

沈易緊擰著眉頭對著手機看了一陣，然後在觸控式螢幕上敲敲停停地擺弄了足有十分鐘，期間只有從沈易的手機上傳來的幾次震動的輕響，其餘都是緊張的沉默。

真正緊張的就只是沈易和蔣慧兩個人，蘇棠不知道他們緊張什麼，但緊張的氣氛實在太濃，濃得讓她也不由自主地跟著胡亂緊張起來。

最後還是沈易先無聲地紓出一口氣，緩緩地展開擰出了淺淡豎痕的眉頭，在手機上簡單地敲了些話，遞給蘇棠。

話是對蔣慧說的，蘇棠不明白他話裡的意思，還是替他念了出來。

——我和我的律師聯繫過了，他會代表我協助警方處理這件事，希望您可以積極配合。

※

這些話蘇棠是對著沈易打在手機上的字念的，念完抬起頭來，蘇棠才發現不知什麼時候蔣慧的臉色真的灰白出了一種喪屍的效果。

蔣慧直直地盯著面容已經平和下來的沈易，唇齒微張，蘇棠眼見著她尖削的下巴顫了幾顫，才聽到一股硬擠出來的聲音。

「你……你報警了？」

蔣慧說這幾個字的時候嘴唇一直在發抖，說得又快又模糊，沈易肯定讀不清，蘇棠剛轉過頭來，正準備對沈易複述蔣慧的話，就見沈易眉頭深深一皺，抓起她的手臂一把把她拽到了身後。

「欸——」

蘇棠猝不及防，被沈易拽得一個踉蹌，沒等站穩，餘光就掃見沈易抬手擋開了一個向他襲來的黑色方形物體。

蔣慧的黑色漆皮包。

蔣慧一邊瘋了似地掄包往沈易的身上亂砸一氣，一邊朝沈易歇斯底里地叫。

「你憑什麼！憑什麼！」

「你恨我就衝我來啊！」

「我和妍妍一塊給你媽陪葬！你滿意了吧！」

「你殺了我呀！殺了我呀！」

蔣慧的叫罵聲既尖銳又悽楚，蘇棠聽得半懂半不懂，沈易也許是看不清，也許是壓根就沒有花心思去看，始終深皺著眉頭，一手抵擋著蔣慧頻頻砸來的皮包，一手牢牢地把蘇棠攔在身後。

蘇棠試了幾次，才瞅准一個沈易分神格擋皮包的機會，一下子從沈易的束縛中掙脫了出來。

沈易嚇了一跳，顧不上蔣慧變本加厲的打砸，急忙回頭。

沈易還沒來得及拽住蘇棠，蘇棠已經溜出了他的臂長範圍，卻看也沒看蔣慧一眼，徑直走到病床床頭，一巴掌拍響了牆上那枚呼叫值班護士的按鈕，然後淡淡地望著蔣慧。

「蔣醫師，馬上就有您的同事進來，您還要臉嗎？」

蔣慧掄包的手戛然而止，已經掄到半空中的包沒能掄到沈易身上，又在重力作用下盪了回來，險些砸在她自己的臉上，被她倉皇抱住了。

沒等蔣慧定下神來，病房的門就被推開了。

聞鈴趕過來的是上回替沈易拔針的護士長，一看到大鬧過一場之後格外狼狽的蔣慧就驚了一下，驚得很標準，好像早就知道自己應該在這驚一下似的。

「喲，蔣醫師，這是怎麼了啊？」

蔣慧匆忙擠出一個笑容，奈何太過匆忙，粗重的喘息還沒平復，凌亂的頭髮還沒理好，連本來應該拎在手上的皮包也還是以一種緊繃的姿勢抱在手裡的，如此狼狽的姿態配著這個僵硬的笑容，連蘇棠都覺得她淒涼得可憐。

「沒、沒事，老沈有點事，找他說幾句話……你們忙吧……」

蔣慧勉強撐著這個笑容把話說完，不等護士長接話就大步出門了。

護士長一聲不吭地看著蔣慧走出去，轉過頭來看向沈易。

沈易在緊張與混亂中沒能看清蘇棠對蔣慧說的話，不知道護士長說了什麼，也不知道蔣慧說了什麼，一時間呆愣在原地，臉色難看得要命。

護士長走到沈易面前，淡然得好像這病房裡由始至終就只有蘇棠和沈易兩個人一樣，「哪裡不舒服嗎？」

沈易好像這才回過些神來，忙搖了搖頭。

「沒事就好，有事叫我。」

護士長說完，轉身就走，快走到門口的時候似乎是想起了些什麼，停了停腳，扭頭看向追過來準備送她出門的蘇棠，低低地說，「她要是再來鬧，妳就按鈴，她已經被停職了，她這樣隨便進病房打擾病人休息，我們是要擔責任的。」

蘇棠心裡一熱，輕輕點頭，「好，謝謝您了。」

蘇棠把護士長送出門，回來把門關上，沒等轉過身來，就被沈易從後抱住了。

背脊被動地貼在他微微起伏的胸膛上，蘇棠輕笑，她就知道，憑他的腦子，這點小聰明根本用不著跟他解釋，只要給他點冷靜的時間，他立馬就能琢磨明白。

沈易的下巴挨在她的肩膀上，左手環著她的腰，右手越過她的肩膀，用手指在她面前的門板上一筆一劃地寫下一行字。

——最高智慧獎得主，蘇棠。

蘇棠被他逗樂了，在他的懷抱中轉過身來，好氣又好笑地瞪他，「說好了，下回打架要是再把我攔在後面，我就要幫著別人打你了。」

沈易笑著點頭，點得很認真，像是一句很有信譽的保證。

得到沈易的保證，蘇棠才擔心地撫上他的手臂，「打疼了嗎？」

沈易微笑搖頭。

這個搖頭明顯不如剛才的點頭可信，蘇棠剛想卷起他襯衫的袖子看一看，沈易就縮了手，拿出剛才匆忙間塞進口袋裡的手機，點開一封電子郵件，遞到蘇棠面前。

蘇棠下意識地掃了一眼近在眼前的螢幕。

寄件者是被沈易備註過的，備註名稱為「爸爸」。

蘇棠一愣，多掃了一眼，目光定在其中一行字上，一下子把沈易疼不疼的事忘了個一乾二淨。

蘇棠瞪圓了眼睛，「沈妍被她未婚夫綁架了？」

沈易有些無奈地笑笑，輕輕點頭。

沈斯年發來的這封郵件內容很簡單，一共就有兩個意思，一個是說沈妍被她未婚夫綁架了，對方開了一堆離譜得像神經病一樣的條件，還不許報警，另一個意思就是問沈易是否願意幫忙，行文裡處處可見外科醫師特有的簡單明瞭。

蘇棠覺得沈斯年對沈易多少有些殘忍，但平心而論，無論是出於血緣關係還是出於對沈易性情和能力的了解，這種情況下求助於沈易都是再合適不過的選擇。

「你讓你的律師協助警方處理的，就是這事？」

沈易點頭。

實話實說，蘇棠對沈妍的印象好不到哪去，但這並不代表著她會覺得綁架這種事發生在她的身上就是好的。

「不會出什麼大事吧？」

沈易微微一怔，唇角輕彎，搖搖頭，鬆開環在蘇棠腰間的手，接回手機，讓蘇棠挨在他身邊看著他打字。

——沈妍未婚夫的性格很急躁，做事缺少計劃性，應對突發狀況的能力很有限，綁架沈妍的事很有可能是在一時衝動下臨時決定的。如果排除蔣慧可能給警方添麻煩這個影響因素，以他的反偵察能力，我預測警方在三個小時之內就可以順利解決這件事。

蘇棠愣愣地抬起頭來，「你怎麼會這麼了解他？」

沈易唇角的弧度微微一深。

——我們吵過一次架。

蘇棠當然記得那次架他們是怎麼吵的，但還是阻擋不住她把眼睛睜得更大了，「就那麼一次，你就能了解這麼多事？」

笑意在沈易的眼周蔓延開來，把他原本有些淡白的臉色濡染得很是柔和。

——根據現象分析原因也是操盤手的基本功，我的分析能力也很值錢。

蘇棠低頭看著沈易打下這句話，餘光掃見她那根被沈易當做寶貝一樣套在手腕上死活不肯拿下來的髮圈，突然很想寫四個字貼在沈易的胸口上。

物美價廉。

得到沈易這樣的保證，蘇棠安心下來，想到蔣慧剛才的歇斯底里，突然記起昨天在蔣慧辦公室外聽到的那些模糊不清的爭吵。

「對了……昨天我們去找蔣慧的時候，她和沈妍正在辦公室裡吵架，吵得很厲害，隔著門我也沒聽清她們吵的什麼，沈妍臨走之前還跟蔣慧說了一句晚上有事不回家了，你分析一下，這個會不會是沈妍被綁架的原因啊？」

沈易顯然是剛知道這件事，輕蹙著眉頭稍稍消化了一下，才輕輕搖頭。

——應該有一定的關係，但不是直接原因。我剛才問了爸爸，沈妍的未婚夫家境不太好，他的這個公司是近兩年剛做起來的，現在還有一些負債，蔣慧一直對他不太滿意，讓他受過一些羞辱，在他簽下華正集團的這個標案之後對他的態度才有好轉。

蔣慧本身的人品在蘇棠的心目中是值得商榷的，但畢竟是人到中年，蔣慧看人的眼光也許不像沈易這樣敏銳，但過來人的經驗肯定還是有的，蘇棠相信，任何一個有責任心的母親都不會放心把女兒交給這樣一個內在外在都很難靠得住的男人，何況是肯為女兒把揚了二十幾年的頭一低到底的蔣慧。

看著沈易打下最後的半句話，蘇棠反應過來，「華正廢標了？」

沈易牽起些贊許的笑意，輕輕點頭。

──我剛剛問過金管會的人，華正集團想要挽回一點陳國輝帶來的負面影響，已經主動配合金管會調查，其中就包括交代了陳國輝利用職權操縱工程招投標的事，沈妍未婚夫的公司和華正簽訂的合約已經作廢了，並要接受相關單位的審查。

蘇棠突然回想起趙昌傑出事的時候沈易他們公司的處理辦法。

歷史總是驚人的相似。

只不過趙昌傑是單純的自作自受，輪到陳國輝這裡，華正集團就真有些落井下石的意思了，而沈妍的未婚夫充其量就是其中的一塊石頭罷了。

不過蘇棠覺得，這井畢竟是陳國輝自己挖的，落下去一點也不冤枉，這幾塊石頭反倒能給他個痛快。

蘇棠正有一搭沒一搭地想著，又見沈易低頭打了些字。

──不過，她們昨天的爭吵應該是蔣慧說出已經處理了媽媽的遺體的那些話的直接原因。我猜她們應該是因為她未婚夫的事情吵架的，沈妍用我媽媽的事和蔣慧頂了嘴，蔣慧才會用那些話來發脾氣。

沈易打下這些字的時候平靜得看不出一點或憤怒或怨恨或傷心的模樣，好像那些傷害過去了就是過去了，沒有在他的身上留下一絲一毫的痕跡。

蘇棠發現，沈易像是一株含羞草，在遇到不可承受的傷害時就會緊緊地蜷縮起來，等到熬過這段絕望之後，又會毫不保留地在這個深深傷害過他的世界舒展開自己的一切，一邊享受陽光雨露，一邊回饋氧氣養料，等到下一次傷害猝然而至，又周而復始。

她愛極了他溫柔舒展的樣子，就更難忘掉他蜷縮起來的時候那種好像被抽空了生命一樣的絕望。

蘇棠繃了繃嘴唇，一字一聲，「沈易，我這輩子都不會原諒蔣慧說的那些話。」

沈易微微一怔，淡淡笑著，抬手擁過蘇棠的肩膀，輕輕安撫。

「我是認真的。」蘇棠仰頭認真地看著沈易，「我不介意你原諒她，也不介意你幫她解決麻煩，但是我絕對不會原諒她，永遠都不會。」

沈易唇角的微笑不淡反深，目光微濃，伸手撫上蘇棠的臉頰，溫柔的疼惜裡帶著淺淺的歉疚，輕輕點頭。

蘇棠伏進他的懷裡，圈著他的腰，把一側耳朵貼在他的胸膛上，聽著他微亂卻有力的心跳聲，被他輕柔地順撫著背脊，繃了許久的委屈悄然化開，肆虐地蔓延開來。

沈易覺察到懷中的人喘息深重起來，忙把手機收了起來，兩手捧起她的臉，關切地看著她。

蘇棠拼命把眼淚鎖在已經紅起來的眼眶裡，卻在開口的一瞬忍不住滾落了下來，一滴滾落，液體表面張力的作用被破壞，後面的淚水就收了收不住了。

「你在走廊裡倒下去的時候我就想，你會不會是一個人去找你媽媽了……就……就把我扔在那，不管了……」

沈易急忙用力搖頭，鬆開了捧在蘇棠臉頰上的手，似乎是想用手語對她說些什麼，蘇棠卻一下子把頭埋回到他的胸前，緊緊摟著他，沒給他解釋的空間。

她不需要他解釋什麼，她相信他，只是看著他安然無恙地舒展開來，她終於可以放心大膽地害怕了。

沈易靜立了約有一分鐘，沒有再次去捧她的臉，也沒有順撫她起起伏伏的背脊，蘇棠正哭得投入，突然聽到一個聲音從頭頂的方向傳來。

說話的聲音，低啞，模糊，帶著一點緊張輕顫。

「我……愛，妳。」

蘇棠的臉就貼在沈易的胸前，發聲引起的胸腔震動清晰地傳遞到蘇棠的肌膚上，蘇棠像觸電一樣一下子從他懷中彈了起來，兩手卻下意識地攥緊了他腰間的襯衫，睜圓了眼睛盯著這個緊張得臉頰微紅的人，張口結舌。

「你……你、你說話……說、說什麼？」

沈易唇齒微微張著，顫抖著手問蘇棠。

——可以聽到嗎？

蘇棠狠狠點頭，黏在睫毛上的細碎淚珠都被甩了出去。

「我聽到了……你說，你再說一遍！」

沈易像是受了莫大的鼓勵，細微發顫的兩手扶上蘇棠的雙肩，嘴唇不安地抿了抿，然後緩緩張開，一字一句地把那三個音節又認真地重複了一遍。

也許是因為被蘇棠直直地盯著，沈易雖然格外認真，卻也格外緊張，聲音抖得厲害，一聲輕一聲重，模糊得像夢囈一樣，蘇棠卻被這沒有絲毫美感可言的聲音激動得整個人都傻在那了。

沈易磕磕絆絆地把那三個字說完，頓了一頓，又小心翼翼地多添了兩個字。

「蘇，棠……」

聽著那個模糊得有些像「疼」字的「棠」，蘇棠突然想起來徐超曾經問她的話，她是不是在教沈易學說話……。

她沒有教他，但他真的在學，學得很吃力，很努力。

蘇棠開心得快瘋了，不由自主地摸上沈易的前頸，感覺著他的喉結在她的撫摸下輕輕顫動著。

「你……你可以說話？」

沈易抿緊還有些發顫的嘴唇，有點勉強地把兩側唇角向上提了提，微微搖頭。

蘇棠像是要攔住一隻想要把柔軟的軀體縮回殼裡的蝸牛一樣，緊緊扳住他的肩膀，「你可以！我聽到了，我真的聽到了！你說了我愛你，你還叫了我的名字，我都聽到了！」

沈易依然淡淡地搖頭，拿出手機，眼睫低低地垂下來，細密的睫毛在眼底落下一片淺淺的陰影，遮住了目光裡所有的光彩。

——我的發聲器官是完好的，可以發聲，但是我已經錯過了最合適進行語言訓練的年齡，學起來非常困難。這幾個字我是從決定追求妳開始就在練習的，每天都在練，可是一直都不能被語音輸入法識別出來。

沈易的手指有些發抖，打字的速度慢了許多，字裡行間依然帶著沈易式的柔和的冷靜。打完這些字，沈易沒有把目光抬起來，嘴唇又深深地繃了繃，好像要把它們永遠地禁錮起來一樣。

蘇棠看著他又緩緩地打下幾句話。

——我沒有想要騙妳，只是想要練得更好一點再對妳說，可是妳剛才看起來很難過，我很想讓妳高興一點，就沒有忍住。如果我把妳的名字念得很難聽，我向妳道歉，請妳原諒。

蘇棠的眼淚決堤一樣地湧出來，一把揪住沈易的襯衫領子，沈易嚇了一跳，繃緊的嘴唇一下子鬆開了，目光猝然抬起，落在蘇棠臉上。

蘇棠揪著他的衣領往自己面前拽了拽，沈易不得不順著她的力氣彎下腰來。

兩人的臉貼得很近很近，近得沈易的視線全被蘇棠的臉占滿了，蘇棠微揚著下巴，嘴唇貼近沈易那雙還噙著淡淡的失落的眼睛，近得幾乎能感覺到沈易眨眼時睫毛扇出的微風。

「我告訴你，我從來，從來沒覺得我媽取的這個名字有這麼好聽！」

※

沈易說讓律師代表他處理沈妍的事，就真的沒有再往這件事上分神，在被蘇棠拍著胸脯保證了很多次他的聲音一點也不難聽之後，就安心地去見了齊醫師，順利地辦好了出院手續，然後發簡訊給徐超。

直到來病房裡找他們，沈易請他幫忙把從他媽媽的病房裡整理出來的遺物拿去車裡，徐超才意識到沈易昨天的反常是怎麼回事。

「沈哥……」

徐超嘴笨，在這樣的事上尤其嘴笨，站在沈易面前乾張了幾下嘴也沒憋出一句適合安慰沈易的話來，憋得臉都發紅了。

沈易有些感激地笑笑，拍拍徐超結實的肩膀，會意地輕輕點頭。

徐超終於還是憋出來一句。

「沈哥，我、我一直都當你是我親哥！」

沈易很有溫度地笑著，深深點頭。

沈易要她陪他回家取些東西，蘇棠沒問他取什麼，不管他要做什麼，只要他希望她在，她就絕不留他一個人。

車還沒開到東郊，沈易就收到了律師發來的簡訊，沈妍已經被警察平安帶回來了，但是還有些後續問題需要沈易親自去一趟。

蘇棠看了看時間，距沈易斷定的三小時時限還有近一個小時。

「人都救出來了，還有什麼事啊？」

沈易無奈地笑笑，搖頭。

綁架屬於刑事犯罪行為，蘇棠以為是要去刑警隊，結果徐超在沈易的授意之下調頭開去了S市北區的一處派出所，見到律師和接案警察，蘇棠才知道沈易是被叫來幹什麼的。

案子雖然很順利地解決了，但是派出所警察悶的很。

因為他們還從沒遇到過這樣的案例，綁匪一個人把人質綁架在自己家裡的時候居然喝得酩酊大醉，派出所的警察跟律師一起去他家，本來只是準備核查一下報案情況是否屬實，結果敲了一陣子門，人就光著膀子搖搖晃晃地把門打開了，沈妍就被他拿襯衫捆在沙發上，警察問他怎麼回事的時候，他還沉浸在宿醉裡什麼都沒想起來。

律師比警察還悶，他是按照一宗很嚴肅的綁架案來報案的，沒想到遇見這麼一個不把綁架當正經事的綁匪，以至於警察懷疑這起綁架案是他和沈妍的未婚夫合謀策劃的，真正的目的不在贖金，而在於騙取委託人高額的律師費。

沈易就是這個委託人。

蘇棠哭笑不得地幫著沈易跟警察解釋了好一陣子，沈易出示了他和律師的長期委託合同書，還簽了份證明文件，警察才終於把注意力集中到了沈妍未婚夫的智商上。

替律師解釋清楚了這個冤得要命的誤會，一位面容和善的中年女警才把眼睛紅腫得像核桃一樣的沈妍帶了過來。

也許是從警察那裡得知了自己是怎麼獲救的，沈妍一見到沈易就奔了過來，一頭投入沈易懷裡，嚎啕大哭。

沈易嚇了一跳，一時呆愣在原地，一動也不敢動。

蘇棠在沈妍沙啞的哭聲裡聽到她清清楚楚地叫了一聲「哥哥」。

蘇棠笑笑，用手語告訴沈易，沈易狠愣了一下之後，眉目間浮出一些和煦的溫柔，抬手在沈妍哭得直抖的肩膀上輕拍，以示安慰。

一直陪著沈妍的女警也看得心軟了，像念叨自家女兒一樣絮絮地念叨了沈妍幾句，「行了行了……別哭了，趕緊回家吧，好好洗個澡，踏踏實實睡一覺，回頭再找對象就照著妳哥哥這樣的找，可別再找那樣的了。」

蘇棠抿著嘴笑，剛想把這話用手語轉述給沈易，就見沈妍抹著眼淚直起身來，一邊抽泣，一邊用沙啞得不成樣子的聲音喃喃地說，「我們已經訂婚了……」

女警氣樂了，「你們吵個架他就能綁架妳，妳還想嫁給他啊？」

沈妍還是那句話，「我們已經訂婚了……」

女警哭笑不得地擺手，「好好好，走吧，走吧……」

送沈妍回家的路上，沈易坐在副駕，蘇棠和沈妍坐在後排座位上，沈妍坐在她旁邊一直抽抽搭搭地哭，蘇棠一直沒有開口勸她。

倒不是她還記恨沈妍什麼，只是從某種角度上講，她和沈妍的想法是一樣的，所謂訂婚就是一個承諾，也就是一件答應好了的事，不能輕易改變，但是她有這樣想法的前提條件是和她有這樣承諾的人名為沈易，這就意味著她僅有的這點經驗也不存在任何參考價值，她也不知道該對沈妍說什麼才好。

蘇棠琢磨著，看在沈妍終於知道了點好歹的份上，等她冷靜下來，也許可以讓她和陸小滿認識認識，陸小滿那張一針見血的嘴一定可以準準地戳中她心裡最不禁碰的地方，好好疼一下，腦子就清楚了。

也許是不想再與蔣慧糾纏，沈易讓徐超在沈妍家社區門口停車，看著沈妍走進去，從副駕換坐到蘇棠身邊，就讓徐超開車走了。

從沈妍家社區門口一直到沈易家樓下，有一句話沈易反覆問了不下五遍。

——她真的叫我哥哥了嗎？

他問，她就給他很肯定的回答，答了幾回之後，蘇棠忍不住笑他。

「你要是喜歡被人喊哥哥，我也改口叫你哥哥，反正你比我老，喊了我也不吃虧，你說好嗎？」

沈易大概是意識到了自己有點犯傻，不好意思地笑笑，眉目間依然有些很純粹的開心。

——小時候我見過她一次，她也叫過我一聲哥哥，我看到了。

蘇棠明白這聲哥哥對沈易而言意味著什麼，他的小時候是蜷縮在一個他走不出來，別人也很難走進去的世界裡度過的，這些帶著強烈關係感的稱呼就像是鑿在他的世界的圍牆上的一個個透氣窗，因為它們的存在，他才得以喘息。

「我小時候也叫過你哥哥，你看到了沒有？」

沈易愣了一下，有些茫然地搖搖頭。

「我肯定叫過。雖然我一點也想不起來那時的事了，但是你把我送到我外婆那裡，外婆肯定會讓我對你說謝謝哥哥的。」

沈易笑起來，深深點頭。

——謝謝妳，也謝謝外婆。

沈易回家來取的是一套衣服。

一套半新的女裝，式樣有些舊了，但熨燙得很整齊，保存得很好。

蘇棠看著他小心地把衣服收進一個袋子裡，突然反應過來，「這是……要帶給你媽媽的嗎？」

沈易微笑著，安然地點點頭。

──她穿著這套衣服拍過很多張照片，她應該非常喜歡這套衣服。

蘇棠猶豫了一下，最後還是只說了一句不帶任何擔心色彩的話。

「我也覺得很好看。」

直到殯儀館的工作人員為沈易的媽媽做完遺容整理，蘇棠才第一次近距離地見到這個給予她最愛的男人以生命和呵護，甚至在失去一切行動能力之後仍然給予他精神支撐的女人。

多年臥床已經耗空了女人的身體，那套衣服穿在她的身上已經有些鬆垮了，但是仍然不影響女人近乎完美的骨架比例，以及那副被工作人員精心整理過的面容上依然隱約可見的和沈易相似的痕跡。

蘇棠走近來看她的時候，沈易似乎是有些緊張，一直把目光凝在蘇棠的臉上，蘇棠就在沈易的凝視下對靜靜躺著的人輕輕地說話。

「阿姨，我已經二十一年沒喊過一聲媽媽了，等我和沈易結婚了，您就讓我喊您一聲媽媽，行嗎？」

女人沒有任何回應，倒是沈易默默地紅了眼眶。

外婆是週五傍晚回來的，除了向沈易求婚的事，蘇棠一直什麼都沒有告訴她，直到沈易陪蘇棠在療養院迎接她回家，外婆才知道沈易媽媽過世的消息。

不等外婆安慰沈易，沈易已經開始安慰外婆了。

其中一句手語蘇棠看得很清楚。

——我很難過，但是我不害怕，我很好，不要擔心。

也許是擔心沈妍，也許是知道沈易把媽媽的遺體告別儀式安排在週末，沈斯年改簽了週末的機票，週五晚上就飛了回來，還帶著沈易遠在美國的心理醫生一起回來了。

遺體告別儀式前後醫生都為沈易做了全面的心理評估，沈易的正常程度幾乎讓那個腰身足有沈易兩倍寬的美國老頭跌碎了眼鏡，沈易用英文寫在紙上的回答也讓沈斯年跌碎了眼鏡。

——我的未婚妻一直在保護我。

從沈斯年的辦公室裡出來，蘇棠羞得直戳沈易的肚皮，「你叫我未婚妻，跟我商量了嗎？」

沈易左手牢牢地牽著蘇棠的手，笑著對蘇棠揚了揚右手的手腕，好像在給一個足以一錘定音的鐵證，蘇棠啼笑皆非。

好多天了，在他右邊襯衫袖口下依然戴著那條髮圈，蘇棠也不知道他準備戴到什麼時候。

趙陽倒是對沈易的平靜一點也不覺得奇怪，據他說，因為沈易幼年的病史，他曾經想過沈易面對他媽媽死亡的一百種表現，其中包括絕食等一系列極具自我傷害性的行為，自從那回見到沈易平靜地來到醫院面對他媽媽的病危通知之後，這份清單就被趙陽徹底作廢了。

用趙陽的話說，蘇棠就是沈易一直流落在外的那半條命。

蘇棠好氣又好笑，「你一個醫師說出這種沒有科學依據的話來，不怕沈院長再找你談談來生啊？」

趙陽勾起嘴角，意味深長地抖了抖眉毛。

「你以為這麼有深度的話是誰說的啊？」

蘇棠一愣，哭笑不得。

她算是找到沈易貧嘴基因的出處了……。

從十月剩下的日子一直到十一月中旬，蘇棠和沈易都在忙。

蘇棠換了一家正處於成長期的建築設計公司工作，公司裡人手少，蘇棠一到職就一個人被當成了兩個用，因為用不著接觸那些亂七八糟的行政事務，蘇棠做得得心應手，忙是忙了點，倒是一點也不覺得辛苦。

蘇棠不知道沈易在忙些什麼，也許是繼續處理華正事件遺留下的後續問題，也許是又投入到那份需要他守口如瓶的工作中了，不管怎麼說，沈易都是在和以前一樣安靜而努力地生活著，唯一不同的是蘇棠偶爾會看到他望著些什麼出神。

蘇棠從來不去打擾他，有些事是只有時間才能安撫得了的，她願意在這個時候把他身邊的位子讓出來，讓時間好好工作。

也許是心疼沈易剛失去媽媽，外婆一直沒有提過他們結婚的事，蘇棠每天忙得團團轉，也沒抽出空去想這件事，於是十一月中旬某個週末的早上，蘇棠懶懶地從床上爬起來，迷迷糊糊地看到手裡舉著一張寫了字的紙單膝跪在床邊的沈易，嚇得一骨碌從被窩裡爬了起來。

被沈易舉在手裡的紙上就寫了四個字。

——嫁給我吧。

沈易一本正經地穿著襯衫和西裝褲，鬍渣刮得很乾淨，頭髮也認真整理過，一枚亮閃閃的戒指銜在色澤柔潤的唇間，唇角牽著濃郁的笑意，被透過薄薄的窗紗傾灑進來的晨光籠罩著，周身都散發著柔和的光芒。

蘇棠揉著雞窩頭從床上跳下來，赤腳站在地上，愣愣地看了他好一陣，才確定不是自己夢到了什麼奇怪的東西。

「你……你這是幹嘛？」

沈易又把舉在手上的紙板朝她面前遞了遞，唇角弧度微深，滿目期待。

「不是……」蘇棠揉揉滿是淩亂的臉，欲哭無淚，「我不是跟你求過婚了嗎，你是忘了，還是不信啊？」

沈易像是早就料到她會有這麼一問似的，眼角輕輕一彎，把舉在手裡的紙板翻面。

寫在反面的字比寫在正面的多了很多。

——妳向我求婚，是邀請我走進妳的人生裡，我很願意把自己毫無保留地交給妳。妳是在二十年前的今天出現在我的人生裡的，現在我向妳求婚，蘇棠，妳是否願意走進我的人生裡，毫無保留地把自己交給我，讓我用有限的生命無限地愛妳？

蘇棠對著這幾行字呆呆地看了足有一分多鐘，沈易也沒有催促她，就靜靜地跪在那裡，穩穩地舉著那塊已經不知道被他舉了多久的紙板。

「我願意我願意……」

直到看著蘇棠紅著眼眶一個勁兒地點頭，沈易才把紙板放下，把戒指從唇間取下來，牽過蘇棠的手，鄭重地戴在她的手指上，然後牽到唇邊輕吻了一下，站起身來，把還沒徹底醒過來的蘇棠緊緊抱進懷裡。

蘇棠深埋在沈易的胸前，聽著沈易清晰的心跳聲，突然覺得沈斯年那話的意思也許並不是趙陽理解的那樣。

她是沈易的半條命，也就意味著沈易也是她的半條命，他們在一起從來就不是一個誰屬於誰的問題，他們只是在一起，然後彼此完整。

「神經病，早都承認我是未婚妻了，還瞎忙……」

蘇棠在沈易懷中窩了一下，就著一丁點起床氣在他胸口上輕擂了一拳，板著臉瞪他，「以後再在大清早的嚇唬我，我就要揍你了啊。」

沈易濃濃地笑著，若有所思地看著她，伸手輕觸她的嘴唇，然後淺淺地一嘆，和她分開一點距離，用手語對她說話。

——我不想學中文了。

蘇棠在這句風馬牛不相及的話中愣了一下，以為是自己腦子還在發懵，沒看清楚，不禁愣愣地反問，「不想學中文了？」

沈易認真地點頭。

——中文的邏輯對我來說實在太難了。

沈易看起來有點挫敗，蘇棠有點不落忍。

「哪裡難？」

沈易搖搖頭，拿出手機認真地打了寫字，遞給蘇棠。

——妳剛才的行為在中文裡被稱為「嘴硬」，可是妳的嘴明明很柔軟，一點也不硬。

蘇棠看得嘴角一抽，黑著臉抬起頭來，這才發現沈易深藏在眼底的一汪笑意。

「你又逗我！」

蘇棠一把把他推倒在床上，撲上去撓他的咯吱窩，沈易被她撓得在床上直打滾，沒有半點求饒的機會，一雙眼睛笑得淚汪汪的。

陽光靜靜地鋪灑在這兩個鬧成一團的人的身上，貓蜷在窗下用一種超然物外的目光看著他們，出奇的安靜，好像在牠的眼裡，一切本來就應該是這樣的。

（正文終）

番外篇

「你默默微笑著，不對我說一句話，但我感覺，為了這個，我已期待很久了。 —拉賓德拉納特·泰戈爾」

（一）另外的半個你

之後的一段日子，蘇棠還是在忙，沈易也還是在忙。

蘇棠不知道沈易在忙些什麼，她是在忙一個老舊住宅區改建的專案，業主催得急，公司老闆催得更急，眼前這套繪成於半個世紀前的老圖紙已經在她的辦公桌上攤放了快半個月，今天總算可以暫時告一段落，讓它們哪裡來的回哪裡去了。

一個實習生小妹妹站在蘇棠的辦公桌旁邊，和蘇棠一起把一頁頁圖紙沿著舊有的折痕疊起來，然後按著圖號順序整齊地疊放到一旁。

某一次折疊之後，蘇棠愣了一下，停住手，擰起了眉頭。

「小白，張師傅的貓是不是又跑上來撒野了？」

小白一邊低頭疊圖一邊嗤嗤地笑，「不會吧，上次牠把妳那盆海棠花的葉子抓破的時候妳不是跟張師傅說了嗎，再讓妳看見牠，妳就把牠丟下鍋煮，張師傅都不敢讓牠出休息室了。」

這是蘇棠剛來公司時的事了，每次提起這件事小白都憋不住笑，蘇棠大概還不知道，他們的那個八〇後的公司老闆在親眼目睹了那場穿越大半個辦公樓的人貓大戰之後感慨說，有生之年終於看到《湯姆與傑利》大結局了。

「貓沒來過，那這是誰抓的？」

十二月，還沒到下午下班的時間天就已經黑透了，天花板節能燈的白光勻稱地鋪灑在老舊的圖紙上，把圖紙背面的幾道淺淡的藍色劃痕映得很是醒目。

小白看得一臉納悶，正想搖頭，目光落在蘇棠的手上，「噗嗤」一聲笑了，「蘇姐，這是妳手上的戒指刮的吧？」

蘇棠一愣，戒指？

從線條的寬窄和走向上看，好像還真是她在火急火燎地翻看圖紙的時候無意間用戒指圈刮蹭出來的……。

這枚戒指戴在她這根手指頭上已經近一個月了，大小剛好，樣式不惹眼也不礙事，只有在偶爾造成類似的鉤掛刮蹭事故的時候，蘇棠才會覺察到它的存在，以及想起它所代表的那個鄭重且兩廂情願的約定。

關於結婚的事，他們就只在沈易向她求婚的那天隨口聊了一點，沈易說他會好好規劃一下，然後就像是把這件事忘乾淨了一樣，再也沒有提過，日子一切照舊。

蘇棠多少有點納悶，卻一點也不擔心。

前段日子還不太忙的時候，陸小滿夫妻倆約她和沈易一起出去玩，四個人分兩組打撞球，沈易一杆清掉了一半多，輪到蘇棠打的時候，剩下的都是些嚴重羞辱她身高臂長的球了，蘇棠幽怨地瞪向沈易，沈易笑笑，放下落在他的手裡就宛如魔杖一般的球杆，伸手環住蘇棠的腰，往上一抱，蘇棠一屁股坐到了球桌的紅木邊緣上。

「欸──」

沈易笑著，一手擁著被他嚇了一跳的蘇棠，一手指了指檯面上的一顆球，示意蘇棠以這樣的姿勢解決那顆球。

陸小滿也看懂了沈易的示意，頓時不玩了，奔到兩人面前，直指蘇棠懸空的雙腳，「哎哎哎，這是犯規啊！」

沈易笑著搖頭，垂手指了指自己穩穩落在地面上的雙腳，蘇棠試著理解了一下沈易的意思，然後一手勾住沈易的脖子，昂首挺胸地坐在檯子上替他強詞奪理，「一組兩人有四隻腳，允許單腳離地，也就是說一組保證至少有兩隻腳著地就是可以的，我們現在不是有兩隻腳著地嗎，哪有犯規啊？」

陸小滿對著蘇棠翻了個白眼，轉而看向沈易，「你同意你隊友這樣一本正經的胡說八道嗎？」

沈易笑彎了眼睛，搖頭。

蘇棠一愣，陸小滿還沒來得及樂，就見沈易微微欠身，伸出手指在檯面空閒的地方劃下了一串西文字母。

Plato。

沈易笑笑，轉身走到掛在對面牆上計分用的白板前，拿起閒置在板槽裡的天藍色白板筆，一字一字地否決了那個被蘇棠理工化的思考解讀得有些生硬的辯駁。

蘇棠沒明白，陸小滿和祁東也沒明白。

——Plato認為，人在生前和死後都是男女共同體，只有來到這個世界上才會彼此分離，成為男人和女人，所以在這個世上讓你覺得完全完美的那個人就是另外的半個你。我站在地上，就是她的另一半身體站在地上，除非她不要我。

蘇棠當然不會不要他，她只會晃著懸在球桌邊的腳，對著無力反駁的陸小滿笑得一臉理直氣壯。

那一杆球最後就是以蘇棠坐在桌邊，沈易扶著她的肩握著她的手的姿勢打進去的，蘇棠不記得後來她有沒有對沈易說過，那是她這輩子戳進洞的第一顆撞球，在另外半個自己的配合之下。

輪到陸小滿來打的時候，陸小滿抬頭掃了一眼沈易寫在白板上的話，然後繞了半張檯子，好不容易找了個需要坐到檯子邊上才能打得到的球，瞇眼看向祁東。

祁東摸摸鼻尖，會意地走過來，陸小滿正準備被他抱，就見祁東抽杆俯身，一杆子把那個球戳了進去。

「反正我們也是一個人，我打進去的不就是妳打進去的嗎，一樣，一樣……」

「誰跟你是一個人！」

想著那晚陸小滿舉著球杆圍著檯子一圈圈追著祁東抽打的時候沈易偷偷在她額頭上落下的那個輕吻，蘇棠不由自主地笑起來，伸出手指撫上圖紙，指腹在劃痕上細細摩挲了一陣，本就淺淡的劃痕就消失殆盡了。

沈易給她的安心，已經遠遠超過一張結婚證書的劑量了。

她願意相信，他一直不談這件事，只是因為他還沒有做好準備，至於沈易在準備些什麼，她也不知道。

疊完圖紙已經到了下班的時間，小白走後，蘇棠剛把繪圖軟體打開，想要再往前趕一趕進度，丟在辦公桌上的手機突然震了一下。

沈易發來了一張照片。

照片的內容是沈易所在公司的一份確認工作調動的正式公文，大概的意思是把沈易從一個部門調到了另一個部門。

蘇棠正看得一頭霧水，沈易又發來一張照片。

照片的內容是一張房屋所有權狀，一張七吋大小的照片被一枚迴紋針別在權狀的一角，照的是一棟二層的獨棟別墅，不看權狀上的字，單看照片裡這棟別墅的樣式和背景，就能認出這是博雅療養院裡那片去年新蓋的別墅中的一棟。

那片房子不是早就賣光了嗎……。

蘇棠還在愣著，沈易又發來一張照片。

照片的內容是他自己，穿著一身嶄新的黑色西裝禮服站在他臥室裡的全身鏡前，微微頷首，笑容靦腆溫柔。

蘇棠還沒回過神來，手機又震了一下。

沈易終於發來了一封有文字的簡訊。

——還需要補充什麼嗎？

蘇棠呆了一下，恍然想起來，那天隨口閒聊結婚的事時，沈易提起過，他希望在結婚之前換一份和她一樣白天上班晚上休息的工作，以便盡可能擁有多的相處時間，也不會因為作息時間全然相反而相互打擾。

而蘇棠唯一的顧慮就是外婆，她很願意和沈易在一起生活，但是外婆在療養院工作生活了大半輩子，那裡是她最熟悉的地方，她大概不會願意離開那裡，蘇棠既不放心外婆一個人生活，又覺得讓沈易搬到她和外婆現在住的這個巴掌大的公寓裡來實在有點委屈了他……。

沈易就在這一個月的時間裡不聲不響地把一切都解決妥當了。

蘇棠突然很想鑽進手機螢幕裡，狠狠地擁抱他。

一個月前的那天，閒聊結婚聊到最後的時候，沈易曾用手指在餐桌的桌面上一筆一劃地寫過一句話，當時蘇棠連讀都沒有讀順，現在總算是明白了。

——我想和妳結婚，包括但不僅限於想。

他在想的同時，還在一步步地付諸實踐，努力把它變成最理想的現實。

他都準備到這個程度了，她能補充的大概就只有一樣了。

蘇棠舉起手機匆匆拍了一張自拍照，連同一句話一起發給了沈易。

——補充一個現在就想嫁給你的新娘！

沈易回過來的簡訊裡彷彿帶著他柔和而滿足的笑意。

——現在不行，戶政事務所已經關門了，明早九點我去接妳，可以嗎？

蘇棠抬頭看了看電腦螢幕，毫不猶豫地撥通了部門主管的電話。

「陳姐，我明天想請半天假……」蘇棠深深吐納，壓制住已經鋪了滿臉的傻笑，用盡可能平靜的聲音徐徐地道出請假理由，「我有張證書在戶政事務所放了好多年，有人要我去拿回來。」

（二）戴在手指上的時光

兩人的婚禮安排在了來年的初夏，一則因為新買的房子需要時間整理，二則因為這種天氣不冷不熱的時候沈易的身體最禁得起操勞，實際的日子算不上什麼所謂的吉日，只是一個平常的週末，他們兩人都有空，大多數想要邀請的親朋好友也都有空而已。

外婆沒有任何意見，也沒有任何建議，用她的話說，兩口子的日子過好過不好根本就不在這一頓飯，只要他們高興，她就樂意跟著熱鬧熱鬧。

倒是陸小滿和宋雨這兩個剛過來沒幾年的過來人，從她把結婚證書領回來的那天起就三不五時地提醒她，籌辦婚禮絕不像登記結婚那麼簡單痛快，光是拍婚紗照就有煩躁到掀桌子離婚的例子，所以一定要冷靜，冷靜，再冷靜。

事實上，蘇棠還真沒遇到什麼需要冷靜的情況。

拍婚紗照的事是祁東的攝影工作室一手包辦的，祁東自己也是被婚紗照折磨過的人，又知道他倆的脾氣喜好，一連三套拍下來，依然一團和氣。據祁東說，不是他們團隊的技術好，而是替他倆拍婚紗照本來就是件很容易的事，什麼「請新郎深情地凝望新娘」之類老掉牙的話一句也用不著說，只要配好衣服化好妝，然後隨便他們兩人自己怎麼打鬧，跟在旁邊時不時地按按快門就可以了。

趙陽在他們的婚禮現場看到這些照片的時候，祁東正帶著他的團隊在安排現場攝影的事，趙陽哀嚎著勾住祁東的肩膀，憤憤地埋怨他怎麼不早幾年出道，「你沒看見我和宋雨的婚紗照，那婚紗公司太缺德了，修圖就只修新娘一個人，修出來的那些照片，宋雨像走紅毯的明星，我就像被硬P上去的！你看你把他們修得多勻稱啊！」

祁東反勾住趙陽的肩膀，看著在大螢幕上重複播放的自己的傑作，一聲長嘆，「看在你老婆幫我老婆接生過的份上，兄弟跟你說句實話……這些照片都還沒來得及修呢。」

「沒修？！」

祁東又嘆了一聲，「所以跟我出道晚真的沒關係，我在宋雨的朋友圈裡看過你們那套婚紗照，那套照片要是讓我修，你大概就不是被P上去，而是被P下去了。」

「……」

和拍婚紗照一樣，籌辦婚禮過程中所涉及到的其他瑣碎事情也都是由蘇棠和沈易兩個人一起辦的，說是一起，然而沈易不知從什麼時候起就利用工作之便做足了相關的市場調查，把各項瑣事的優質備選方案都按統一格式整齊地羅列在了一份Excel表格裡，兩人只抱著電腦在沙發上窩了兩集八點檔電視劇的時間，就討論完了表格裡絕大多數的內容，只有結婚戒指這一項，蘇棠掃了一眼旁邊價格欄裡的那一大串零就堅決否決了沈易提供的所有選擇。

蘇棠盤腿坐在沙發上，腰背立得直直的，連連搖頭，「不行不行……我可不敢把一棟高級別墅戴在手上！」

沈易啼笑皆非，把電腦螢幕向蘇棠的方向轉過一個角度，伸手在指了指螢幕上備註在「戒指」二字後面那個括弧裡的「×2」，示意蘇棠那是一對戒指的價格。

「半棟的壓力也太大了。」

沈易搖頭笑笑，把電腦抱回到自己的腿上，垂手摸上鍵盤，把一行字敲進一個空白的格子裡。

——男款的那一只比較重，所以價錢不是絕對平均的。

蘇棠還是堅決地搖頭。

沈易似乎被蘇棠的堅決弄得有點困惑，輕輕皺了皺眉頭，然後捲了捲睡衣袖子，一本正經地敲了滿滿一行字。

——這幾款對戒的ＣＰ值比我們剛才選定的很多東西都要高，如果妳不相信，我可以用一個經濟學公式計算給妳看。

眼看著沈易真要往表格裡輸入公式，蘇棠哭笑不得地按住了他的手。

「我識貨，我知道我們剛才選的那些東西都算是奢侈品了……」蘇棠伸手在螢幕上比劃了一個方框，框起了他們剛才快速敲定的所有零碎東西，「這些東西選多貴的我都沒意見，因為我希望婚禮這件事我這一輩子就只需要累這一次，退一萬步說，哪怕有一天我真需要結第二次第三次，我也希望最累的那一次是和你一起的。」

蘇棠說得很實在，沈易輕輕彎起唇角，點頭表示贊同。

「這些東西有一個共同點，就是用過了也就過了，什麼花啊糖啊之類的，跟以後生活基本上沒有什麼關係，但是結婚戒指這個東西，我不知道你以後戴不戴，反正只要我戴上了，我就不拿掉了，所以我希望我們的結婚戒指是一個能讓我戴上之後覺得心裡感覺安心的。」蘇棠說著，苦起臉來，一手挽住沈易的胳膊，一手戳了戳顯示在螢幕上的那串零，「這樣的不行。」

沈易認真地看著她把話說完，又垂下目光若有所思地看看自己提供的那些選項，然後輕輕點頭。

——我再考慮一下。

沈易這一考慮就考慮了足有一個月，蘇棠以為是他工作太忙顧不得想這些東西，畢竟自從他換了這份朝九晚五的工作之後，他每天下午都會準時去接蘇棠下班，在外婆家吃過晚飯之後再回自己家裡休息，而這段日子總是徐超一個人來接她，原因是沈易晚上要加班。

在結婚這件事上沈易已經花了數不清的心思，蘇棠多少有點過意不去，每天午休的時候就會抽空到公司附近的首飾店裡轉轉，但始終沒有看到什麼能像沈易這個人一樣讓她覺得非此不可的。

離舉行婚禮還有不到半個月的時候，沈易在一個週末相擁賴床的早晨突然從他的枕頭下面摸出一個紅豔豔的首飾盒，翻身趴到蘇棠身邊，笑著打開來遞到蘇棠的眼前。

蘇棠惺忪的睡眼一下子睜圓了。

安放在首飾盒裡的是兩枚亮閃閃的戒指。

比起沈易之前讓她選的那些來，這組對戒的樣式簡單到了極致，沒有任何鑲嵌，沒有任何藝術造型，就只是兩個光溜溜的黃圈，還不是黃金的那種黃，比黃金的顏色暗啞，質樸，厚重，唯一的修飾就是刻在上面的一行極短的字母，沈易和她的名字的拼音縮寫，Y＆T。

逛了幾天首飾店，蘇棠已經深刻地認識到，首飾和建築物一樣，價格和結構的複雜程度並不完全是成正比的，她也看到過類似不起眼式樣的戒指卻標著讓她直想吸涼氣的價格，何況這明顯還是特別訂製的。

沈易遞來的這個首飾盒上沒有任何品牌的標誌，蘇棠從被窩裡爬起來，抬手揉揉眼睛，警覺地看著還乖乖趴在那裡笑得一臉人畜無害的沈易，最後還是不敢下手去碰這兩個亮閃閃的圈圈。

「這……價值幾個零？」

沈易像是認真回想了些什麼，抿抿一早起來血色不太充盈的薄唇，然後一手托著首飾盒，騰出另一手比出了一個數字「八」。

蘇棠差點從床上跳起來，還沒來得及跳，沈易已經笑著把首飾盒塞進了她的手裡，翻了個身，伸手取擱在床頭櫃上的手機去了。

一直到沈易盤坐在床上不急不慢地在手機上打完字，笑著把手機螢幕舉到她的眼前，蘇棠還僵捧著那個首飾盒一動也不敢動，殘存的睡意雖然早就散得一乾二淨了，但緊張之下大腦還是運轉得有些遲緩，看了三遍才看明白沈易打在手機上的話。

——這是我第一次做金屬加工，從學習到完成成品，累計花費時間約七十個小時，在我獲得過的所有薪酬中取單位時間的平均值，再根據商品定價原則做一點調整，應該可以達到九位數。

「這是……這是你做的？」

沈易看著蘇棠臉上成倍增加的驚訝，頂著一頭毛茸茸的亂髮滿足地笑著點頭。

蘇棠突然反應過來，「你這一個月天天晚上加班，就是加這個班？」

沈易一雙眼睛笑得彎彎的，深深點頭。

蘇棠傻愣愣地對著捧在自己手上的這兩枚戒指看了好一陣子，不由自主地捏起其中稍顯細小的那個，湊到眼前仔細看了看，摩挲了幾下，又送到唇邊，探出舌尖來淺淺地舔了一下，終於得出了一個結論。

「這是銅的？」

沈易點頭，抿著笑在手機上打下一個不知道從哪學來的四字成語。

——永結同心。

然後另起一行，添了一個問句。

——它可以讓妳戴得很安心嗎？

這是她最愛的男人用七十個小時一絲一毫親手打磨雕琢出來的，好像是他把一段專心致志地愛著她的時光化為了有形之物，貴重，且僅對於他們兩個人而言無比貴重，這樣的一段時光戴在手指上，怎麼還會不踏實？

蘇棠狠狠地點頭，抬手圈住沈易的脖子，遞上一個深深地親吻。

「不會有比這個更安心的了。」

（三）我們生個孩子吧

蘇棠懷孕是他們結婚兩年之後的事。

蘇棠對生孩子這件事一直沒有太大的熱情，在她看來，生孩子的根本意義在於參與一個生命從無到有到壯大的過程，這和養花養草養貓一樣，先決條件就是有錢並且有空。

錢，她在兩次升職之後一個人賺的也足夠養個孩子了，何況家裡還有個被財經雜誌稱為「無聲印鈔機」的沈易。

空，兩個人雖然都不多，但擠一擠總還是可以有的。

如果沈易表示想要一個孩子，蘇棠一定不會反對，但是據蘇棠觀察，沈易在生養孩子這件事上的熱情似乎還不如她的高，偶爾有人對他提起這件事，沈易都只是笑笑，笑得一點也不愉快。

蘇棠一直以為他只是不喜歡孩子，或者是還沒有做好當爸爸的準備，直到有一天她在書房裡翻天覆地地找一份資料的時候無意中翻到一份關於男性參與分娩疼痛體驗的單子，蘇棠才意識到，沈易又一次準備到她的前面去了。

於是那天晚飯之後，外婆和同院的老太太們出去散步，沈易抱著平板電腦坐在客廳的沙發上看資料，蘇棠挨在他身邊一邊看電視一邊偷瞄他，瞄到他看完資料，開始瀏覽亂七八糟的電子雜誌了，揚起手肘碰了碰他，問了他一個很有哲學味道的問題，「如果讓你變成一種人類以外的動物的話，你想變成什麼呀？」

沈易把目光垂下一個角度，幽幽地指了指吃飽喝足之後在蘇棠白花花的大腿上蜷成球狀睡得洋洋舒泰的貓。

也不知是從什麼時候開始，這貓越來越愛往蘇棠懷裡鑽了，蘇棠往下一坐，貓就會自覺地跳上來蜷成球，趕都趕不走。

蘇棠揉揉貓腦袋，挑眉看沈易，「你確定不是海馬嗎？」

沈易似乎完全沒有考慮過這個選項，愣了愣，像是在腦海中認真搜尋了一下海馬的樣子，然後舉起已經黑屏的平板電腦當作鏡子，從各個角度端詳了一番自己的臉，甚至還對著螢幕嘟了嘟嘴，最後堅決地搖頭。

——接吻很不方便。

蘇棠被他逗樂了，伸手在他肚皮上戳了兩下，「但是海馬是地球上唯一一種由雄性生育後代的動物，你不羨慕嗎？」

沈易一怔，在蘇棠有點意味深長的笑容裡突然意識到了點什麼，臉上不禁一窘，看得蘇棠繃不住笑出了聲，伸手把貓從腿上抱下去，捧起沈易的臉來很響亮地親了一口。

「我們生個孩子吧。」

沈易呆了一下，蘇棠幾乎看到了他點頭的趨勢，卻也只看到了一個隱約的趨勢，然後就變成了淺淺的搖頭。

沈易輕抿嘴唇，鎖緊了眉頭。

——真的很疼，真的。

「我知道，但是疼得很划算。」蘇棠對著沈易掰起手指頭來，「你想啊，用疼幾個小時換一個孩子，還有九個月不痛經、兩個月的產假和六個月的育嬰假，運氣好了還能大一號罩杯，而且你還有充足的理由讓貓離我遠遠的，多划算。」

沈易被她逗笑了，蘇棠趁熱打鐵，伸手環住他的脖子，「如果不考慮懷孕分娩這些事的話，你想不想要個孩子？」

沈易猶豫了一下，終究忍不住深深地點頭。

她就知道會是這樣……。

蘇棠抿起嘴唇，鬆開了環在沈易脖子上的手，沈易似乎是有什麼話要說，兩手剛抬到胸前，還沒來得及做出預期的動作，蘇棠突然合身撲了過來，沈易沒有一點心理準備，一下子就被按倒在了沙發墊上。

蘇棠結結實實地趴在沈易的胸前，唇角勾得彎彎的，垂眼看著被她這突如其來的一撲驚得臉頰微紅的人。

「那就不要考慮了。」

「……」

於是，自懷孕以來，蘇棠在摸著肚子發呆的時候考慮最多的問題，就是這孩子的小名到底是叫「沙發」合適，還是叫「地毯」合適。

沈易考慮的問題無論是從深度上還是從廣度上都甩了她幾座城池。

和蘇棠料想的不大一樣，沈易沒有去看市面上那些五花八門的育兒書，而是向宋雨借了一套有關婦產科方面的醫學院教材，一邊啃基礎教材，一邊搜羅世界範圍內的相關科研文獻，以致於蘇棠懷孕三個月的時候，沈易已經可以幫宋雨修改她的論文了。

趙陽說沈易這是神經病，得治，蘇棠沒遵醫囑。

蘇棠覺得沈易和那些緊張過度的準爸爸不太一樣，沈易研究歸研究，卻很少和蘇棠談他研究的那些東西，與其說他是在緊張蘇棠，他更像是在用這種方式來排解自己的緊張。

沈易畢竟是個親身體驗過分娩疼痛的人，蘇棠覺得，如果這種方式可以有效緩解他的緊張，那也沒有什麼不好，這總比他憋著一肚子緊張無法排解，又鬧出些心理疾病來得好得多吧。

蘇棠懷孕第二十週的時候要去醫院做第一次超音波檢查，之前的幾次常規檢查結果一切正常，外婆身為資深過來人也表示沒什麼問題，於是去做超音波檢查的前一晚蘇棠也不覺得有什麼緊張，安安穩穩地睡到半夜，硬是被身邊的人翻身給翻醒了。

人睡覺翻身是很正常的事，但和沈易同床共枕這麼些日子，蘇棠半睡半醒中就能感覺到，沈易這翻身的動靜和平時不一樣。

小心，拘謹，有明顯的刻意控制動作的感覺，這意味著翻身的人是清醒著的。

蘇棠忍不住擰開了床頭燈，沈易果然一下子睜開了眼睛，沈易的眼睛裡有些隱約的血色，卻不見一絲一毫的睡意。

「怎麼了，胃不舒服嗎？」

沈易忙坐起身來，抱歉地搖搖頭，不好意思地笑笑，笑得有點單薄。

——對不起，我很好，只是有點緊張。

蘇棠知道他在緊張什麼，坐直了身子，扶著沈易的肩膀讓他倚靠在床頭上，然後輕笑著把自己的手伸到他面前，「來，抓著我的手。」

沈易倚著床頭淺淺地笑著，伸手捉住蘇棠遞來的手，輕輕地攥在掌心裡。

「現在跟著我深呼吸。」

沈易乖乖地跟著她做了一次深呼吸。

「好……再來一次。」

沈易又認真地來了一次。

「告訴我，現在幾分鐘疼一次了？」

「……」

沈易被她氣樂了，倚靠在床頭上的肩膀輕輕發顫，蘇棠屈指在他蒙著一層細汗的腦門上敲了一下，「生也是我生，我都不緊張，你緊張什麼啊？」

沈易定定地看了她須臾，眼角唇邊的笑意緩緩地淡了下去，一直淡到幾不可察，才抬起手來慢慢地問蘇棠。

——如果孩子像我一樣，妳可以接受嗎？

蘇棠丟給他一個飽滿的白眼，「你的孩子不像你像誰，要是長得像趙陽我才不能接受呢！」

沈易啼笑皆非地搖搖頭，指指自己的耳朵。

蘇棠愣了一下。

LVAS是種遺傳病，哪怕是機率相對較低的常染色體隱性遺傳，它的存在也是沈易的一塊沉重的心病。蘇棠結婚不久就做過前庭導水管相關基因的序列檢查，檢查結果顯示她並不帶有這種致病基因，一切都很正常，蘇棠還記得很清楚，檢查結果出來的時候，沈易擁抱了她足足三分鐘。

「我不是做過檢查了嗎，檢查結果沒有問題，你忘了？」

沈易微微搖頭。

——不排除個別卵細胞存在突變的可能性。

蘇棠剛想笑他怎麼不把太陽黑子活動的影響也計算進去，突然意識到一件事，心裡不由得微微一沉。

沈易的緊張確實是和一般的準爸爸不一樣，他研究的醫學文獻恐怕不全是與生育有關的。大概從她告訴他懷孕的消息起，這塊無形的石頭就已經壓在他心裡了，一連壓了他這麼幾個月，他居然一個字也沒對她說，蘇棠難以想像這是種什麼滋味。

蘇棠一時沒吭聲，沈易的表情就好像小學生把考試不及格的試卷藏了整整一夜，終於因為老師要求家長在試卷上簽字，不得不在上學之前把卷子拿了出來，滿臉都是惴惴不安

——對不起。

沒等沈易再說什麼，蘇棠伸手把他的手按了下去，湊過去在他一側耳廓上輕吻，從耳輪一直吻到耳垂，直到聽到沈易的呼吸聲平緩下來，蘇棠才抬起頭來，在他的頭頂上輕揉了兩把。

「輪不到你說對不起，你有缺陷的基因也就這麼一點，我呢，就算我的基因全都是正常的，那我矮個子的基因對孩子也有影響，如果是個女孩，我胸小的基因也不是什麼優良片段，而且我的那一半基因還會明顯拉低你遺傳給孩子的智商，你跟我說對不起，那我是不是得對著你跪鍵盤謝罪才行啊？」

沈易笑起來，眉目間的不安被柔和的笑容沖淡了許多。

「我和你一樣，都想把最好的給他，我們已經盡力了，剩下的就看他怎麼自由發揮了。」蘇棠捉起沈易的一隻手覆上自己的小腹，「不管他發揮成什麼樣，你都不會嫌棄他的，對吧？」

沈易深深地點頭，溫熱的手掌隔著一層薄薄的睡衣在蘇棠的肚子輕輕摩挲了一下子，突然像是想起些什麼，抬起頭來。

——能不能告訴我，他們可以聽到什麼嗎？

蘇棠一時沒反應過來，「什麼可以聽到什麼？」

——電視裡，還有很多平面廣告上都能看到，丈夫會把耳朵貼在妻子的肚子上，是不是可以聽到什麼聲音？

沈易問得很認真，認真裡透出遮掩不住的羨慕，看得蘇棠心裡直發緊。

「我也不知道。」蘇棠往床頭上一靠，掀開了那層薄薄的睡衣，對沈易笑著，在自己的肚子上輕拍了兩下，「我的耳朵是搆不著自己的肚皮了，你來試試吧。」

沈易怔了片刻，終於在暖色的燈光下舒展開一道溫軟的笑容，點點頭，輕擁著蘇棠的側腰緩緩俯身，小心地把剛才被蘇棠親吻過的那側耳朵貼了下來。

蘇棠低頭看著這個貼在她的肚子上「聽」得無比專注的人，抿著嘴淺淺地笑。二十週，她的肚皮還沒鼓出什麼像樣的弧度，就算沈易擁有與常人無異的聽力，大概也只能聽到她腸道蠕動的聲音。

不過這不重要，沈易開心就好。

（四）最美的封閉曲線

蘇棠懷孕到七個月的時候，沈易就拿著沈斯年開給他的醫師證明理直氣壯地請了一整年的病假。

這件事沈易是先斬後奏的，沈易奏的時候，連外婆都嚇了一跳。

「一年不去上班，會不會把工作丟了呀？」

外婆的記憶裡始終存在著那個需要依賴打針吃藥才能勉強入睡的小男孩，現在沈易的每一點成績在外婆看來都是難能可貴的，包括這份她基本上搞不懂是在搞些什麼的工作。

沈易安然地笑著搖頭。

這兩年沈易在業內的地位無形中上升了一大截，雖然他本人從不與媒體直接對話，但在財經類的新聞裡時常能聽到沈易的同行們提起他的名字，各個證券公司挖他都來不及，沈易所在公司的老闆當然不會捨得刨了這麼一棵搖錢樹。

蘇棠知道沈易休長假的主要原因就是為了陪她度過這段特殊的日子，不過有這樣一段日子能讓他把每天都繃得緊緊的那根弦放鬆下來，好好休息一陣，調養一下他犯病犯得越來越頻繁的胃，也不失為一件好事。

「沒事，」蘇棠拍著他的肩膀表示支持，「工作丟了我養你，就當我一口氣生了兩個嘛！」

「……」

事實證明，蘇棠和外婆都小看了沈易在個人職業發展上的計劃性。

沈易休假歸休假，但不是把自己完全從這個行業中抽離出來，沈易窩在家裡當蘇棠和外婆的全職保姆同時，根據之前幾年的從業經驗編寫了一本證券業相關的專業書籍，並在蘇棠預產期前一週提前交了稿。

然而蘇棠卻「拖稿」了。

預產期過了幾天，蘇棠的肚子還是靜悄悄的，外婆說這是常有的事，蘇棠一點也不著急，沈易也沒表現出多麼緊張的樣子，直到蘇棠閒來無事抱著手機滑網頁的時候一時好奇，點進了沈易在出版社編輯建議下開的微博，看到沈易轉發的上百條各種姿勢的錦鯉的時候，才知道到沈易已經緊張到快瘋了。

好在預產期過了將近一週的時候，蘇棠的肚子終於有了動靜，順順利利地在凌晨兩點多鐘生下一個三千多公克的小丫頭。

小丫頭的哭聲驚天動地的，健康得如他們期盼的那樣。

蘇棠被護士從產房推出來的時候，沈易顧不得外婆和沈斯年在場，迎過去緊緊擁抱她，在她額頭上吻了一下，又吻了一下。

後來宋雨地悄悄告訴蘇棠，沈易在產房外得到她們母子平安的消息時，差點就哭出來了。

後來的一兩天裡，沈易問了她很多遍還痛不痛，蘇棠再怎麼說不疼沈易都是半信半疑，直到宋雨拿來一份很詳細的體檢單，拍著胸脯保證母女倆一切正常，沈易才安心地把注意力轉移到睡在蘇棠身邊的那個小傢伙身上。

沈易有著一個新爸爸所能擁有的所有好奇心。

儘管沈易已經看過數不清的相關醫學文獻，新生兒的什麼表現代表著什麼含義他早已熟稔於心，當這小傢伙活生生地躺在他懷裡的時候，她的每一個表情每一個動作在沈易看來依然是新奇可愛的，就連小傢伙在睡夢裡咂咂嘴，都能在沈易的臉上逗出一個飽滿的笑容。

然而沈易的好奇心註定是不能完全滿足的。

沈易問過蘇棠好幾次，她的哭聲是什麼樣的，她的小嘴這樣張張合合的是在嘟囔什麼，蘇棠總是笑著回答他，心裡卻有種說不出的酸澀。

蘇棠出院回家的第一天，一切安頓好之後，蘇棠把睡熟的女兒放進為她準備的小床裡，然後拉過沈易的手，在他的掌心裡一筆一劃地寫了一個字。

愔。

沈易愣了愣，不解地看著蘇棠。

「我想用這個字當孩子的名字。」

沈易低頭看看女兒溫軟的睡顏，帶著一個同樣溫軟的笑容抬起頭來，故作疑惑地問蘇棠。

——不是叫沙發嗎？

蘇棠好氣又好笑，板著臉瞪他，「那就叫沈沙發，明天就用這個名字登記戶口去。」

沈易趕忙搖頭，正經得一點笑模樣都看不出來了。

——妳選的這個字看起來很漂亮，不過我不認識，這個字有什麼特別的意義嗎？

沈易正經起來自然而然地帶著一種讓人無法質疑的專注，蘇棠也不再計較那個「沙發」的問題了。

「這個字讀『因』，是安靜和悅的意思。」蘇棠說著，伸手環住了沈易的腰，挨在他身前仰頭望著他，「這個字左邊是一個心，右邊是一個音，等她長大了我會告訴她，別看你爸爸聽不見，你說什麼他心裡都知道，不許欺負他。」

沈易看著蘇棠說話，柔和的目光裡漸漸聚起一些濃郁的東西，在蘇棠說完之後低頭在她的眉心間落下一個輕吻。

「你同意用這個字嗎？」

沈易摟著蘇棠深深點頭。

「這個字的發音不難，你要不要試試讀一讀？」

沈易像是猶豫了一下，然後鬆開摟在蘇棠腰間的手。

——我需要知道發音的時候舌頭的具體位置。

「我做給你看。」

蘇棠讓舌頭停留在發「愔」這個音的位置上，沈易認真地看了看，也許是這個發音的唇形過於狹窄，沈易看不真切，又抬手輕捏住蘇棠的下巴，微微向上抬了一個角度，蘇棠配合地往前湊了湊，以便他看清這個不太容易展示的位置。

沈易看著看著，藏在眼底的笑意突然溢了出來，蘇棠還沒反應過來，沈易已經深深地吻了過來，用一種最熱烈最直接的方式感受著蘇棠舌頭的具體位置。

沈易把她鬆開的時候，蘇棠已經憋紅了臉，忍不住伸手捶他肩膀，壓低著聲音罵他，「流氓流氓流氓……」

沈易濃濃地笑著，滿目溫柔。

——很美的名字，謝謝妳。

沈愔的出生意味著寄養在鄰居家的貓也可以回家了，沈易的貓對這個白白胖胖的小東西有著比沈易還要濃厚的興趣，無視了沈易養在客廳裡的那一大缸肥碩的錦鯉，整天蹲在沈愔的小床旁邊，沈愔被抱到哪牠就跟到哪。

沈愔四個月大的時候蘇棠就銷假去上班了，沈易很會照顧孩子，卻沒有辦法及時察覺她的哭鬧，也沒有辦法在她哭鬧的時候出聲哄她，外婆就在家裡幫沈易一起看顧。沈愔剛開始學說話的那段日子外婆也曾很認真地教她說過爸爸媽媽，但敵不過沈愔整天和貓玩在一起，於是沈愔張口說出的第一個有意義的字不是媽媽也不是爸爸，而是一聲脆生生的「喵」……。

蘇棠總擔心貓會撓傷了沈愔，然而沈愔用實際行動向她證明，沈愔對貓的威脅遠比貓對沈愔的威脅還要大得多。沈愔一歲多一點剛開始喜歡塗塗畫畫的時候，第一次用水彩筆，就趴在貓的身上，活活把這隻高貴冷豔的薑黃色大毛球塗成了一隻鄉村非主流。

蘇棠氣得要揍她，沈易護著不讓，說這是孩子表達對外界事物認知的一種方式，應該鼓勵，直到某天沈易午睡的時候被她畫了一臉貓鬍子，才終於默許蘇棠去打沈愔的屁股。奈何蘇棠一想起他的花貓臉就止不住笑，母女倆愣是咯咯地笑成了一團，最後還是沈易黑著臉親手在這母女倆的屁股上各來了一下，並且正式授予外婆教育總監一職。

沈愔大概是在兩歲多的時候意識到沈易與其他人不同的，蘇棠也不去編那些哄孩子的話騙她，在沈愔第一次很難過地問為什麼爸爸不跟她說話的時候就一五一十地告訴她，沈易是因為耳朵生病所以聽不到聲音，因為聽不到聲音所以不會說話。

兩歲多的沈愔早已在磕磕碰碰中嘗過了疼的滋味，卻還分不清病和疼的區別，聽了蘇棠這樣的解釋之後就總覺得沈易的耳朵是疼的，之後的很長一段時間，沈易每次抱她的時候，沈愔總要湊到沈易的耳邊，對著他的耳朵吹一吹揉一揉。

沈愔三歲的那年夏天，流感在S市有些氾濫，蘇棠去國外出差，一去大半個月，回來的時候正是個八月初的大晴天，沈易帶著沈愔一起去S市國際機場接她，不敢讓沈愔去人流密集的接機門，就帶著沈愔在停車場等她。

徐超接蘇棠來到停車場的時候已經是傍晚了，明豔的夕陽之下，蘇棠遠遠地看到那輛熟悉的黑色SUV，以及倚站在車頭的熟悉身影，恍惚間突然記起，她和沈易愛情的起點就是在這片停車場，也是個暑氣未退的傍晚，也是一輛黑色的SUV，只是倚站在車頭的從一個笑得明媚的人，變成了兩個。

蘇棠不由自主地笑了出來。

她與沈易一起畫過很多條封閉曲線，這大概是最美的一條。

沈憒老遠就看到了蘇棠，在沈易身邊激動地跳了起來，揚起肉呼呼的小手臂使勁向蘇棠招手。

「媽媽！媽媽回來啦！」

假如愛情聽不見

作　　者—清閒丫頭
副 主 編—楊淑媚
責任編輯—朱晏瑭
封面繪圖—Rami 拉米（Rami・插畫・閣樓日記）
封面設計—張巖
內文設計—Finn
內文排版—吳詩婷
校　　對—朱晏瑭、楊淑媚
行銷企劃—許文薰
董 事 長
總 經 理—趙政岷
第五編輯部總監—梁芳春
出 版 者—時報文化出版企業股份有限公司
10803臺北市和平西路三段二四〇號七樓
發行專線—（〇二）二三〇六—六八四二
讀者服務專線—〇八〇〇—二三一—七〇五
（〇二）二三〇四—七一〇三
讀者服務傳真—（〇二）二三〇四—六八五八
郵撥—一九三四四七二四時報文化出版公司
信箱—臺北郵政七九～九九信箱
時報悅讀網—www.readingtimes.com.tw
電子郵件信箱—yoho@readingtimes.com.tw
法律顧問—理律法律事務所　陳長文律師、李念祖律師
印　　刷—勁達印刷有限公司
初版一刷—二〇一七年三月十日
定　　價—新臺幣三六〇元
（缺頁或破損的書，請寄回更換）

時報文化出版公司成立於一九七五年，
並於一九九九年股票上櫃公開發行，於二〇〇八年脫離中時集團非屬旺中，
以「尊重智慧與創意的文化事業」為信念。

國家圖書館出版品預行編目（CIP）資料

假如愛情聽不見 / 清閒丫頭作．-- 初版．-- 臺北市：時報文化，
2017.03
面；　公分

ISBN 978-957-13-6919-8(平裝)

857.7　　106001940

ISBN 978-957-13-6919-8
Printed in Taiwan
原著書名：《假如愛情聽不見（網絡原名：讀心術）》由北京晉江原創網絡科技有限公司授權出版